COLLECTION « BEST-SELLERS »

JÉRÔME DELAFOSSE

LE CERCLE DE SANG

roman

ROBERT LAFFONT

ISBN 2-221-10027-1

À Irina Karlukovska

Prologue

— Clémence...

La nuit. Des chuchotements, des cris étouffés mêlés de pleurs ricochent dans les couloirs de la maison, s'insinuent jusqu'à la chambre de Julien.

— Clémence, ma princesse...

Julien se recroqueville, cache son visage sous l'oreiller. C'est maman... Elle recommence...

Papa lui parle doucement :

— Clémence est partie, ma chérie. Elle ne reviendra pas.

— Je sens... sa présence... elle est là, dehors...

Les plaintes traversent le frêle bouclier de plumes et s'enfoncent dans la conscience de Julien. L'inquiétude le suffoque. Il murmure :

— Le Tigre... Maman... je t'en supplie... Il va nous entendre. Il va nous retrouver...

Une vague de sanglots le submerge.

Silence.

— Clémence ? Viens... je suis là, mon cœur...

— Bon sang, Isabelle. Ta fille est MORTE !

— NOOOON... C'EST PAS VRAI... TU MENS, SALAUD...

— Arrête. Tu te fais du mal. Tu nous fais du mal. Viens, viens dans mes bras...

— NE ME TOUCHE PAS !

— Ça suffit ! Tu vas réveiller le petit...

Julien ne supporte plus l'obscurité qui semble l'aspirer vers ses propres ténèbres. Il sort de sa chambre, gagne le couloir.

Les branches craquent derrière la fenêtre.

La bête rôde. Là, tout près. Il sait qu'elle est revenue.

La terreur comprime son crâne. Il sent l'haleine chaude sur sa nuque, les pas feutrés qui glissent dans l'ombre.

— Il revient, maman. Il va nous prendre tous... Protège-nous... protège-moi... j'ai peur...

En bas de l'escalier, les ombres chavirent sur les murs. Papa tient les bras de maman. Elle se débat, pleure, le supplie :

— ÉCOUTE... MAIS ÉCOUTE ! ELLE EST LÀ... DEHORS. TU NE L'ENTENDS PAS ?

— C'est le vent. Il y a beaucoup de vent ce soir...

— TU VEUX QUE JE LA LAISSE, TOUTE SEULE, DANS LE FROID, LE NOIR... SALAUD, SALAUD, SALAUD...

Julien descend les marches qui mènent au salon. Maman s'échappe. Elle court vers la porte du jardin, actionne la poignée.

— ISABELLE, NON ! Tu vas encore ameuter tout le quartier.

Papa est en colère.

Julien veut crier. Appeler sa mère, la prévenir. Seul un râle sort de sa gorge. Elle se retourne vers lui, le dévisage. Ses yeux sont tristes, comme voilés d'épuisement.

La porte s'ouvre dans un souffle brutal. Les vitres explosent. Un coup de feu claque, arrachant à la gorge de maman des fragments de chair et d'os. Elle tend la main pour s'agripper au voilage puis s'écroule, le corps secoué de soubresauts. Sa chevelure brune se mêle à l'écume rouge qui ruisselle de sa bouche.

Papa court vers Julien qui s'enfuit.

Il l'attrape, trébuche.

Un deuxième coup de feu lui emporte le crâne. Il s'effondre. Reste son visage, un masque, pâle comme de la cire.

Julien est à terre, les chevilles entre les mains crispées de son père. Il fixe la porte ouverte sur les ténèbres.

Il sent la présence.

Le halètement se fait plus fort, le martèlement des pas résonne au fond de sa conscience.

Par cette nuit de décembre, le Tigre est revenu.

I

1.

Hammerfest, Norvège,
6 mars 2002

Un violent éclat de lumière lui creva les yeux. Une ombre en forme de visage se penchait vers lui. Des voix humaines désincarnées se perdaient dans les couloirs de sa conscience naissante. Elles se fragmentèrent en mille particules de cristal, ricochant dans son crâne, puis redevinrent de doux murmures, encore. Il referma les yeux.

— Nathan, vous m'entendez ?

Une lueur explosa sous ses paupières, se répandit, se ramifia dans ses veines. Il voulut hurler, mais une main invisible comprimait ses poumons. Il sombra de nouveau.

— Nathan, je vous en prie, restez avec nous... Oxygène !

Il revint, tiré par la douleur. Le frottement des draps sur sa peau le brûlait comme du poison. Son cœur s'emballa. Chaque fois qu'il entrouvrait les paupières, des griffes de lumière blanche lui lacéraient les yeux. Il ne voyait rien que des images brûlées. Il essaya de tourner la tête, deux mains calleuses se plaquèrent sur ses mâchoires...

— Ne bougez pas, restez calme, vous êtes gravement blessé...

Il était une boule de pure souffrance. L'inquiétude fit enfler ses poumons. Il commençait à percevoir son corps, sa nuque. Puis, en un éclair, son corps se cabra comme une lame au bord de la rupture, une seule fois. Et il replongea dans les abysses, un océan noir et glacé.

Il lui sembla mourir encore.

Il refit surface plus tard, un jour, un an, une heure. Son monde ressemblait à un cercle qui tour à tour se dilate et se contracte, un univers peuplé de sensations. Cliquetis métalliques des brancards, blouses blanches, murs immaculés, aseptisés, qui défilaient à hauteur de ses yeux.

Il avait l'impression d'être un liquide, une sorte d'écume qui coulait, se répandait. À d'autres moments il devenait une fine poussière stellaire qui se volatilisait dans le souffle de l'oubli.

On le transportait de salle en salle. Des silhouettes de brume se penchaient sur lui, l'auscultaient. Elles tenaient dans leurs mains de grands tissus pâles et humides semblables à des lambeaux de peau.

Il reconnaissait les contours d'une femme blonde qui apparaissait à intervalles réguliers. Chaque fois elle répétait les mêmes sons, qui peu à peu se muèrent en mots : « L'accident »... « Nathan »... Une autre présence, une silhouette muette et massive, celle d'un homme sans doute, restait de longs instants à l'observer, sans que Nathan sache si elle faisait partie des vivants ou des fantômes de son absence.

Petit à petit, il accepta d'absorber des liquides. Les premières fois, ça faisait comme du sable dans sa bouche. Il voulait cracher jusqu'à sa langue, vomir ses entrailles mais la notion d'exister le réconfortait. Il s'accrochait à la vie.

Il revenait.

2.

Un matin ce fut la résurrection. Il ouvrit les yeux et demeura immobile, contemplant quelques rais de lumière distillés par les stores sur le plafond blanc.

Où était-il ?

Peu à peu, il commença à percevoir ses muscles se contracter par à-coups, les uns après les autres, comme sous l'effet d'impulsions électriques. En tentant de bouger un bras, il comprit qu'il était solidement attaché par une sangle. Il voulut inspirer profondément, mais sa cage thoracique était ceinturée, elle aussi prisonnière.

Rester calme, analyser la situation.

Couvert d'une blouse bleue, son corps gisait sur un lit chromé, de sa main gauche partait une perfusion reliée par un drain translucide à une série de seringues programmées pour injecter des produits vingt-quatre heures sur vingt-quatre ; une petite pince cubique, connectée à un écran qui diffusait des suites de chiffres, enserrait l'index de son autre main. Il redressa légèrement la tête et balaya la pièce du regard, de droite à gauche, scrutant l'obscurité. Des entrelacs de câbles, des moniteurs aux éclats d'émeraude mesuraient son rythme cardiaque, l'activité de son cerveau.

Voilà ce qui le reliait au monde des vivants.

Derrière les parois de verre dépoli de la salle, il percevait des murmures furtifs...

La porte de sa chambre s'ouvrit dans un feulement.

C'était la femme blonde. Il ne pouvait pas distinguer ses traits mais il reconnaissait sa silhouette.

— Bonjour, Nathan. Je suis Lisa Larsen, chef du service de neuropsychiatrie de cet hôpital. Je fais partie de l'équipe qui vous a pris en charge peu après votre évacuation par hélicoptère, il y a quinze jours. L'alarme m'a prévenue de votre réveil.

Elle parlait anglais et il la comprenait parfaitement. Il l'observa se déplacer. Pour la première fois ses rétines imprimaient les images, les gardaient. Elle fit quelques pas, le visage toujours dans l'ombre, puis, lentement, elle se retourna. Elle avait un corps long et souple, des mains blanches, un fin visage osseux, de grands yeux dont Nathan ne pouvait discerner la couleur. Tout en s'approchant, elle lui demanda s'il savait pourquoi il était là. Il ne répondit pas, et ses prunelles chargées d'interrogations se remplirent de larmes. Elle lui dit que ce n'était pas grave, que maintenant tout allait bien. Elle s'approcha encore et, du revers de la main, sécha ses pommettes humides.

— Les sangles, c'est pour vous protéger, vous avez eu plusieurs crises violentes. Je vais vous détacher. On va aussi vous enlever les perfusions. Mais il faudra être sage...

Elle lui parlait d'une voix douce, lui dit d'essayer de ne pas bouger tout en défaisant un à un les liens de cuir qui l'enserraient. Elle demanda s'il avait mal, lui indiqua de fermer les paupières pour « oui ». Il les garda ouvertes.

Lorsqu'il eut appris qu'il se trouvait dans un hôpital d'Hammerfest, à l'extrême nord de la Norvège, il voulut se lever, mais elle lui expliqua qu'il fallait encore attendre.

Pour la première fois il essaya de penser, de puiser dans sa mémoire. À chaque effort, il basculait dans le vide. Il lui fallait de la lumière. Non, ce serait trop douloureux. Il se raccrocha aux mots qui l'avaient bercé.

L'accident... Nathan...

Ces syllabes n'avaient aucun sens pour lui. De quoi la psychiatre voulait-elle parler ? Était-ce son propre nom ? Il ne se souvenait de rien. Comme si son âme engourdie sortait d'un sommeil millénaire. Il avait beau creuser, fouiller sa conscience, absolument rien ne lui revenait. L'angoisse l'étreignit de nouveau, des spasmes agitèrent ses membres, un râle étrange monta de sa gorge, mais la femme recommença à lui parler de sa voix douce. Son haleine était une brise rassurante. Il ne sentit qu'à peine l'aiguille se planter dans son bras, le liquide pénétrer son épiderme, les fibres de ses muscles, son esprit. Puis elle lui passa la main sur le front. L'effet d'apaisement fut immédiat.

Lisa Larsen fit quelques pas vers la fenêtre et releva le store, inondant la chambre d'une clarté diffuse.

— Je vous ai examiné sous toutes les coutures et, pour être franche, je suis assez satisfaite de votre état de santé physique. Si l'on considère les circonstances de votre accident, vous êtes ce qu'on appelle un « miraculé ». D'un point de vue strictement neurologique votre cerveau va bien. Cependant, il m'a semblé détecter dans votre comportement certains troubles qui méritent d'être vérifiés. Le fait que vous n'ayez pas dit le moindre mot depuis votre arrivée m'inquiète. Vous présentez des symptômes qui semblent correspondre à un cas clinique précis. Avant de me prononcer, j'aimerais éclaircir certains points avec vous.

Lisa Larsen marqua une pause et respira profondément.

— Lorsque je suis venue vous rendre visite ces derniers jours, il m'a semblé que vous communiquiez avec moi par différents signes. Pouvez-vous me confirmer que vous entendez et comprenez ce que je vous dis actuellement ?

— Je comprends chaque mot que vous prononcez.

À l'instant même où les syllabes sortirent âcres et râpeuses de sa bouche, Nathan vit se dessiner un joli sourire sur le visage de son ange gardien. À présent, il pouvait discerner ses yeux : diaphanes et cristallins, deux opales.

— C'est parfait, Nathan, reprit Lisa. Pouvez-vous me dire si vous vous souvenez des circonstances de votre accident ?

Ces mots provoquèrent en lui une nouvelle bouffée

d'angoisse. Une sueur glacée l'inonda mais il parvint à bredouiller :

— Je... je ne me... souviens de rien... Pas l'accident... ma mémoire...

— Calmez-vous, Nathan, tout va bien, je suis là pour vous aider. Êtes-vous certain de ne rien vous rappeler, des images, même quelque chose qui ne serait pas lié à l'accident, qui daterait d'avant ? Votre enfance, votre famille ?...

— Rien, docteur... vous êtes mon seul souvenir... Que m'est-il arrivé ? Je ne sais même pas qui je suis...

— Vous vous appelez Falh, Nathan Falh. Vous avez été victime d'un accident de plongée sous-marine dans l'Arctique à cinq heures d'hélicoptère d'ici, énonça Lisa patiemment.

— Comment... que s'est-il passé ?

— Vous étiez à bord du *Pole Explorer*, un brise-glace affrété par Hydra, la société de travaux sous-marins qui vous emploie. Le but de l'expédition était de récupérer une cargaison de cadmium, un dangereux polluant, dans les cales d'une épave, elle-même prisonnière des glaces d'un iceberg par moins vingt-sept mètres de profondeur. D'après ce que m'a raconté de Wilde, le médecin de bord qui vous a accompagné lors de l'évacuation sanitaire, il semblerait qu'une vague de chaleur inattendue s'est abattue sur la région où vous vous trouviez, ce qui a eu pour cause d'affaiblir de manière significative la structure même de la banquise. Le chef de mission a sous-estimé le danger. L'iceberg s'est refermé comme une mâchoire sur l'épave alors que vous vous trouviez à l'intérieur. Votre équipier vous a sorti de là in extremis.

— Pourquoi ai-je atterri dans cet hôpital ?

— Chaque expédition scientifique ou militaire arctique nécessite une assistance médicale terrestre. En cas d'accident grave, les victimes sont immédiatement transférées par voie aérienne vers le centre hospitalier le plus proche avec qui l'organisateur s'est préalablement entendu. Nous étions en accord avec la société qui vous emploie.

Hydra, arctique, cadmium... Comment pouvait-il avoir oublié de telles choses ?

La psychiatre s'installa auprès de lui et ouvrit un dossier contenant une liasse de fiches ainsi qu'une petite pile de photographies de la taille d'un jeu de cartes. Nathan fixait ses yeux trop clairs, le contraste violent entre la pâleur de sa peau et les tâches de son qui la constellaient.

— Je vais vous soumettre à un test rapide, des questions auxquelles vous devrez répondre sans réfléchir.

— Je suis prêt.

— Je cite des noms de pays, à vous de me donner les capitales. OK ?

— Allons-y !

— France ?

— Paris.

— Angleterre ?

— Londres.

— Chine ?

— Pékin.

— Norvège ?

— Oslo.

— Très bien. Maintenant, pouvez-vous me dire qui est l'actuel président des États-Unis ?

— George W. Bush.

— Égypte ?

— Hosni Moubarak.

— France ?

— Jacques Chirac.

— Russie ?

— Poutine, Vladimir Poutine.

— C'est parfait. À présent, je vais vous montrer une série de photographies de personnalités que vous devrez nommer.

La première carte représentait le visage d'un homme. D'épais cheveux bruns, une moustache fournie.

— Staline.

La deuxième, une femme aux traits sévères, des cheveux grisonnants ramenés en chignon.

— Golda Meir.

Vint un homme souriant, mâchoire lourde et chevelure d'argent.

— Bill Clinton.

Nathan reconnut ensuite Elizabeth Taylor sous les traits de Cléopâtre, Alfred Hitchcock, Yasser Arafat, Gandhi, Fidel Castro, Paul McCartney et Picasso.

— Bien, je crois que nous en avons terminé. C'est un sans faute, Nathan. Lisa Larsen se leva, consigna quelques notes. Lorsqu'elle se tourna vers lui, le diagnostic tomba comme un couperet :

— Des examens complémentaires seront sans doute nécessaires, mais je pense très sérieusement que vous êtes atteint d'une forme d'amnésie d'identité, dite rétrograde, d'origine psychogène et non neurologique. L'impossibilité que vous avez à vous souvenir de votre nom ou de tout autre élément lié à votre passé est un symptôme manifeste du syndrome dit du « voyageur sans bagage ».

Lisa se rapprocha et lui prit la main. Nathan semblait encaisser les coups sans broncher.

— Dans le cas d'une atteinte du cerveau, poursuivit-elle, je veux parler d'une blessure physique, les troubles sont généralement plus étendus et chaotiques. Vous seriez dans l'impossibilité de vous souvenir d'événements survenus depuis votre réveil, c'est ce qu'on appelle une amnésie antérograde. Or il ne semble pas que ce soit le cas. Votre mémoire sémantique, celle qui contient votre bagage culturel, aurait elle aussi été gravement affectée ou aurait totalement disparu, vous seriez comme un ordinateur à la sortie de l'usine. Une machine sans aucune donnée. Fort heureusement, vous venez de nous prouver le contraire.

— Combien de temps vais-je rester dans cet état ?

— Je ne peux pas me prononcer sur cette question. Ce que vous devez savoir c'est que votre mémoire épisodique, je parle ici de la mémoire autobiographique, celle qui recèle les événements de votre passé, n'a probablement pas disparu. Vos souvenirs ne sont pas effacés, ils sont cachés quelque part, engourdis, de la même manière qu'un membre est mal irrigué. Si, grâce aux données cliniques, cette atteinte est assez aisée à diagnostiquer, les mécanismes psychopathologiques restent extrêmement difficiles à interpréter. En bref, je ne sais pas. Cela peut revenir dans une heure comme dans dix ans.

La scène semblait presque irréelle à Nathan, comme si cette femme s'adressait à quelqu'un d'autre.

— Il existe sûrement un moyen de me soigner, en provoquant un choc, quelque chose, je ne sais pas ?

— Les cas d'amnésie sont assez rares, et malheureusement j'ai peu d'expérience en la matière. Je sais cependant que plusieurs thérapeutiques ont été développées au cours des deux dernières décennies. Des associations regroupant médecins et patients se sont constituées afin de mettre en place des formations spéciales à la thérapie des troubles à personnalités multiples, les TPM dans notre jargon. Plutôt que la méthode psychanalytique, elles privilégient l'hypnose. L'idée majeure, comme vous l'avez vous-même suggérée, est de réactiver le traumatisme. Selon les spécialistes, les chances de guérison seraient très élevées, mais malheureusement le traitement est long.

— Combien de temps ?

— Six ans, en moyenne... Je vous orienterai dans le choix d'un groupe à Paris. C'est là que vous vivez.

Si elle avait voulu lui annoncer la fin des temps, la neurologue ne s'y serait pas pris autrement, mais Nathan resta de marbre. Il demanda :

— J'aimerais parler à quelqu'un de ma famille.

— Il est encore trop tôt. On ne sait pas comment vous réagiriez à une telle confrontation. Le coup que vous avez reçu sur la tête nous a fichu une sacrée frousse. Alors des coups, moins vous en prendrez, mieux vous vous porterez.

— Mais...

— Faites-moi confiance, je sais ce qui est bien pour vous.

— Quand pourrai-je me voir ?

— Tout de suite si vous voulez. En fait, j'attendais que vous en exprimiez le désir. Suivez-moi.

Larsen le conduisit jusqu'à la salle de bains.

Nathan se plaça seul face au miroir, au-dessus du lavabo. Les contours de la pièce s'effacèrent peu à peu, laissant place aux courbes étrangères qui se matérialisaient dans l'ovale de la glace.

Il devait mesurer un mètre quatre-vingt-cinq. Un corps solide, des muscles fermes, des épaules larges, de longs bras secs, parcourus de veines gonflées. Des marques, stigmates de l'accident, déployaient encore leurs marbrures sur son épiderme. Une large trace jaunâtre veinée de sang coagulé s'étalait sur son bassin. Une autre, violette, dense et longitudinale rayait son thorax. Il avait peine à considérer l'image dans son ensemble. Alors il s'approcha plus près, de manière à se concentrer sur les détails...

De grands yeux en amande soulignés par de longs cils et d'épais sourcils bruns bien dessinés. Les iris, à l'étrange couleur de miel, étaient mouchetés de taches plus claires, comme de minuscules paillettes d'or incluses en profondeur qui donnaient à son regard un éclat singulier. Sa peau... sa peau était mate, son nez aquilin. Ses yeux glissèrent le long des courbes, lisses. De sa bouche gonflée partait une cicatrice ancienne, oblique et blanche, qui s'étendait jusqu'au milieu de la joue droite, tendant son expression en un léger rictus. Ses cheveux noirs étaient coupés très court. Probablement la coupe standard du service de neurologie.

Petit à petit ses traits s'assemblèrent en une image homogène. Son visage... Son visage était un masque ciselé, immobile, sur lequel coulaient deux larmes tièdes, un reflet inconnu qui lui donnait le vertige. Il se sentit basculer dans un précipice. Lisa Larsen le rattrapa par le bras.

De rien, il était devenu personne.

3.

Pour la première fois ce matin-là, Nathan s'éloigna de l'unique route fendue par le gel et s'aventura dans la neige profonde, éprouvant son corps, son souffle. Par moments, il se retournait pour regarder les empreintes qu'il avait laissées dans l'épais manteau poudreux comme seuls gages de son existence.

Même s'il allait mieux, en partie grâce au docteur Larsen qui venait lui rendre visite au rythme des crépuscules éternels du Grand Nord, il n'en savait pas beaucoup plus sur lui.

Son état civil. Nathan, Paul, Marie Falh / Né le 2.09.1969. Profession : scaphandrier / Adresse permanente : 6 *bis*, rue Campagne-Première, 75014 Paris, France. L'hypothèse retenue par la psychiatre, freudienne convaincue : il était victime d'un refoulement. Mais l'absence d'informations concernant son vécu ou d'éventuels antécédents médicaux en rendait les causes obscures et inexplicables. Il était clair que le trauma qu'il avait subi avait été le facteur déclenchant, mais la source du problème était inscrite en lui, tapie quelque part dans les labyrinthes de son esprit. Lui seul pouvait venir à bout du mal qui le frappait.

Très vite, on avait remis à Nathan une copie des documents relatifs à son accident. Tout était là, imprimé en petits caractères grisâtres sur les feuilles de renseignements qu'avait remplies le médecin d'Hydra lors de son admission. Espérant provoquer une réaction, Nathan avait lu et relu le compte rendu des événements : comment son binôme l'avait extrait du piège d'acier et de glace, comment on l'avait traité en caisson hyperbare, chaque produit qu'on lui avait injecté durant l'évacuation héliportée. En vain. Ces éléments ne déclenchaient en lui aucune réminiscence.

Ses effets personnels se résumaient à un sac de voyage en toile marine, des vêtements de ville, d'autres en laine polaire, un nécessaire de toilette. Un sac à dos plus petit contenait son passeport, un carnet de vaccination, un jeu de clés, un petit appareil photo numérique dont la carte mémoire ne recelait aucune image, ainsi qu'un portefeuille contenant entre autres choses son permis de conduire français et deux cartes de crédit : une Visa Premier d'une banque française dont il ignorait le code, et une American Express Gold délivrée au Royaume-Uni. Lisa Larsen lui avait dit qu'il pourrait utiliser la seconde, seule une signature suffisait. Il y avait aussi cinq mille euros en espèces. Tous ces vestiges « d'avant » étaient restés muets.

Éprouvé par sa marche, Nathan fit une halte. Loin derrière lui, les bâtiments de l'hôpital se détachaient de l'horizon comme une flotte fantôme prisonnière de la banquise. Seule une ligne sombre de végétation évoquait la présence d'un continent, de la terre ferme enfouie sous la gangue de givre. Il récupérait. La brûlure de l'air glacé dans ses poumons, la déchirure de l'effort qui se ramifiait dans ses muscles étaient autant de signes de son retour à la vie, mais il ne parvenait pas à se détacher du sentiment d'inquiétude profonde qui l'étreignait depuis son réveil. Au départ, ça avait été comme des décharges brutales qui déferlaient en lui, semblables à de brèves crises de paranoïa... À mesure des visites de Lisa Larsen, il avait cru que cette sensation s'était dissipée.

Elle revenait. Le mal s'amplifiait.

Sous une forme différente, moins violente, mais sans plus le quitter. C'était à présent une angoisse lancinante, dont il ne parvenait pas à cerner l'origine.

La nuit tombait. Une puissante rafale de vent arctique leva des tourbillons de neige. Nathan resserra les cordons de sa capuche pour se protéger des bourrasques qui lui fouettaient le visage et décida de regagner sa chambre du service de neuropsychiatrie.

La porte automatique s'ouvrit sur le hall désert. Nathan se dirigea vers l'ascenseur avant de revenir sur ses pas.

Un café noir et brûlant. Voilà ce qui lui ferait du bien.

Il obliqua en direction de la cafétéria et passa sa commande auprès d'un jeune employé qui nettoyait le sol.

Les mains serrées autour du gobelet, Nathan traversa la salle vide. Carrelage crème, tables en métal et bois. Seul un colosse vêtu d'une blouse verte, dont il ne pouvait distinguer le visage, lisait assis face à la baie vitrée. Il s'installa à une place voisine et avala une première gorgée du breuvage amer qui le réchauffa instantanément.

Alors que son regard dérivait au-delà de la vitre couverte de buée, une voix douce et puissante résonna derrière lui.

— Vous semblez... tiré d'affaire. J'en suis heureux.

Nathan se retourna vers le colosse qui s'était adressé à lui dans un français parfait.

— Je vous demande pardon ?

— Je dis que je me réjouis que vous soyez tiré d'affaire, jeune homme. Vous étiez dans un sale état.

Nathan garda le silence. Il dévisageait son étrange interlocuteur : un faciès épais, tout en angles et en rides, taillé à la serpe. Cheveux courts, poivre et sel. Petits yeux, enfoncés dans leurs orbites et profondément cernés de gris.

— Mon visage ne vous évoque rien ? lâcha l'inconnu, un étrange sourire aux lèvres.

Les contours de la silhouette massive semblèrent un instant familiers à Nathan. Il balaya cette pensée. Non, le seul homme qu'il avait croisé depuis son réveil était l'infirmier de garde du deuxième étage. Il ne connaissait pas ce type.

— Qui êtes-vous ? Comment êtes-vous au courant de ce qui m'arrive ?

Il y avait pourtant cette lueur pareille à une flamme noire qui dansait dans le regard oblique du colosse. Nathan avait le sentiment d'avoir déjà vécu cette rencontre, d'avoir connu cet homme. Non, c'était impossible, cette sensation était probablement liée à son besoin désespéré de se raccrocher à quelque chose.

— Pardonnez-moi si j'ai été maladroit. Laissez-moi me présenter. Docteur Erick Strøem. Je suis psychiatre, je faisais partie de l'équipe qui vous a suivi alors que vous étiez encore dans le coma. Vous nous avez causé beaucoup de soucis, vous savez.

L'étrange lueur s'était à présent évanouie, laissant place à la bienveillance du médecin rompu à côtoyer la souffrance des autres. Nathan prit conscience de sa maladresse.

— Je vous prie de m'excuser, souffla-t-il. Je vous remercie pour tout ce que vous et vos confrères avez fait. Sans votre aide je ne sais pas si je serais revenu.

— Vous êtes quelqu'un de très solide, Nathan. Vous ne devez votre guérison qu'à vous-même.

Silence. Nathan reprit :

— Vous êtes la première personne que j'entends parler français depuis mon arrivée. Votre nom ne semble pas...

— Je ne suis pas français, mais j'ai eu la chance de voyager dans ma jeunesse.

— Et vous aimez ce pays ? C'est le bout du monde, non ?

— J'aime surtout mon métier et puis je ne suis arrivé ici qu'il y a peu de temps. C'est un endroit magnifique, très calme. Donc, pour répondre à votre question, oui, je m'y plais beaucoup. Mais ça ne semble pas être votre cas. Tout va bien ? Vous paraissez un peu égaré...

— Je ne sais si...

Nathan hésitait à se livrer à cet inconnu. Mais il comprit soudain cette sensation de déjà-vu. Il se rappelait... Quand il était sorti peu à peu du coma, cet homme était venu lui rendre visite, moins souvent que Larsen, mais, oui, c'était de lui qu'il s'agissait. Cette silhouette muette... était bien celle de Strøem.

— Des images me reviennent... Vous... vous m'avez veillé, n'est-ce pas ? Vous restiez silencieux à mon chevet.

— Vous sembliez loin, très loin, mais j'étais certain que vous ressentiez ma présence, Nathan. Je suis heureux de ne pas m'être trompé.

— C'est très flou... À ce moment je n'aurais su dire si vous faisiez partie de la réalité ou de mon propre délire. Je... Apparemment, le Dr Larsen n'est pas très optimiste sur mes chances de retrouver rapidement la mémoire et j'avoue que... disons que c'est assez difficile à accepter.

Strøem se passa les mains sur le visage, attentif, comme pour l'inciter à poursuivre. Nathan continua :

— Docteur, partagez-vous le même point de vue qu'elle ou...

— Je crois comprendre ce que vous espérez de ma part. En l'état actuel des choses, il m'est impossible de vous donner plus d'espoir que ma consœur. Cliniquement, son diagnostic est parfaitement juste. Il est pourtant vrai que les méandres de l'âme peuvent parfois se révéler plus complexes qu'on ne l'aurait imaginé.

Nathan le coupa.

— Que voulez-vous dire ?

— Vous n'êtes pas mon patient, mais le sien. Il est vrai que si je vous suivais personnellement, je n'aurais peut-être pas adopté exactement les mêmes méthodes de traitement qu'elle. Une question, jeune homme : avez-vous eu des contacts avec des proches, votre famille ?

— Le Dr Larsen m'a affirmé que je n'étais pas prêt. Qu'il me fallait attendre encore. Elle redoute un nouveau traumatisme. Je trouve cela trop long et pour le moins étrange.

— En effet... D'ordinaire, on y va progressivement et

on prend toutes les précautions pour ne pas troubler le malade, mais on mise plutôt sur le fait que la présence d'un proche, le plus tôt possible après l'accident, même si la victime est encore dans le coma, augmente les chances de provoquer des réminiscences. Vous êtes sûr que vous ne vous souvenez d'aucun visage – celui de votre mère par exemple ?

— Aucun, docteur. Le vôtre quand vous me veilliez et celui du Dr Larsen, c'est tout.

— Pas d'image des gens qui se sont occupés de vous au moment de l'accident ? Aucune sensation ?

Une nouvelle lueur, d'incrédulité cette fois, s'était allumée dans le regard du psychiatre mais, submergé par une violente bouffée d'angoisse, Nathan n'y prêta pas attention. Il se prit la tête entre les mains et murmura :

— Rien.

Il releva les yeux et fixa Strøem.

— Docteur, je veux rentrer chez moi, je n'en peux plus de cette nuit qui ne finit pas, de ce néant. Je veux revoir les miens, la lumière du jour... Rentrer chez moi. Je suis certain que tout reviendra au moment même où je passerai le seuil de ma porte.

— C'est compliqué, mais je peux peut-être vous aider, reprit Strøem après un silence méditatif.

— M'aider ? Comment ?

— Eh bien, je peux reprendre votre dossier, et essayer de recontacter les membres de votre famille que le Dr Larsen a peut-être déjà cherché à joindre.

— *Peut-être* ? Qu'insinuez-vous ?

— Le Dr Larsen vous a-t-elle remis une copie de votre dossier ?

— Oui, bien sûr.

— Y avez-vous trouvé des noms, des liens, des numéros de téléphone qui seraient ceux de vos proches ?

— Non, mais...

Un doute vertigineux s'empara de Nathan. Qu'essayait de lui dire Strøem ? Que Larsen lui cachait quelque chose ? Ça n'avait pas de sens... La psychiatre était l'unique élément stable, fiable et rassurant dans le vide qui l'entourait. Il répéta :

— Qu'insinuez-vous ? Répondez !

— Rien, jeune homme, vous semblez me demander de l'aide, je vous en propose, c'est tout. – Le ton de Strøem était cinglant, sans appel – : Puisque le Dr Larsen juge dangereux de vous remettre trop tôt en présence de vos proches, je me propose simplement de vous procurer la possibilité de les joindre directement. Vous avez besoin de repos, maintenant. Allez dormir, je reprendrai contact avec vous dès que je serai en mesure de vous transmettre les éléments que j'aurai pu trouver.

Strøem consulta sa montre et se leva brusquement.

— Maintenant, pardonnez-moi, mais je dois prendre congé.

Nathan se leva en même temps que le colosse, qui le dominait d'une bonne tête. Ils se serrèrent la main.

— À plus tard, donc. Essayez de passer une bonne nuit.

Strøem s'éloigna vivement sans lui laisser le temps de répondre. Nathan sentit une sueur glacée lui couler le long du dos. Il aurait été incapable de dire quoi, mais quelque chose dans la démarche du médecin sonnait faux. Lui ou Larsen, l'un des deux lui mentait.

Il regagna le service de neuropsychiatrie par l'escalier de service. Cette rencontre lui laissait un goût étrange, accentuait son malaise.

Il hâta le pas pour se réfugier dans sa chambre. En poussant la porte du deuxième étage, il tomba nez à nez avec le Dr Larsen.

Elle sembla soulagée de cette rencontre.

— Nathan, bonsoir ! Où étiez-vous passé ?

— Parti marcher. Un peu plus loin que d'habitude, j'avais besoin d'un sérieux bol d'air.

— Je me suis inquiétée.

Elle l'interrogeait de ses yeux clairs.

— Ça ne va pas mieux ?

Il prit le temps de la sonder avant de répondre : il n'y avait pas le moindre signe de duplicité dans ces yeux-là.

— C'est de pire en pire, je ne sais pas ce qui m'arrive. J'ai le sentiment de tourner cinglé.

— Venez, je vous accompagne à votre chambre.

Il s'engagèrent dans le couloir. Larsen se ménagea un temps de réflexion puis demanda :

— Que ressentez-vous à présent ?

— C'est difficile à expliquer, ce sont comme des bouffées diffuses... qui me rongent de l'intérieur.

— À quelles occasions ces crises se déclenchent-elles ?

— En fait... tout le temps, mais certains événements peuvent amplifier le phénomène.

— Comme quoi par exemple ?

— Un bruit inattendu... Quelqu'un qui m'observe à mon insu...

— Quelqu'un qui vous observe... à votre insu ?

— Oui... enfin non... je ne sais plus.

Nathan marqua un silence puis déclara :

— Il faut que je vous dise quelque chose...

— Oui ?

— Bien... Je viens de parler avec le Dr Strøem, il n'a pas l'air de partager votre point de vue et j'avoue que...

Lisa l'interrompit :

— Avec qui avez-vous parlé ?

— Le Dr Strøem. Je l'ai rencontré à la cafétéria. En fait, je me suis souvenu de lui, de sa silhouette. Il venait me rendre visite en salle de réveil.

Larsen le fixait d'un air stupéfait.

— Vous êtes certain de ce que vous dites ?

— Absolument.

Elle s'arrêta. Son visage était devenu blême.

— Qu'est-ce que c'est que ces histoires, Nathan ?

— Comment ça, quelles histoires...

— Calmez-vous, comprenez que je me fais du souci pour vous. – Elle eut subitement l'air désolé. – Ce sont vos propos qui me tracassent.

— Que se passe-t-il ? Parlez, bon sang !

— L'accès aux soins intensifs est restreint et surveillé, Nathan. Personne n'est venu à votre chevet à part moi-même et les infirmiers de garde. Il n'y a aucun médecin du nom de Strøem dans cet hôpital, pas plus qu'il n'existe d'autre poste de psychiatre que celui que j'occupe...

— Mais je vous assure que...

— Je suis navrée, Nathan, j'ai peur d'avoir commis une sérieuse erreur de diagnostic à votre sujet.

4.

Il se réveilla au cœur de la nuit. Le souffle court, les membres secoués de tremblements. Sa nuque, son dos ruisselaient d'une sueur poisseuse.

Il se traîna jusqu'à la salle de bains, ouvrit le robinet et s'aspergea d'eau glacée.

Larsen n'avait pas prononcé le mot, mais il avait clairement reçu le message : elle le prenait pour un schizophrène, un paranoïaque en proie à des hallucinations. Les neuroleptiques sous forme de pilules oblongues et nacrées que lui avait apportées l'infirmière avant le dîner avaient confirmé ses soupçons. Docilement, il les avait mises une à une dans sa bouche, avant de les recracher dès qu'elle était sortie de la chambre.

Nathan était convaincu qu'il ne délirait pas. Ce type... ce Strøem... existait. Il n'était pas le fruit de son imagination, comme la psychiatre semblait le croire. D'un autre côté, Nathan était convaincu de la sincérité de Larsen. Pour la première fois, un élément concret venait corroborer ce que son intuition lui soufflait.

À présent, il comprenait ce sentiment qui l'oppressait.

Depuis le départ, on le surveillait et il l'avait flairé. Aussi fou que cela puisse paraître, Erick Strøem était un imposteur chargé de se renseigner sur lui.

Pour quelles raisons s'intéressait-on à lui, il l'ignorait,

mais son instinct lui dictait de décamper. Aussi vite que possible.

Il s'essuya avec une serviette-éponge et ouvrit le placard de la chambre. Il allait filer, rejoindre le centre-ville d'Hammerfest. De là, il aviserait.

Son sac bouclé, Nathan s'habilla pour le froid et fourra dans ses poches les documents d'Hydra relatifs à son accident, ses papiers d'identité, ses cartes de crédit, les cinq mille euros en liquide, puis il sortit de la chambre à pas feutrés.

Tout était sombre et désert.

Il longea le couloir jusqu'à la cage d'escalier. En tirant la porte, il tomba sur un type, serpillière à la main, vêtu d'une casquette et de l'uniforme orange vif d'une entreprise de nettoyage. D'un signe, l'homme l'invita à passer le premier.

À cet instant, une violente décharge d'adrénaline traversa Nathan. Une vitre le long de l'escalier lui renvoyait le reflet d'un deuxième homme, dissimulé dans un angle mort. Un rapide coup d'œil en direction du premier révéla des épaules athlétiques, un regard fuyant.

Un traquenard. Ces salopards étaient là pour lui.

Sans trahir son émotion, Nathan continua sur sa lancée. Et tout alla très vite.

L'homme du reflet tenta de le frapper à la nuque... Nathan cogna le premier, écrasant du plat de la main l'arête nasale de son agresseur, qui se brisa comme une noix. D'un coup de pied au ventre, il l'envoya valdinguer dans l'escalier.

Une fraction de seconde plus tard, il pivotait vers l'autre... Trop tard.

Un violent coup de botte aux reins le projeta contre le sol. Le souffle coupé, Nathan lâcha son sac et essaya de se redresser, mais le type était déjà sur lui et refermait son bras autour de sa gorge, comprimant ses carotides. Les mains tendues en arrière, Nathan tentait de crocheter ce qu'il pouvait, mais il suffoquait, sa vue se voilait... Il allait perdre connaissance lorsqu'une vision d'horreur le saisit.

Une seringue.

Le type essayait de la lui planter dans la gorge.

De ses mains, Nathan voulut bloquer le bras qui s'abattait sur lui. Il ne parvint qu'à le freiner. La pointe acérée, perlant de liquide, se rapprochait dangereusement de son visage.

Il se débattait. Noooon... Des larmes de rage lui montèrent aux yeux. Il n'avait pas survécu à cet accident, il n'avait pas échappé à la mort pour finir ainsi, dans cet escalier sordide.

D'une furieuse ruade, Nathan réussit à se dégager puis, d'une traction, il dévia l'arme et enfonça l'épaisse aiguille dans l'avant-bras de son bourreau. L'homme recula, cassant net la pointe d'acier dans ses chairs. Mais Nathan avait appuyé à fond sur le piston, injectant la plus grande partie du liquide. Le type s'écroula comme une masse.

Nathan récupéra son sac et dévala les escaliers en direction du sous-sol. Il n'était plus question de rejoindre la ville à pied. Une voix lui soufflait que les deux types n'étaient pas seuls. Un troisième devait les attendre à l'extérieur, dans un véhicule. Qui étaient-ils ? Que lui voulaient-ils ? Nathan chassa ces questions pour se concentrer sur sa priorité : quitter les lieux.

Au sous-sol, il pénétra dans les vestiaires du personnel. En quelques gestes sûrs, il démonta une poignée de porte à l'aide de laquelle il força les cadenas des casiers les uns après les autres. Dans le numéro 4, il trouva ce qu'il cherchait. Une clé de voiture à l'insigne Land Rover mais, surtout, une carte magnétique, sésame qui lui permettrait de sortir de l'hôpital sans se faire remarquer.

Le parking était désert, Nathan s'engagea entre les piliers de béton. Sur la quinzaine de véhicules qui s'alignaient, trois étaient des Land Rover. Deux blancs, un kaki. Nathan pressa le bouton de déverrouillage automatique de la clé. Ce fut l'une des voitures blanches qui se désigna. Nathan sauta dans le 4 × 4 et gagna la sortie. Une fois dehors, il ralentit pour inspecter les alentours. Tout semblait calme, seule une neige fine mais dense tourbillonnait dans le faisceau de ses phares. Il redémarra en douceur et s'engagea sur la route blanche et craquelée de givre en direction d'Hammerfest.

Il s'en était sorti. Sans qu'il se l'explique, son corps avait réagi sans faillir, son instinct l'avait sauvé. Ça tenait du miracle. Mais les mêmes questions revenaient le harceler : qui étaient ses agresseurs ? Que lui voulaient-ils ? Était-ce lié à l'expédition, à Hydra, à son accident, à sa discussion avec Larsen quand elle avait démasqué Strøem ? En savaient-ils plus que lui sur son identité ?

Le corps secoué de tremblements, Nathan approchait de la forêt de sapins qui bordait la route. Il distingua une forme sombre qui se découpait entre les troncs des arbres. Cette vision se chargea de le ramener à la réalité.

Un autre 4 × 4, tous feux éteints, dissimulé à la lisière de la forêt. Le troisième homme ne devait pas être loin. À l'affût.

Retrouver son calme. Ne pas se faire remarquer.

Nathan garda la même allure et s'éloigna en direction de la ville, des lumières. Fermement décidé à comprendre quels secrets recelait son passé.

5.

Paris se découpait en noir sous un ciel entrelacé de reflets bleuâtres, qui s'obscurcissait peu à peu. Nathan regardait les premières gouttes d'une pluie de printemps s'écraser sur le pare-brise du taxi qui l'emmenait à grande vitesse vers son passé.

18 heures. C'était le temps qui lui avait été nécessaire pour rejoindre la France. Après avoir écarté l'option jugée trop dangereuse de prendre un avion à Hammerfest, il avait roulé sans encombre jusqu'à la ville d'Alta, deux cents kilomètres plus au sud. Il avait abandonné le 4 × 4 à proximité de l'aéroport et s'était embarqué à bord du premier vol à destination d'Oslo, d'où il avait rejoint Paris en fin de journée.

La berline ralentit pour sortir du boulevard périphérique, puis mit le cap vers le centre de la capitale. Nathan faisait tourner nerveusement le trousseau de clés entre ses doigts.

Ses agresseurs l'attendaient-ils ?

Sans doute pas. Même s'ils connaissaient son adresse, la logique impliquait que, se sachant traqué, c'était le dernier endroit où Nathan se réfugierait, du moins l'espérait-il. Dans tous les cas, il ne pouvait se permettre de faire l'impasse sur cet appartement qui constituait le seul lien avec sa vie d'avant. L'angoisse de ce qu'il allait trouver lui rongeait le ventre. À quoi ressemblait son univers ? C'était peut-être un simple pied-à-terre, s'il voyageait souvent. Il essayait d'imaginer... un carnet d'adresses qui lui permettrait de reprendre contact avec sa famille, ses amis. Des meubles, des objets, des livres et la musique qu'il aimait écouter, une odeur différente de celle du service de neuropsychiatrie qui lui collait à la peau.

Tout lui reviendrait d'un seul coup au moment même où il franchirait le seuil de la porte. Il en était convaincu.

Il lui faudrait pourtant redoubler de prudence.

L'hiver ne semblait pas avoir quitté la ville encore engourdie par le froid. Des gens déambulaient sur les avenues grises, plissant les yeux pour se protéger des morsures du vent et de la pluie. Nathan se prit à scruter les visages. Si jamais il reconnaissait son père, un ami, sa compagne... Peut-être habitaient-ils ailleurs, loin d'ici.

Après avoir longé le boulevard Montparnasse, le chauffeur s'engagea dans la rue Campagne-Première, passa en douceur devant son immeuble, ce qui permettait d'en inspecter les abords directs. Ne décelant rien de suspect, il se fit déposer avant l'intersection avec le boulevard Raspail, puis revint sur ses pas jusqu'au numéro 6 *bis*.

C'était là.

Il leva les yeux vers le ciel. Les plus hautes lucarnes de l'immeuble bourgeois de six étages semblaient toucher la nuit mauve. Pas de digicode. Il poussa la porte et pénétra dans l'entrée qui s'illumina automatiquement. Quel étage habitait-il ? Il consulta les boîtes aux lettres, chercha son nom au milieu des autres. Rien. Il scruta le hall, il ne semblait pas y avoir de gardien. Il inspecta le trousseau. En guise de porte-clés, un petit étui en plastique bleu recelait un lambeau de carton usé. Sous son nom inscrit en caractères gras, lui apparut une série de signes altérés – cinq droite – il avait omis ce détail. Par souci de discrétion Nathan abandonna l'idée d'attendre l'ascenseur et grimpa les marches à pas de chat. Son souffle était régulier. Il se sentait mieux, ses angoisses s'étaient changées en ondes d'excitation. Il s'arrêta devant la porte de chêne massif, examina la serrure. Pas de trace d'effraction. Il tendit l'oreille, tout semblait calme. Son cœur cognait à tout rompre dans sa poitrine. Il allait pouvoir rentrer chez lui. Il prit une dernière inspiration, et fit tinter les tiges d'acier. Un instant plus tard la porte s'ouvrait sans un bruit sur l'obscurité.

Nathan pressa le premier interrupteur qui passa à sa portée, sans résultat. Il avait dû couper le courant avant son départ. En avançant dans la nuit, il pouvait entendre le grincement des lattes du parquet qui craquaient sous chacun de ses pas. À l'écho, le lieu lui sembla beaucoup plus grand qu'il ne l'avait imaginé. Il fit glisser ses mains sur les murs lisses jusqu'à rencontrer le placard du compteur électrique. Il l'ouvrit et continua son exploration à tâtons puis finit par buter sur un petit levier de bakélite, qui bascula dans un claquement métallique.

Une violente lumière l'aveugla.

Nathan protégea ses yeux du revers de la main, jusqu'à ce que ses iris s'habituent à l'intensité de l'éclairage.

Quelque chose clochait.

Le couloir... Bordel. Il braqua son regard vers le salon.

Tout... tout était désert.

Il se rua dans les autres pièces, claqua les portes, alluma chaque lampe. Murs blancs, vierges. Pas un meuble, pas un objet, pas une photo. Rien.

NON ! NON ! NON ! À l'exception d'un matelas et d'un téléphone, cet appartement était aussi vide que son putain de crâne.

Il erra de pièce en pièce, à la recherche de quelque chose, un signe, en vain. Une violente nausée l'envahit, les murs l'oppressaient, lui donnaient l'impression de se resserrer autour de lui comme une camisole.

Il suffoquait, s'embourbait dans le cauchemar...

Sa course s'acheva devant un grand miroir qui trônait, provocant, sur la cheminée du salon. Il s'approcha, plus près, de la silhouette qui se reflétait à contre-jour et demeura un moment immobile. Maintenant il comprenait. Oui, il comprenait clairement pourquoi Lisa Larsen lui avait refusé les visites de ses proches, de sa famille. Elle n'avait pu joindre personne, et c'était cette information qu'elle ne pouvait lui livrer sans risquer de provoquer un nouveau traumatisme. C'était la seule raison tangible.

Mais qui, qui était-il ?

À se regarder à travers ses yeux embués, il avait le sentiment que son être se décomposait, se fragmentait telle une difformité monstrueuse. D'un coup, il projeta en avant son poing qui vint percuter la glace et fit voler en éclats le reflet de l'inconnu. Le bras ensanglanté, il tituba jusqu'à ce que son corps se brise en deux. Il tomba à genoux, une main crispée sur le ventre, l'autre plaquée au sol... Il avait envie de vomir. À chaque spasme, les muscles de son cou se tendaient comme des câbles. L'estomac révulsé, il finit par cracher un magma de glaires et s'écroula à même le sol. Lentement son corps se contracta, se recroquevilla jusqu'à atteindre la position fœtale. Il crevait de retourner d'où il venait, là où rien ne pourrait plus l'atteindre, au plus profond du coma.

Cette nuit-là, il fit un rêve.

Un jeune enfant est assis entre ses jouets éparpillés. Un chat se frotte à lui. Sans un mot, sans une émotion, l'enfant se saisit d'une lame et poignarde l'animal en pleine tête. Les miaulements de terreur transportent alors Nathan dans la nuit d'un désert de sable duquel surgissent des crêtes de roche noire. Des femmes, des hommes au corps nu et décharné abritant des flammèches au creux de leurs mains le regardent en gémissant, le visage baigné de larmes, leurs doigts maigres tendus vers lui. En baissant les yeux, il distingue son torse ouvert en deux débordant d'entrailles noires palpitantes. Mais ce n'est pas cela que les êtres désignent. Le vent souffle, levant le sable par rafales en une tourmente ocre ; une silhouette drapée qui murmure son nom se dessine en pigments de clarté. À l'instant où il cherche à la rejoindre, elle lui échappe.

Lorsque Nathan s'éveilla, la lumière du soleil avait pris possession des lieux, traçant de vives flèches obliques sur le sol. Il se mit debout et fit craquer son corps meurtri. Il était presque 9 heures. Sa première pensée fut pour les hommes qui le traquaient. Ils pouvaient débarquer à tout moment. Passer la nuit ici avait déjà été une erreur dangereuse, il ne disposait que de peu de temps pour inspecter les lieux avant de fuir à nouveau.

Il pénétra dans la salle de bains et prit une douche rapide. Après avoir examiné la plaie superficielle qu'il s'était infligée à la main, il choisit des vêtements propres dans son sac : jean, T-shirt à manches longues et baskets, puis décida de se mettre au travail.

À vue de nez, il estima la superficie à environ cent mètres carrés. Quatre pièces blanches, parquet croisé et cheminées de marbre noir. L'endroit était clair et agréable.

Les questions se bousculaient. Par où commencer ?

Le téléphone. Il se dirigea vers le couloir. L'appareil faisait aussi office de fax et comportait une fonction de répondeur. Il n'y avait aucun message. Nathan décrocha le combiné et pressa instinctivement la touche de recomposition automatique. Un numéro s'afficha instantanément sur l'écran à quartz. Ça marchait. Après trois sonneries, une voix répondit :

— Orkyn Rive Gauche, un instant s'il vous plaît...

Le standardiste le mit en attente. Tout en griffonnant le nom sur un morceau de papier, Nathan fouilla sa mémoire... Cela ne lui évoquait rien. Le contenu du message qui défilait lui apprit qu'Orkyn était une société de services de luxe proposant des locations d'appartements ou de maisons, des limousines avec chauffeur... Il avait dû faire appel à eux pour louer cet appartement.

— Bonjour, mon nom est Vincent, que puis-je pour vous ?

— J'aimerais avoir des informations sur un appartement que je loue actuellement par l'intermédiaire de votre société.

— Certainement, pouvez-vous me communiquer l'adresse ?

— 6 *bis*, rue Campagne-Première, dans le 14e arrondissement. Mon nom est Falh.

— M. Nathan Falh ?

Il avait vu juste.

— C'est ça.

— Que désirez-vous savoir ?

— Écoutez, je pense avoir égaré le double du contrat de location. Pourriez-vous me rappeler la date exacte de signature du bail ainsi que sa date d'expiration ?

— Désolé, monsieur, mais je n'ai pas l'autorisation de communiquer ce type d'informations par téléphone. Peut-être pourriez-vous passer à l'agence ?

— Il me faut ces renseignements immédiatement.

— Mais...

— Je suis certain que vous allez trouver une solution.

— Bien, monsieur, je vous demande un instant.

Le standardiste le mit de nouveau en attente, le temps de joindre un responsable.

— Monsieur Falh ?

— Oui.

— J'ai besoin de vérifier votre identité, aussi je vous demanderai vos date et lieu de naissance, ainsi que votre numéro de passeport et l'endroit auquel il a été délivré.

Nathan attrapa ses documents et lui communiqua les informations nécessaires. Il entendait les doigts de son interlocuteur frapper nerveusement le clavier de la centrale de données.

— La recherche est en cours... Voilà, j'ai votre dossier sous les yeux... La location a pris effet le 1er janvier 2002 et s'étend sur une période de six mois, soit jusqu'au 30 juin 2002.

— Pouvez-vous me rappeler le montant exact de la location ?

— Bien sûr, sauf erreur de notre part, la somme globale de 19 200 euros, soit 3 200 euros mensuels, a été versée en espèces fin décembre par vous-même. Il a aussi été déposé une avance de 1 000 euros supplémentaires pour le téléphone.

— Mon dossier comporte-t-il d'autres informations ?

— Non, monsieur.

— Bien, je vous remercie...

— Au revoir, monsieur Falh, Orkyn Rive Gauche vous souhaite un agréable séjour à Paris.

Les événements prenaient une tournure singulière. Pourquoi avait-il dépensé une fortune en cash pour cette location alors qu'il partait en expédition quelques semaines plus tard ?

Il décrocha à nouveau le téléphone et composa le numéro d'Hydra à Anvers. Il était temps d'avoir une petite conversation avec ces gens-là. Une jeune femme décrocha.

— Hydra, secrétariat de M. Roubaud. Bonsoir.

— Jean-Paul Roubaud, s'il vous plaît.

— Je suis désolée, il est absent jusqu'à mercredi.

— Pouvez-vous me communiquer un numéro où le joindre ?

— Qui le demande ?

— Nathan Falh. C'est urgent.

— M. Roubaud m'a prévenu d'un appel éventuel de votre part. Je regrette, mais il est injoignable.

Nathan insista.

— Peut-être pouvez-vous lui demander de me rappeler ?

— Que voulez-vous qui ne puisse attendre, monsieur Falh ?

L'attitude méprisante de l'assistante commençait à lui taper sur les nerfs.

— Certaines précisions concernant la mission HCDO2.

— N'avez-vous pas pris connaissance du rapport transmis à l'équipe médicale qui vous a pris en charge ?

— Ce rapport ne tient compte que de mon accident, ce que je souhaite c'est un rapport détaillé sur cette foutue expédition, s'emporta Nathan. J'ai été victime d'un grave...

— Je suis au courant de votre situation. Vous avez été largement dédommagé.

— Dédommagé ?

— Un transfert bancaire de vingt mille livres sterling vous a été adressé sur un compte au Royaume-Uni. On ne vous en a pas informé ?

— Non.

— Eh bien, c'est chose faite. Écoutez, monsieur Falh, ne me rendez pas la tâche plus difficile... M. Roubaud est un homme très occupé. Il m'a donné des instructions claires avant son départ. Il ne souhaite pas s'entretenir avec vous. Ça ne sert à rien d'insister.

Un sifflement strident vrilla les tympans de Nathan. La secrétaire avait raccroché.

Abasourdi, Nathan reposa le combiné. Que signifiait ce comportement ? Hydra et Roubaud étaient-ils liés d'une quelconque manière à la tentative d'enlèvement d'Hammerfest ? Nathan essayait d'imbriquer les éléments dont il disposait. Rien ne collait. Il devait attendre le retour de Roubaud. Trois jours. Ça lui laissait le temps de trouver un moyen de lui parler. L'annonce du virement sur son compte en Grande-Bretagne lui permettrait d'enquêter en toute sérénité.

Pour l'heure, il allait se concentrer sur l'appartement.

S'il avait habité cet endroit, il avait dû y laisser une trace, même infime... Il allait passer les lieux au peigne fin.

Il fouilla d'abord la cuisine, qui ne livra qu'un sachet plié contenant du thé en vrac. La chambre, pour sa part, ne révéla rien d'autre que le matelas neuf posé à même le sol, une couverture pliée, vert amande, et un jeu de draps blancs.

Une nouvelle idée lui vint alors : s'il ne trouvait rien, cela signifiait qu'il avait peut-être dissimulé quelque chose.

Il s'engouffra dans le couloir et obliqua vers le salon.

La cheminée.

Il s'agenouilla pour palper l'intérieur du conduit, laissant glisser ses doigts dans les moindres recoins. Rien que de la suie. L'exploration des cheminées des autres pièces ne se révéla guère plus fructueuse.

Il tournait en rond.

Il passa encore une demi-heure à inspecter tout en détail à la recherche d'un indice, si maigre soit-il.

En vain.

Une nouvelle bouffée d'angoisse le submergea, mais il la repoussa. Il se pencha un instant à la fenêtre. Le ciel s'était couvert de nuages translucides et commençait à jeter des éclairs de fer. En contrebas les passants arpentaient déjà les rues. Nathan se mit à penser au brassage de ces millions d'êtres qui suivent une trajectoire bien précise, qui savent où ils vont et que d'autres attendent. Il se prit à les envier, mais une sève nouvelle coulait en lui, le retenait à la vie : il ne sortirait pas d'ici sans avoir trouvé quelque chose.

Il était bientôt 10 heures. Assis dans le couloir, Nathan consultait de nouveau le rapport de l'accident. Il détaillait chaque page à la recherche d'un indice, un détail qui le mettrait sur une piste, lorsqu'il le vit. En bas de la dernière page. Un tampon... il avait bavé, mais les caractères étaient encore lisibles. Un nom, Jan de Wilde. Le médecin de bord, l'homme qui l'avait évacué vers Hammerfest. En se concentrant, Nathan parvint à déchiffrer ses coordonnées, à Anvers. Celui-là serait certainement plus loquace que l'assistante de Roubaud. Il décrocha son téléphone et composa la suite de chiffres. Quatre sonneries puis un répondeur. Nathan jura et raccrocha brutalement sans laisser de message.

Tout en laissant voguer ses pensées, il détaillait le télécopieur... Il espérait que le toubib n'était pas reparti en mer... C'était un cube de taille moyenne, de couleur anthracite. Nathan parcourait machinalement des yeux la façade de l'appareil : un bloc compact de touches numériques situé sur la gauche était séparé d'un petit écran à cristaux liquides par une bande de touches oblongues aux couleurs vives. Juste en dessous on pouvait lire la marque et la référence du modèle. À peu près cinq centimètres plus haut, du côté droit, un bouton rouge translucide se détachait comme une éclaboussure du tableau de commandes. Il se redressa afin de mieux déchiffrer les caractères inscrits dessous : MEMORY.

Comment avait-il pu laisser passer ça ?

Il pressa le rectangle et immédiatement l'écran se mit à clignoter. La diode était morte, mais la mémoire recelait un fax. Nathan se leva d'un bond, vérifia l'état du chargeur de papier. Vide. Il arracha une feuille vierge de son dossier médical, la glissa dans la machine qui se mit à crépiter. Un instant plus tard, il tenait la feuille imprimée entre ses mains.

L'en-tête représentait un éléphant autour duquel s'enroulait un serpent. Au dessous était inscrit :

Istituzione Biblioteca Malatestiana.

Une bibliothèque... Les coordonnées indiquaient qu'elle se trouvait à Cesena, en Italie. Nathan lut le court message en français qui s'étalait au milieu de la page.

Essayé de vous joindre par téléphone sans succès. J'ai commencé à travailler sur le manuscrit d'Elias, c'est étonnant ! Appelez-moi dès que possible.

Ashley Woods

Un examen approfondi lui apprit que le fax avait été transmis le 19 mars. Soit quatre jours plus tôt. Il composa immédiatement le numéro de téléphone qui figurait sur l'en-tête. Trois sonneries puis une voix d'homme :

— *Pronto* ?

— Bonjour, vous parlez français ?

— Oui, bonjour monsieur, je vous écoute...

— Je désire parler à Ashley Woods.

— Le *signore* Woods est absent. Si c'est urgent, je peux vous passer son assistant.

— Oui, merci.

L'attente lui sembla interminable.

— Lello Valente, *si* ?

— Bonjour, mon nom est Falh, je vous appelle de Paris. J'ai reçu un fax de Woods...

L'Italien le coupa net.

— Falh ?

— Oui, cela concerne le « manuscrit d'Elias » qu'il aurait...

— Ah oui, bien sûr ! Elias, Elias. Pardonnez-moi, votre nom s'était enfui de ma mémoire. Nous ne nous sommes malheureusement pas rencontrés, mais Ashley m'a parlé de vous. Il essaye de vous joindre depuis plusieurs jours.

— Justement, je projetais de venir lui rendre visite rapidement, pensez-vous que ce serait possible ?

— Certainement, il est actuellement à Rome, mais il doit rentrer dans la soirée. Quand voudriez-vous venir ?

— Eh bien... disons que je pourrais être là tôt demain matin.

— Très bien.

— Où dois-je m'adresser ?

— Directement à la Malatestiana, nous vivons là, vous êtes déjà venu, il me semble ?

— Oui ! Bien entendu, où avais-je la tête ? mentit Nathan.

— Lorsque vous arriverez, empruntez la porte de derrière car la bibliothèque est actuellement fermée pour restauration. Il vous suffit de contourner le bâtiment par la droite. Vous verrez, il y a un petit porche de pierre, vous passez dessous et vous y êtes. Ne prenez pas la peine de réserver un hôtel, nous vous hébergerons.

— C'est parfait. Merci, Lello. À plus tard.

Ils raccrochèrent.

Nathan s'accorda un instant de réflexion. L'homme ne l'avait pas rencontré mais Woods, si. Enfin, il tenait quelque chose ! Il appela alors les renseignements et demanda à être mis en relation avec le standard de l'aéroport de Roissy. Un répondeur prit le relais et l'orienta vers le comptoir de la compagnie Alitalia où une hôtesse lui répondit.

— Bonjour, je désire me rendre à Cesena aujourd'hui même, quels vols pouvez-vous me proposer ?

— Cesena, Cesena... Il faut passer par Bologne. Il reste un vol qui part de Roissy à 17 heures, attendez... je vérifie... je suis désolée, il est complet. Le prochain ne part que demain à 12 h 30 et là j'ai de la place... Allô, allô ?

L'amnésique avait déjà raccroché.

6.

Le corps tendu à bloc, le regard rivé sur la route, Nathan avalait la nuit. Depuis son départ de Paris, où il avait loué une puissante Audi, il ne s'était arrêté qu'une seule fois pour faire le plein de carburant et manger un sandwich. Dijon, Lyon, Chamonix, jusqu'au tunnel du Mont-Blanc puis l'Italie, Milan, Modène, Bologne. Il touchait au but. Peut-être aurait-il mieux valu qu'il parte directement pour Anvers... Une confrontation aurait sans doute eu plus d'impact sur l'assistante de direction. Non... il était plus sage d'attendre le retour de Roubaud. Et, pour l'heure, ce Woods était l'unique personne susceptible de pouvoir l'aider.

Au-dehors défilaient les longues silhouettes des peupliers qui se détachaient sur un ciel obscur, semblable à l'asphalte qui courait sous ses roues. D'un œil, il consulta l'horloge du tableau de bord. 3 heures du matin. Au même moment, l'éclat d'un panneau réfléchissant lui indiqua la sortie pour Cesena nord. Nathan roula encore un kilomètre, enclencha son clignotant et emprunta une chaussée sinueuse envahie d'un épais brouillard qui le força à ralentir son allure. Les phares du véhicule tranchaient les nuages de vapeur qui s'étiraient en filaments avant de se refermer sur son passage. Vers quoi se dirigeait-il ? Qu'allait-il découvrir à Cesena ?

Comme les nappes de brume qu'il traversait, sa vie semblait se dissoudre à mesure qu'il respirait. Son seul lien avec la réalité était le volant qu'il tenait entre ses mains. Au loin, les contours aigus des palais de la forteresse médiévale émergèrent de la nuit. Il était arrivé.

La grande cité était un véritable labyrinthe de venelles escarpées, encastré de maisons anciennes aux teintes de gris, d'ocre jaune et de roux. Il se dirigea droit vers le cœur de la ville endormie à la recherche de la piazza del Popolo. Pour la première fois il se sentait véritablement en Italie. Son instinct lui disait qu'il y était déjà venu, qu'il avait aimé ce pays, les couleurs, les parfums...

Quelques instants plus tard, il glissait le long de la via Zeffirino Re, bordée de douces arcades. Il profita de la ligne droite pour accélérer puis surgit devant le palazzo del Ridotto, qu'il contourna avant de rejoindre une large place carrée, la piazza Bufalini. En son centre se dressaient, dans l'ombre des réverbères, les lignes brisées d'un bâtiment colossal, aux tuiles sombres et aux murailles roussâtres, cerné d'immenses cyprès. Nathan verrouilla sa voiture et franchit lentement les derniers mètres qui le séparaient de la bibliothèque. Tout était calme, seul l'écho de ses pas sur les pavés se répercutait dans le silence.

À droite de l'épaisse porte de bois sculpté, sertie dans la pierre, une plaque de cuivre gravée indiquait : Istituzione Biblioteca Malatestiana. Il reconnut aussi les courbes de l'éléphant ciselées dans le métal. Il fit le tour de la bibliothèque et distingua la veilleuse qui éclairait l'entrée de service que lui avait mentionnée Lello. Il pressa le bouton du carillon.

La porte s'ouvrit, dans un grand bruit de serrure, sur une silhouette trapue et hirsute qui se découpait dans la lumière moirée du vestibule.

— *Si* ? lança d'une voix rauque l'homme qu'on venait d'arracher au sommeil.

— Pardonnez-moi de vous réveiller, je suis Nathan Falh, je viens d'arriver de Paris. Êtes-vous...

Le visage du jeune homme s'illumina d'un large sourire dévoilant une mâchoire carnassière. Il s'adressa à

Nathan dans un français parfait quoique teinté d'un léger accent italien.

— *Si, si !* je suis Lello. Entrez, entrez. *Buon giorno,* monsieur Falh. Avez-vous fait bon voyage ?

— Excellent, je vous remercie, répondit Nathan tout en pénétrant dans la demeure.

— Je suis désolé, mais Ashley n'est pas encore rentré de Rome. Je n'ai même pas eu l'occasion de l'avertir de votre venue, mais il ne devrait plus tarder. Puis-je vous offrir quelque chose ? Thé, café ? Ah ! Il va être content de vous voir. Votre manuscrit... Ou bien peut-être préférez-vous vous reposer en l'attendant ? J'ai un bon lit à vous offrir.

Nathan reçut le message cinq sur cinq.

— Merci pour le thé, mais la route était longue et...

— Suivez-moi, je vous montre votre chambre.

Nathan lui emboîta le pas et ils s'engouffrèrent dans un long couloir, austère, au bout duquel un étroit escalier de pierre menait à un étage supérieur. Une fois en haut, ils suivirent un autre corridor dont les parois étaient creusées de niches closes. Il devait y en avoir une soixantaine au total. Tandis qu'ils longeaient les petites portes de bois griffées par les siècles, Lello commentait la visite en traînant des pieds.

— À l'origine, la bibliothèque faisait partie d'un monastère. Ce sont les cellules des moines, c'est là qu'ils vivaient. Ah ! Ça ne devait pas être drôle tous les jours. Hein ? Mais Ashley vous a sans doute déjà raconté tout ça ! Pas d'inquiétude, je vais vous installer dans la même chambre que la dernière fois, vous étiez dans l'appartement des princes, n'est-ce pas ?

Nathan acquiesça avec le plus d'assurance possible. L'Italien s'arrêta devant une grande porte, extirpa de sa poche un trousseau de clés à la taille démesurée et ouvrit la serrure en un tournemain.

— Et voilà, vous êtes chez vous. À plus tard, reposez-vous bien...

Le luxe de la chambre rompait net avec la rigueur du reste des lieux. De grands meubles anciens presque noirs déployaient leurs ombres sur les tapisseries représentant d'obscurs princes italiens aux yeux bistre et aux cheveux de jais qui ornaient les cloisons lambrissées de bois précieux. À chaque angle de la pièce, de petites lampes aux abat-jour de soie délicatement peints à la main diffusaient une lumière feutrée sur l'acajou rouge d'un grand lit orné d'allégories.

Ainsi il était déjà venu dans cet endroit, il y avait même dormi... Il n'en avait aucun souvenir.

Nathan posa ses affaires et entreprit une courte visite des lieux, mettant de nouveau sa mémoire à l'épreuve. Il ouvrit une première porte qui donnait sur un cabinet de travail meublé d'un bureau carré surmonté d'un écritoire et d'une imposante bibliothèque sur laquelle se serraient des centaines de volumes anciens. Il verrait cela plus tard. Il retraversa la chambre en diagonale et ouvrit une seconde porte. La salle de bains. Voilà ce qu'il cherchait. Il pénétra dans la pièce de marbre clair, évita le miroir et se fit couler un bain chaud. Un peu plus tard, il enfila un peignoir et se jeta dans le lit double qui semblait l'appeler désespérément. Une fois la lumière éteinte, il explora une dernière fois son esprit, laissant dériver les questions, à la recherche d'une bribe, d'un souvenir mais c'était peine perdue. Chaque fois il remontait vers la surface, vers le vide de sa réalité.

Demain... Patience... songea-t-il. Au même moment, ses yeux se voilèrent de gris et, sans plus opposer la moindre résistance, il s'endormit.

7.

La première sensation fut celle de l'acier froid du canon braqué sur son visage. Nathan demeura étrangement calme et immobile. De longues décharges d'adrénaline affluaient dans son corps. Il savait qu'au moindre faux mouvement son crâne volerait en éclats sous l'impact d'une balle de neuf millimètres. La deuxième sensation arriva lorsqu'il ouvrit les yeux. Une brûlure, qui s'insinua jusqu'au plus profond de ses rétines. Un salopard l'aveuglait à l'aide d'une torche électrique. Nathan étirait les secondes, tentant d'évaluer la situation, quand un phénomène étrange se produisit en lui. Il sentit son esprit se détacher de son corps et flotter dans l'obscurité. C'était comme si sa chair et sa conscience s'étaient séparées en deux entités distinctes. L'une restait allongée sur le lit tandis que l'autre était suspendue au vide, à l'affût de la moindre erreur de l'inconnu. Quelque chose venait de se produire, un sentiment qu'il n'avait encore jamais ressenti, comme si quelqu'un d'autre vivait en lui. L'inconnu brisa le silence le premier :

— Nous allons avoir une petite convers...

Erreur. La réaction de Nathan fut fulgurante. D'un geste fluide, parfait, il saisit le bras armé, l'écarta de son axe et, d'une torsion vers le bas, l'amena à la limite du point de rupture. Au même instant, son poing droit projeté à pleine vitesse vint s'écraser contre la gorge de l'agresseur. Un choc d'une violence telle que ce dernier fut propulsé au sol. Suffocant, l'homme tenta de ramper vers la porte. Mais, comme possédé, Nathan se jeta hors du lit et abattit son genou sur la colonne vertébrale du fugitif, jusqu'à sentir les vertèbres craquer sous sa rotule. Puis il enroula son bras autour du crâne, prêt à lui briser la nuque d'une vrille.

Qu'est-ce qu'il foutait, bon sang ? Il était sur le point de tuer cet homme. À mains nues. Son sang cognait dans ses artères. Il relâcha son étreinte, puis saisit l'inconnu, toujours étendu sur le ventre, par les cheveux, lui vissa la torche en plein visage et l'examina. Sa lèvre fendue pissait un sang épais et carmin. Jamais vu.

— Qu'est-ce que tu veux, qui es-tu ? feula Nathan.

— Pas... de mal... je...

Nathan tira plus fort en arrière.

— Tu es une de ces ordures d'Hammerfest ? Qui t'envoie ? Accouche !

— Je... je suis Woods, Ashley Woods...

Stupéfait, Nathan fouilla puis libéra l'homme avant de s'emparer de l'arme qui gisait sur le sol. Un sig P226, une petite arme de poing en acier de fabrication suisse. Extrêmement fiable. Ça aussi il connaissait. D'un geste mécanique, sans la moindre hésitation, il fit coulisser le levier situé le long de la crosse, retira le chargeur puis la culasse, qu'il glissa dans sa poche et rangea le pistolet dans le tiroir de la table de nuit avant de reculer et de s'immobiliser. Haletants, les deux hommes se dévisagèrent un long moment dans l'obscurité.

Nathan était bouleversé.

D'où lui venait une telle violence ? Il avait ressenti une force étrange s'emparer de lui lorsqu'il avait échappé à ses agresseurs à Hammerfest. À présent, c'était clair, ce n'était pas un hasard s'il s'en était sorti la première fois : ses réflexes étaient ceux d'un homme parfaitement entraîné au combat... Il scruta ses avant-bras, ses mains. Pour la première fois il remarqua leurs contours épais, leurs angles calleux. Deux serres meurtrières...

Il prit la parole comme on frappe le premier.

— Qu'est-ce que c'est que ce bordel ! Vous m'envoyez un fax, maintenant vous essayez de me faire la peau...

Woods récupérait lentement. Il essuya du revers de la main le sang qui maculait sa bouche et racla sa gorge meurtrie.

— Ne jouez pas au plus malin avec moi. Vous savez parfaitement que si j'avais voulu vous tuer j'aurais profité de votre sommeil. Reconnaissez que vos manières sont étranges.

— MES manières ?

— Qu'est-ce que vous me jouez ? Je rentre et je trouve un mot de mon assistant me prévenant de l'arrivée de Nathan Falh, propriétaire du manuscrit d'Elias.

— Et alors ?

— ET ALORS ? C'est bien vous, au détail près que la dernière fois que vous êtes venu, vous vous appeliez Huguier, Pierre Huguier !

Les mots résonnèrent dans le crâne de Nathan, la pièce tout entière chavira. Il sombrait dans la folie.

8.

— VOUS VOUS FOUTEZ DE MA GUEULE ?

— Pour être franc, je me pose la même question à votre sujet.

Woods, qui avait retrouvé ses esprits, se rapprochait doucement.

— Restez où vous êtes !

L'Anglais s'immobilisa, fixant Nathan d'un regard mêlé de stupeur et de curiosité.

— Je vous répète que je ne vous veux aucun mal. Ma méfiance peut vous paraître brutale, mais j'ai certaines raisons...

— Quelles raisons ?

— Il y a ici des ouvrages extrêmement précieux.

Nathan ne croyait pas un mot de cette histoire de livres. S'il avait pris le dessus assez facilement, les gestes de Woods n'étaient pas ceux du directeur d'une bibliothèque poussiéreuse mais bien ceux d'un professionnel. À quel genre d'homme avait-il affaire ?

— Qui êtes-vous, Woods ?

— N'inversons pas les rôles, si vous voulez bien.

— Pourquoi n'avez-vous pas simplement prévenu la police ?

— J'ai pour habitude de régler mes problèmes moi-même. Tenons-nous-en là, il me semble qu'après la raclée que vous venez de me flanquer nous sommes quittes. Vous n'y êtes pas allé de main morte... Qu'est-ce qui vous arrive ? Parlez-moi...

Nathan n'entendait plus l'homme, il se sentait pris au piège de sa conscience comme un oiseau d'une paroi de verre. Il essayait de recoller les morceaux. Il se remémora le fax. Le destinataire n'était pas mentionné. L'homme disait peut-être vrai. Il fallait prendre une décision. Vite.

— Écoutez, Woods, mes derniers souvenirs remontent à trois semaines. J'ai perdu la mémoire dans un accident de plongée. J'ai trouvé votre fax dans un appartement vide que je loue à Paris. Je suis venu jusqu'ici pensant que vous pourriez m'éclairer. Je n'ai aucun souvenir, ni de vous ni de quoi que ce soit d'autre concernant mon passé.

Le bibliothécaire l'écoutait attentivement. Il prit un siège et s'installa face à lui, l'incitant à poursuivre. Nathan balança le reste avant de conclure :

— Je vais me rendre à Anvers mercredi prochain pour rencontrer le boss d'Hydra, qu'il le veuille ou non.

— Vous n'avez personne ? De la famille, des amis ? demanda Woods.

— Personne.

Le bibliothécaire se leva et porta la main à sa gorge.

— Venez, je crois qu'un café nous fera du bien.

Nathan observait les préparatifs depuis le seuil de la porte de la cuisine. Woods versa dans un petit moulin électrique des grains bruns, puis d'autres, vert pâle, semblables à des perles de jade. Il régla la finesse de la mouture et actionna l'hélice. Le mélange dégageait un parfum âcre. Woods le transvasa dans le filtre en métal de la machine espresso, attendit en silence que le jus épais et noir comme du pétrole jaillisse fumant du percolateur et le versa dans deux verres à anses posés sur la table. Nathan s'empara de la coupe brûlante et la porta à ses lèvres.

— Je crains, cher Pierre, que...

— J'aime autant Nathan, si ça ne vous fait rien.

— Bien, j'ai peur de ne pas pouvoir vous apprendre grand-chose de plus. Nous ne nous sommes rencontrés qu'une seule fois. Vous êtes venu me rendre visite début février, dans le but de me confier un manuscrit ancien en très mauvais état. Un ouvrage relié, d'une centaine de pages, datant de la fin du XVIIe siècle. Vous m'avez demandé de le traduire et d'en restituer les parties manquantes. Un compte rendu de ce travail devait vous renseigner sur la position et la nature de la cargaison d'un navire coulé en mer à cette même époque.

— Me suis-je recommandé de quelqu'un ?

— Non, vous m'avez contacté directement et fait part de votre projet, qui m'a intéressé.

— Avez-vous une idée de la raison pour laquelle je me suis adressé à vous ? Vous êtes loin de Paris, anglais. N'y a-t-il pas des gens compétents pour ce genre de travaux en France ?

— Il y a, à Paris même, quantité d'experts plus que capables de traiter ce genre de manuscrit. Mais vous aviez vous-même écarté cette idée.

— Savez-vous pourquoi ?

— Oui, dans ce cas précis, étant donné la grande altération du texte, l'étude du document requérait, outre l'interprétation d'un homme de lettres, l'intervention d'autres techniques plus liées à la physique et à la chimie qu'à la littérature. Il existe, en France, des laboratoires de ce type, mais ils sont peu accessibles aux particuliers. L'institution que je dirige est l'une des plus renommées d'Europe et j'ai la chance de disposer ici d'outils techniques très performants en matière de recherche, ainsi que d'une certaine indépendance puisque je m'occupe exclusivement du fonds de la bibliothèque. En bref, vous m'avez appelé, j'ai répondu de manière positive. Vous avez sauté sur l'occasion.

Nathan resta silencieux quelques instants avant de demander :

— Vous avez fini le travail ?

— Pas encore. Pour l'heure je n'ai retranscrit que les premières pages. La tâche est considérable et l'étude complète risque de prendre pas mal de temps. La majeure partie du manuscrit a été abîmée et le texte est pratiquement effacé, mais j'ai bon espoir.

— De quoi parle-t-il ?

— C'est le journal d'un gentilhomme, Elias de Tanouarn, originaire de Saint-Malo-en-l'Île, l'ancienne cité corsaire française, et, pour tout vous dire, c'est assez différent de ce que vous m'aviez annoncé au départ.

— Différent de quelle manière ?

— Je préfère que vous lisiez vous-même le texte, Lello est en train de finir la transcription, c'est de l'ancien français. Les épreuves devraient être prêtes demain soir.

Les premières lueurs échappées des replis de l'aube éclairaient le visage de Woods. L'Anglais devait avoir une cinquantaine d'années. Un visage sec et glabre, des cheveux noirs, tissés de fils d'argent et ramenés en arrière. Entièrement vêtu de gris – pull en V, chemise de coton, pantalon de laine droit, chaussures en cuir à lacets – son corps souple et svelte dégageait une force d'une intensité rare. Son nez busqué allié à un regard perçant lui donnait l'allure d'un faucon. Un silence impénétrable s'était emparé des lieux, comme si le temps avait brusquement arrêté sa course. Les deux hommes avaient cessé de parler ; il était en train de se produire quelque chose de confondant. Comme lorsque deux êtres, sans un mot, se reconnaissent, comme on reconnaît un frère. Une osmose que ni l'un ni l'autre n'aurait pu expliquer semblait peu à peu les unir. Nathan était à présent certain que l'Anglais aussi avait ses secrets.

— Dites-moi, Ashley, le sig, c'est l'arme réglementaire des bibliothécaires ?

Woods esquissa un sourire et, sans répondre, invita Nathan à le suivre. Ils empruntèrent de nouveau les sombres galeries, les escaliers, avant de surgir dans un jardin majestueux où se mêlaient aux arbres parfaitement taillés des fleurs, des feuilles, des herbes aux teintes et aux parfums aussi tendres que le matin. Nathan leva les yeux.

Devant lui se dressait le bâtiment principal de la bibliothèque médiévale.

La salle, vaste et claire, était bâtie à la verticale du ciel. De chaque côté des murs de pierre grise, d'étroits ajours laissaient couler une pâle lumière d'orient sur les pupitres de chêne lisse et brun qui s'étendaient de part et d'autre de l'allée centrale. Du sol surgissaient deux rangées de fins pilastres cannelés qui paraissaient supporter à eux seuls tout le poids de l'édifice. La voix de Nathan déchira le silence :

— Où sommes-nous ?

— Au cœur de la Malatestiana... Son histoire commence en 1452. Elle tient son nom de Novello Malatesta, prince de Cesena. Un homme d'exception. En offrant ce sanctuaire aux franciscains, il a ébauché un des premiers modèles de bibliothèque publique. Ce sont les couleurs de ses armes qui ornent les écritoires. Regardez la finesse de la rosace, des arches gothiques... c'est un bijou d'architecture. L'homme qui l'a bâti s'appelait Matteo Nuti. Il s'est inspiré de la structure de la bibliothèque du couvent dominicain de San Marco à Florence, imaginée par Michelozzo quelques années auparavant.

Tout en écoutant attentivement, Nathan se déplaçait à pas lents sur les grandes dalles de terre cuite. Le nombre de fenêtres assemblées de carreaux incolores baignait la pièce dans une lumière pure et diffuse qui venait se réfléchir sur les courbes des voûtes lactées. Il pouvait presque entendre les murmures, les prières des religieux, sentir le souffle de leur foi parcourir sa peau.

— La collection est exceptionnelle, plus de quatre cent mille volumes. Des trésors inestimables : incunables, codex, manuscrits rares. Du *Tractatus in Evangelium Johannis* d'Agostino au *De republica* de Cicéron, en passant par les *Vitae* de Plutarque, le *Liber Marescalciae* de Rusio ou les bibles les plus rares... tout est là.

En voulant se saisir d'un splendide ouvrage – une *Naturalis Historia* de Pline l'Ancien – qui gisait sur un des pupitres, Nathan fut surpris par un cliquetis métallique. Il compris que les premiers moines avaient attaché chacun des volumes à leur place par une chaîne de telle sorte qu'on ne puisse les dérober.

— Nous sommes dans le scriptorium qui faisait également office de salle de lecture. Des générations de moines y ont brûlé leurs yeux et leur vie. Les places les mieux éclairées étaient réservées aux enlumineurs, aux rubricaires et aux copistes qui travaillaient sans relâche, d'autres venaient simplement lire ou prendre des notes. Regardez, touchez le bois patiné, la matière foulée de l'empreinte du divin et de la paix. On y voit encore les traces laissées par les cornes à encre, les griffures des plumes trempées dans les pigments d'or et des pierres ponces utilisées pour adoucir les parchemins. Les hommes les plus illustres, Jean d'Épinal, Francesco da Figline, Annibal Caro, son ami Paolo Manuzio, ont imprégné ces bancs noueux de leur ferveur.

Woods semblait possédé par le lieu. Une flamme blanche dansait en lui. Sa vie, les raisons mêmes de son existence se trouvaient entre ces murs. Il se livrait peu à peu. Cette fois Nathan ne le laissa pas s'esquiver :

— Et vous, qu'est-ce qui vous a amené jusqu'ici ?

L'Anglais retint sa respiration comme si ce qu'il allait dire risquait de bouleverser irrémédiablement la courbe de leur destin.

9.

— Je n'ai pas toujours été bibliothécaire, comme vous dites. Je suis né à Londres d'un père officier de l'armée britannique et d'une mère maltaise. J'ai eu une enfance dorée à Cadogan Gardens, à deux pas de King's Road, dont je vous passe les détails. À l'âge de dix-sept ans, je suis entré à l'université, au King's College à Cambridge, où pendant quatre années j'ai étudié le latin, le grec et l'étrusque. En septembre 1968, j'ai fait la rencontre d'un homme qui a déterminé le reste de mon existence. John Chadwick était mon professeur de grec. J'étais un élève brillant et nous nous sommes rapidement liés d'amitié. Il m'a peu à peu ouvert les portes de son univers.

« Pendant la guerre, il avait servi comme cryptanalyste à Bletchley Park, une unité militaire secrète conçue pour intercepter et casser les codes des forces ennemies. Plus tard, en 1953, Chadwick avait percé, avec son jeune ami l'architecte Michael Ventris, le mystère du Linéaire B, une écriture crétoise indéchiffrable retrouvée au début du siècle sur des plaquettes d'argile. À eux deux ils avaient formé ce que Chadwick avait plaisir à appeler le « cryptologue parfait » : un scientifique allié à un érudit. Face à mon père qui passait son temps entre l'état-major et les soirées mondaines, John s'élevait à mes yeux comme un monument.

« Je crois que l'envie de pénétrer des secrets est profondément ancrée dans l'âme humaine, même l'esprit le moins curieux s'enflamme à l'idée de détenir une information refusée à d'autres. Chez moi cette curiosité s'est révélée maladive. Le contact de John Chadwick a fait naître en moi une avidité boulimique pour les codes secrets, les écrits anciens. Il m'a offert ma raison d'être.

« C'est lui qui m'a initié à la cryptanalyse. Les premiers temps, pour m'exercer, il me donnait à déchiffrer des textes historiques connus mais complexes. J'ai cassé plusieurs énigmes légendaires comme le chiffre utilisé par Marie Stuart dans son complot d'assassinat contre Elizabeth d'Angleterre, les notes additionnelles du traité de l'Astrolabe de Geoffrey Chaucer ou le fameux carré de Vigenère, réputé incassable. Mes premiers succès. Le chiffre coulait dans mon sang. Au fil du temps, mes rapports avec Chadwick sont devenus ceux d'un père et de son fils. Nous n'en avons jamais parlé ouvertement mais je savais qu'il avait retrouvé en moi ce qu'il croyait avoir perdu à jamais. Son ami Ventris était mort dans un accident tragique, quelques mois seulement après leur découverte.

« Peu à peu, j'ai compris l'idée que le vieil homme avait derrière la tête. Il voulait faire de moi ce fameux cryptologue parfait. Je devais incarner, seul, la somme de talents de la paire qu'il formait avec Ventris. Un jour de 1970, il a estimé que mes connaissances littéraires et historiques étaient suffisantes. J'ai donc effectué un tournant radical en me spécialisant, sur ses conseils, dans la théorie des nombres, une des formes les plus pures des mathématiques. Tout en étudiant, j'entrai dans le cercle très fermé de la cryptologie avec lequel Chadwick avait gardé des liens étroits. Il m'a introduit au GCHQ, le Government Communications Headquarters, fondé sur les ruines de Bletchley Park peu après la Seconde Guerre mondiale. Sans m'en rendre compte j'étais en train d'être recruté. À peine quatre années plus tard, j'intégrais une petite équipe au sein du GCHQ à Cheltenham. J'y ai coulé des jours heureux, nous travaillions sur des idées, élaborions des principes appliqués à la création de cryptages, jusqu'au jour où une déception est venue tout foutre en l'air...

— Quel genre de déception peut pousser un homme à abandonner une vie aussi excitante ?

— Nous travaillions depuis de longues années sur un problème majeur qui obsédait les spécialistes depuis des siècles : l'échange entre les expéditeurs et les destinataires des clés sans cesse interceptées par l'ennemi, qui permettaient de déchiffrer les codes secrets. Notre idée fut de mettre au point un crypto-système à clé publique, où la clé utilisée pour le chiffrement n'est pas la même que celle utilisée pour le déchiffrement. Un concept révolutionnaire, à contre-courant de tous les systèmes en activité avant les années 1970. Nous avions trouvé la fonction mathématique à sens unique, mais il n'existait à cette époque aucun ordinateur capable d'analyser ce type de données. Nous étions en avance sur notre temps et, sous le sceau du secret-défense, nous avons été contraints par le gouvernement de mettre notre travail en sommeil.

— Que s'est-il passé ?

— Eh bien, trois années plus tard, un trio de chercheurs américains, Rivest, Shamir et Adelman, a trouvé la fonction mathématique et déposé le brevet de cryptographie à clé publique sous le nom de RSA. Écœuré, j'ai quitté le GCHQ pour m'orienter vers le renseignement pur au sein d'un département proche du Foreign Office. Je suis devenu un homme d'action et, quelques années plus tard, j'ai commencé à diriger sur le terrain les transmissions d'un grand nombre de coups de force et d'opérations clandestines. Je n'ai réalisé que plus tard à quel point je m'étais écarté de mon chemin. Les années passées auprès de Chadwick étaient loin, et, malgré mon goût prononcé pour cette existence clandestine, j'ai douté. Douté de la légitimité de certaines actions du gouvernement britannique, dans la lutte contre l'IRA en Irlande du Nord d'abord, puis lors de la guerre des Malouines.

« En 1990, j'ai repris contact avec un de mes anciens amis de Cambridge qui occupait alors de hautes fonctions au ministère italien de la Culture. Il m'a immédiatement proposé le poste que j'occupe actuellement au sein de la Malatestiana.

Nathan fixait Woods sans savoir quoi dire. Il se sentait presque envieux du passé de l'Anglais, de la richesse de cette vie comparée à l'angoissant vide de la sienne...

— Cela ne doit pas laisser beaucoup de temps libre, fit-il.

— Pour quoi faire ?

— Je ne sais pas... s'occuper de sa famille, par exemple... Vous n'avez jamais été marié ? Vous n'avez pas d'enfants ?

— Des enfants ? Non. J'ai eu des histoires, plus ou moins sérieuses, mais ce type d'activités vous enferme dans le secret, la vie n'est qu'un long mensonge malsain. Au début on arrive à éluder les questions embarrassantes, puis la confiance s'étiole et... bref, non je n'ai personne.

— Mais vous avez une vie normale à présent...

— À vivre seul, on a malheureusement tendance à prendre de mauvaises habitudes.

— Vous le regrettez ?

— Je ne crois pas. Je cloisonne mes sentiments, je les enferme dans des tiroirs à double tour. Jusqu'ici ça tient. Tout cela resurgira probablement un jour d'un coup et m'achèvera. J'espère que ce sera le plus tard possible... sur mon lit de mort.

Nathan s'en voulait d'avoir fait preuve d'indiscrétion. Il sentait que Woods lui avait répondu par pure politesse. Il aurait voulu s'excuser, mais l'Anglais reprit le cours de la conversation, refermant la porte de son intimité.

— Mon travail ici consiste à prendre chaque ouvrage et à l'analyser sous toutes les coutures. Certains, abîmés comme le vôtre, nécessitent seulement d'être restaurés pour être lus, d'autres comportent des cryptages que je dois casser afin d'en extraire le sens réel. Venez, je vous emmène à l'atelier.

Une immense cave, c'était là qu'Ashley Woods avait choisi d'installer son laboratoire. Sous la lumière ouatée des plafonniers s'alignaient quatre bureaux en bois espacés les uns des autres et impeccablement rangés. Sur chacun d'eux se dressaient un écran d'ordinateur et une petite lampe de travail. Le sol avait été recouvert de linoléum gris et les murs étaient en béton gris vert. Au fond de la pièce, un portail en inox, équipé d'une poignée verticale, évoquait l'entrée d'une chambre forte.

L'Anglais se posta devant et fit signe à Nathan de le rejoindre. Il s'arc-bouta sur le manche, fit pivoter la porte sur son axe et pénétra dans le sas. Il tendit alors une combinaison blanche et des gants de latex à Nathan, puis ils franchirent encore une nouvelle porte avant de se retrouver dans une longue salle carrelée blanche. De part et d'autre de la pièce se dressait un impressionnant arsenal high-tech : moniteurs suspendus, claviers reliés à de gigantesques machines, caméras numériques, microscopes optiques ou à balayage électronique, chambres photographiques, lampes à ultraviolets... Sur le mur du fond, une baie vitrée ouvrait sur une petite officine où s'entassait le matériel en verre, pipettes, alambics, creusets, réchaud, bacs de culture, congélateurs... probablement destiné aux analyses chimiques et biologiques.

— La plupart des instruments que j'utilise ici ont été piochés dans les techniques scientifiques de pointe, de l'imagerie médicale aux systèmes géologiques utilisés pour déterminer la nature des sols et leurs différentes strates. Vous avez ici un CT Scan : un scanner tomographique à émission de photons. Cette petite caméra, là, permet grâce à son large spectre de couleurs de distinguer deux jeux d'écriture. Il est courant de retrouver des textes rares effacés afin que le support puisse être réutilisé, c'est le principe du palimpseste. On se sert aussi de lumières noires comme celles que vous voyez là-bas. Elles rendent les encres brillantes et fluorescentes.

D'un rapide mouvement des doigts, Woods ouvrit une petite vitrine, verrouillée par un digicode, à travers laquelle on pouvait distinguer – scellés dans de petits sachets en plastique – des livres anciens rangés les uns à côté des autres. Le bibliothécaire en prit un, s'approcha de Nathan et le lui tendit.

— Tenez, c'est le manuscrit d'Elias.

Nathan se figea. À la seule vue du livre, sa vision se troubla. Il sentit son cœur accélérer sa course. Il avait tenu ces pages, elles lui appartenaient...

— Allez-y... prenez-le !

Nathan saisit le manuscrit à deux mains et le caressa du bout de ses doigts gantés. C'était un petit bloc dense et pesant de la taille d'un répertoire. La peau extérieure était ridée par les siècles, usée jusqu'aux dernières fibres à force de manipulations.

— C'est du vélin, la peau d'un veau mort-né qu'on a tannée et lissée jusqu'à ce qu'elle soit assez fine et souple pour que la plume ne s'y accroche pas.

Doucement, Nathan souleva la couverture, avide de découvrir les premiers mots d'Elias. Mais au fil du temps le cuir avait été rongé, tatoué par les micro-organismes, piqué par les moisissures qui étendaient leurs marbrures en volutes concentriques et brunâtres. On distinguait même de petites galeries creusées par les vers dans la masse du derme. Le texte était totalement illisible. Il discerna cependant, sur la page de garde, les vestiges d'un visage esquissé à la plume... Sans doute celui d'Elias.

— Je vous avais prévenu, le travail est colossal. Les premières analyses m'ont permis de confirmer la datation de manière assez précise. L'encre utilisée est un mélange, du noir de fumée auquel on a ajouté une substance grasse, de la gomme arabique. Il y a aussi des traces de miel. Cette technique était couramment utilisée à l'époque.

— Vous avez réellement pu tirer quelque chose de ces pages ?

— Oui, en revanche, je doute de pouvoir venir à bout de l'intégralité de l'ouvrage, certains passages sont complètement détruits. Il a subi de grosses agressions. Regardez, certaines parties carbonisées indiquent qu'il a survécu à un incendie. De son côté, Lello a effectué des prélèvements de moisissures de manière à déterminer si elles constituent un risque pour la conservation. Fort heureusement elles ne sont plus actives, elles sont mortes, totalement déshydratées. Le bilan global est positif, ce qui signifie que je dois normalement pouvoir interpréter une bonne partie du texte.

— Impressionnant !

Woods alluma la tête d'une caméra et demanda à Nathan de poser le manuscrit, ouvert, sur une plaque de métal qu'encadraient deux règles métriques noire et blanche. Puis, à l'aide d'un petit boîtier de télécommande, il plongea le laboratoire dans l'obscurité. Seule pointait la lueur pourpre des capteurs vidéo qui dansait dans la nuit artificielle.

— La première manipulation a consisté à utiliser cette caméra à infrarouges. Elle permet de distinguer l'écriture du vélin noirci. – Tout en pianotant sur son clavier, l'Anglais poursuivait ses explications. – Je règle le diaphragme à son ouverture maximale... La mise au point est assez délicate... Un peu plus de contraste... Voilà, ça y est, j'y suis !

Juste au-dessus d'eux, sur le moniteur, une image en négatif se dessinait au fil des mouvements de la caméra le long du parchemin. Des pleins et des déliés, de fins caractères, de la magie pure... Nathan parvint à lire :

... 18 mai... l'an... 1694

— Le style indique que le texte a bien été écrit par un homme. Malheureusement les lignes qui suivent sont difficilement déchiffrables. Lorsqu'on a une idée du texte, s'il s'agit d'un ancien testament par exemple, on peut interpréter les blancs. Ici c'est plus délicat. Il y a déjà quelques parties manquantes dans la transcription, vous verrez, je les ai symbolisées par des points de suspension. Il est plus prudent de ne pas extrapoler, cela risquerait de nous induire en erreur.

Woods éteignit la caméra et ralluma les néons avant de se diriger vers un ordinateur dans lequel il inséra un CD. Une liste d'icônes s'afficha sur l'écran, il cliqua sur « Elias ».

— C'est à ce moment qu'intervient le microscope confocale. Ce système est couramment utilisé en imagerie médicale afin d'explorer la structure des cellules humaines. Il permet de métamorphoser une surface plane en une image 3D. Une fois qu'on a photographié chaque feuillet, parcelle par parcelle, on transmet les données vers un ordinateur qui assemble le tout et permet de voyager dans l'ouvrage comme on le fait dans le corps humain. À partir de là, on peut faire à peu près n'importe quoi si la littérature n'a pas été trop endommagée. Pour ce texte, il m'a suffi d'augmenter le contraste de l'encre. Sur d'autres passages où les pigments ont été effacés, il est possible de distinguer les cicatrices laissées par la plume. J'ai ainsi pu reconstruire les phrases.

Nathan vit apparaître une image en trois dimensions du manuscrit, qui gravitait sur elle-même. Les feuilles de vélin qui semblaient si douces à l'œil et au toucher y étaient couvertes de flétrissures. L'image s'agrandissait. De grandes arabesques organiques s'étalaient sur une surface qu'on avait l'impression de survoler avant de s'enfoncer dans les différentes couches de la matière.

Les gestes de Woods étaient rapides et précis.

— On peut le manipuler dans n'importe quel sens. J'ai traité les trente premières pages. Ce n'est pas mal du tout. Regardez...

Il percuta une touche et une nouvelle page vint s'afficher, plane et jaspée de veines violacées, pareilles à des hématomes. Le texte apparut de nouveau. Nathan pouvait distinguer les courbes qu'avait tracées Elias, mais les déchiffrer relevait de l'impossible. Les lettres étaient étranges, hachurées comme si elles avaient été esquissées d'une main tremblante. Nathan demanda :

— Ne trouvez-vous pas l'écriture un peu...

— Torturée ?

— Oui, torturée...

— J'ai remarqué cela. Il peut y avoir plusieurs raisons. Lorsqu'il a écrit ce journal, l'auteur était peut-être malade, ou tourmenté. Espérons que la suite du manuscrit nous le révèle.

— Pouvez-vous encore zoomer sur le texte ?

L'Anglais s'exécuta. À mesure qu'il actionnait le curseur, les deux hommes s'engouffraient dans le passé.

Je fouhaite, e... événementf... témoin et... trifte victime.
Le vifage du... ho... me efquiffé par ma plume ma... roite,
fur.................. que je fuf. Eliaf de Tanouarn, gent... mme
malouin... corfaire. Depuif, mon âme à traver... furie avengle...
tempê... et même... ofité des ventf... retient... out au...
de la falaife, j'apparti... au paffé.

Nathan laissa son esprit dériver le long des circonvolutions, tentant de recoller les morceaux. Il se passait quelque chose... Des sensations naissaient de son esprit, l'impression que du sable lui fouettait le visage. Puis les images de son rêve revinrent en rafales : l'enfant... le chat... les contours du désert, la silhouette drapée qui murmurait... Il fut pris de vertige et s'agrippa au plateau de la table. Il sentait autre chose venir. Un sentiment de chaleur intense, une brûlure... Il voulait parler, les mots jaillirent de sa bouche :

— ARRÊTEZ !

Il avait crié, sans même s'en rendre compte. Woods quitta le programme et l'image s'évanouit de l'écran aussi vite qu'elle était apparue.

— Ça va ?

— Oui, je crois... le manuscrit... il éveille des réminiscences en moi.

— Des souvenirs ?

— Non. Des sensations, des images, mais lorsqu'elles se précisent, tout s'évapore. Comme si l'accès à cette partie de moi-même m'était refusé...

Woods se passa les mains sur le visage, il semblait fixer Nathan, mais son esprit était ailleurs, beaucoup plus loin.

— Qui êtes-vous ? murmura-t-il.

— Je crois vous avoir dit tout ce que je sais.

— Ce n'est pas ça. Je viens juste de penser à quelque chose. Je peux peut-être vous aider.

— Vous avez une idée ?

— Oui, à propos de vos identités multiples. J'ai gardé quelques contacts de mon ancienne vie. Des amis. – Woods consulta sa montre. – Quelle heure est-il ? 9 heures, donc 8 heures à Londres... ça devrait être bon. Avez-vous vos papiers sur vous ?

Nathan glissa doucement la main dans la poche arrière de son jean et en sortit le précieux petit livret grenat ainsi que son portefeuille. À cet instant, mille éventualités se présentèrent à lui. Quel homme était-il réellement ? Le peu d'éléments qu'il était parvenu à réunir semblait prouver qu'il n'était pas un citoyen ordinaire. Il se sentit soulevé par une vague d'inquiétude.

— Attendez ! Ce que vous allez faire ne risque-t-il pas de se retourner contre moi ? Je ne sais pas, imaginez que je sois... que j'aie des problèmes ?

— Pas de panique, mon contact est un ami proche. Croyez-moi, on a fait pire que de laisser un criminel en liberté. Tout cela restera entre nous.

Nathan lui remit ses papiers puis ils repassèrent dans l'antichambre.

L'Anglais avait pris place à son bureau, il composait un numéro de téléphone.

— Allô ? Jack Staël, oui... de la part d'Ashley Woods.

Son interlocuteur le fit patienter quelques secondes puis un franc sourire vint détendre les traits de son visage.

— Jack ? Salut, vieil ivrogne... très bien et toi... quel temps fait-il à Londres ? Quand est-ce que tu descends me voir ? C'est ça... Bon, écoute, j'aimerais savoir si le MI 5 pourrait me rendre un service discret... oui... une recherche d'identité...

10.

Ils attendaient.

Empreintes digitales, scanners de son passeport, numéros de cartes de crédit... Quelques heures plus tôt, Woods avait envoyé toutes les informations dont ils disposaient au siège du MI 5 à Thames House. Le haut fonctionnaire avec qui il traitait s'était engagé à répondre avant 17 heures. Comme l'avait assuré Woods, il détruirait les éléments recueillis, ne laisserait pas la moindre trace dans les fichiers du service de renseignements et de sûreté intérieure britannique.

Nathan avait profité des quelques heures qui avaient suivi pour faire un somme. Il avait aussi effectué une réservation sur un vol à destination de Bruxelles d'où il rejoindrait Anvers le lendemain.

Installé à son bureau, Woods, les traits tendus, triait des papiers. Dans l'angle opposé de la pièce, Lello finissait la transcription du manuscrit d'Elias. De son côté, Nathan restait muet, s'efforçant de dissimuler les tremblements nerveux qui couraient le long de ses membres.

Dans quelques minutes il serait fixé.

16 h 57. La sonnerie du téléphone explosa à ses tympans. D'un geste l'Anglais décrocha le combiné et lui fit comprendre d'un regard que c'était bien Staël. Woods échangea quelques phrases avec son interlocuteur, mais

pour l'essentiel il se contenta d'écouter et de prendre des notes.

Dès qu'il eut raccroché, Woods s'adressa à son assistant dans un italien parfait.

— Lello ? Vous serez gentil de nous laisser, s'il vous plaît...

Les deux hommes se retrouvèrent seul à seul.

— Bien. Staël a préféré ne pas lancer de recherche sur vos papiers d'identité, cela aurait éveillé les soupçons des autorités, qui enregistrent systématiquement ce type de requête. En revanche, il a consulté les fichiers des personnes disparues. Pas plus Nathan Falh que Pierre Huguier n'y figurent. Je vous confirme que personne ne s'inquiète de votre absence.

— La recherche sur mes cartes de crédit... A-t-elle donné quelque chose ?

— J'y viens. La Visa Premier a été émise à Paris par la banque CIC, le 21 décembre 2001, soit la semaine suivant votre ouverture de compte dans une agence du boulevard du Montparnasse, le 12 décembre. Le dépôt initial s'élevait à quarante-cinq mille euros, une partie en espèces, l'autre correspondant à un chèque émis par vous-même et provenant d'un compte au Royaume-Uni. Vous avez effectué plusieurs opérations, principalement des retraits d'argent liquide de montants importants. À ce jour, le solde est créditeur de cinq mille euros. Passons à l'AmEx. Celle-ci est liée à un compte ouvert le 7 janvier 2002 dans une succursale de la City Bank sur Regent Street, à Londres. Le compte présente un solde de 27 684 livres. La plus grande partie de cette somme semble correspondre à un virement effectué par la société Hydra Ltd, domiciliée à Singapour, *via* un compte en Suisse.

— Je suis au courant, c'est la compagnie qui a organisé l'expédition...

— C'est ce qu'il me semblait. Comme le préconise mon contact, je ne crois pas qu'il soit nécessaire d'aller plus avant dans la vérification de l'authenticité de vos papiers, cela risquerait de vous mettre dans l'embarras. Vos documents sont probablement volés et maquillés ou forgés de toutes pièces. Je suis certain qu'ils sont faux.

D'un coup, le sang de l'amnésique se figea dans ses artères.

— Qu'est-ce qui vous permet d'affirmer cela ?

— C'est limpide, Nathan. Vous me rendez visite à deux reprises, en vous présentant sous deux identités différentes. Vos comptes bancaires ont été ouverts il y a quelques mois à peine, d'importantes sommes d'argent y ont été déposées et la plupart des opérations sont des retraits d'espèces d'un minimum de quinze mille euros. Vous limitez autant que possible l'utilisation de vos cartes de crédit, comme si vous cherchiez à laisser le moins de traces de votre passage. Vous vous battez comme un démon et connaissez mieux que moi le maniement des armes à feu. Dans l'univers du renseignement, il y a un nom qui correspond trait pour trait à votre profil.

À chaque nouvelle vérité que lui assénait Woods, comme autant de coups de poing à l'estomac, Nathan se sentait un peu plus perdu, groggy.

— Lequel ?

— Vous êtes ce qu'on appelle un « fantôme ». Votre vie est une « légende », chaque détail a été minutieusement inventé.

Un fantôme... oui, c'était bien le sentiment qui l'habitait depuis qu'il était venu au monde dans l'hiver d'Hammerfest.

— Staël a tout de même pris l'initiative de transmettre vos relevés d'empreintes digitales vers les fichiers centralisés de plusieurs pays européens. France, Royaume-Uni, Italie, Grèce, Espagne, Portugal, Allemagne et Belgique. Tous ont répondu de manière négative sauf la France et le royaume de Belgique qui demandent un délai de recherche supplémentaire sans toutefois préciser de date. Pour le moment vous n'êtes fiché nulle part.

Nathan vacillait... Ses espoirs s'écroulaient les uns après les autres. À présent, il apprenait qu'il n'existait pas...

— Avez-vous la moindre idée de la nature des activités que pourrait exercer un homme qui se donne tant de mal pour dissimuler son existence ? demanda-t-il.

— Oui, Nathan, j'ai une idée. En fait j'en ai même plusieurs. Si je me trouvais face à vous sans connaître les détails de votre histoire, vous pourriez être aussi bien un agent gouvernemental égaré qu'un criminel bien organisé qui cherche à échapper à la justice. Mais il y a le contexte, voyez-vous : l'expédition polaire ; le manuscrit d'Elias ; les tueurs qui vous guettaient à l'hôpital. Tout cela pose un sacré problème en termes d'hypothèses. Franchement, je ne sais pas.

— De quelle manière me conseillez-vous d'agir ?

— Ne changez rien à vos plans. Partez pour Anvers, rencontrez le patron d'Hydra, essayez de lui soutirer le maximum d'informations quant à la mission à laquelle vous participiez. Vous devez faire preuve de prudence. Vous ne savez absolument pas vers quoi vous marchez, ni ce qui vous attend. Pour ma part, je ne vous lâche pas. Nous resterons en contact. Je vais vous confier un téléphone cellulaire ainsi qu'un ordinateur portable spécialement configuré avec un cryptosystème incassable de mon cru, de manière que nos échanges de courrier électronique ne puissent être interceptés. Je ne tiens pas à ce que quelqu'un vienne mettre le nez dans nos affaires. Je vous transmettrai les traductions du manuscrit d'Elias au fur et à mesure de l'avancement du travail. Il est probable qu'il joue un rôle dans cette histoire.

— Je suis touché de votre confiance, Ashley. Pourquoi faites-vous cela ?

Une étincelle s'alluma dans le regard de l'Anglais :

— Disons que j'aime ma vie à la Malatestiana mais que les hivers y sont parfois un peu longs.

La soirée qu'ils passèrent ensemble fut le premier moment de détente de Nathan depuis son réveil du coma. Un restaurant de Cesena où l'Anglais avait ses habitudes, un dîner simple mais aux mélanges de saveurs rares. Le soutien de Woods rassurait Nathan, il était pour lui un appui, une impulsion dont il avait besoin pour remonter vers la surface. La dernière nuit qu'il passa dans la chambre des princes fut paisible. Lello ajoutait les dernières touches à la transcription des premières pages du manuscrit, il la lui remettrait le lendemain, à la première heure.

Si son passé restait cadenassé, Nathan entrevoyait une lueur d'espoir. Il lui fallait maintenant plonger au cœur du monde secret qui l'entourait, identifier chaque indice, chaque signe sur sa route, annihiler son identité actuelle pour faire renaître celle de l'homme qu'il était avant l'accident.

Tuer Nathan pour laisser place à l'autre.

11.

L'avion à destination de Bruxelles décolla de Milan Malpensa à 13 heures précises. Sans attendre, Nathan ouvrit la fermeture à glissière de la sacoche en nylon, en sortit l'ordinateur que lui avait confié Woods et le posa sur sa tablette. Il releva l'écran et d'une pression du majeur alluma la machine qui lui demanda immédiatement un code d'accès. Il frappa les sept lettres convenues avec l'Anglais : N-O-V-E-L-L-O, du prénom du prince de Cesena. Un second mot de passe était nécessaire pour accéder au contenu du dossier qui l'intéressait : C-H-A-D-W-I-C-K. Un instant plus tard, le texte s'afficha. Le manuscrit d'Elias, traduit par Lello, allait livrer ses premiers secrets.

le 18 mai de l'an 1694.

Je souhaite, en ces pages, relater des événements dont je fus le témoin et la triste victime. Le visage de jeune homme, esquissé par ma plume maladroite sur le feuillet de garde de ce journal, ne représente nul autre que celui que je fus, Elias de Tanouarn, gentilhomme malouin. Depuis, mon âme a traversé la furie aveugle de bien des tempêtes et, si l'impétuosité des vents me retient encore au bord de la falaise, j'appartiens au passé.

En l'an de grâce mil six cent quatre-vingt-treize, la nuit du vingt-six novembre, une suite de détonations m'arracha du som-

meil. Une pluie de mitraille s'abattait sur ma demeure du Puits de la Rivière. Mille fenêtres se brisèrent en un formidable fracas et ma chère ville de Saint-Malo-en-l'Île en fut ébranlée jusqu'aux fondations de ses remparts.

Quittant mon lit en toute hâte, je dévalai les degrés et me retrouvai, à peine vêtu, dans la ruelle. Les cloches sonnaient à tout rompre, les déflagrations reprirent de plus belle, déversant sur la cité grêle de clous, de chevilles et de chaînes de fer. Les flammes léchaient les poutres des hôtels. L'air empestait la poudre et le bitume. Une clarté de feu enveloppait la ville. Dissimulant à mes semblables la joie intense qui m'habitait, je me frayai un chemin à travers la cohue du peuple effrayé et des chiens hurlants.

[...] une puissante mer d'écume bouillonnante et glacée déferla par-dedans les murs et me faucha. Mais, dans la pénombre, ma jambe rencontra un obstacle et, cette fois, je tombai à plat nez. Relevant la tête, j'aperçus l'objet de ma chute. Il portait l'uniforme de l'ennemi. Ventre crevé et tripes au vent, ce chien d'Anglais avait la figure tout arrachée, ne laissant voir qu'une méchante bouillie d'éclats d'os, de chair et de cheveux mêlés au sang.

[...] un vaisseau maléfique de cinq cents tonneaux à la voilure noire et aux soutes assez chargées de poudre et de projectiles de toutes sortes pour envoyer notre vieille cité par le fond. Amenée jusqu'à nos remparts par l'ennemi, la nef macabre devait accomplir sa funeste mission. Mais les courants en décidèrent autrement, et elle s'échoua sur les méchants écueils qui protègent le Fort Royal, explosant avec ses mariniers à bonne distance de nos murs, épargnant, rendons grâces à Dieu Tout-Puissant, les vies innocentes des Malouins...

Je repartis dans le vent hurlant jusqu'en la rue d'Entre-les-Deux-Marchés et frappai à la lourde porte de l'Hôtel de la Marzelière en criant comme un possédé qu'on m'y laisse entrer. Le judas claqua d'un coup sec. La servante, grassette, m'entrouvrit et éclaira ma figure à la lueur de sa torche [...] traversai la cour et gravis les degrés qui menaient à l'étage.

J'avançai dans le grand salon aux murs plaqués de boiseries où s'élevaient des meubles sombres et rares. Sur les parois de chêne se déployaient des panneaux du plus précieux des cuirs de Cordoue et de somptueuses tapisseries de laine au gré desquelles l'on pouvait admirer les disciples du Christ, sous la forme d'animaux étranges, un chien, un serpent et une sorte d'oiseau au bec fin et courbe. À peine ma main eut-elle touché le bouton de cuivre que la porte grinçante s'ouvrit devant moi. Roch se tenait dans l'ombre, vêtu de pied en cap, sabre au côté et pistolets à la ceinture. Les reflets des flammes dansaient comme des lucioles dans ses prunelles.

À peine l'avais-je informé de ma trouvaille [...] Nous sortîmes une lourde charrette à bras des écuries, dissimulâmes nos visages et nous enfilâmes dans le labyrinthe de venelles.

[...] Nous poussâmes la charrette jusque sur le sable humide. Les miliciens n'étaient point encore venus jusque-là, sûrement dans la crainte que l'ennemi ne les poivrât d'une seconde bordée. Je songeai à une autre menace, celle des chiens du guet, les dogues féroces qui, pour dissuader les pilleurs de navires, arpentaient les grèves de la cité après le couvre-feu, de la tombée de la nuit jusques à l'aube. Ils avaient dû donner du large au moment de la détonation, mais n'allaient tarder à revenir, alléchés par l'odeur écœurante de la mort.

Nous avancions entre les morts, tâchant de repérer les moins moribonds. À certains, les bras manquaient, à d'autres la tête. Le visage de Roch, tout frappé de stupeur, flamboyait à la lueur des flammes. Nous en choisîmes un. Un officier, gras comme un cochon, il était bel et bien passé, la langue pendante et les yeux révulsés. Nous le hissâmes sur la charrette, puis, comme pris d'une frénésie aveugle, nous en ramassâmes la moitié d'une douzaine que nous empilâmes les uns sur les autres avant de regagner la demeure de Roch. [...]

[...]

Nous disposâmes les corps sur les larges tables de bois tatouées de sang installées dans la cave, une salle creusée à même la roche qu'éclairaient des torches suspendues. La chance nous souriait, nous avions réussi un véritable tour de force au nez et à la barbe de la milice et, encore que la situation n'engageât point à la gaîté, nous eûmes bien grosse envie de rire. Mais le temps pressait, il fallait nous mettre en besogne.

J'enfilai un tablier de cuir et emboîtai le pas de Roch entre les cadavres. L'odeur du sang et des chairs encore tièdes avait pris pos-

session de la cave. Je les examinai un à un avant de les débarrasser de leur uniforme. Roch faisait pareillement de son côté. Notre tâche nécessitait un corps dans le meilleur état.

Nous nous affairâmes à nettoyer l'infect linceul poisseux de sable et de sang qui les couvrait. Je frottai, pressai l'éponge ruisselante et glacée contre les muscles, les graisses, les torses, les visages amputés.

Les pensées sombres qui m'avaient jadis habité, lorsque je me retrouvais face à la mort de manière aussi brutale, m'avaient abandonné. [...] Mais nous étions hommes de science, médecins, et seuls ces travaux d'anatomie nous permettaient de comprendre la complexité du corps humain, d'avancer dans le dédale du savoir.

Nous décidâmes d'attaquer par un beau nègre, vêtu d'une chemise simple de lin, et qui semblait avoir échappé aux foudres de la déflagration.

Roch se saisit de la trousse de cuir dans laquelle il transportait son attirail de chirurgie et arrangea ses lames dans une bassine. De dix années mon aîné, second fils d'un riche armateur, il avait d'abord étudié pour être d'Église, mais sa passion pour les femmes lui avait fait sauter souventes fois le mur du séminaire. N'ayant guère de penchant pour les affaires, il était devenu un chirurgien de marine fort expert, ayant fait ses armes à la course, à bord des vaisseaux les plus fameux sur toutes les mers du monde. Il revenait tout juste d'une campagne à bord du Furieux, *une frégate de dix-huit canons, qui avait bien voulu les mener lui et son équipage aux confins de la Méditerranée où ils avaient été resserrés dans les geôles d'un prince d'Orient pendant toute une année avant d'être fort heureusement libérés.*

Lames, scies, pinces, cisailles, écarteurs, tout était fin prêt. J'avais de mon côté préparé vélin, plumes et encre pour les croquis. Roch passa la main sur le torse du nègre et planta le scalpel dans la peau tendue de l'abdomen faisant pisser un sang noir et épais. Il pratiqua ensuite une incision dans la longueur, de la gorge jusqu'au sternum puis de travers dans l'ordre de former un Y. Pendant qu'il s'affairait à scier et débiter os et cartilages, perché sur un escabeau, je traçai les premières esquisses.

Son travail terminé, Roch m'adressa un sourire complice que je lui rendis. Puis, relevant de ses mains les deux larges lambeaux de peau et de muscles, il ouvrit la poitrine du nègre comme un livre de chair.

À ce moment, ses genoux vacillèrent. Il fit volte-face et je découvris son visage devenu blême, comme frappé du plus grand des effrois. Je le questionnai, mais les mots avaient peine à sortir de sa gorge. Je me précipitai pour examiner la plaie béante, une marmelade bien sanglante, lorsque l'horreur me heurta de plein fouet. Ses poumons... ses poumons avaient disparu.

Satan en personne était passé par-là.

Je plongeai mes mains dans les viscères et compris que les organes avaient été tranchés. Ces mutilations n'avaient point été le fait de l'attaque des Anglais, mais sûrement de quelque démon tout droit surgi des flammes de l'enfer. Résolus à comprendre, nous retournâmes le corps en le faisant rouler sur la table. Trapu et fort comme un Turc, le drôle devait bien peser ses cent cinquante livres. Sa figure reposait alors de côté, ses lèvres déformées laissaient échapper sa langue. Sur son épaule, nous découvrîmes une boursouflure de peau cautérisée, le blason des esclaves. Roch passa la torche le long du dos afin de pouvoir mieux examiner la surface de la peau. Il remonta vers le crâne et s'immobilisa dans le creux de la nuque. La peau s'était flétrie en cet endroit. Il approcha la flamme, le cuir chevelu semblait palpiter sous la lumière de feu. Soudain, je sentis sa main se crisper sur mon avant-bras.

Le derrière de la tête n'était plus qu'un gouffre noir encadré de lambeaux de peau souillés. Un abîme de terreur se creusa au fond de mon ventre, un bourdonnement d'angoisse, pareil aux élytres de mille insectes, hurla dans ma tête. La boîte crânienne avait été défoncée.

On avait volé aussi son cerveau...

12.

La peur. Le premier sentiment qui s'était emparé de Nathan avait été une peur suffocante. Il avait éprouvé le besoin de s'arracher à la carlingue d'acier de l'avion qui l'emportait vers la Belgique.

Le sang, les chairs, l'horreur...

Pour quelles raisons un crime vieux de trois siècles avait-il un tel impact sur lui ? Il avait décidé de se réfugier dans le doute. Si au fond il sentait que ces événements étaient bien réels, il se refusait de les considérer comme tels. Des voleurs de cadavres, un esclave... mutilé à mort... 1694... Le temps... Il laisserait le temps le tenir à distance de la folie dans laquelle il s'était senti sombrer en parcourant les lignes du manuscrit. Il avait tout noté, scrupuleusement, sur un document à part, plaqué des interrogations à côté des faits. Plus tard, beaucoup plus tard il tenterait de leur donner du sens, de les rassembler en une même fresque. Pour le moment il se contentait de collecter les fragments d'indices qui jonchaient le chemin de ce cauchemar éveillé.

Cela faisait près d'une heure qu'il roulait à bord d'une Volvo de location lorsqu'il quitta l'Amerikalei, dernier tronçon de la route qui menait de Bruxelles à Anvers. Il pénétra bientôt dans la cité flamande aux artères pavées et aux maisons anciennes hérissées de pignons, redents et volutes. Trop occupé à chercher son chemin dans le labyrinthe de ruelles, Nathan faisait à peine attention aux reliefs de l'architecture qui s'élevait autour de lui. Juste avant de décoller de Milan, il avait passé un coup de fil chez Hydra et, usant d'un subterfuge, s'était assuré que Roubaud se trouverait bien à son bureau, situé à deux pas de la gare ferroviaire. Quelques minutes de recherche sur Internet lui avaient permis de régler un autre problème : celui de l'identification de l'homme dont il n'avait pas le moindre souvenir. Une photographie de Roubaud, sur le site même de la société de travaux sous-marins, avait révélé un sexagénaire, d'allure massive, visage sévère et cheveux poivre et sel coupés en brosse. Une fine pluie vint fouetter le pare-brise de sa voiture, il freina sèchement pour laisser passer une jeune femme à vélo puis s'engouffra derrière elle. Aux contours frémissants de sa cape de plastique sombre, on aurait dit une écuyère pressant sa monture rétive le long d'un sentier de rocaille. Il suivit la silhouette gracile jusqu'aux abords de la gare et la laissa s'échapper droit devant lui avant d'obliquer vers la gauche comme le lui indiquait son plan. Quelques minutes plus tard il s'engageait dans une rue élégante en retrait du chaos urbain. L'Offerandestratt. Il était arrivé.

Le bâtiment, un bloc moderne aux lignes brisées, se découpait dans la lumière fébrile qui perçait la noirceur du ciel. Le long de la façade se dressait un panneau arborant des photos d'hommes vêtus de scaphandres, en plongée, à bord de bateaux, de submersibles, ou de plateformes pétrolières, comme autant d'icônes à la gloire d'Hydra.

Nathan passa une première fois sans s'arrêter afin d'inspecter les lieux en détail. Le siège ne semblait pas posséder de parking privé. Cela lui simplifierait la tâche. Il fit le tour du bloc pour s'assurer qu'il n'existait pas de sortie annexe et revint se garer légèrement en retrait de l'entrée de l'immeuble. L'emplacement était parfait. De là, il pourrait contrôler les allées et venues du personnel.

Il se passa les mains sur le visage comme pour ôter le masque d'épuisement qui l'enveloppait et se résigna à attendre. C'était la seule solution pour obtenir les réponses aux questions qu'il se posait.

À 19 heures précises, la porte automatique s'ouvrit sur deux silhouettes. Une femme en tailleur sombre, enveloppée d'un châle de laine blanche, et un homme, trapu, vêtu d'un manteau de cachemire marine sur un pull à col roulé de même couleur, qui éveilla l'attention de Nathan. Il se remémora la photo dénichée sur Internet. L'homme portait désormais une légère barbe grise mais c'était bien de Roubaud qu'il s'agissait.

L'homme et la femme échangèrent quelques mots, puis chacun partit de son côté.

Nathan se glissa discrètement hors de la Volvo et emboîta le pas du président d'Hydra. Il avançait vite en direction d'une grande place au bout de la rue, un bras replié sur le col de son manteau pour se protéger des assauts du vent. Il s'arrêta devant une Mercedes noire et la déverrouilla. Alors qu'il s'apprêtait à s'y installer, Nathan l'intercepta d'une pression ferme de la main sur l'épaule.

L'homme ne put réprimer un tressaillement.

— Qu'est-ce que... – Il tourna la tête vers Nathan – : Falh ?

— J'aimerais m'entretenir avec vous.

— Vous tombez mal, je dois...

Nathan claqua la portière de la berline.

— Vous ne me laissez malheureusement pas le choix.

Roubaud le toisait d'un regard bleu acier. Une attitude méprisante qui lui donnait l'allure d'un amiral de l'Armée rouge à la retraite.

— Que voulez-vous ?

— Savoir pourquoi vous mettez tant de précautions à m'éviter.

— Je suis extrêmement occupé.

— Allons, Roubaud, au point de ne pas me passer un coup de fil pour prendre de mes nouvelles ?

— Vous vous méprenez, je me sens très concerné par ce qui vous est arrivé, je me suis entretenu à plusieurs reprises avec l'équipe médicale qui vous a soigné, des gens très compétents, je suis également au courant de votre év...

— Parlons plutôt de la mission HCD02, le coupa Nathan.

— Vous avez eu le rapport, n'est-ce pas ?

Le téléphone de Roubaud se mit à vibrer, il plongea la main dans la poche intérieure de son manteau et s'excusa :

— Un instant je vous prie... « Allo ? Oui. Albert... confirmation de la capitainerie... Leopolddok. Oui, j'ai demandé... Van Den Broke, deux gars, les mécanos... L'équipage sera sur place à 7 heures... Rappelez-moi demain. »

Nathan laissa à peine à Roubaud le temps de raccrocher.

— Ce dont vous me parlez est le compte rendu de mon accident, il n'évoque rien d'autre.

— Mais parce qu'il n'y a rien à ajouter, enfin ! L'équipe avait pour but de ramener une cargaison de cadmium, elle l'a récupérée. Point ! Qu'est-ce que vous voulez que je vous dise de plus ?

— Vous mentez, Roubaud. – Silence. – Que s'est-il passé dans les glaces ?

— Falh, je vous préviens...

— Qu'est-il arrivé ? Vous cherchez à dissimuler des détails de cette expédition ?

— Quel genre de détails ? Je ne vois pas de quoi vous voulez parler.

— Le genre qui pousserait deux salopards à tenter de m'enlever en pleine nuit à l'hôpital d'Hammerfest.

— Écoutez, je ne souhaitais pas aborder le sujet, mais cette fois vous allez trop loin. Sachez que j'ai été informé par le docteur Larsen de l'évolution de votre prétendue... amnésie. Elle m'a clairement fait part de ses inquiétudes à votre sujet. Les hallucinations, les crises de paranoïa, et tout le reste. Vous êtes malade. Personne n'est venu vous enlever. Vous avez profité de la nuit pour vous enfuir. Voilà ce qu'il s'est passé. Maintenant, ça suffit. Je vous prie de cesser de m'importuner.

Roubaud s'engouffra dans sa voiture.

Nathan avait la furieuse envie de le retenir et de lui délier la langue à sa manière. Mais cela ne ferait que compliquer la situation. Il le savait. Roubaud démarra sa Mercedes et disparut dans le flot de la circulation.

Nathan avait repris le volant de sa Volvo et descendait à pleine vitesse la Gemeentestraat en direction de l'Escaut. La colère martelait son crâne. Rien, Roubaud ne lui avait rien lâché. Mais en un sens cette attitude renforçait Nathan dans l'idée que l'agression d'Hammerfest était liée à la mission d'Hydra. De quelle manière ? Il l'ignorait mais il était certain que Roubaud lui cachait quelque chose.

Quelque chose qu'il était bien décidé à découvrir.

Après avoir rejoint les berges du fleuve, Nathan consulta son plan et bifurqua sur la droite, vers la banlieue de Merksem. La nuit tombait sur la ville et il apercevait déjà au loin, mêlés aux cimes des arbres, les contours des mâts de charge et les feux scintillants des immenses navires qui s'élançaient vers le ciel crépusculaire. Il pénétrait la zone portuaire.

Une idée le taraudait. Il n'était pas sûr de son coup, mais cela valait la peine d'être tenté... Il roula quelques centaines de mètres et fit halte devant la vitrine illuminée d'une coopérative maritime, où un gros homme roux et rose lui céda une torche Maglite, une pince coupante, un bonnet et un pull de couleur sombre, avant de poursuivre sa route jusqu'à Ekeren. De là, il pourrait rejoindre les quais. Il parcourut encore une dizaine de kilomètres le long d'interminables voies en lacets, dépassa un panneau indiquant « Multipurpose Port » et fit irruption sur un large rond-point. Des noms en flamand et en anglais s'étalaient sur les pancartes autoréfléchissantes du complexe portuaire : Hansadok, Kanaal Dok, Werde Haven, Churchill Dok, Leopolddok...

Leopolddok.

C'était le nom qu'avait prononcé Roubaud au téléphone. Nathan braqua à gauche et s'engagea tous phares éteints sur une bretelle déserte plantée de lampadaires qui suffoquaient dans la brume. Au détour d'un virage, il distingua la lueur falote de la guérite des vigiles. Il s'arrêta et dissimula sa voiture derrière un amas de ferraille et de palettes de bois hors d'usage. La fraîcheur de l'air marin se faisait de plus en plus vive. Il enfila son pull, son bonnet et rangea la torche dans son sac à dos.

L'accès aux docks était empêché par une clôture croisée, cerclée à chaque extrémité de pelotes de barbelés tranchants. L'escalader comportait trop de risques. Nathan s'accroupit et sectionna méthodiquement les mailles du grillage de manière à percer une brèche au ras du sol. Quand il la jugea suffisamment large, il recroquevilla ses bras le long de son corps et s'y glissa en rampant sur ses coudes. Une fois de l'autre côté, il se redressa et s'enfonça à pas de chat dans la nuit.

Il avançait entre les silhouettes muettes des conteneurs, tout en prenant garde à se soustraire aux rais de lumière qui dégringolaient en cascade des tours halogènes. Un silence ponctué du vagissement des carcasses des cargos emplissait l'atmosphère. Il doubla un hangar vertigineux à l'ombre duquel s'entassaient, entre les Fenwick jaune vif stationnés, des tas d'élingues, des mousquetons. Il attrapa une barre de fer au passage, contourna la construction et s'engagea entre deux parois de tôle. Un instant plus tard, le quai lui apparut, s'ouvrant sur le noir du ciel et de l'eau.

Ce fut alors qu'il le vit.

Rouge sombre et irisé de mille feux. À quelques mètres devant lui se dressait l'étrave titanesque du navire. Il n'eut pas besoin de lire les lettres qui se détachaient sur la panse d'acier pour comprendre qu'il avait retrouvé le *Pole Explorer*.

13.

« ACCESS STRICTLY PROHIBITED » indiquait une pancarte qui oscillait le long de la ligne de flottaison. Le brise-glace devait mesurer cent vingt mètres de long. Une masse flottante colossale, hérissée de bâtiments, portiques, superstructures.

En retrait, dans l'ombre des hangars, Nathan scrutait le monstre à la recherche d'une voie praticable pour monter à bord. Si on ne pouvait pas le voir, lui en revanche pouvait observer la plupart des fenêtres des trois niveaux de pont. Elles étaient sombres. Celles de la passerelle étaient également éteintes. À l'exception d'une faible lumière provenant de ce qui devait être les quartiers des mécaniciens, le *Pole Explorer* semblait dormir. Comme l'avait fait remarquer Roubaud, l'équipage n'arriverait que le lendemain matin, il n'y avait donc probablement qu'un ou deux marins à bord.

Droit devant lui un câble fouettait le vide. Il semblait amarré au côté tribord de l'étrave dont il faisait le tour pour venir plonger le long du quai. C'était l'amarre d'une petite plateforme de carénage qui affleurait à la surface de l'eau. Un autre filin la reliait à la terre ferme. En l'utilisant, il pourrait grimper face au canal, à l'abri des regards. Nathan rejoignit le bord. Il n'avait que quelques secondes pour agir.

D'un mouvement souple, il se laissa glisser le long de la muraille du quai jusqu'au ponton flottant, amortissant le choc d'une flexion des genoux. Il saisit le cordage d'une main, le testa en tirant dessus sèchement à deux reprises puis l'enroula autour de sa jambe. D'une traction, il entama son ascension. L'effort était violent, mais, en quelques minutes, il avait presque accompli la moitié du trajet. Le vide qu'il surplombait ne l'impressionnait pas, en revanche la vingtaine de mètres qui lui restait à parcourir paraissait démente. Il progressait, s'agrippant, tirant comme un diable sur ses bras. Malgré une certaine aisance qui l'avait presque surpris au départ, son corps commençait à le trahir. Ses biceps le brûlaient, des crampes l'envahissaient, vrillant petit à petit les fibres de ses muscles... Nathan souffla un instant avant de reprendre son ascension pour atteindre le plat-bord. Il y était presque... Il s'y cramponna d'une main tandis que l'autre, à la recherche d'une prise, griffait tout ce qu'elle accrochait. Un morceau de ferraille lui permit de se hisser. Dans un ultime effort, il bascula tout son corps en avant et vint s'effondrer à quelques mètres d'un grand axe de cabestan.

Le souffle court, Nathan montait deux à deux les marches qui menaient à la passerelle. C'était là qu'il aurait le plus de chances de trouver ce qu'il cherchait. La porte étanche était verrouillée par un cadenas. Il saisit sa barre de fer, la glissa dans le U métallique et força. L'espace d'un instant, il crut que son outil allait plier ou se briser, mais ce fut finalement le cadenas qui céda. Il fit pivoter les deux longues poignées grinçantes...

Une pâle clarté de lune baignait le poste de pilotage. D'un côté, il y avait les instruments de navigation : écrans radar, ordinateurs de bord, GPS... tous éteints et protégés par des bâches de plastique transparent. De l'autre s'ouvrait une coursive qui devait mener aux appartements des officiers. Nathan s'engagea dans le couloir. Si le navire n'éveillait en lui aucune réminiscence, il avait pourtant le sentiment de pouvoir s'y repérer, comme s'il avait gardé en lui l'empreinte des lieux.

Une petite plaque gravée sur la porte de la première

cabine indiquait qu'elle appartenait à l'officier en second. La suivante, Chief Officer, était celle du commandant de bord. Nathan fit tourner le bouton de laiton, se faufila et verrouilla l'accès de l'intérieur. Il alluma une petite lampe-tempête qui baigna la pièce d'une lumière d'ambre.

Les quartiers du pacha se composaient d'une grande chambre équipée d'un lit simple, d'une armoire de rangement et d'un cabinet de toilette. Au fond, une porte étroite s'ouvrait sur un cabinet de travail. Nathan s'attela au bureau : un rectangle de bois rouge, attenant au mur et assez large pour faire office de table à cartes. Il était surmonté d'une étagère sur laquelle s'entassaient des classeurs et des ouvrages maritimes : un almanach, un calendrier des éphémérides, deux autres étaient consacrés à la navigation dans les glaces. Deux colonnes de tiroirs soutenaient le plateau de la table. Nathan en ouvrit un au hasard. Une liasse de fiches. La première était intitulée : *Relevés des courants de surface / mer de Barents...* Il feuilleta la pile... rien. Le tiroir suivant fut le bon. Il contenait le *Log Book*, le journal de bord de l'année 2002. Les officiers se devaient d'y consigner chaque événement, sans omettre un seul détail. Un compte rendu de l'expédition y figurait forcément. Nathan extirpa le carnet de cuir noir, l'ouvrit à la première page, à la deuxième...

Blanches. Elles étaient blanches. Cela signifiait qu'on avait... remplacé le livre. Nathan le reposa, fébrile, puis explora méticuleusement les autres tiroirs : cartes, stylos, compas, matériel de bureau... aucun intérêt. Il ne trouverait rien ici.

C'était clair : l'attitude de Roubaud n'était pas innocente. Il s'était passé quelque chose dans l'Arctique. Quelque chose d'assez sérieux pour que les responsables Hydra prennent le risque de faire disparaître des documents officiels. Sans doute aurait-il plus de chances en fouillant le reste du brise-glace. S'il était facile de nettoyer la cabine d'un officier, Nathan gardait espoir qu'un indice, une trace ait échappé à leur vigilance.

La taille du navire jouait en sa faveur.

Vu d'en haut, le *Pole Explorer* ressemblait à une ville fantôme peuplée de lucioles. Le pont numéro 3 était désert. Le vent avait forci et Nathan pouvait maintenant entendre le clapot des crêtes d'écume contre la coque.

Par où commencer ?

Les quartiers de l'équipage se trouvaient à la poupe, c'était délicat. Il attendrait que le marin de garde soit endormi ou abruti devant la télévision avant de s'y rendre. Pour l'heure, il allait visiter dans l'ordre les soutes, la salle des opérations hyperbares et les ateliers des scaphandriers.

Il progressait entre les écoutilles fermées, respirant les effluves écœurants des flaques patinées d'essence lorsqu'il aperçut, à quelques mètres devant lui, une trappe qui s'ouvrait sur un escalier en spirale. Il s'arma de sa Maglite et s'engouffra dans le puits d'encre.

Les parois internes des soutes plongeaient à travers les trois niveaux de ponts. Ne pas se faire repérer... Il attendrait le dernier moment pour utiliser sa lampe. À mesure qu'il descendait, il sentait ses pupilles se dilater au maximum pour mieux sonder l'obscurité. Le souffle sourd du vent s'était peu à peu évanoui pour laisser place aux plaintes métalliques des marches sous ses pas. Il put bientôt distinguer le fond de la cale. Une immense dalle de ciment. Il avait rejoint le niveau 0.

Nathan trancha l'ombre de son pinceau de lumière : le ventre du *Pole Explorer* était délabré, la peinture écaillée, rongée par la rouille et l'humidité. Le sol était jonché de palettes, de bidons, de câbles lovés. Il longeait un faisceau de fers à béton fixé au sol par des courroies, franchit un amas de fils électriques dévorés par le sel lorsqu'il découvrit une échelle à une dizaine de mètres devant lui. Elle menait vers une ouverture percée quelques mètres plus haut. Il coinça sa torche entre ses dents et gravit les échelons.

Un couloir.

Sur la gauche, une porte surmontée d'une douille sans ampoule s'ouvrait sur un magasin. Les murs, mieux entretenus, étaient équipés de bacs de rangement et de crochets sur lesquels on avait disposé du matériel d'alpinisme : des rouleaux de cordes de nylon rose, bleu, orange, des baudriers, des piolets, des pitons, des broches à glace. Nathan ouvrit un placard métallique dans lequel s'alignaient, sur une étagère, des casques rouges équipés de lampes à acétylène. Des combinaisons de travail étaient suspendues le long d'un portant, en dessous de gros sacs jaunes de plongée... Rien de bien excitant.

Le vrombissement d'une soufflerie attira son attention.

Il y avait une voie de communication entre les soutes, c'était sans doute par là qu'il pourrait atteindre la poupe. Nathan quitta le magasin et s'engagea dans la galerie qui terminait sa course dans une autre cale, plus petite. Les murs étaient couverts de boîtiers électriques grésillants. En balayant l'obscurité, l'éclat des torches ricocha contre un épais panneau de métal chromé pourvu d'un volant d'ouverture. Il leva les yeux : une suite de diodes luminescentes indiquait une température : – 72 °C. Une chambre frigorifique. Il posa sa lampe sur le sol et força de tout son poids sur le volant grippé qui ne céda qu'à coups de pied. La porte s'ouvrit dans un craquement de glace.

Une gangue de givre l'enveloppa. Il cala le battant en position ouverte et pénétra dans le cube. Les cloisons d'acier, couvertes d'une gelée blanche et poudreuse, renvoyaient des reflets de nacre. Des cascades de vapeur laiteuse coulaient du plafond pour venir s'enrouler autour de ses jambes. Nathan frissonna et avança de quelques pas vers le fond de la chambre. Il inspecta chaque recoin minutieusement. L'endroit était vide. Le froid suffocant lui brûlait les poumons et son épiderme se couvrait déjà de cristaux pareils à une fine poussière d'albâtre. Il fit demi-tour et trébucha sur un lambeau de plastique translucide qui émergeait des nappes de vapeur. Il braqua sa Maglite pour dégager son pied lorsqu'un détail retint son attention... Il y avait quelque chose, un petit objet brunâtre incrusté dans le sol. Nathan s'accroupit. Il pensa d'abord à un morceau de caoutchouc. Il tendit la main pour le ramasser...

À cet instant, il entendit des murmures.

Il éteignit sa torche, pivota sur lui-même et progressa,

accroupi, jusqu'à l'encadrement de la porte. Ce n'était plus un murmure, mais les voix de deux hommes qui approchaient, il discernait des bribes de paroles...

On l'avait suivi. Les chuchotements se rapprochèrent encore puis ce fut le silence. Les hommes étaient invisibles, mais bien là, tapis dans la nuit. Il pouvait palper leur présence.

Nathan songea immédiatement à la conversation de Roubaud... les mécaniciens. Ils avaient décelé sa présence.

Bloqué dans ce foutu frigo, il serait à découvert s'il tentait quoi que ce soit, et les types lui tomberaient dessus sans même qu'il les voie venir. Il vacilla, faillit poser la main sur le mur pour se rattraper mais se ravisa juste à temps, le métal glacé lui aurait arraché les paumes. Il se recroquevilla sur lui-même et attendit, espérant qu'ils trahissent leur position.

Le froid paralysait peu à peu ses muscles. Ses membres étaient secoués de grelottements de plus en plus vifs. C'était bon signe : trembler permettait au corps de maintenir sa température. Mais il perdait un degré toutes les deux ou trois minutes. À ce rythme-là, Nathan savait qu'il pourrait encore tenir dix ou quinze minutes, après quoi les spasmes cesseraient, ce qui signifierait qu'il n'aurait plus la force de lutter. Il tomberait dans le coma et très vite son cœur arrêterait de battre. L'issue serait fatale. Les batteries de la Maglite allaient, elles aussi, bientôt rendre l'âme. Il n'entendait plus que son souffle saccadé qui se cristallisait à mesure qu'il respirait. Les hommes n'avaient toujours pas bougé. Ils attendaient qu'il tombe pour venir le cueillir. Nathan se sentait encore la force de les neutraliser, mais il fallait faire vite.

Sortir de ce tombeau. Maintenant.

Il glissa un pied au-dehors lorsqu'il vit le panneau d'acier se rabattre violemment vers lui. Il arma sa jambe et, frappant de toutes ses forces, le propulsa dans le sens opposé.

Torche à la main, il jaillit de la chambre froide. Un des types gisait sur le sol, inerte, le visage maculé de sang.

Un coup, suivi d'une onde de douleur irradia son épaule.

L'AUTRE.

Nathan braqua sa torche sur la cloison de chrome et distingua dans un éclair le reflet de l'homme qui s'apprêtait à frapper de nouveau à l'aide d'une matraque. Il fit volte-face et lui décocha un coup de pied dans le genou, qui se retourna dans un craquement de ligaments. L'homme voulut crier mais aucun son ne sortit de sa gorge. Il s'effondra sans un bruit. Nathan l'enjamba et rebroussa chemin.

Il courait à perdre haleine, rattrapé par les hurlements de douleur qui ricochaient comme les plaintes d'un dément contre les parois du labyrinthe de métal. Un instant plus tard, Nathan rejoignit le pont des embarquements et franchit la passerelle reliée à la terre ferme.

Il courait toujours. Le froid doublé du coup de matraque l'avait secoué. Ses muscles revenaient peu à peu à la vie, mais la douleur l'enflammait. À chaque pas, il avait le sentiment de s'enfoncer jusqu'aux chevilles dans le goudron. Ses poumons avaient peine à se gorger d'air. Il ne fallait pas qu'il s'arrête, pas maintenant. Le bras gauche plaqué contre son torse, il redoubla la cadence jusqu'à atteindre la clôture. D'une main, il redressa le maillage et rampa dans la terre froide. Vu l'état dans lequel il les avait laissés, les deux types n'avaient pas eu le temps d'appeler de renforts, il avait encore quelques minutes devant lui. Sa voiture était toujours là. Il monta à bord, se débarrassa de son sac à dos et alluma la veilleuse de l'habitacle afin d'examiner ce qu'il avait précieusement gardé serré dans son poing. Il le fit rouler au creux de sa paume.

Le fragment mesurait environ deux centimètres sur trois et paraissait vrillé, incurvé sur lui-même. Sa surface rugueuse et striée était parcourue de minuscules volutes oscillant du brun au verdâtre. La forme lui rappelait... non, c'était impossible...

Lorsqu'il le saisit entre ses doigts, Nathan comprit qu'il avait vu juste : la texture était organique.

Un ongle.

C'était un ongle humain.

14.

Mais qu'est-ce qu'il s'est passé ?

Nathan filait à pleine vitesse sur la voie rapide en direction de la ville. La bruine s'était transformée en une pluie battante qui martelait le bitume. On avait entreposé un corps dans la chambre froide. L'ongle du cadavre avait dû rester collé au métal lorsqu'on l'avait sorti de là... Mais la couleur était étrange, le bout de corne semblait couvert de pigments de pourriture... Nathan songea à de Wilde. Le médecin de bord était sa dernière chance d'apprendre ce qui était arrivé dans les glaces. Celui-là, il se chargerait de le faire parler. Il fouilla son sac d'une main puis composa le numéro de l'homme sur le clavier luminescent de son téléphone. Une sonnerie... Deux... Réponds, bon sang ! Trois... Il s'engouffra dans un tunnel, les néons cuivrés défilaient à la vitesse d'une cataracte. Son cœur battait à tout rompre. Quatre... Il était près de raccrocher lorsqu'il perçut un déclic. Une voix lasse résonna dans l'écouteur. Nathan cria presque.

— Docteur Jan de Wilde ?

— Non... Qui est à l'appareil ?

Le type parlait français avec un fort accent flamand.

— Nathan Falh, nous avons travaillé ensemble, je dois le joindre de toute urgence !

— De toute urgence... Vous n'êtes pas au courant ?

— De quoi ?

— Jan est... décédé.

Une vague d'acide remonta dans sa gorge. Il braqua vers la bande d'arrêt d'urgence.

— Qu'est-ce que vous dites ?

— Il a disparu en mer, un accident...

— Je suis désolé, vous êtes...

— Son père, j'étais...

La voix de l'homme s'étrangla dans un sanglot.

— Comment... quand est-ce arrivé ?

— Lors d'une expédition polaire en février dernier...

— Sur le *Pole Explorer* ?

— Comment le savez-vous ?

— J'étais à bord... Écoutez, ce serait trop long à vous expliquer par téléphone. Peut-on se rencontrer ce soir ?

— Pardonnez-moi, mais ces dernières semaines ont été éprouvantes...

— Monsieur de Wilde, outre la mort de votre fils, des faits troublants se sont sans doute produits au cours de cette mission. Je dois absolument vous parler, je vous en prie...

Le vieil homme prit une inspiration, se ménageant un instant de réflexion.

— Où êtes-vous ?

— À Anvers, sur le port.

— Dans combien de temps pouvez-vous être là ?

— Une demi-heure, peut-être moins...

— Vous avez l'adresse de l'appartement de mon fils ?

— St Jacobstratt n° 35 ?

— Je vous attends.

15.

— Je ne comprends pas. Ne m'avez-vous pas dit que vous participiez à l'expédition ?

Dries de Wilde était un homme âgé à la silhouette longue et aux gestes lents. La peau usée, tendue sur les os de son visage, contrastait avec une carcasse encore puissante. Si sa voix trahissait une tristesse profonde, le septuagénaire se retranchait derrière un masque de méfiance. Nathan comprit qu'il lui faudrait gagner sa confiance pour obtenir les informations qui l'intéressaient.

— Je n'y étais plus lorsque votre fils a disparu, j'ai été victime d'un accident, on m'a évacué.

De Wilde scrutait Nathan, incrédule, mais un éclat de curiosité semblait peu à peu se matérialiser dans son regard.

— De quels événements vouliez-vous parler au téléphone ?

— C'est ce que j'essaye de découvrir. J'ai rencontré Roubaud au siège d'Hydra en fin d'après-midi, afin qu'il me renseigne sur le déroulement de la mission. Il n'a pas desserré les dents. Je crois qu'il cache quelque chose, quelque chose d'assez grave pour qu'on falsifie des documents officiels.

— De quoi parlez-vous ? demanda le vieil homme d'un ton las.

— Le journal de bord a été remplacé.

— Qu'est-ce qui vous permet de l'affirmer ?

— Disons que je le sais. C'est tout.

— J'ai été officier de marine marchande durant quarante années, je n'ai jamais vu une telle chose se produire...

— Je vous assure que celui qui est à bord du navire est vierge.

L'homme passa machinalement une main sur son crâne ras constellé de taches brunes.

— Vous pensez que cela peut avoir un lien avec le décès de Jan ?

— Je n'en sais rien. Si vous me racontiez ce que vous savez...

Silence.

— Je ne vous connais même pas... Roubaud m'a demandé de rester discret. Je... je ne sais pas...

— Pour l'heure il semblerait que ce soit lui qui vous ait dissimulé la vérité. Je cherche seulement à faire la lumière sur ce qui s'est passé à bord, sur la mort de votre fils.

De Wilde se tut, massant ses tempes du bout des doigts. Il basculait.

— Bien... Quand c'est arrivé, ils étaient encore là-haut, dans l'Arctique. Jan est parti à bord d'un Agusta, un hélicoptère léger, avec trois autres hommes, afin de reconnaître la route à travers les glaces. Ils se sont abîmés à une trentaine de miles du *Pole Explorer.* Le système de déblocage des portes a partiellement fonctionné, seul le pilote a survécu et a pu être localisé par le brise-glace grâce à sa balise de détresse. Le capitaine a immédiatement envoyé le deuxième hélicoptère en SAR.

— SAR ?

— *Search and rescue,* en reconnaissance. Sans succès. Le bateau s'est ensuite rendu sur le lieu supposé du drame, ils ont descendu les robots sous la banquise, mais les recherches n'ont rien donné. Ils n'ont retrouvé ni corps ni machine.

— L'hélicoptère n'était-il pas équipé d'une balise de détresse ?

— Si, ce sont des balises satellites flottantes qui se déclenchent automatiquement lorsque l'appareil subit une forte accélération. Selon le rescapé, ils auraient perdu un moteur et touché la glace en douceur avant de couler à pic, ce qui expliquerait pourquoi la balise n'a pas fonctionné.

— Il y a eu une enquête ?

— Sommaire. Des fonctionnaires de police se sont rendus à bord. Ils ont entendu le pacha, quelques membres d'équipage dont le survivant, puis l'affaire a été classée.

— Qui s'est chargé de vous annoncer la mort de Jan ?

— Roubaud.

— A-t-il évoqué autre chose concernant la mission ?

— Non.

— Monsieur de Wilde, je vais être direct. Croyez-vous à cette version des faits ?

— On réchappe rarement à un accident d'hélicoptère, mais cela n'explique pas pourquoi Jan se trouvait à bord de l'Agusta.

— À quoi pensez-vous ?

— Il y a des procédures très strictes en mer, en aucun cas le médecin n'aurait dû se trouver à bord de cet appareil lors d'une reconnaissance de route.

— Avez-vous abordé ce sujet avec Roubaud ?

— Non.

— Vous êtes d'accord qu'il est pour le moins étrange que lors d'une mission comme celle-ci les procédures n'aient pas été respectées ?

— Oui.

— Avez-vous informé quelqu'un de vos doutes ?

De Wilde se rétracta :

— Un instant, jeune homme ! Je n'ai jamais dit que j'avais des doutes. Ni vous ni moi n'y étions, et il n'existe aucun élément prouvant que cela s'est passé autrement.

Nathan hésita un instant à révéler la découverte de l'ongle dans la chambre froide. Il se ravisa et demanda :

— Verriez-vous un inconvénient à ce que je jette un œil aux affaires de votre fils ?

Le cabinet du médecin se divisait en deux parties. D'un côté se déployait l'équipement médical destiné aux visites des scaphandriers : vélo pour les tests d'effort, chevelures de câbles, électrodes, paillasse en inox, divers appareils respiratoires. De l'autre un bureau de verre au pied duquel s'entassaient des caisses de paperasses ainsi qu'un ordinateur débranché. Quelques chemises à soufflet gisaient éparpillées sur la table.

— Roubaud vous a-t-il remis ses effets personnels ?

— Ils sont là, répondit Dries en désignant du doigt une boîte en carton.

Nathan s'accroupit et plongea la main dans la caissette. Un portefeuille en veau glacé contenait plusieurs cartes : Visa affaires, Skymiles, Jan de Wilde était aussi membre de la fédération flamande d'aviron... Une photo d'identité : le médecin sourit légèrement. Il est brun et fluet, des yeux cerclés de métal doré, un visage quelconque. À ce moment, il ne sait pas qu'il va mourir prématurément. Il n'imagine pas sa mâchoire ouverte en un dernier cri silencieux, son corps en décomposition dévoré de l'intérieur par les crabes, les étoiles de mer...

Mais était-il seulement mort de cette manière ?

Nathan se sentait comme un charognard profanant l'intimité d'un mort.

Il s'empara d'un agenda et le feuilleta vaguement avant de le reposer. Ces affaires étaient passées entre les mains de Roubaud, s'il avait quelque chose à cacher, il avait fait disparaître tout indice compromettant avant de les remettre au père. Il ne trouverait rien de ce côté.

Il devait identifier les autres membres d'équipage.

— J'aurais besoin de consulter les dossiers de ses patients ainsi que son carnet de rendez-vous.

— Tout est dans son ordinateur. L'accès est protégé par un code. Je ne le connais pas.

— Il n'avait pas une secrétaire ?

— Jan travaillait seul.

Nathan n'insista pas et se concentra sur le carton suivant qui contenait des dossiers relatifs à différentes missions d'Hydra. Une chemise mauve portant l'inscription de l'expédition, HCDO2, recelait plusieurs feuillets. L'un d'entre eux était un e-mail de Roubaud, transmis le 7 janvier 2002.

« de :roubaud@Hydra.com »
« à :jan-dewilde@tiscali.be »

Jan,

Voici, comme convenu, les premières infos concernant la mission.

L'épave sur laquelle nous intervenons a été portée disparue en 1918. Selon le commanditaire, une équipe civile de glaciologues est tombée dessus par hasard. Ils ont posé une balise Argos sur l'iceberg. On est ainsi en mesure de connaître sa position au mètre près et en temps réel.

Le commanditaire a retrouvé la trace du navire, il nous confirme que l'oxyde cadmium s'y trouve (estimation à +/- 200 fûts selon les archives). Il se présente sous forme de cristaux à structure cubique qui servaient à la fabrication de piles électrochimiques. Les scaphandriers qui doivent les récupérer seront quotidiennement en contact avec les conteneurs. Je te demande d'évaluer les risques et de tenir compte de cela dans la préparation du matériel que tu embarques. Je ne veux pas de bavure. JPR

Des glaciologues... Un naufrage en 1918... De l'oxyde cadmium... Mais Roubaud restait tout aussi obscur sur l'identité du commanditaire. Nathan récolta les maigres indices et les nota sur son carnet. D'autres documents, en anglais, énuméraient des chiffres sur la toxicité du métal, des données scientifiques sur les sols infiltrés, les organismes vivants vulnérables. Nathan les lut attentivement et fouilla à la hâte la suite du dossier. Une feuille volante relatait le destin tragique des habitants de Tateyama, un village minier japonais dont les ressources d'eau, les rizières, avaient été contaminées par les rejets d'une usine de cadmium. Une série de photos anciennes illustrait l'horreur du drame. Hommes, femmes, nourrissons : yeux hagards, os saillants, membres atrophiés, brisés à angle droit. C'étaient des épreuves anthropométriques. Les corps, les crânes, les visages semblaient avoir été sculptés par le diable en personne. Nathan en avait assez vu. Il rangea les dossiers et fit une rapide synthèse des informations recueillies.

Malgré toute l'horreur qu'il évoquait, l'oxyde cadmium ne représentait un danger qu'à la suite d'un contact prolongé. Cela impliquait que, même s'ils avaient laissé échapper des cristaux, les membres de la mission ne risquaient rien ou peu. Le métal ne pouvait donc pas être la cause de la mort de Jan de Wilde...

Nathan passa au peigne fin le reste de l'appartement, ouvrant les tiroirs, fouillant les meubles, la grande bibliothèque. Dans un coin de la pièce, Dries demeurait silencieux. Ses yeux semblaient deux billes de verre fendues de l'intérieur. L'homme était à la dérive, la mort de son fils l'avait achevé.

Pourtant, au bout d'un moment, il soupira :

— J'ai peut-être une idée... Qui nous aiderait à obtenir des renseignements sur ce qui s'est passé à bord...

— Quoi ?

— Les manifestes.

— Qu'est-ce que c'est ?

— Des déclarations en douane. Chaque navire est soumis à une réglementation bien précise, il est tenu d'y consigner tout ce qu'il transporte à son bord et de le faire viser par le service concerné des ports qu'il visite. Les douanes d'Anvers doivent en posséder un exemplaire.

— Peut-on les consulter ?

— Je ne crois pas, mais je dispose d'un bon contact, si vous avez un petit billet ça pourrait s'arranger...

— Quand pensez-vous que nous pourrions les récupérer ?

— Je ne sais pas, fit de Wilde, scrutant les lames du plancher. Demain...

Lorsqu'il releva la tête, Nathan se tenait devant lui, sa parka à la main.

— Maintenant, Dries. Nous y allons maintenant !

16.

Dehors, l'averse redoublait. Des nuages tentaculaires roulaient dans la nuit, déversant leurs torrents noirs et glacés sur les docks. Nathan attendait au volant de la Volvo stationnée face au bureau des douanes. Cela faisait près d'une demi-heure que de Wilde avait pénétré dans le bâtiment de béton. Il ne tarderait plus.

Qu'allait révéler le manifeste ? Et si Roubaud l'avait lui aussi falsifié ? C'était peu probable, selon de Wilde les contrôles étaient sévères. Si on pouvait justifier la perte d'un journal de bord, la moindre fraude aurait fait prendre aux responsables d'Hydra des risques personnels incalculables. Il alluma une cigarette. À ce moment, la silhouette de Dries lui apparut, vrillée par les tresses de pluie qui ruisselaient le long de sa vitre. Nathan tendit le bras et ouvrit la portière de la voiture. Le vieil homme s'y engouffra, trempé jusqu'aux os. Une odeur de laine mouillée se répandit dans l'habitacle.

— C'est bon, j'ai pu récupérer la copie intégrale des documents, souffla-t-il en se débarrassant de sa casquette et de son pardessus.

— Qu'est-ce que ça donne ?

De Wilde déchira l'enveloppe humide et en sortit une liasse de papier imprimé en minuscules caractères grisâtres.

— Je n'ai pas eu le temps de regarder dans le détail

mais je peux déjà vous dire que vos amis ont fait une escale qui n'était pas au programme. Tenez, voyez vous-même.

Nathan alluma la veilleuse et s'empara de la liasse. La feuille de route indiquait clairement que le brise-glace devait se rendre dans le cercle polaire et en revenir sans marquer d'arrêt.

— Maintenant, regardez les tampons au bas de la page.

Antwerpen. Les douanes d'Anvers avaient appliqué le premier et le dernier cachet à la veille de l'appareillage et lorsqu'ils étaient rentrés. Deux autres datant des 22 et 23 février avaient été frappés juste au-dessous. Nathan lut le nom du port à voix haute :

— Longyearbyen...

Ce lieu lui était inconnu mais il avait identifié les consonances scandinaves. Il dévisagea Dries :

— Ils ont fait escale en Norvège ?

— Au Spitzberg plus exactement, l'île la plus importante de l'archipel du Svalbard. Les dernières terres avant la grande glace. Longyearbyen en est la ville principale.

Un sourire éclaira le visage de Nathan. Le vieux avait tapé dans le mille.

Après avoir examiné une première partie des documents à la lueur de l'habitacle, ils avaient décidé de regagner l'appartement du mort. Nathan avait préparé du café et cela faisait près d'une heure qu'ils épluchaient les fiches, installés à la table de la cuisine. Le manifeste se divisait en deux parties distinctes. La première répertoriait tout ce que transportait le navire, de l'électronique de navigation aux batteries de cuisine. L'autre était destinée aux marchandises éventuellement chargées ou déchargées au cours du voyage. Les deux hommes s'étaient réparti la tâche. Chacun devait examiner une part égale du dossier et comparer systématiquement l'état des cargaisons.

Très vite, ils avaient découvert que le *Pole Explorer* n'avait jamais transporté les fûts de polluants qu'il était parti chercher. Rien. Le cadmium n'apparaissait nulle part.

— Qu'est-ce qu'ils ont foutu... grommela Nathan. Peut-être n'ont-ils jamais pu y accéder ? D'après le compte rendu de mon accident, une partie de l'épave aurait été broyée par l'iceberg... Ils ont donc pu essayer d'atteindre les fûts, avant de renoncer. Mais cela n'explique pas pourquoi ils se sont arrêtés au Spitzberg.

— Sur ce point, je pense qu'on peut exclure le ravitaillement en pétrole, un navire comme celui-là a largement de quoi accomplir l'aller-retour. C'est sans doute dû au crash de l'Agusta, ou alors ils ont eu un problème mécanique...

Ils décidèrent de se replonger dans le dossier. Le travail consistait à passer une nouvelle fois les listes au peigne fin, à ratisser large, à traquer le moindre détail. L'étude de l'ensemble de la cargaison finirait peut-être par les mettre sur une piste.

— Vous trouvez quelque chose ? demanda Nathan quinze minutes plus tard.

— Rien, soupira de Wilde.

— Nous perdons notre temps... Compter les casseroles ne nous mènera nulle part. On doit s'y prendre autrement, cibler notre recherche. Vous avez la liste du matériel médical ?

Dries humecta son doigt, feuilleta la pile et en extirpa les pages qu'il tendit à Nathan, lequel inspecta les sections correspondant à la chambre hyperbare et au matériel personnel du médecin. Aucun détail n'éveilla son attention.

Le choc arriva lorsqu'il découvrit la petite liasse de fiches annexes agrafée au dos de la dernière page. L'une d'entre elles était une copie du procès-verbal dressé par l'autorité des Affaires maritimes anversoises. Après inspection du matériel de sécurité, l'officier avait constaté qu'il n'y avait que sept sacs mortuaires à bord du *Pole Explorer.* Les conventions internationales en vigueur en imposaient dix à bord de chaque navire de commerce.

Trois manquaient à l'appel.

Et Nathan était convaincu qu'il ne s'agissait pas là d'un oubli.

Il consulta sa montre. 23 h 5.

— Dries, vous n'auriez pas le numéro personnel de Roubaud ?

— Il m'a laissé son portable... Que se passe-t-il ?

— Donnez-le moi, s'il vous plaît.

Le vieil homme fouilla son portefeuille et tendit la carte à Nathan, qui composa immédiatement le numéro sur son cellulaire.

— Qu'est-ce qu'il y a... Parlez, bon sang !

— Un instant...

Une voix se matérialisa dans l'écouteur.

— Roubaud ?

Le patron d'Hydra garda le silence puis demanda :

— Falh ?

— Où sont passés les sacs mortuaires ?

— C'est vous qui avez foutu le bordel à bord du brise-glace ?

— Oui, et je vous promets que ce n'est qu'un début, si vous ne me dites pas où sont passés ces putains de sacs à viande.

— Mêlez-vous de ce qui vous regarde.

— Pourquoi cet arrêt au Spitzberg ?

— Où êtes-vous ?

— Qu'est-il arrivé au médecin de bord ? D'où vient cet ongle que j'ai trouvé dans la chambre froide ?

— Falh... où êtes-vous ? demanda à nouveau Roubaud, froidement.

Le ton sonnait comme une menace. Nathan raccrocha. De Wilde le saisit par le bras. Ses yeux étaient rougis, sa voix tremblait :

— C'est quoi ce foutoir ? Cette histoire d'ongle...

— Je n'en sais rien.

Le vieil homme chancelait à présent, ne cherchant plus à retenir les larmes qui coulaient au creux de ses joues. Il resserra le faible étau autour du bras de Nathan.

— Vous me devez cette explication. Je dois savoir comment mon fils est mort.

— Calmez-vous, Dries. Il est trop tôt pour conclure quoi que ce soit.

— Vous vous êtes servi de moi, de Jan...

— Je ne me suis servi de personne. Il est simplement plus prudent que vous restiez en dehors de tout cela.

— Je vais... je vais prévenir la police.

— Vous ne le ferez pas. Comme vous l'avez remarqué, rien ne prouve que Jan est mort autrement que ne vous l'a affirmé Roubaud. Vous ne pouvez rien faire.

— Salaud, vous êtes un petit salaud.

Nathan se dégagea de l'étreinte d'un mouvement d'épaule puis, sans un mot, il regagna le vestibule et dévala les escaliers.

La pluie avait cessé et l'asphalte humide se parait peu à peu des lumières de la ville. Rejoignant sa voiture, Nathan voyait la rue s'animer de milliers de gouttes d'or frémissantes, de fins serpents d'argent qui semblaient prendre vie à chacun de ses pas. Il s'était conduit de manière brutale et il n'aimait pas ça, mais cette attitude cachait une réalité : il ne pouvait s'encombrer plus longtemps de ce vieillard, encore moins l'impliquer dans une histoire qui le dépassait. Il lui demanda mentalement pardon.

L'enquête occupait de nouveau toutes ses pensées. Il s'arrêta, leva les yeux vers le ciel.

Rien ne cadrait. L'absence des métaux lourds... Le crash de l'Agusta... Les sacs mortuaires envolés... L'escale au Spitzberg...

C'était incompréhensible. Nathan ne croyait pas un mot de la version officielle. Les trois hommes étaient morts d'une tout autre manière, leurs corps avaient été récupérés. L'ongle humain découvert dans la chambre froide en était la preuve formelle.

Roubaud et l'équipage avaient dissimulé la vérité.

Mais que cherchaient-ils à cacher ? Que s'était-il produit pour qu'ils prennent le risque de monter toute cette histoire ?

Cela, il n'y avait qu'un moyen de le savoir.

17.

Vus d'en haut, les longs cirrus aux crêtes duveteuses évoquaient un suaire qui enveloppait le monde, un monde de secrets et de morts. À mesure qu'il remontait le cours de son existence, Nathan avait le sentiment de s'embourber : chaque porte qu'il ouvrait le plongeait au cœur d'un nouveau mystère.

La veille au soir, il avait gagné Bruxelles, passé la nuit à proximité de l'aéroport puis, à l'aube, il avait embarqué à bord du premier vol à destination d'Oslo. De là, il avait rejoint Tromsø à l'extrême nord du pays afin d'emprunter la ligne régulière qui reliait le continent à l'archipel du Svalbard.

À la demande de l'hôtesse, Nathan boucla sa ceinture et presque immédiatement le bimoteur de la Baarthens piqua du nez pour s'enfoncer dans la masse nuageuse. Pendant un instant, il ne distingua plus que les pales des hélices tranchant les épais filaments de brume...

C'est alors qu'apparurent les îles du bout du monde, grises et acérées, telles de larges couronnes de pierre s'élançant fièrement vers le ciel. Tout autour, la banquise morcelée couvrait encore le noir de l'océan. Nathan songea à un parvis d'albâtre veiné d'onyx. L'avion tourna une dizaine de minutes autour de l'archipel avant de se poser sur l'étroite piste d'atterrissage.

La salle des arrivées n'était qu'un bloc de béton brut,

décoré d'affiches publicitaires décolorées. On y voyait des familles en kayak, des motoneiges ou des spécimens de la faune et de la flore locales. Vers 17 heures, Nathan récupéra son bagage puis embarqua en compagnie des autres passagers à bord du minibus qui reliait l'aéroport à la capitale des glaces.

Cramponnée entre rivage et montagnes, Longyearbyen n'avait en fait rien d'une ville, c'était plutôt une sorte de village aux allures de station scientifique qui égrenait ses maisons en bois aux couleurs vives comme un chapelet ses perles, au cœur d'une vallée vertigineuse.

Sur les conseils du chauffeur de la navette, Nathan choisit de descendre au Radisson Polar Lodge. Un hôtel luxueux à l'architecture de bois et de verre, étape incontournable des expéditions arctiques. Sa chambre était claire et spacieuse et offrait une vue imprenable sur la vallée et la mer. Le plus simple aurait sans doute été de rendre visite aux douanes ou à l'administration portuaire, mais la tournure clandestine de son enquête lui interdisait tout contact avec les autorités. C'était là, au milieu des premiers touristes de la saison, qu'il aurait le plus de chances de passer inaperçu. Il sortirait plus tard, l'obscurité serait sa meilleure alliée pour se déplacer sans se faire remarquer.

Une heure à tuer.

Nathan fouilla les tiroirs du bureau et découvrit un dépliant qui faisait à la fois office d'annuaire et de guide de l'archipel. Il s'installa sur le lit et étudia le document. Le recto répertoriait les bars, les commerces, l'église et les institutions publiques, au verso il trouva un plan de la cité. En une vingtaine de minutes, il avait mémorisé assez d'informations sur la disposition des blocs d'habitation, des principales artères et du port afin de pouvoir se repérer parfaitement dans cette nouvelle ville.

Il était bientôt 19 heures. Nathan se redressa et tourna le visage vers la fenêtre. La nuit refermait son écrin sur la baie. Le temps était venu de se mettre en chasse.

Moins quatorze degrés Celsius. Le cadran électronique niché sur la façade de l'hôtel indiquait la température extérieure vingt-quatre heures sur vingt-quatre. Nathan enfonça son bonnet sur ses oreilles, fourra ses poings gantés dans les poches de sa parka puis décida de suivre la piste réservée aux motoneiges. Elle lui permettrait de rejoindre la voie pédestre qui menait au centre-ville.

Soufflés par un puissant vent d'altitude, les nuages avaient laissé place à un ciel pur et chatoyant. Nathan marchait comme dans un songe. Des rafales venues de la baie le submergeaient de senteurs, le parfum d'iode des grèves de sable gris, l'haleine sucrée des mousses et des lichens. En franchissant le pont qui surplombait la Longyear-elva, cours d'eau gelé qui divisait la vallée, il balaya du regard les falaises, les crêtes éclairées de lune : la neige avait commencé à fondre, laissant apparaître des plaques d'herbes noires parsemées des premiers boutons blancs des fleurs arctiques. Il aimait se retrouver seul face à la pureté brute de ces éléments, la roche déchiquetée, l'espace du désert, le vent doux ou hurlant que rien n'arrête... C'était un sentiment profondément ancré dans sa chair, un fragment de lui-même qui palpitait au même rythme que son cœur.

Depuis son départ, où il avait croisé un petit groupe de touristes, il n'avait pas vu âme qui vive. Les maisons étaient vides, la ville tout entière semblait avoir été désertée. Il se sentait comme le dernier survivant d'une *ultima* Thulé. Ce ne fut qu'une fois arrivé au carrefour de Skjœringa qu'il perçut de nouveau une présence humaine. Il y avait de la lumière aux fenêtres, des volées de rires qui résonnaient dans le lointain. Il pressa le pas. Dix minutes plus tard, il avait rejoint le rivage.

Les bassins portuaires étaient composés de trois quais creusés de darses où flottaient d'énormes fragments de banquise. La brise glacée commençait à lui griffer le visage. Il longea les docks. Face aux échoppes éclairées s'alignaient des chapelets de bateaux en bois ou en aluminium amarrés à des pontons ; plus loin, derrière, deux hydravions oscillaient dans la brumaille. Tous les établissements donnaient sur le port et sur le large, et le *Pole Explorer* avait fait escale ici. Quelqu'un l'avait forcément remarqué. Il décida d'attaquer par la cafétéria.

L'établissement faisait face à une station Shell fermée. Les deux bâtiments, séparés d'une quinzaine de mètres, étaient de longues carcasses de tôle, bleu ardoise, équipées de portes et de fenêtres coulissantes. Nathan poussa la porte battante et traversa la salle. Sur sa droite, deux hommes aux yeux légèrement bridés enchaînaient les parties d'échecs, le visage fermé par la concentration. Des Russes, songea Nathan en s'installant à une table de bois plastifié couleur caramel. Au comptoir, sous une lampe à néon trop puissante, des géants hirsutes explosant de bruits et de cris buvaient à grandes lampées leur bière au goulot. Hormis la serveuse qui se dirigeait déjà vers lui un carnet de commandes à la main, on ne prêtait guère attention à sa présence.

Elle était très blonde et pâle, avec des joues d'un rouge presque aussi vif que son rouge à lèvres.

— Vous parlez anglais ? demanda Nathan alors qu'elle passait un coup d'éponge sur la toile cirée.

— Je me débrouille, qu'est-ce que je vous sers ?

— Un espresso.

— On n'a pas de machine. Café américain ?

— Très bien... Ça fait longtemps que vous travaillez ici ?

— Trois ans, pourquoi ?

— Je me demandais... Avez-vous vu passer un navire brise-glace, le *Pole Explorer* ?

Nathan remarqua qu'il lui manquait une phalange à l'index de la main droite.

— Quand ?

— Fin février.

Silence.

— Non, désolée, ça ne me dit rien.

— Peut-être vos amis au comptoir auront-ils repéré quelque chose ?

Elle marqua une pause, puis demanda :

— Vous êtes un flic ou quoi ?

— Non, journaliste, improvisa Nathan.

Elle tourna les talons et retourna parmi les géants. D'un geste machinal, elle fit glisser son plateau sur le bar et lança une bourrade au plus grand d'entre eux qui mimait un geste obscène. Leurs rires éclatèrent en un chœur bruyant. Soudain, les voix se turent, seule la jeune femme parlait. Les colosses l'écoutaient avec attention. L'un d'entre eux lança un coup d'œil dans la direction de Nathan qui détourna le regard, puis ils reprirent leur discussion comme si de rien était.

La serveuse versa le jus couleur réglisse dans une tasse, prit un biscuit dans une boîte de carton, posa le tout sur un plateau et revint vers lui.

Elle posa le mug de café devant lui et déclara :

— Ça ne leur dit rien...

Il était clair qu'il n'apprendrait rien de ceux-là. Il but le jus tiède d'une traite et décida de poursuivre ses recherches ailleurs.

En traversant la salle vers la sortie, Nathan remarqua que la table des Russes était déserte. Ils s'étaient volatilisés sans même qu'il s'en rende compte. Il régla son addition et ressortit dans la nuit.

La plupart des établissements étaient encore ouverts. Nathan entra dans le suivant et posa de nouveau ses questions. Il se heurta aux mêmes regards noirs, aux mêmes dénégations, l'hostilité à l'étranger qui sortait des sentiers battus était palpable. Les marins n'aimaient pas les questions, ni les emmerdes. Ce fut la même chose dans chaque bar. Une heure et demie plus tard, il avait bu sept cafés, quatre thés et fait deux fois le tour du port sans avoir recueilli la moindre information.

Il allait devoir trouver autre chose.

Aux environs de 21 heures, il décida de regagner son hôtel. Il retournerait sur le port dès le lendemain matin, les employés de la Shell se montreraient peut-être plus loquaces. Il suivit un sentier qui slalomait entre les maisons, avant de déboucher dans Highstreet. L'artère principale dominait la vallée. Les lumières frémissantes de Longyearbyen ressemblaient à des constellations d'étoiles blotties les unes contre les autres comme pour mieux se protéger du froid. Nathan ralentit pour contempler le spectacle quand un bruissement lui fit tourner la tête.

Ça venait de derrière.

Il se retourna, sonda minutieusement la rue et les zones d'ombre qui s'ouvraient entre les maisons. Pas un son, personne, il n'y avait rien de suspect. Ce devait être son propre écho. Il se força à se détendre et reprit son chemin, mais ses sens semblaient l'avertir d'un danger.

Un nouveau craquement de glace déchira le silence. Quelqu'un se déplaçait, respirait en même temps que lui dans la nuit. D'un pas calme, Nathan obliqua vers la droite et s'engagea dans une ruelle. Après quelques mètres, il revint en arrière, marchant à reculons sur les traces qu'il avait laissées dans la neige et se plaqua derrière une palissade.

Les pas se rapprochaient.

Nathan retint son souffle et scruta l'obscurité à travers les planches mal assemblées. Les contours d'une silhouette massive s'esquissèrent à quelques mètres devant lui, il distingua une chapka, enveloppée d'un léger halo de brume. Elle suivait les traces qui serpentaient le long de la palissade. Nathan la laissa venir à sa hauteur et jaillit de l'ombre.

— C'est moi que tu cherches ?

La silhouette tressaillit, Nathan l'empoigna et l'encastra dans la paroi.

Ce visage... c'était un des Russes de la cafétéria.

— Qu'est-ce que tu veux ?

— J'ai, j'ai entendre paroles... de toi avec la serveuse, répondit le Russe dans un anglais approximatif. J'ai... J'ai voir le grand brise-glace...

— Le *Pole Explorer* ?

L'homme acquiesça. Nathan relâcha son étreinte.

— Tu sais pourquoi il s'est arrêté ici ?

— Tu payes combien ?

Nathan plongea la main dans sa poche et lui tendit un billet de cinquante euros.

— Dans le Zodiac... Ils aller à Horstland. Les hommes descendre sur la terre.

— Horstland ?

— Île baleinière abandonnée.

— Qu'est-ce que tu faisais là-bas ?

— Pêcheur, je vais chercher casiers.

— Tu sais ce qu'ils ont été y faire ?

— Ils aller dans le ancien village. Je savoir pas pourquoi.

— C'est à combien de temps d'ici par la mer ?

— Ça prendre quatre heures.

— Tu peux m'y emmener ?

— Non, interdit.

— Trois cents.

— Tu viens demain au port. 5 heures. Mon bateau c'est *Stromoï*.

18.

Le chalutier glissait dans le chenal noir qui s'ouvrait au cœur de la banquise. Les yeux de Nathan s'étaient peu à peu habitués à l'obscurité, il parvenait maintenant à distinguer l'étrave d'acier qui louvoyait entre les gros blocs de glace polis comme du marbre.

Si, au premier abord, le chalutier de Slava Minenko ne dégageait rien de particulier, en pénétrant à l'intérieur Nathan avait été frappé par la singularité des lieux. Chaque détail rivalisait d'un charme étrange. Les parois de la cabine avaient été tapissées de lambris bleu pâle et ornées de chapelets d'ambre, de croix et d'icônes naïves, représentant les saints orthodoxes, qu'on avait peints à même le bois. Des psaumes comme des pattes d'insectes étendaient leurs caractères cyrilliques sous chacune des images sacrées. Nathan considéra un instant le capitaine engoncé dans un pull aux mailles inégales, son visage raviné, gercé de solitude, encadré de longues mèches noires ramenées en catogan, son regard ancré dans l'horizon argenté... Il vivait captif d'un monde de ferveur et de superstition. Sans doute était-ce le prix à payer pour une telle liberté.

Le jour se levait et la côte déployait ses étendues de neige vierge le long des flots. Depuis le départ, deux heures plus tôt, les deux hommes s'étaient à peine parlé, non par indifférence mais plutôt comme si, devant une telle désolation du monde, le langage lui-même n'avait plus cours.

Nathan descendit jusqu'à la cuisine, se servit un mug de thé noir au lourd samovar installé sur un réchaud à cardan puis regagna sa place. En essuyant la buée qui se formait sur le sabord, il remarqua que la terre avait pris une teinte noire ; de grands panaches de fumées acides griffaient les pans de ciel glacé. À ce moment s'esquissèrent au loin les contours d'une ville tout droit sortie d'un cauchemar : hangars maculés de rouille, barres d'immeubles, édifices de béton vertigineux suspendus à flanc de falaise. On était loin de Longyearbyen et de ses maisons aux tons pastel, l'ensemble rappelait plutôt les cités enfantées par les Soviétiques dans les années 1950.

— Qu'est-ce que c'est ? demanda Nathan.

— Barentsburg, enclave russe. Propriété de la compagnie minière Trust Arktikugol. Années de travail pour installer la ville. Faire venir le béton, les grues et puis creuser fondations. Très difficile de faire fondations pour tours à cause du permafrost.

— Le permafrost ? C'est la terre d'ici. Gelée tout le temps, dure comme la pierre, il faut creuser trous à la dynamite. – Il avala une gorgée de thé. – Là, il y a seulement Russes et Ukrainiens qui cherchent charbon. Neuf cents hommes, vingt femmes. C'est là que je vis dans ma première vie.

— Ta première vie ?

— Oui. Moi, je suis né très loin du Spitzberg, à Khabarovsk, sur fleuve Amour. Père russe, mère chinoise. – D'un geste, il souligna ses yeux en amande. – À vingt ans, je viens à Barentsburg gagner argent. Je mange, je dors, je travaille ici, dix années. Un jour, 19 septembre 1997, la foreuse perce la poche de méthane. Il y a coup de grisou. Nous sommes trente-quatre mineurs au fond, vingt-trois tombent morts, *kaput*, fini. Le jour après, je pars avec sauveteurs chercher cadavres dans le puits. C'est dernière fois, après terminé, je descends plus jamais. Mon âme reste dans la mine, ensevelie avec camarades.

— Et ta deuxième vie, c'est ce bateau ?

— Oui, *Stromoï* c'est « île dans le courant » en norvégien, je veux plus parler russe. Je vis de pêche : crevettes hiver sous la glace, été soles.

Slava marqua un silence avant de reprendre :

— Toi, tu vis où, à Paris ?

— Oui.

— Tu as femme parisienne ?

— Non. Je n'ai pas de femme.

— Moi non plus, ici c'est mieux être chien que russe, déclara Slava, une moue de dégoût sur les lèvres. Hier, j'entends que tu es journaliste. Qu'est-ce que tu cherches dans bateau ?

— Je pense qu'il a transporté des matières polluantes.

— Tu crois qu'ils déposent ça sur île ?

Nathan esquiva la question.

— C'est ce que j'essaye de découvrir.

— Pourquoi toi faire ça ?

— Je veux connaître la vérité.

— Vérité, c'est pour ça que tu viens de la France jusqu'ici ? demanda le Russe, incrédule.

— Oui, mentit encore Nathan.

— Drôle, fit Slava.

— Qu'est-ce qui est drôle ?

— Toi, drôle de type, on dirait que tu es aussi un peu... *stromoï*. Tiens regarde, déclara-t-il en pointant son doigt en direction d'un îlot rocheux qui émergeait des brumes. C'est là, sur île, que j'ai vu hommes du brise-glace.

Ils approchaient.

Les ruines d'Horstland étaient cernées de collines tapissées d'un épais duvet d'herbe. Pas le moindre arbre, pas la moindre trace de végétation dépassant la taille d'un buisson, mais le vent qui soufflait semblait donner vie à la terre, transformant les reliefs en de grandes vagues vertes et frémissantes. Le village abandonné apparut derrière une pointe rocheuse, lové dans une anse de galets jonchée de neige sale, de ferraille et d'énormes chaudrons de cuivre où l'on faisait autrefois bouillir la graisse des cétacés. Plus loin encore, à l'autre extrémité de la baie, gisaient des carcasses de navires évoquant de grands squelettes de Léviathans échoués.

— Hollandais, Basques... milliers hommes viennent ici au XVIIIe siècle. Quand chasse à la baleine fait rage dans Arctique. Ils dépècent prises. La mer est rouge sang...

Dès qu'ils furent en vue de la jetée, Slava enfila un ciré orange et déclara :

— On peut pas approcher plus à cause hauts-fonds. Je vais t'emmener avec annexe. Toi, tu prends barre et reste face au vent. Je jeter ancre. Pas mouvement brusque !

Nathan s'exécuta, mais il ne distinguait déjà plus le monde qui l'entourait. À l'approche de la côte, son esprit s'était brutalement fermé, comme s'il venait de réaliser ce qu'il allait découvrir. Mais la veille déjà, aux mots du pêcheur, il avait compris la raison de l'escale du brise-glace. La porte de la passerelle claqua au vent qui se levait, laissant pénétrer l'odeur de la terre. Cette fois ce n'était plus la douceur du printemps, de la vie naissante, mais un relent âcre semblable à celui de chairs pourrissant dans l'humus. Le parfum de la mort.

Ils fendaient l'onde à bord de la barque emmenée par les puissants coups d'aviron de Slava. Après avoir doublé la pointe, ils se frayèrent un passage entre de grosses roches couvertes de fientes d'oiseaux et frangées d'algues noires. À quelques mètres du rivage, le Russe ralentit la cadence et se laissa dériver jusqu'à la grève, puis il sauta à l'eau et tira la barque sur les galets. Ils convinrent que pendant que Nathan visiterait seul le village, Slava attendrait au large de manière à ne pas attirer l'attention de la patrouille de surveillance aérienne. En venant dans l'île interdite, le pêcheur risquait de sérieux ennuis. Nathan attrapa son sac dans lequel il avait emporté une paire de jumelles, son appareil photo numérique, une paire de gants supplémentaires et deux fusées de détresse que lui avait passées Slava.

Il s'apprêtait à partir, le Russe le retint par le bras.

— Attends !

Il glissa la main sous le plat-bord de son embarcation et en sortit un fusil à pompe noir à crosse courte.

— Shotgun toz-194. Fabrication russe. Cartouches Breneke, calibre 12/70, spécial ours blancs. Il y a beaucoup ici. – Il arma le fusil d'un claquement sec et le tendit à Nathan. – Tu as sept coups. Si tu vois un, tu cours pas, tu laisses approcher à trente mètres, tu vises, tu tires. Je viens te chercher dans deux heures.

Un unique chemin partait de la grève puis se séparait à l'entrée de la ville fantôme. L'un menait vers les baraquements, l'autre grimpait en lacets jusqu'à une ancienne église au clocher à demi effondré. Nathan se concentra.

Accélérer sa réflexion.

Envisager toutes les possibilités.

Il était convaincu que les hommes du *Pole Explorer* étaient venus déposer les corps du médecin et des deux autres victimes soigneusement emballés dans les sacs mortuaires. Mais quelque chose ne collait pas. Si le crash de l'hélicoptère était de toute évidence un leurre, Nathan ne s'expliquait pas pourquoi Hydra avait pris le risque de laisser des traces, pourquoi les hommes de Roubaud ne s'en étaient tout simplement pas débarrassés en mer. Tandis qu'il progressait, l'amnésique scrutait le paysage à la recherche d'un indice oublié par les marins qui puisse le mettre sur une piste, mais il n'y avait rien que de la glace, de l'herbe et de la roche. Il avança de quelques pas. Une allée transversale qui avait dû être, jadis, la rue principale, divisait le village en deux parties distinctes. D'un côté s'entassaient les habitations – des petites maisons en ruine sur lesquelles on distinguait des restes de peinture jaunâtre et rouge incrustée de lichens – de l'autre, une vingtaine de bâtiments désaffectés – murs éventrés, vitres béantes, charpentes arrachées, tenant en équilibre comme figés par les siècles. Toute présence humaine avait déserté les lieux depuis longtemps. Nathan dépassa le village et emprunta le sentier qui courait le long de la falaise pour rejoindre l'église squelettique qui gémissait au vent. En longeant l'édifice, il jeta un œil à l'intérieur par une brèche qui s'ouvrait en son flanc. Des raies de lumière pâle dégringolaient en cascades du clocher arraché. Hormis la croix qui se dressait encore au-dessus de l'autel, l'intérieur du temple était totalement délabré. Entre les bancs renversés, le sol n'était qu'un mélange mouvant de plumes et d'excréments d'oiseaux. Les sifflements feutrés et les claquements d'ailes des sternes résonnaient de toutes parts. Le sanctuaire avait été abandonné par Dieu lui-même.

Nathan continua le long de la falaise jusqu'à apercevoir un tertre au sommet duquel se dressaient des croix de bois si frêles qu'elles semblaient se diluer dans la blancheur du matin. Le cimetière qui surplombait la grande grève ne comptait pas plus d'une trentaine de sépultures. Il enjamba la mince barrière qui délimitait le territoire des morts.

Pioches, bêches, cordes pourries, baquets servant à charrier la terre des ossuaires jonchaient l'accès. Les croix bancales, délavées et fendues par le gel, émergeaient de la glace encore solide sur les hauteurs de l'île. Nathan arpenta les allées misérables à la recherche de traces laissées par les hommes d'Hydra. Van der Boijen, Smith, Kovalski, si certaines des tombes portaient encore des noms à consonances néerlandaises, anglaises, polonaises, la plupart restaient anonymes. Nathan les inspecta minutieusement, aucune ne semblait récente. La terre n'avait pas été creusée, les marins du brise-glace n'étaient pas venus jusqu'ici. Il était pourtant impossible qu'il se soit trompé. Les corps se trouvaient quelque part dans l'île.

Restait à comprendre où. En se remémorant l'explication du Russe à propos du permafrost, Nathan eut alors une nouvelle idée. Il était peu probable que les hommes de Roubaud aient foré les sépultures à l'aide d'explosifs. Cela impliquait qu'ils avaient nécessairement recherché un sol meuble. Il fit quelques pas vers le bord de la falaise. De là, il dominait le village, la baie ainsi que toute la côte septentrionale de l'île. C'était forcément sur cette rive que le Zodiac avait accosté. Il scruta de nouveau le paysage. À gauche comme à droite, la grève et ses falaises s'étendaient à perte de vue.

La grève.

Bien sûr... c'était l'endroit idéal, inutile de creuser, il suffisait de déplacer les galets.

Une tache claire et mouvante fixa son attention.

Il saisit sa paire de jumelles et la braqua vers l'horizon tout en faisant rouler la molette de mise au point sous ses doigts.

Un ours polaire. Le fauve grattait furieusement les pierres à quelques encablures du rivage. Nathan examina le terrain aux abords directs de l'animal. Le sol était retourné sur quatre ou cinq mètres carrés, mais il était trop loin pour distinguer ce qui intéressait le monstre. Qu'est-ce qu'il foutait ?

La bête se redressa un instant, comme si elle avait flairé la présence d'un intrus.

C'est alors que Nathan reconnut la texture noire, la fermeture à glissière à demi arrachée qui émergeaient de la fosse... Son cœur se pétrifia dans sa poitrine.

Le monstre avait retrouvé les sacs mortuaires.

Il était en train de bouffer les corps.

19.

Nathan bondit vers le sentier de rocaille et dévala la colline jusqu'à la grève. Lorsqu'il fut à une cinquantaine de mètres de l'animal, il prit une profonde inspiration, arma le fusil à pompe et tira un premier coup de feu vers le ciel. Le fauve fit volte-face puis, dans un mouvement ample et puissant, se dressa sur ses pattes et jaugea l'adversaire avant de replonger dans la tombe comme si de rien n'était.

Si le fossoyeur ne semblait pas prêt à abandonner sa charogne, Nathan était fermement décidé à la lui arracher.

Éjectant l'étui fumant du chargeur, il fit claquer la pompe d'armement du toz et marcha droit sur la bête. Ses pas frappaient les galets au rythme du sang qui cognait ses artères.

À vingt mètres, il stoppa et tira un autre coup en l'air.

Un rugissement déchira l'espace. Nathan vit le monstre s'extirper du trou et se cabrer face à lui, lacérant le vide de ses griffes aberrantes. En position debout, l'animal mesurait pas loin de deux mètres cinquante et ses babines retroussées dévoilaient des crocs comme des couteaux d'ivoire. Nathan ravala sa salive, il n'avait pas droit à l'erreur, un seul coup de patte suffirait à le décapiter. Il contourna lentement l'ours de manière à se placer face au vent. Ainsi, la peur qui suintait par décharges de son corps ne parviendrait pas jusqu'à lui.

Cinq.

C'était le nombre de cartouches qui lui restaient. Il en brûla deux et avança encore.

À six mètres, le souffle brûlant du monstre le figea sur place. Il braqua son canon vers la gueule d'écume. Un nouveau rugissement d'une violence folle heurta ses tympans, puis l'ours fut agité de frissons qui se ramifièrent le long de son épaisse fourrure. Nathan réarma et tira encore, visant cette fois entre les pattes gigantesques. Pas une seule fois, il ne fléchit sous le regard noir, pas une seule seconde, il ne laissa transpirer l'effroi qui le tétanisait.

Soudain, le monstre décrivit une large boucle de sa tête, se laissa retomber comme une masse sur ses pattes et battit en retraite.

Il abandonnait.

Nathan y croyait à peine. Il avait vaincu.

Les genoux encore tremblants, il tint l'ours en joue jusqu'à ce qu'il se fût assez éloigné, puis posa son arme au sol et s'approcha de la tranchée.

Le ciel s'était couvert de nuages d'un gris profond et le vent balayait la grève qui semblait s'être muée en une mer d'acier. Nathan s'enfonça dans la cavité entre les sacs mortuaires qui gisaient, raides comme des lames, à demi ensevelis dans la rocaille.

La première chose qui le frappa fut l'absence totale d'odeur. Ici la mort était propre, pas de vermine grouillante, pas de putréfaction. La partie supérieure du premier sac, déchiquetée, laissait apparaître un magma carmin d'éclats d'os, de cheveux grisâtres et de lambeaux de peau. Il se pencha pour examiner avec soin les traits défigurés. Le charognard avait commencé à dévorer le visage du mort, rendant toute identification visuelle impossible, mais la couleur grisâtre des cheveux ne correspondait pas, ce ne pouvait être le médecin. Il se tourna alors vers les autres enveloppes et finit de les dégager de leur gangue minérale à mains nues, raclant de ses ongles, éclat après éclat, le mortier de glace qui comblait les moindres interstices. Sa tâche terminée, il fit descendre la fermeture à glissière du deuxième sac jusqu'à son point de butée. D'un geste, il écarta lentement les pans de toile sombre, durcie par le froid.

Un spasme contracta son cœur.

Deux yeux vitreux, sertis dans leurs orbites noires, le contemplaient au travers d'une membrane translucide. Une bâche de plastique, couverte d'une fine pellicule de givre, enveloppait le cadavre tel un linceul de diamants. Cette mort-là ne ressemblait pas au sommeil, songea Nathan en se courbant pour mieux inspecter le visage figé. Les cheveux étaient couverts de perles de glace et les lèvres noires, retroussées en un rictus macabre, s'ouvraient sur des gencives boursouflées, plus noires encore et plantées de fragments de dents jaunâtres.

Quelque chose ne collait pas.

La peau avait une teinte étrange. Elle semblait grumeleuse et flétrie comme du vieux cuir, presque momifiée. Nathan éventra le plastique froid de ses doigts. La première chose qu'il découvrit fut la plaque métallique à l'effigie de l'aigle impériale accrochée sur la veste de laine kaki... Il se rua sur le troisième sac, dégagea le corps. Même uniforme, même gueule pétrifiée, mêmes mains desséchées parcourues de veines noires, de tendons saillants comme des câbles...

Des soldats.

C'étaient des soldats allemands de la guerre de 1914-1918...

Tout s'embrouillait. Nathan se releva en titubant et inspecta la facture des sacs mortuaires. Ils étaient en nylon, c'étaient ceux du *Pole Explorer,* cela ne faisait pas de doute. Une nouvelle idée lui traversa l'esprit. Les mains... L'une après l'autre, il les dégagea et inspecta en détail les doigts des morts. Le majeur de la main droite du deuxième corps était à vif. L'ongle... l'ongle ramassé sur le sol de la chambre froide du *Pole Explorer* n'avait pas été arraché au médecin ni aux autres mais à cette momie...

Une partie du mystère s'éclairait.

En fouillant l'épave, à la recherche du cadmium, les plongeurs étaient tombés sur ces corps. Mais pourquoi les avaient-ils arrachés à leur tombeau d'acier ? Pourquoi avoir choisi de les enterrer, là, sur cette grève ? Son esprit chavirait, cette histoire n'avait aucun sens. Nathan se redressa et commença à ensevelir les défunts lorsqu'il vit l'incision longue et nette qui sillonnait la vareuse d'un des soldats.

Un flot de sueur glacée coula au creux de son échine.

Nathan tomba à genoux et approcha ses mains tremblantes de la carcasse. Il souleva alors les lambeaux de laine humide, dévoilant un magma de chairs flasques et violacées, d'os saillants. La cage thoracique du mort avait été sauvagement découpée des clavicules au pubis et s'ouvrait sur un gouffre organique. Les poumons avaient été arrachés. Guidé par son instinct, il saisit à deux mains la tête du mort, la retourna dans un craquement de vertèbres... la boîte crânienne avait été défoncée, raclée jusqu'à l'os, évidée de son organe.

Ces mutilations... ces mutilations étaient point pour point identiques à celles du manuscrit d'Elias.

Le lien qu'il cherchait était là, ciselé dans la chair des morts.

II

20.

Aéroport de Paris-Charles-de-Gaulle
27 mars 2002
8 heures du soir

Nathan suivait le flot des passagers, tentant de se frayer un chemin jusqu'à la zone des bagages. Depuis son départ du Spitzberg le matin même, il avait cherché à imbriquer ses propres pièces sur ce puzzle inextricable. Les images de la grève d'Horstland lui revenaient par rafales. Passée la stupeur de sa découverte, il avait froidement inspecté les cadavres, tenté de comprendre au milieu de la bouillie de viscères quelles techniques avaient permis d'ôter les organes. Il avait ensuite pris des clichés de la scène à l'aide de son boîtier numérique. Les stries sur les os des crânes et des thorax indiquaient qu'ils avaient été sciés. Pour trancher et extraire les tissus mous – peau, cerveaux, poumons –, on avait dû utiliser un objet tranchant type scalpel. Une chose était certaine : c'était là l'œuvre de professionnels.

L'épave n'avait jamais transporté d'oxyde de cadmium, les hommes d'Hydra étaient venus pour ces corps. Nathan avait découvert la véritable mission du *Pole Explorer*, il avait pénétré la part d'ombre de Roubaud, mais le voile était encore loin d'être levé.

Le cauchemar s'incarnait. Des tueurs sans visage arpentaient le temps, perpétrant leurs crimes en toute impunité. Mais quel était leur mobile, quel était le sens profond des mutilations ? Il devait joindre Woods d'urgence. La suite de la transcription du manuscrit permettrait sans doute d'avancer, d'établir de nouveaux ponts entre le passé et le présent.

Il consulta les moniteurs suspendus et se dirigea vers le hall numéro 4 qui réceptionnait les bagages des vols en provenance de Vienne, Malte et Oslo. La foule s'était déjà répartie le long des tapis roulants. Nathan alluma son téléphone cellulaire et composa directement le numéro de la Malatestiana.

Deux sonneries, puis une voix :

— Ashley...

— Nathan ! Mais où étiez-vous passé, bon sang ?

— Je viens de rentrer à Paris. J'ai pas mal voyagé.

— Qu'avez-vous découvert ?

— Beaucoup de choses.

— C'est-à-dire ?

— Écoutez, je suis encore à l'aéroport, il y a du monde, je vous rappelle de chez moi.

— Chez vous ? N'oubliez pas qu'on vous cherche.

— Eh bien, ça m'évitera de les chercher, moi.

— Soyez prudent quand même.

— Ne vous en faites pas. Dites-moi... Avez-vous avancé dans la transcription ?

— Oui, j'attendais d'avoir de vos nouvelles pour vous transmettre la suite.

— Qu'est-ce que ça dit ?

— Le texte est très altéré et il m'a été impossible de retranscrire la totalité des passages que j'ai traités. Des bribes m'ont pourtant permis de comprendre que Roch, grâce aux réseaux de son père armateur, aurait retrouvé la trace de l'Africain, grâce à la marque au fer qu'il portait sur l'épaule. Il s'agirait d'un esclave du nom de Barrack. Ce type aurait faussé compagnie à son propriétaire et aurait voyagé de Nantes à Saint-Malo en subsistant grâce à ses dons de magicien...

— Un sorcier ?

— C'est cela. La thèse formulée par nos médecins, selon laquelle cet homme n'était pas à bord de la machine infernale, semble se confirmer. Il n'aurait rien à voir avec les Anglais, mais aurait été plus vraisemblablement déposé là par son meurtrier, peu avant ou juste après l'attaque afin d'être dissimulé parmi les autres. De son côté, Elias affirme l'avoir disséqué et découvert des sortes de plaques osseuses au niveau des genoux. D'après lui, cette anomalie serait la conséquence d'un enfermement prolongé. L'esclave aurait été gardé plusieurs mois prisonnier d'une cage exiguë. Ces éléments leur ont permis de remonter jusqu'à un certain Aleister Ewen, un Écossais dit l'« Examinateur ». C'est un chasseur de sorcières. Nos médecins s'apprêtent à lui rendre visite. Le reste du texte est clair et très intéressant.

— Vous pouvez m'envoyer quelque chose ce soir ?

— Je m'en occupe immédiatement.

— Très bien, à tout à l'heure, Ashley.

À 20 h 30, le tapis mécanique s'ébranla. Nathan se mêla aux autres voyageurs et guetta le défilé des premières valises qui arrivaient. Il était pressé de rentrer chez lui pour prendre connaissance du manuscrit. Il reconnut rapidement son sac. Au moment où il se penchait pour le récupérer, une douleur, comme une aiguille, lui transperça la nuque et le fit vaciller. Il se rattrapa à un bras inconnu.

— Ça ne va pas, monsieur ?

— Si... juste un léger malaise... pardonnez-moi.

Il pensa d'abord à la fatigue, puis aux révélations de Woods... Non. Ça venait d'ailleurs. Il avait réagi à un signe, à quelqu'un ou quelque chose qu'il venait de voir, d'entendre, que son cerveau avait enregistré à son insu. Mais quoi ? Il balaya le hall du regard, scrutant les visages, les valises, les vêtements... Il devait provoquer de nouveau cette réaction. Une couleur accrocha son regard. Un monogramme blanc... plaqué sur une toile bleue : un oiseau au bec courbe tenant un enfant en son sein... La vue des quatre sacs identiques emportés par un chariot déclencha une nouvelle salve de picotements dans sa nuque. Ils appartenaient à un groupe d'hommes qui se dirigeait vers la sortie. Sur la droite, un chauffeur en livrée venait à leur rencontre une pancarte à la main.

Nathan marcha vers eux.

Avant de les aborder, il déchiffra rapidement les signes inscrits en noir sur le panonceau : des noms israéliens, les leurs sans doute... Celui d'un hôtel, Sofitel Paris Rive gauche.

Il s'approcha encore et demanda :

— Pardonnez-moi, messieurs, que signifie ce sigle, là, sur vos bagages ?

Un petit trapu qui semblait être le seul à parler français esquissa un léger sourire avant de répondre :

— C'est le logo d'One Earth, l'organisation humanitaire à laquelle nous appartenons.

Un visage fin et mat. Des boucles en cascades blondes presque cendrées. Des yeux clairs qui le sondaient. Une jeune femme que Nathan n'avait pas remarquée les accompagnait.

— Et l'oiseau, reprit Nathan. C'est...

Elle le dévisageait.

— Un ibis, dit l'homme.

— Un ibis... Merci.

Nathan croisa une dernière fois le regard de la femme avant de s'éloigner. Ses prunelles s'étaient embuées de larmes.

Son instinct le fit revenir sur ses pas.

— Mademoiselle...

Elle ne l'entendait pas, il accéléra.

— Mademoiselle, dit-il encore, effleurant son poignet.

— Qu'est-ce que vous voulez ?

Elle aussi parlait un français parfait.

— Ma question risque de vous paraître étrange mais... n'avez-vous pas le souvenir de m'avoir déjà rencontré ?

Elle continua de marcher.

— Non, je ne crois pas.

— Vous semblez... troublée. Essayez de vous souvenir, c'est très important.

Elle s'arrêta et braqua sur lui un regard noir, bouleversé.

— Ça n'a rien à voir avec vous. Maintenant, je vous prie de me laisser.

Le terminal grouillait de monde, le groupe les avait distancés, un des hommes se retourna :

— *Machlomka, Rhoda ?*

— *Ken, ani magio* [1] *!*

Nathan la retint par le bras. Sa main se referma comme une serre sur la peau douce.

— Lâchez-moi !

— Je ne vous crois pas. Pourquoi m'avez-vous regardé de cette manière ?

— Écoutez, je ne vous ai jamais vu. Ça suffit, foutez-moi la paix, espèce de cinglé !

Elle se dégagea d'un mouvement d'épaule et cria une nouvelle phrase en hébreu à l'attention des autres.

Le petit trapu fit volte-face et revint à contre-courant de la foule.

Effrayé, Nathan recula.

Mais c'était de lui-même qu'il avait peur.

Qu'est-ce qu'il lui prenait... Il se retourna une dernière fois, à la recherche de la jeune femme, mais elle avait disparu dans la foule. Il chargea son sac sur son épaule et prit la direction de la station de taxis, pétri d'un sentiment violent.

Il était fou... Fou à lier.

---

1. — Ça va, Rhoda ?
— Oui, j'arrive.

21.

Il était près de 22 heures lorsque Nathan pénétra dans son appartement. Il posa ses bagages dans le couloir et consulta son répondeur – ni message ni télécopie, pas de courrier non plus. À première vue personne ne l'attendait. Il lui sembla que les lieux avaient gardé l'empreinte de sa présence. Pour la première fois depuis son réveil à l'hôpital, il avait le sentiment de rentrer chez lui. Encore sous le coup de sa mésaventure de l'aéroport, cette sensation l'apaisa. Il se prépara un thé, le laissa infuser longtemps et savoura l'âcreté de la première gorgée avant de s'installer à même le parquet. Il hésita un instant à rappeler Woods puis se résigna. Il parlerait à l'Anglais après avoir pris connaissance de son mail.

Les mains tremblantes à l'idée de découvrir les nouveaux éléments qu'avait livrés le manuscrit, Nathan alluma son ordinateur portable et le relia à la prise téléphonique. La connexion s'effectua sans aucun problème. Après quelques secondes sa boîte à lettres s'afficha à l'écran.

Il avait un nouveau message.

L'esclave Barrack mutilé à mort... Aleister Ewen dit l'Examinateur, les noms, les images tourbillonnaient dans sa tête, se mêlant aux tombes profanées du Spitzberg...

Il cliqua sur le document joint, entra le mot de passe et plongea dans l'enquête d'Elias.

Nous quittâmes Saint-Malo, [...] face au hameau des Portes Rouges. Pour un sol, un gueux édenté nous avisa que l'Examinateur n'avait point quitté les lieux depuis trois jours et nous mena à travers les sables mouvants où seuls nous aurions tôt fait d'être engloutis corps et âmes.

La bâtisse, un fortin aux angles tranchants comme sabres, se dressait à l'extrémité d'une roche tout droit surgie de la vase. [...]

Je frappai la porte à grands coups de heurtoir et appelai son nom.

La seule pensée de rencontrer cet homme que l'on disait être le plus grand des bourreaux qui fût au monde me glaçait d'effroi. On était même allé jusqu'à raconter que, non content d'exécuter ses victimes, il les laissait charogner, puis les faisait dépecer par un de ses laquais qui avait été boucher, après quoi il les faisait rôtir en morceaux et en faisait ses repas.

Personne ne vint. C'était partout le silence. Roch et moi restâmes à balancer puis tombâmes d'accord pour pénétrer chez cette bête féroce.

D'un coup de pistolet, je cassai l'huis d'une entrée dérobée et, poussant la porte sur ses gonds, je m'avançai en premier dans les soubassements de l'édifice.

L'odeur d'abord nous heurta les sens, une odeur cuivrée que nous connaissions bien.

Celle du sang.

Du sang sur les murs, du sang macéré dans la sciure répandue au sol. Le hasard avait bien voulu nous mener aux sources mêmes du mal, au cœur de la salle des supplices.

Au spectacle qui nous attendait, nous comprîmes que les bruits qui couraient au sujet de l'Écossais n'étaient guère du roman. Les instruments de torture nous apparurent alors plus épouvantables les uns que les autres. Des colliers ornés de pointes [...] des tisonniers, des pinces, des griffes, des lames scintillaient dans la pénombre. Dessous les voûtes de granit oscillaient les cages de fer, à peine plus vastes que tonneaux à eau-de-vie. Attiré par une force, je m'avançai vers le fond de l'antre où s'ouvrait une salle sombre et circulaire, en levant les yeux je vis qu'elle était dominée par un large conduit de cheminée duquel pendaient chaînes épaisses et noircies par le feu.

Un bûcher, c'était un bûcher de fortune. Sous mes pas s'étalait un immense cercle grisâtre de braises éteintes mêlées de restes humains calcinés. Au cœur de ce tapis funèbre, je trouvai le cadavre obèse d'Ewen.

Roch et moi nous accroupîmes auprès du monstre, masse flasque, dépourvue de pilosité et plus puante qu'un âne embrené. Le porc avait chu à plat nez dans le foyer. Alors que j'approchai ma main pour le retourner, la carcasse tout entière fut prise d'un soubresaut.

Il était en vie.

Nous l'empoignâmes à quatre mains et, dans un concours d'efforts, parvîmes à le remettre sur le dos. Son visage était souillé de grosses vomissures et d'écume mêlées au charbon. Il ouvrit faiblement les yeux, offrant à notre regard l'expression d'une grande terreur.

Je m'empressai de l'interroger afin de savoir ce qui était arrivé. Par les cris qu'il nous fit, Ewen nous donna l'effet de vouloir parler, mais de sa gorge ne sortirent que filets de bile jaunâtre. Ce fut au tour de Roch de s'enquérir du sort du nègre, l'avait-il déjà rencontré, connaissait-il son nom… À ces mots, Ewen fut pris d'épouvante, son corps s'agita encore faisant trembler sa viande comme de la gelée, il poussa un dernier râle aigu, se cambra avant de retomber, soulevant nuage de poussière qui manqua de nous étouffer.

Cette fois tout fut bien terminé.

Nous nous signâmes puis, tout en songeant aux malheureuses victimes bien vengées de ce cruel, nous concertâmes sur les causes du décès. J'extirpai la langue et ouvris ses paupières afin d'inspecter ses yeux. À la méchante teinte de plomb qu'ils avaient pris, et malgré la violence qui planait en ces lieux, nous supputâmes une possible maladie générale.

Tout au long de notre chevauchée de retour, […] tenté […] comprendre […] une liste de mes convictions.

Il était entendu que notre nègre était passé entre les mains d'Ewen, et que ce drôle connaissait le meurtrier. Je les imaginai unis par quelque pacte maléfique, aussi mon instinct me dictait qu'il ne s'agissait point là d'une simple affaire de sorcellerie mais d'un tout autre mystère, bien plus terrible et impénétrable.

Nous fûmes aux portes de la ville peu après la tombée de la nuit. Une pluie de fer, chassée par un violent vent de noroît, martelait la cité. Je saluai Roch, qui prenait son service au sanitat, et gagnai la demeure de mon ami Pierre Jugan, apothicaire général, en la rue des Micauds.

La porte s'ouvrit sur le visage fort laid et tout grêlé du petit homme. Il me gratifia d'une accolade vigoureuse et pleine de chaleur. J'entrai puis expliquai sans ambages le pourquoi de ma visite. Je savais Jugan du côté de la science, aussi lui racontai-je tout, de l'histoire de l'esclave à la mort de l'Examinateur. Si, comme je l'ai laissé entendre tout indiquait une maladie, je ne pouvais m'empêcher de penser que l'homme avait peut-être été empoisonné et seul Jugan pouvait m'aider à en avoir le cœur net. Je plongeai la main dans la sacoche et dépliai un linge contenant fioles de verre et fines feuilles de parchemin où j'avais entreposé les échantillons prélevés peu avant de quitter le mort. Il y avait là sang, puantes liqueurs de bile et glaires, fiente ainsi qu'une mèche de ses rares cheveux.

À la vue du butin, d'aucuns en auraient eu le cœur au bord des lèvres, mais le visage de l'apothicaire s'éclaira. Les poisons sont de subtils procédés, et, si j'avais vu juste, l'étude de ce que j'avais apporté nous pourrait sans doute permettre de déceler la marque de celui qui l'avait élaboré. Nous partîmes sans tarder.

[...]

L'officine, établie au premier étage de l'hôtel-dieu, était une salle magnifique, ornée de boiseries de chêne, d'armoires et d'étagères où s'alignaient pots à cautères, à onguents, à décoctions et à diverses drogues. Quelques ordonnances traînaient çà et là, n'offrant à l'œil profane que rébus garnis de signes cabalistiques indéchiffrables. Au centre, de longues tables éclairées par la lueur cuivrée des candélabres portaient les alambics, les serpentins, les mortiers et autres récipients de verre nécessaires aux préparations des apothicaires. Pierre revêtit une grande blouse de lin noir, prépara quelques flacons dont je présumai qu'ils contenaient divers élixirs réactifs à toutes sortes de poisons puis, tel un alchimiste, il se mit en besogne.

Lorsqu'il se tourna enfin vers moi, c'est-à-dire peu avant la mi-nuit, je sus, au large sourire tout gâté qui fendait son visage, qu'il avait isolé la substance.

C'était un poison nommé « cantarella », et décrit par Paolo Jovio dans son Historia sui temporis. *Pour l'élaborer il se fallait d'abord procurer de l'anhydride arsénieux, un dérivé raffiné et fort coûteux de l'arsenic que, selon Jugan, on ne pouvait obtenir que par le biais de marchands vénitiens qui s'approvisionnaient en Orient et aux Indes. Il s'agissait ensuite de prendre un porc crevé, d'éventrer l'animal et de saupoudrer le poison en ses entrailles. On suspendait alors la bête et on laissait le tout putréfier puis dessécher. Une fois l'affaire terminée, restait à racler les tissus noircis et macérés pour les réduire au mortier en une nouvelle poudre, très efficace et mal connue des experts, qu'on plaçait dans le vin ou la nourriture de celui que l'on voulait envoyer s'arranger avec Satan.*

Un reflet du tueur s'esquissa en nos consciences. Il était homme riche qui fréquentait des voyageurs ou voyageait par lui-même, mais en une cité comme Saint-Malo où la moitié de la population s'en était allée quérir fortune sur les mers, ces indices ne nous mèneraient nulle part. Non, il me fallait à tout prix modeler ma pensée. La première chose qui me frappa était que cet homme n'avait guère choisi le poison par opportunité. De la même manière que d'aucuns considèrent la torture comme un art, la dissimulation du crime par les poisons en est un autre. Et, en cet art, mon assassin excellait. J'avais affaire à un virtuose, un être grandement savant, raffiné et original. Aussi devais-je me glisser dans sa peau, agir comme il le ferait, je resserrerai alors l'étau jusqu'à ce que la vérité éclate.

22.

Il n'y avait dans ces nouvelles pages du manuscrit d'Elias aucun indice qui permît à Nathan d'établir un quelconque lien avec les cadavres des glaces. Le médecin était sur la bonne piste en affirmant qu'il ne s'agissait pas là d'un crime lié à la magie. L'expédition du *Pole Explorer* prouvait que les mutilations recelaient un secret bien plus mystérieux. L'autre point intéressant était cette histoire de poison. Le procédé d'élaboration en disait long sur la volonté de dissimulation du crime par les tueurs. S'il ne lui était encore d'aucune utilité, Nathan nota ce détail et parcourut à nouveau le document, mais il parvenait difficilement à se concentrer.

Autre chose le préoccupait : la jeune femme de l'aéroport.

Il enfila sa parka et dévala l'escalier. Il parlerait à Woods en chemin.

La nuit était déserte, il alluma une cigarette et remonta la rue en direction du boulevard Raspail.

Rhoda... Elle s'appelait Rhoda.

À plusieurs reprises il avait interrompu sa lecture, fermé les yeux afin de reconstituer le visage de l'inconnue, tenté de voir s'il éveillait quelque chose en lui. En vain. Chaque fois, les traits s'étaient assemblés pour venir former un souvenir flou qui finissait par se craqueler, ne lui laissant pour seule image que le filigrane d'un masque de mort. Il aurait voulu faire demi-tour, rentrer chez lui, se replonger dans le manuscrit, mais il y avait ce doute qu'il ne parvenait pas à chasser, le doute que leurs chemins se soient croisés un jour.

Il devait la retrouver.

Une bourrasque le mena jusqu'à la place Denfert-Rochereau. Il s'était renseigné auprès du chauffeur de taxi lors de son retour de Roissy : le Sofitel se dressait dans le quartier de la Glacière, à seulement un quart d'heure de marche de chez lui.

Lorsqu'il aborda le boulevard Saint-Jacques, Nathan attrapa son portable et composa le numéro de la Malatestiana.

En tournant la tête, il aperçut deux hommes qui avançaient d'un pas rapide dans la même direction que lui. La bouche du métro Saint-Jacques se matérialisa à une cinquantaine de mètres devant lui. Quelques voitures glissaient sur les avenues.

Ça sonnait.

Il repéra encore les deux types entre les silhouettes muettes des platanes. Le premier était un géant brun au visage émacié, vêtu d'un col roulé, d'un jean et d'une paire de bottes. L'autre, plus petit, portait un manteau sombre, mais Nathan ne pouvait voir son visage, dissimulé par la visière d'une casquette de base-ball. En obliquant vers la droite, il se rapprocha d'eux imperceptiblement mais suffisamment pour les sentir...

La voix de l'Anglais résonna dans l'écouteur.

— Nathan ?

Ces types transpiraient la mort.

Sans répondre, Nathan coupa la communication et accéléra le pas. Droit devant lui, un parking à ciel ouvert. Un gouffre se creusa dans son ventre. Nouveau coup d'œil à droite. À cet instant, il vit le petit pivoter lentement vers lui, la gueule noire d'un silencieux surgir de l'ombre. Il eut à peine le temps de se jeter entre deux voitures qu'une rafale de détonations étouffées partit en direction de ses jambes. Plaqué au sol, Nathan rampa entre les pare-chocs jusqu'au châssis graisseux d'un semi-remorque.

C'étaient eux. Nathan avait commis une erreur, ils l'avaient suivi, depuis son domicile et, cette fois, ils semblaient résolus à l'éliminer.

Il devait bouger, vite. Un faux pas et il était fichu.

Un éclat de rire lui fit tourner la tête. Deux couples de passants venaient sur sa droite. Plus loin derrière, il distingua une rangée de larges piliers surmontés de grilles et d'arcs métalliques, les rails du métro surgissaient de terre. C'était une ligne aérienne.

Il pouvait s'en sortir. Il le sentait.

Il jaillit comme une flamme, bouscula le groupe parvenu à sa hauteur et s'élança en direction des piliers. Les hurlements stridents des femmes déchirèrent l'espace en même temps qu'une nouvelle rafale de 9 mm. Deux minuscules points de lumière, comme des rubis, lacéraient la nuit. Ces salopards utilisaient des systèmes de visée laser. Nathan se rua jusqu'à la grille, saisit les barreaux à deux mains et bascula son corps de l'autre côté.

Il s'élança sur la voie.

Courir, ne pas s'arrêter. De nouvelles volées de balles ricochèrent autour de lui. Il jeta un œil en arrière. Seul un des deux tueurs le poursuivait. Il doubla la cadence. Ses pas frappaient les traverses de bois au rythme de son cœur qui s'emballait. Il ralentit à proximité de la station suivante. La lueur des néons glissait sur son corps, faisant de lui une cible de foire pour l'homme au fusil d'assaut.

Dégager de là...

Soudain, autour de lui, tout se mit à vrombir. Il fit volte-face et, en un éclair, découvrit les phares aveuglants d'une rame qui déboulait sur lui à pleine vitesse. Une sirène hurla.

Il bondit sur le côté... l'instant lui sembla une éternité, puis il vint s'encastrer contre une poutrelle d'acier.

Ça tenait du miracle, mais il avait atteint l'autre côté de la voie. Sain et sauf, il récupérait, mains plaquées sur la paroi, happant l'air par spasmes. Dès que la rame fut passée, il se recroquevilla et se fraya un passage entre les structures métalliques jusqu'à la corniche.

Quinze mètres. C'était la hauteur qui le séparait du boulevard. Il contempla un instant le ballet des voitures à travers la ligne frémissante des platanes qui longeait la voie. Ses poursuivants ne tarderaient plus à le rejoindre.

Quelque chose ne collait pas. Pourquoi ne l'avaient-ils pas tranquillement attendu chez lui pour l'éliminer discrètement ? Pourquoi maintenant prenaient-ils le risque de l'approcher alors qu'ils auraient pu sans problème l'abattre à distance ? Il remit cette réflexion à plus tard. Pour l'heure, il lui fallait se concentrer sur un problème plus immédiat : sauver sa peau.

Un arbre d'aspect solide touchait la ligne aérienne. Il allait l'utiliser pour rejoindre le trottoir.

Nathan progressait latéralement, le dos contre la pierre froide d'un pilier. Il touchait presque au but lorsqu'il perçut un claquement métallique.

Le géant était là, à quelques mètres derrière lui. En baissant les yeux, Nathan vit le faisceau du désignateur laser grimper le long de sa jambe, courir sur son épaule... trop tard.

Pour le tueur.

Nathan se précipitait déjà dans le vide, accrochant au passage une poignée de branches qui se brisèrent sous la violence du choc.

Il chutait... Son dos rebondit sur quelque chose de dur et de souple à la fois. Une boule de feu le traversa de part en part. Il se cabra, crocheta ses doigts à un treillis de nylon providentiel puis laissa ses mains courir le long du filet, cisaillant ses jointures jusqu'à l'os... Lorsqu'il atterrit sur le goudron, trois types en short, ballon à la main, le dévisageaient. C'était la clôture d'un terrain de basket qui l'avait sauvé.

Il se baissa et jeta un regard circulaire. À trente mètres sur sa gauche, le tueur dévalait les escaliers de la station Glacière. Juste en face, une allée verdoyante s'ouvrait entre les tours d'une vaste cité HLM. Le lieu idéal pour le semer ou le coincer.

Nathan s'élança sur le boulevard et ne vit pas la berline

lancée vers lui à pleine vitesse. Les freins hurlèrent dans un crissement, puis ce fut le choc. Il roula sur le capot, heurta le pare-brise et vint s'écraser sur l'asphalte. Une douleur d'une violence folle explosa dans ses membres. Lorsqu'il rouvrit les yeux, il gisait par terre, les bras en croix, un ciel sans étoiles, irréel, au-dessus de lui.

Des portières claquèrent. Des ombres se penchèrent vers lui, un poing ganté l'agrippa par les cheveux et fracassa son crâne contre le bitume. Il lui sembla que son foie éclatait sous le choc d'une botte ferrée qui s'enfoncait dans ses entrailles. Un flot aigre de vomi remonta dans sa gorge, puis jaillit par spasmes de son nez et de sa bouche ensanglantés. On lui fourra une boule de tissu imbibé d'essence dans la gorge qui le força à ravaler un second flot de vomi. Un bref répit, puis une nouvelle grêle de coups s'abattit sur ses reins, son sexe, ses côtes.

On lui fourra la tête dans un sac de toile rugueuse. Il sentit des mains l'attraper, de l'adhésif s'enrouler autour ses poignets, une corde se serrer autour de ses chevilles, puis on le traîna sur le sol. Une porte grinça, il dégringola une série d'escaliers. Bras, épaules, genoux claquèrent sur les angles aigus. Il ne percevait pas d'autre son que le raclement de sa carcasse sur le ciment. On l'emmenait dans une cave.

Il allait crever.

Le faisceau brûlant d'une torche transperçait la toile du sac par intermittences. Il suffoquait. On l'entreposa dans un coin jonché de débris de verre, puis on le laissa seul.

Sans réfléchir, Nathan saisit un large tesson et parvint, en faisant jouer ses poignets, à trancher ses liens. Ses mains coururent sur son corps, dénouant la corde serrée à bloc autour de ses chevilles. Il s'arracha ensuite à la cagoule et extirpa la boule de sa bouche. Groggy, il prit une longue inspiration puis rampa quelques mètres avant de parvenir à se redresser. À une vingtaine de mètres, l'éclat de la lampe qui se braquait dans sa direction fut comme un signal.

C'était maintenant ou jamais.

Il s'enfuit à travers un dédale de galeries, palpant les parois de ses doigts aveugles. Derrière lui, la cavalcade des bourreaux se rapprochait à grande vitesse. Il recula et se plaqua dans une anfractuosité.

Il allait devoir les affronter.

Son genou frappa de plein fouet le plexus du géant, l'arrêtant net dans sa course. Le fusil équipé d'un torche vola avant de venir s'écraser sur le sol. Malgré la puissance du choc, le géant vacillait mais tenait encore debout. Il dévisageait Nathan, frappé de stupeur.

Un éclair de métal glissa entre ses mains.

Nathan esquiva la lame et fracassa le nez du tueur d'un coup de tête. Il avança encore, saisit d'une main le crâne aux cheveux ras et le ramena brusquement vers lui tandis que le pouce de son autre main s'enfonçait dans le globe oculaire.

Pas une goutte de sang ne coula. L'hémorragie était interne, le coma irréversible.

Nathan relâcha son étreinte et laissa le colosse s'effondrer à ses pieds. Puis il ramassa la torche et inspecta les armes. Un fusil-mitrailleur uzon prolongé d'un silencieux. Un étui noir recelait un petit calibre. La fouille des poches du mort ne révéla ni papiers ni cartes de crédit. Nathan abandonna les armes à feu après en avoir vidé les chargeurs et effacé ses empreintes. Il s'empara de la lame qui gisait sur le sol. Une dague noire et tranchante. Il la fit virevolter entre ses doigts.

Elle était parfaitement adaptée au combat rapproché.

Il reprit sa progression tous feux éteints. La douleur revenait peu à peu, irradiant son corps par décharges. Il devait sortir de ce merdier, le plus vite possible.

Visiblement les tueurs étaient partis à sa recherche dans des directions opposées, mais combien étaient-ils réellement ?

Deux ? Trois ?...

Un crissement de verre le figea sur place.

Quelqu'un avançait vers lui par série de pas lents ponctués de courtes pauses, mais Nathan ne distinguait pas la moindre source lumineuse. Il n'y avait qu'une explication : l'homme utilisait un amplificateur de lumière.

Cette ordure y voyait comme en plein jour.

Nathan n'avait aucune chance... Les pas se rapprochaient. Une idée lui vint alors. Sa torche serait la meilleure défense. En l'allumant à courte distance de son adversaire, il provoquerait un éblouissement des capteurs et brûlerait les rétines du tueur. Il arma son bras, s'apprêtant à faire feu...

Un coup de crosse dans la nuque le renversa.

Il tendit la main pour se raccrocher au mur, mais un nouveau choc lui pulvérisa le thorax, bloquant sa respiration. Il s'écroula. Il était à terre, couché sur le flanc, paupières closes, un goût de sang dans la bouche. Lorsqu'il rouvrit les yeux, il ne vit que le faisceau de la visée laser qui dansait dans ses pupilles. Le tueur sans visage le braquait, c'était fini. Il allait crever là, sans même savoir pourquoi. Ses lèvres serrées s'entrouvrirent :

— Dis-moi... dis-moi qui je suis...

Silence. Le tueur restait aussi muet qu'une ombre. Soudain, une incantation, comme une plainte, monta dans la nuit. Une langue étrange. Les syllabes gutturales se faisaient de plus en plus puissantes, résonnant dans la conscience de Nathan qui n'en comprenait pas un traître mot. Le tueur plaqua alors son genou contre le torse de sa proie, ramassa la dague, la brandit... Nathan bloqua net la course du poignard qui plongeait vers son cœur. Il saisit le poignet armé et d'un enroulement le retourna contre le bourreau, tranchant l'articulation de son coude jusqu'à l'os. Le tueur hurla de toutes ses forces, tenta de reculer, de se débattre, mais il avait compris que l'amnésique ne le lâcherait plus. Une fraction de seconde plus tard, Nathan enfonça la lame dans la gorge.

Un gargouillis de sang... Puis ce fut terminé.

Nathan ne percevait plus le moindre bruit. Il resta encore un instant allongé sur le sol, respirant l'air gluant ; puis il se dégagea de dessous le corps en le faisant basculer par-dessus lui. À tâtons, il ôta l'amplificateur de lumière du crâne du mort et le vissa sur son œil. Tout s'éclaira en une image verdâtre. Le sol était jonché de détritus et de vitres brisées. À ses pieds, le cadavre aux membres désarticulés gisait, larynx ouvert.

Nathan récupéra la dague et s'enfonça dans les souterrains. Son arcade sourcilière ouverte saignait abondamment et sa lèvre inférieure était fendue. Il devait se dépêcher avant d'être trop faible pour pouvoir continuer à avancer.

Il surgit dans une large cour rectangulaire et déserte, cernée d'immeubles. La cité dormait. Il balança les jumelles de vision nocturne dans une poubelle et marcha sous la lumière des lampadaires, jusqu'à un bassin où il rinca à grande eau ses plaies souillées. La fraîcheur du liquide estompa la douleur. Ses vêtements étaient déchirés, et, après un rapide examen du contenu de sa veste, il s'aperçut qu'il avait perdu le téléphone cellulaire que lui avait confié Woods. Immédiatement, il songea à l'ordinateur resté dans le couloir de son appartement. Cette fois, il ne pouvait plus rentrer chez lui. Sa montre indiquait 23 h 27. Il resserra sa parka autour de lui et gagna la rue de la Glacière par un porche qui s'ouvrait dans l'angle d'un bâtiment.

Le monde qui l'entourait se muait en un amas de silhouettes floues et de masses informes. Des tremblements l'assaillaient de toutes parts, secouant ses membres, se répercutant dans ses mâchoires. Il erra dans les rues désertes jusqu'au boulevard Saint-Jacques. Un drapeau qui claquait au vent attira son regard. Il essuya le voile de sueur glacée qui brouillait sa vue et déchiffra les lettres blanches qui se détachaient sur l'étoffe ondulante. Sofitel Paris Rive gauche. Il avait atteint sa destination finale. En levant les yeux, il découvrit la tour qui se dressait au-dessus de lui. Lignes brisées, facettes inclinées, le bâtiment évoquait l'architecture froide d'une ruche. Rhoda était quelque part dans un de ces alvéoles de verre. Ou peut-être était-elle sortie ? Nathan longea la baie vitrée ; l'atmosphère du hall, un contraste de bois blond, de marbre et de fresques colorées, tranchait avec le gris sénile et morne du quartier. Sa gueule cassée lui interdisait d'attendre à l'intérieur de l'hôtel, il serait immédiatement refoulé par le service de sécurité. Il obliqua vers la rue et se dissimula derrière une colonne Morris, entre deux voitures stationnées le long du trottoir. De là, il pouvait surveiller sans se faire remarquer l'entrée, la réception et les portes des ascenseurs qu'elle serait forcée d'emprunter pour rejoindre les étages.

Il est immobile. Le temps s'étire, heures, minutes, secondes se mêlent en une droite infinie. Il n'a plus de corps, il n'est qu'une âme secouée de frissons, un regard tremblant rivé sur les lumières d'or.

C'est alors qu'apparaissent les yeux verts, les cascades de boucles cendrées. Elle est seule sur le marbre clair. Nathan se lève et s'élance sur la chaussée, le vent glisse sur sa peau. Il franchit la porte, pénètre dans l'atrium. Tout se ralentit. Des visages blancs, masques de cire et d'inquiétude, se dérobent à son regard. Le monde qui l'entoure s'efface peu à peu. Elle est accoudée à la réception, drapée dans une tunique pâle. La salle tournoie, le décor se vrille autour de lui. Il trébuche, se relève. Deux hommes marchent dans sa direction, mais ils s'arrêtent sans prononcer le moindre mot comme s'ils prenaient conscience que quelque chose ne cadre pas, que la situation dépasse la simple intrusion d'une épave dans l'établissement. Des braises ardentes de douleur le griffent de toutes parts, ses mains se crispent, glacées, sur ses avant-bras. Il ne sent plus le sol sous ses pas, aussi légers que la mort. Puis elle se retourne, le voit et tout se fige.

Seuls restent les yeux de jade qui dansent dans ses ténèbres... Un bras glisse autour de sa taille...

Après il ne se souvient pas.

23.

Quand il reprit conscience, Nathan était recroquevillé sur un sofa rouge, le corps enveloppé dans un peignoir Sons feutrés, lumières d'ambre, fleurs blanches immobiles... Il se sentait comme dans un songe. Sur la table basse, une clé magnétique portait le numéro 915. Celui de la chambre de Rhoda.

Jusque-là, il avait plané dans le vide, s'était laissé porter par les courants. Tout en lui parlant de sa voix au timbre légèrement cassé, qui avait caressé ses souffrances, Rhoda l'avait lentement dévêtu, lavé, puis elle avait ausculté son corps couvert d'ecchymoses afin de s'assurer qu'il ne souffrait d'aucune fracture. Était ensuite venu le temps des questions. Nathan avait évoqué son amnésie, causée par un accident de plongée sous-marine, mais occulté l'agression des tueurs. Rhoda s'était contentée d'écouter sans rien ajouter. Un silence que Nathan avait perçu comme chargé de respect et d'interrogations. Un détail intriguait pourtant l'amnésique... À plusieurs reprises, la jeune femme l'avait appelé « Alexandre ». Était-ce une nouvelle facette du jeu de miroir de son identité ?

Il n'allait pas tarder à le découvrir.

Rhoda apparut dans l'encadrement de la porte de la salle de bains.

— Comment te sens-tu ?

— Mieux.

Elle était toujours vêtue de la tunique blanche dans laquelle elle lui était apparue. Elle ôta ses sandales de cuir clair et avança vers lui, agitant une petite trousse imprimée d'une croix qu'elle tenait à la main.

— Le garçon d'étage vient d'apporter de quoi te soigner.

Elle ouvrit le nécessaire d'urgence, imbiba une compresse stérile d'antiseptique et commença à nettoyer l'arcade sourcilière fendue de Nathan.

— Ils n'ont pas posé de questions ?

— Si. – Rhoda déchira l'enveloppe d'une nouvelle compresse. – Tu es mon petit ami, tu t'es fait agresser en venant me rejoindre. Ils savent que je suis médecin, ils n'ont pas insisté.

— Merci... Tu es médecin ?

— Pédopsychiatre, je travaille pour One Earth... Tu sais, les sacs bleus.

Nathan essaya de se redresser, la douleur le tétanisa.

— Pour quelle raison es-tu à Paris ?

— Un congrès de psychiatrie humanitaire.

Silence.

— Tu as menti hier à l'aéroport, nous nous sommes déjà rencontrés, n'est-ce pas ?

Elle hocha légèrement la tête.

— Dis moi... où.

— Patience.

Une fois qu'elle eut terminé de désinfecter ses plaies, elle plaça des sutures autocollantes aux endroits où il avait été le plus abîmé.

— Voilà, ça devrait aller mieux comme ça.

Sans un mot, Rhoda se leva et lui apporta un petit miroir de maquillage. Hormis les pansements, un bel hématome barrait son visage de la tempe gauche à l'articulation de la mâchoire, mais sa blessure à la lèvre était superficielle. Les tueurs ne l'avaient pas raté... Les images du combat lui revinrent en rafales. Les travées noires de la cave, les corps sans vie, ses gestes meurtriers... Ses nerfs se crispèrent au souvenir de la dague. Il déroba sa main au regard de Rhoda, la plongea discrètement dans sa parka posée sur le sofa et fit courir ses doigts à la recherche du métal froid... La lame avait disparu.

— Si c'est ton arme que tu cherches, je l'ai mise au coffre, avec tes papiers, dit calmement Rhoda.

— Comment...

— Simple fouille personnelle.

Elle marqua un silence, approcha son visage de celui de l'amnésique et reprit sur le même ton.

— Qui es-tu ?

Nathan jura intérieurement. En fouillant ses vêtements, elle avait découvert qu'il n'était pas cet Alexandre qu'elle avait rencontré. Elle l'avait mis en confiance pour mieux le coincer.

— Il est plus prudent que tu restes en dehors de tout cela.

Rhoda le fixait, le visage fermé. Son regard avait viré du vert au noir.

— Ou tu me dis qui tu es et ce qui s'est passé ce soir, ou tu sors d'ici sur-le-champ.

Nathan réfléchit rapidement. Il ne pouvait pas se permettre de la perdre. Il devait l'interroger encore, elle possédait sans doute des informations cruciales. Il avait désespérément besoin de cette femme, seul lien avec son passé.

— Alors ?

— D'accord... je vais t'expliquer, mais pas avant que tu m'aies dit où et dans quelles circonstances nous nous sommes rencontrés.

Elle le considéra un instant, comme pour essayer de sonder ce qui se tramait dans la tête de Nathan, puis se laissa tomber dans un fauteuil.

— D'accord. C'était au Zaïre, l'actuelle république démocratique du Congo, en juillet 1994... en plein génocide rwandais. J'étais en poste dans un camp de réfugiés à Katalé, au nord de Goma, le long de la frontière. Tu étais Alexandre Dercourt, jeune journaliste suisse, perdu dans l'horreur des massacres. Tu es venu te mettre à l'abri. Tu es resté un peu plus de deux semaines et un matin tu as disparu. Tout le monde s'est inquiété, on a pensé que tu t'étais fait enlever, assassiner... On a lancé un avis de recherche auprès des autorités zaïroises et de l'armée française présente dans la région. En vain, on n'a jamais plus eu de nouvelles de toi. Voilà pourquoi j'ai réagi aussi violemment à l'aéroport quand tu t'es pointé avec ta bonne mine. J'ai d'abord cru que tu te foutais de moi... que c'était une coïncidence, que tu étais quelqu'un d'autre... mais j'ai reconnu ta cicatrice blanche à la joue, tes yeux... Ce ne pouvait être que toi... Plus tard dans la soirée j'ai compris qu'il y avait peut-être un problème... Je m'en voulais... Je t'attendais... J'espérais que... Bon, ça suffit. À toi !

Sans hésiter, Nathan lui confia les grands traits de son histoire.

— Après t'avoir rencontrée à l'aéroport, conclut-il, je suis rentré chez moi puis j'ai décidé de venir te retrouver. C'est là que les types me sont tombés dessus et m'ont tabassé avant de m'abandonner dans la rue. On veut me faire peur... m'empêcher d'enquêter...

Il avait joué franc-jeu, sur presque tout, mais il ne pouvait prendre le risque de se compromettre en révélant le double meurtre qu'il venait de commettre même s'il était en situation de légitime défense. Au fur et à mesure du récit, il avait vu le visage de Rhoda se décomposer jusqu'à devenir blême. Consciente de son malaise, elle essaya de sauver la face :

— Tu ne serais pas arrivé dans cet état, je crois que je pencherais pour une belle crise de paranoïa...

Mais elle s'était prise à son propre piège. Elle baissait la garde. Nathan s'engouffra dans la brèche.

— J'ai besoin de toi, de te poser d'autres questions au sujet de notre rencontre, de ma présence en Afrique...

Elle se leva, prit un fruit dans la corbeille et revint s'asseoir dans la lumière. Elle avait un corps fin, parfaitement musclé, et chacun de ses gestes avait la légèreté d'un oiseau. Elle était moins jolie qu'il ne l'avait cru au départ, mais sous chacun de ses traits transparaissaient une attitude, un charme singulier qui n'appartenaient qu'à elle.

Elle séparait les quartiers d'un pamplemousse.

— Tu en veux ?

Nathan ouvrit la main et saisit le morceau d'agrume qu'elle lui tendait. La nuit était silencieuse. La saveur douce-amère de la pulpe coula en lui comme onde de fraîcheur.

— Que veux-tu savoir ? demanda-t-elle.

— Parle-moi encore du Rwanda, de Katalé, le contexte de tout ça... Rafraîchis-moi la mémoire.

— C'est assez complexe... Pour résumer, je dirais qu'au terme d'années de haine raciale et de nombreuses tentatives de purification ethnique réciproques entre Hutus et Tutsis, le Rwanda s'est retrouvé plongé dans l'horreur au lendemain du 6 avril 1994, jour où l'avion du président hutu Juvénal Habyarimana a été abattu en plein vol par une roquette. Vassaux historiques des seigneurs tutsis, les Hutus perçoivent cet attentat comme un affront ultime et décrètent que l'heure de la « solution finale » a sonné. L'appel au meurtre se généralise : les Tutsis, ceux qui les protègent, tous ceux qui s'opposent de près ou de loin au régime en place doivent être exterminés. C'est le massacre. Après trois mois de guerre civile et un million de morts, l'armée tutsie, le Front patriotique rwandais (FPR), parvient à maîtriser le pays et reprend le pouvoir. La situation humanitaire est dramatique : des centaines de milliers de Tutsis se sont déjà réfugiés dans les États voisins, en Tanzanie, en Ouganda... C'est au tour d'un million et demi de Hutus de gagner le Zaïre, l'actuelle république démocratique du Congo.

— Donc, le camp de Katalé était un camp hutu.

— Celui-là et tous ceux de la zone de Goma.

— Décris-moi l'endroit.

— Un kilomètre sur deux entre volcan et forêt. Deux cents hectares de boue, de taudis et de vermine, où règnent la délinquance, la dysenterie, et ce bon vieux choléra... Cinquante mille réfugiés, une soixantaine d'organisations humanitaires...

— Soixante ?

— Ce n'est pas tant que ça, nous sommes souvent plus nombreux. Une seule organisation, la plupart du temps spécialisée dans l'action sociale, administre le camp en coordination avec un représentant du Haut-Commissariat aux réfugiés des Nations unies, les autres apportent leur savoir-faire.

— Sais-tu pourquoi je suis venu vers vous, vers One Earth ?

— Oui, Paolo Valente, le chef de la cellule psychiatrique, t'avait ramassé sur la route. Dehors, c'était l'apocalypse : meurtres, pillages, règlements de comptes... Il t'avait proposé de venir te mettre à l'abri.

— Je le connaissais ?

— Je crois que vous vous étiez rencontrés dans l'avion ou à l'aéroport de Goma, je ne sais plus...

— Et toi, tu m'avais déjà vu ?

— Jamais.

— Tu disais que j'étais journaliste, sais-tu si je travaillais pour un organe de presse en particulier ?

— Écoute, il me semble que tu étais indépendant, tu vendais tes reportages à différents magazines.

— Pourrais-tu me décrire celui que j'étais à l'époque, me faire un portrait d'Alexandre Dercourt ?

— Un profil psychologique ?

— Oui.

— Alexandre était quelqu'un de gai, cultivé, élégant, un peu... agressif dans ses réactions par moments. Tu as séduit tout le monde, tu étais comme une bouffée d'air pur, mais je crois que ce qui m'avait le plus marquée, c'était ton rapport avec les enfants...

— Que veux-tu dire ?

— Très peu de temps après ton arrivée, tu as abandonné ton reportage pour te consacrer à eux. Ces mômes étaient démolis... Ils avaient vu leurs parents décapiter, amputer, massacrer leurs voisins, leurs amis, leurs professeurs... Certains, incités par leurs propres parents, avaient eux-mêmes baigné les mains dans le sang. Un grand nombre d'entre eux ne s'en sont pas remis, ils sont devenus comme des autistes... Tu allais spontanément vers ceux qui allaient le plus mal, c'était frappant. Je me rappelle très bien un gamin... un cas particulièrement sordide... Le maître de l'école qu'il fréquentait était venu un matin avec un sac rempli de machettes, de houes, de pics et avait ordonné aux élèves hutus d'assassiner leurs propres camarades de classe tutsis. L'enfant avait refusé, avait tenté de s'enfuir, mais le maître l'avait rattrapé, battu et menacé de mort sa famille... Pour donner l'exemple, il lui avait collé un bébé dans les bras... Il l'avait forcé... à le broyer dans un pilon à manioc. Sa mère, avec qui il avait fui Kigali, nous avait, à toi et à moi, raconté son histoire. L'enfant était squelettique, il ne parlait plus, refusait la nourriture. Tu avais passé une journée, puis une autre et encore une autre sans même qu'il t'adresse un regard, tu n'avais pas renoncé et chaque matin tu étais retourné le voir jusqu'à l'arracher à son silence. Tu leur parlais du désert, de l'océan, des neiges éternelles, on aurait dit que tu voulais essayer de leur bâtir à toi seul un autre monde, leur ouvrir les portes d'une vie nouvelle, chargée de promesses et d'espoir.

Les enfants... Nathan nota cette information singulière dans un coin de sa mémoire et poursuivit :

— Sais-tu pourquoi j'étais tellement impliqué ?

— Non.

— T'ai-je parlé de ma vie, de ma famille, te souviens-tu de conversations que nous aurions pu avoir ?

— C'est très loin... non, tu étais très secret, je pense que tu n'aimais pas parler de toi, ni qu'on te pose de questions, d'ailleurs. En revanche, je me souviens que nous discutions souvent de l'idéologie des génocides. C'était quelque chose qui te... hantait.

— C'était un sujet que je maîtrisais ?

— Oui. Un soir, même, il y a eu une conversation houleuse entre toi et un autre type... Christian Brun, un urgentiste assez prétentieux, la caricature de l'humanitaire dans toute son horreur, le genre qui savait tout sur tout. Il s'était lancé dans une comparaison entre les milices hutues et les systèmes de dénonciation hitlérien et stalinien. Tu l'avais gentiment remis à sa place, en expliquant que les crimes commis par les nazis et les communistes étaient le fait d'organes spécialisés comme les SS ou le NKVD, alors qu'au Rwanda le système faisait en sorte que le génocide devienne une œuvre collective, populaire et déchaînée dans laquelle trempaient toutes les mains.

— Ai-je jamais eu un comportement qui aurait pu éveiller l'attention ?

— Un comportement... oui, il y avait effectivement quelque chose d'étrange.

— Quoi ?

— Par principe, les personnels expatriés des ONG ne vivent pas dans les camps et rentrent chaque soir dans leur « base vie ». En l'occurrence nous avions loué une maison dans le village de Kibumba, c'était un lieu sécurisé où nous nous retrouvions entre nous quelques heures par jour sans que la violence et la misère nous harcèlent. C'était le seul moyen de tenir et de prévenir les risques de pillage de notre matériel...

— Et alors ?

— Je me souviens que le plus souvent tu rentrais avec nous mais il est arrivé plusieurs fois que tu restes au sein du camp avec les orphelins. Tu disais qu'ils avaient besoin de toi, que tu ne voulais pas les abandonner...

Nathan se tut quelques instants, puis demanda encore :

— Au sein du camp, as-tu souvenir d'événements particuliers qui ne cadraient pas avec la situation générale ?

— Non. Hormis les horreurs, racket, prostitution, viols, meurtres qui sont monnaie courante, je ne me souviens pas...

Nathan risqua une ultime et délicate question :

— Quelle était la nature de nos relations ? Nous nous entendions... bien ?

— Nous deux ?

Il hocha la tête.

Rhoda eut un rire sec et sans joie dans lequel il entendit une nostalgie qui lui serra le cœur.

— Nous étions très proches... tu es resté peu de temps...

— Proches... de quelle manière ?

Rhoda marqua un nouveau silence.

— J'étais comme mariée... j'étais la compagne de Paolo Valente.

Elle s'était levée et le dévisageait.

— Tu me fous mal à l'aise, avec tes questions.

— Je suis désolé... j'essaye simplement de comprendre ce que je faisais là-bas. Je ne crois pas plus que toi à mon passé de journaliste... Je devais être dans ce camp pour une autre raison...

Rhoda semblait s'être fermée, elle demanda pourtant :

— Tu penses qu'il peut y avoir un rapport entre ton enquête actuelle et ta présence au Zaïre ?

— Je n'en ai pas la moindre idée, mais j'ai le sentiment que derrière mon identité se cache un abîme de terreur.

— Pourquoi fais-tu ça ? Pourquoi ne préviens-tu pas simplement la police ?

— La police ? À part trois soldats morts il y a quatre-vingts ans et un manuscrit poussiéreux, je n'ai aucune preuve de rien. Et puis... tu sembles ne pas comprendre quelque chose.

— Quoi ?

— Je n'existe pas.

24.

Nathan se réveilla seul dans la chambre éclaboussée de lumière. Rhoda s'était éclipsée à l'aube sans le réveiller. Vide de toute pensée, il scruta un moment le plafond blanc puis consulta sa montre : 10 h 30. Il se leva et se glissa sous la douche.

Dans le miroir suspendu au-dessus du lavabo, l'image de son visage encore tuméfié se mêla aux souvenirs de la nuit passée auprès de la jeune femme. Ils avaient parlé encore, puis juste avant qu'elle ne s'endorme, elle s'était proposée d'aller récupérer l'ordinateur et les affaires de Nathan dans l'appartement de la rue Campagne Première, le lendemain matin. Il avait d'abord vivement refusé, prétextant que les tueurs l'attendaient sans doute là-bas puis, devant son insistance, il avait fini par céder.

Nathan avait alors veillé dans l'obscurité, contemplant les courbes du corps alangui à ses côtés, doucement soulevé par les vagues de sa respiration. Il l'avait caressée du regard jusqu'à sentir éclore en lui le ravissement de la vie comme une étoile au cœur de ses propres ténèbres.

En revenant dans la chambre, il découvrit, posé sur la table basse, un message écrit de la main de Rhoda.

Nathan, j'interviens au congrès.
Libre vers 13 heures.
Je t'attendrai place des Vosges,
à l'ombre des grands marronniers.

Onze heures sonnèrent à une horloge du quartier. Cela lui laissait le temps de tirer ses idées au clair. Il commanda un café, s'installa au bureau et commença à dresser une liste de ses convictions :

Novembre 1693 : Elias découvre le corps d'un esclave mutilé. On lui a prélevé les poumons et le cerveau.

Juillet 1994 : Je suis au Zaïre en plein génocide rwandais. Je m'occupe d'enfants traumatisés par les massacres. Je passe plusieurs nuits seul au sein des camps... Pour quelles raisons ?

Je semble particulièrement touché par le sujet de l'idéologie des massacres.

Février 2002 : le *Pole Explorer* appareille pour l'Arctique avec pour mission de récupérer des corps de soldats allemands de la guerre de 1914-1918, puis de s'en débarrasser dans l'île de Horstland. Les mutilations sur les corps sont identiques à celles du manuscrit d'Elias.

Lors de la mission, le médecin de bord plus deux hommes non identifiés disparaissent. Cause avancée du décès : accident d'hélicoptère.

Mars 2002 : pour la deuxième fois en trois mois, des tueurs tentent de me kidnapper ou de m'assassiner.

Pour m'empêcher d'enquêter ? Pour des informations que recèlerait ma mémoire ?

Les tueurs m'attendaient à mon domicile.

Qui les envoie ?

Nathan passa en revue chacune des personnes à laquelle il avait été confonté depuis sa sortie du coma. Un seul l'avait menacé et semblait avoir une bonne raison de le voir disparaître.

Il décrocha le téléphone et composa machinalement le numéro d'Hydra. Après deux sonneries, il tomba sur la secrétaire. La femme le transféra sans broncher sur la ligne de Roubaud, qui décrocha immédiatement.

— Falh ?

— Je vous remercie pour le comité d'accueil, hier soir. Malheureusement pour vous, ceux-là ont eu moins de chance qu'à Hammerfest.

— De quoi parlez-vous ?

— Arrêtez de me prendre pour un con. Une équipe de professionnels a essayé de me faire la peau et vous seul pouvez me les avoir envoyés.

— Je ne vous...

— Fermez votre grande gueule et écoutez-moi ! Les règles ont changé. J'ai mené mon enquête, j'ai retrouvé les sacs mortuaires, les corps des soldats...

Silence.

Nathan passa au tutoiement, resserrant l'étau d'un cran.

— J'ai réuni assez de preuves pour te mettre à genoux, connard. Alors maintenant tu vas m'expliquer la véritable raison de cette expédition, comment sont morts de Wilde et les autres et qui est le commanditaire...

— Allez vous faire foutre !

— Écoute-moi bien ! Soit tu craches le morceau, soit je préviens les flics.

Roubaud changea subitement de ton. Les menaces commençaient à faire leur effet.

— Je ne vous ai envoyé personne. Je ne sais même pas de quoi vous voulez parler. Pour ce qui est de la mission...

— J'ai tout photographié, et en détail, ça va leur faire plaisir, c'est pas souvent qu'on leur mâche le travail !

— OK, OK, je suis disposé à vous en livrer un compte rendu...

— Je t'écoute.

Il y eut un silence puis Roubaud soupira.

— Ça... ç'a été le fiasco total...

— Accouche.

À l'autre bout du fil, l'homme hésita un instant puis commença son récit :

— Lorsque le *Pole Explorer* arrive sur zone le 8 février, tout va bien. Les ingénieurs de bord localisent l'épave en à peine vingt-quatre heures. On envoie les robots, le flanc de l'épave présente une déchirure qui permet l'accès des plongeurs. Tout est carré. Malheureusement, la veille du départ de l'opération, un front de chaleur s'est abattu sur la région, fragilisant la structure de la banquise. L'équipe est mise en stand-by pendant près d'une semaine, on hésite même à tout annuler puis une vague de froid vient finalement tout regeler. Le 15 février, la décision de récupérer le cadmium est prise par le capitaine et le chef de mission.

— Qui est cet homme ?

— Malignon, mais je vais y venir, laissez-moi terminer. Survient alors le premier accroc : votre accident. Vous êtes récupéré de justesse par votre binôme et évacué vers la Norvège. De mon côté, je demande par radio l'interruption immédiate de la mission, mais Malignon insiste pour ne pas abandonner. Le glaciologue de l'équipe a effectué de nouveaux relevés... On m'assure que cette fois la banquise et la structure de l'épave sont stables. Je cède et autorise la mission à continuer.

« Le 18 février, les scaphandriers redescendent dans l'épave et repèrent les premiers conteneurs, mais ceux-ci ne recèlent que des munitions et des conserves de poissons. Ils plongent encore, explorent toutes les parties praticables du site. Rien. Il n'y a pas un seul fût de cadmium à bord. Deux jours plus tard, soit le 20 février à midi, j'établis un nouveau contact radio avec le *Pole Explorer* et là, j'apprends que les plongeurs sont tombés sur des cadavres de marins pris dans les glaces de l'épave et qu'ils en ont remonté trois à bord.

« Fou de rage, j'ordonne au commandant de s'en débarrasser au plus vite et de faire route vers Anvers. C'est à ce moment que les choses se gâtent. Il y a des règles à bord des navires et les marins sont des gens superstitieux. Celui qui trouve un corps perdu en mer se doit de lui offrir une sépulture et une cérémonie religieuse afin que son âme trouve le repos éternel. Pour l'équipage, les marins morts resteront damnés tant qu'ils n'auront pas été mis en terre.

Sous la pression de ses hommes, le commandant de bord cède et décide de faire escale au Spitzberg afin d'inhumer les corps clandestinement. Pour ne pas éveiller l'attention des autorités locales, ils prétextent une panne technique. Le 23 février au matin, ils appareillent de Longyearbyen et, après trois heures de route, Malignon, de Wilde ainsi qu'un marin, Penko Stoïchkov, partent discrètement en Zodiac vers Horstland, un village abandonné, afin d'enterrer les soldats. Mais les heures passent et les trois hommes ne donnent aucune nouvelle. Après plusieurs tentatives de contacts radio restées sans réponse, le capitaine envoie l'hélicoptère à leur recherche aux abords de l'île. L'aéronef survole la zone pendant deux heures. Que dalle. Les trois hommes ont disparu corps et biens.

Nathan imagina sans peine la suite des événements :

— Alors, afin d'éviter l'ouverture d'une enquête à Anvers, continua-t-il, qui d'une part vous aurait foutu dans une merde noire puisque vous auriez été obligé de rendre des comptes sur la découverte des corps et, d'autre part, aurait bloqué les marins à terre pendant de longs mois, vous avez fait disparaître le journal de bord et monté l'histoire de l'accident aérien. Qu'avez-vous fait de l'hélicoptère ?

— Nous l'avons balancé par-dessus bord...

— Pourquoi avoir prévu cette expédition en plein hiver ? Les conditions sont terribles...

— C'est vrai, d'habitude nous planifions plutôt ce type de mission pendant l'été arctique... La météo est moins rude et nous bénéficions de journées de près de vingt-quatre heures. Mais dans ce cas précis, du fait que l'épave du *Dresden* était prise dans les glaces, nous devions privilégier la solidité de l'élément.

— Parlez-moi du chef de mission, exigea Nathan.

— Jacques Malignon vient me rendre visite à mon bureau en août 2001. C'est notre première rencontre. Il me dit avoir été sollicité par un cabinet d'avocats – Pound & Schuster de Lausanne – lui-même mandaté par un homme d'affaires motivé pour agir en faveur de l'environnement. Il me parle alors de l'épave d'un navire de guerre allemand, repérée par hasard et marquée d'une balise Argos par une équipe de glaciologues canadiens au cours d'une expédition de dérive dans la banquise à l'été 2000. Il m'explique qu'à l'annonce de cette nouvelle il a immédiatement lancé une recherche et retrouvé trace de ce bateau dans les archives de la KaiserlicheMarine, la marine impériale allemande, à Hambourg. C'est le *Dresden*, un cargo militaire qui venait s'approvisionner au Spitzberg où se trouvaient à l'époque les premières usines de cadmium : ce métal entrait dans la fabrication des piles électrochimiques. Selon le document de la marine allemande, le *Dresden* avait fait naufrage en 1918, à la suite d'une collision avec un iceberg au large de Ny-Alesund, ville minière du Svalbard. Pour Malignon, il serait resté prisonnier des glaces et aurait dérivé avec la banquise pendant un peu plus de quatre-vingts ans. Ce qui expliquerait qu'il soit remonté si haut dans le cercle arctique. L'affaire me semble intéressante, d'autant que l'homme m'annonce une enveloppe globale d'un million de dollars payable avant le départ. Seule condition, le commanditaire, qui réalise ici sa première opération, souhaite garder l'anonymat afin d'éviter toute mauvaise publicité au cas où la mission se conclurait par un échec.

— Tout ça vous semble normal et comme vous êtes vous-même un ami de la nature, vous acceptez !

— J'ai appris à partir d'un certain montant à ne plus poser de questions.

— Avez-vous vu les documents d'archives ?

— J'en ai une copie en ma possession. Et je vous avoue que je n'arrive toujours pas à m'expliquer l'absence du cadmium à bord. Pour moi il y a deux solutions : ou bien le métal était stocké dans des soutes devenues inaccessibles lorsque l'iceberg a broyé l'épave...

— Ou bien vous vous êtes fait baiser par le commanditaire qui vous a fourni un faux, affirmant que le navire transportait des métaux lourds, alors qu'en fait la seule chose qui l'intéressait était de prélever les organes de ces soldats.

Silence.

— Pré... prélever quoi ? bredouilla Roubaud.

Nathan douta un instant de la bonne foi de son interlocuteur. Il se remémora l'e-mail retrouvé dans le cabinet médical à Anvers où Roubaud demandait à de Wilde d'évaluer les risques pour l'équipe d'un contact prolongé avec le cadmium. Quel intérêt aurait-il eu à monter un tel dossier en interne s'il avait été au courant du but réel de l'expédition ? Fabriquer des preuves ? Non, décidément, Roubaud n'avait pas les épaules pour endosser un tel acte. Il n'était qu'un pion, il s'était fait avoir.

— Les corps que j'ai trouvés sur la grève d'Horstland étaient mutilés, Roubaud, éventrés, le crâne défoncé... Quelqu'un a prélevé leur cerveau et leurs poumons...

— Oh ! merde... C'est pas vrai...

— Épargnez-moi vos états d'âme et racontez-moi plutôt ce qui s'est passé au retour de la mission !

Roubaud avait perdu toute assurance, sa voix tremblait désormais comme celle d'un enfant apeuré :

— Eh... Eh bien, j'ai tenté de recontacter les avocats à Lausanne, mais le cabinet s'était volatilisé, il n'y avait plus personne à cette adresse. En ce qui concerne les versements, ils avaient été virés à partir d'un compte numéroté d'une banque offshore des îles Caïmans...

— Il vous était donc impossible de connaître l'identité du commanditaire.

— Vu l'étendue du désastre, cela ne m'a pas tellement étonné qu'ils aient coupé les ponts. Malignon m'avait prévenu.

— Ce Malignon, avait-il une assurance, un bénéficiaire en cas de disparition ?

— C'est Pound & Schuster qui s'est chargé de ça. En cas de pépin, les indemnités devaient être versées sur un compte numéroté ouvert pour chacun des membres de la mission, cela permettait encore une fois de ne pas remonter jusqu'au commanditaire. Nous nous occupions juste des honoraires du staff.

— Vous m'avez pourtant versé des indemnités !

— Étant donné qu'ils avaient disparu, je ne voulais pas prendre le risque que vous...

— C'est bon, j'ai compris. Avez-vous en votre possession d'autres documents me concernant ?

— À part votre identité bancaire et le certificat médical signé par de Wilde avant le départ, je n'ai rien.

— Bien, si quoi que ce soit vous revient, même des détails qui peuvent vous paraître sans importance, n'hésitez pas à me contacter. Je vous laisse un mail où me joindre, vous avez de quoi noter ?

— Je vous écoute.

Roubaud nota l'adresse électronique de Nathan et demanda :

— Qu'allez-vous faire maintenant ?

— Essayer de découvrir ce qui pousse des hommes à brûler un million de dollars pour aller récupérer trois corps dans l'Arctique.

— Falh, laissez-moi vous poser une question.

— Allez vous faire foutre !

Nathan raccrocha et composa le numéro de Woods, qui répondit immédiatement.

— C'est moi... Nathan.

— Mais qu'est-ce qui vous est arrivé, j'ai cru... je ne sais pas, que vous étiez mort...

— Je ne suis pas passé loin.

— Où êtes-vous ?

— Dans un hôtel, à Paris. Des types ont essayé de me faire la peau. Je me suis débarrassé de deux.

— Qu'entendez-vous par « débarrassé » ?

— Je les ai tués, Ashley, c'était la seule façon de m'en sortir... Vous aviez vu juste, ils m'attendaient à mon domicile.

— Vous êtes sûr que ça va ?

— J'évite d'y penser. Pour le reste, je suis cassé de partout, ils m'ont foutu une sacrée raclée.

— Vous avez pu les identifier ?

— Non.

— Où sont les corps ?

— Ils m'ont emmené dans une cave, ils y sont restés.

— Vous avez laissé des empreintes.

— J'ai effacé ce que je pouvais, mais j'ai perdu pas mal de sang.

— À moins que les flics ne possèdent déjà un échantillon de votre ADN dans leurs fichiers, ce qui est peu probable, il y a une chance sur un million qu'ils remontent jusqu'à vous.

— J'ai aussi égaré le téléphone portable que vous m'aviez confié, Ashley, je pense qu'il a glissé de ma parka avant que les tueurs ne me mettent la main dessus.

— Ça, c'est déjà plus ennuyeux. Je vais faire une déclaration de perte. Dites-moi ce que vous avez découvert.

Nathan lui résuma la folie de la dernière semaine, passant résolument sous silence sa rencontre avec Rhoda et l'épisode rwandais. En guise de conclusion, il détailla la conversation qu'il venait d'avoir avec le patron d'Hydra. Sous le choc des révélations, l'Anglais demanda pourtant :

— Vous êtes sûr de Roubaud ?

— Oui, dès que je lui ai parlé des cadavres il a paniqué. Il a voulu jouer les caïds mais je l'ai vite démasqué, c'est un pigeon...

— Lui avez-vous demandé de vous faire parvenir une copie du document d'archives concernant le *Dresden* ?

— Non, mais de toute façon je pense que c'est un faux. Je vais consulter moi-même les archives de la KaiserlicheMarine, voir s'ils peuvent retrouver l'original, il y a peut-être un compte rendu du naufrage et le détail de ce que contenaient les cales du navire...

— Laissez-moi me charger de ça. J'aurai plus de facilité à obtenir le dossier en passant par le biais de la Malatestiana. Je vais me débrouiller pour formuler une demande d'institution à institution.

— Très bien.

— Comment envisagez-vous la suite des opérations ?

— L'affaire Hydra est un cul-de-sac, je dois rapidement choisir une direction à prendre... Vous n'avez toujours pas de nouvelles de mes empreintes en France et en Belgique ?

— Aucune, je vais rappeler Staël.

— Pas un mot sur tout ce que je viens de vous dire.

— Vous avez ma parole. Bien, dites-moi, les derniers événements n'ont provoqué aucune réminiscence ?

— Non, rien.

— Vous en êtes bien sûr ?

Nathan sentit que Woods ne le croyait pas tout à fait. Il donna à sa voix le plus d'assurance possible :

— Formel.

Un court silence méditatif s'ensuivit. Il en était sûr maintenant, Woods avait flairé son manège, qu'il lui cachait quelque chose. Au bout de quelques secondes, l'Anglais reprit :

— Nathan, vous avez failli y rester. Êtes-vous sûr de ne pas vouloir passer la main ?

La question déconcerta Nathan.

— Comment cela ?

— J'ai peur que l'ampleur de cette affaire ne nous dépasse.

— Qu'est-ce qui vous prend, Ashley ?

— Ne vous froissez pas, je me fais du souci pour vous, c'est tout. Ceux que vous traquez – vous avez tué deux des leurs –, croyez-moi, ils ne vont pas en rester là.

— Je vous promets d'être vigilant.

— C'est vous qui voyez, mais faites attention à vous. Bon, maintenant que vous avez établi un lien entre les crimes, je vais avancer sur le manuscrit, je pense qu'il est capital d'étudier le texte en profondeur. Malgré les siècles qui les séparent, il nous permettra peut-être de récolter de nouveaux indices sur notre histoire. On se rappelle dès qu'on a du nouveau.

Nathan salua Woods en lui promettant de lui donner des nouvelles rapidement. S'interdisant de s'interroger sur l'impulsion qui l'avait poussé à ne pas parler de Rhoda, il avala une gorgée de café et consulta sa montre. Il était temps de partir. À la boutique de l'hôtel, il s'acheta une chemise blanche, un jean et une paire de lunettes noires pour dissimuler les stigmates de la veille, puis il s'arrêta devant le kiosque et acheta la dernière édition du *Monde*. Il ouvrit le quotidien à la rubrique Société, déchiffra articles et dépêches. Rien. Il n'était fait nulle part mention des corps des tueurs. La question était de calculer combien de temps on mettrait à les découvrir. Le plus tard serait le mieux. Si les flics récupéraient les cadavres, ils enquêteraient dans le quartier, ils questionneraient les témoins potentiels et cela incluait le personnel du Sofitel. À partir de ce moment, ils ne tarderaient pas à faire le rapprochement.

Il plia le journal sous son bras et sortit dans la lumière.

Paris jaillit telle une chaîne de montagnes abruptes. Le soleil doux et blanc s'élançait sur les crêtes des toits, courait le long de ses versants, glissait en ses moindres retraits. Il ferma les yeux et laissa la rumeur frémissante du printemps venir jusqu'à lui.

Elle était là, quelque part entre les coupoles noir et or, les frondaisons vert tendre des arbres et les immeubles clairs. Il pensa à son nom aux consonances étranges, à ses mèches de cendres blondes, à sa voix et à ses yeux, labyrinthe d'émeraude.

À cet instant précis, vivre pour lui était se rappeler et il n'avait qu'un désir : revoir Rhoda.

25.

Nathan préférait parcourir les derniers mètres à pied. Le taxi le déposa rue Saint-Antoine, devant la station de métro Saint-Paul. Il remonta la rue de Birague, franchit la grande arche de la place des Vosges, scruta les galeries sous les arcades, puis son regard coula vers le jardin, au-delà des grilles.

Elle lui apparut, à l'ombre des grands arbres.

Nathan ralentit son allure et contempla la silhouette gracile. Elle se tenait debout, le visage incliné vers le sol, les bras ramenés sur sa poitrine, serrant une grande enveloppe.

Cette fois, les boucles de ses cheveux étaient attachées en un lourd chignon maintenu par une baguette, révélant ses épaules et sa nuque mates qui contrastaient avec le blanc cassé d'une robe parfaitement ajustée sur son corps fin.

Nathan sentit son cœur accélérer sa course. Il n'avait aucune idée des sentiments qu'il avait pu éprouver pour elle lors de leur rencontre au Zaïre, pour d'autres, sous d'autres cieux. Mais ce qu'il ressentait à ce moment précis lui sembla un instant de grâce pure, et cette sensation il était certain de ne jamais l'avoir vécue avant ce jour.

Il aurait voulu oublier... les glaces de l'Arctique, Woods, le manuscrit, les tueurs qui le traquaient, la blessure de sa mémoire morte.

Il aurait tout simplement voulu être un autre.

Bien décidé à profiter pleinement du temps qu'elle lui offrait, il balaya ces pensées et traversa la rue.

— Bonjour, mademoiselle !

Rhoda réprima un léger sursaut, puis son visage s'illumina.

— Tu es en retard...

— Des petites choses à régler. Désolé.

— Je plaisantais. Tiens, regarde, tout est là.

Au pied d'un marronnier, Nathan reconnut son sac de voyage, la sacoche de son ordinateur.

À cet instant un signal d'alarme s'alluma dans sa conscience. Il inspecta les alentours d'un œil discret.

— Tu es certaine de ne pas avoir été suivie ?

— À peu près. Je me suis installée à la terrasse du bar en face de chez toi. C'était calme, alors je me suis dirigée vers l'immeuble, j'ai pris l'ascenseur jusqu'au troisième et j'ai fini à pied. Comme la serrure ne portait pas de traces d'effraction, je suis entrée.

— C'est parfait.

— Je dois tout de même t'avouer que tu m'as fait flipper avec tes histoires. J'ai préféré prendre un taxi jusqu'au boulevard Haussmann, là je suis allée me perdre dans un grand magasin, je suis ressortie et j'ai repris la même voiture. J'avais demandé au chauffeur de me retrouver dans une rue adjacente.

— Tu es un miracle. Sans ton aide, je n'aurais jamais pu les récupérer. Dis-moi comment je peux te remercier...

— Le miracle, c'est de t'avoir retrouvé. Reste un peu avec moi.

Ils marchèrent côte à côte, jusqu'à l'île Saint-Louis, traversèrent la Seine et gagnèrent la place Maubert où ils partagèrent un repas à la terrasse d'un restaurant vietnamien, simple et raffiné.

Enfin, elle évoqua sa vie : elle était née en 1966 à Jérusalem, d'un père juif yéménite et d'une mère roumaine, elle avait grandi en Israël jusqu'à l'âge de douze ans, puis à Bucarest. Elle était retournée dans les Territoires palestiniens pour effectuer son service militaire, moins par sentiment patriotique que parce qu'elle jugeait cet aguerrissement nécessaire à son projet de vie. Elle avait alors étudié la médecine à Paris. En 1992, peu après la chute de Ceausescu, elle avait été engagée par One Earth pour travailler dans un hôpital psychiatrique roumain pour orphelins. Deux années de terreur. Devant l'imminence du conflit rwandais, elle s'était embarquée pour Kigali, puis on l'avait évacuée vers Goma au lendemain du lynchage des casques bleus par les FAR, les Forces armées rwandaises. Les deux années suivantes elle les avait passées à Ruhengeri, au nord du Rwanda, dans un autre centre One Earth qui s'occupait de regrouper et de soigner les enfants tutsis et hutus traumatisés. Et puis il y avait eu la Tchétchénie, un glissement de terrain en Colombie, les tremblements de terre en Turquie... Depuis deux ans, elle était installée à Jénine, où elle s'occupait d'enfants palestiniens. Une existence sans attaches, de guerres civiles en catastrophes humanitaires, un voyage vers les confins de la douleur humaine, la violence et les consciences meurtries.

Au fil des heures, un lien profond se tissait, un sentiment qu'aucun d'eux n'aurait osé exprimer, par peur de le voir se rompre lorsque la vie reprendrait son cours. Nathan ne pensait plus qu'à ce temps suspendu qu'il aurait voulu figer à jamais.

Leurs pas les ramenèrent bientôt à l'hôtel.

Une fois dans la chambre, Nathan ouvrit son sac et étala ses affaires sur le lit. À la vue des grandes enveloppes de l'hôpital d'Hammerfest, Rhoda s'approcha et demanda :

— C'est ton dossier médical ?

— Oui.

— Si ça ne te gêne pas, j'aimerais bien y jeter un œil. Je n'ai jamais rencontré de cas aussi radical que le tien, mais je suis souvent confrontée à des amnésies. Je serais curieuse de voir l'avis du psy qui t'a soigné.

— Vas-y, je t'en prie.

Rhoda s'installa en tailleur dans le sofa. Sous le regard

de Nathan, elle décacheta chaque enveloppe et étudia en détail leur contenu. Quinze minutes plus tard elle avait terminé.

— Qu'est-ce que tu en penses ? demanda Nathan.

— C'est propre, mais on sent que cette Lisa Larsen n'est pas sur son terrain de prédilection. Quel type de traitement t'a-t-elle prescrit ?

— De joindre un groupe thérapeutique qui traite les troubles à personnalités multiples par différentes techniques, dont l'hypnose.

— Pas mal. Tu as trouvé un centre ?

— Elle m'en a recommandé un, mais je t'avoue que la durée du traitement m'a un peu effrayé.

— Ça peut effectivement prendre plusieurs années. Il y a peut-être un autre moyen... Fais-tu des rêves depuis ta sortie du coma ?

— Lorsque je suis arrivé à Paris, j'ai eu un cauchemar qui est revenu par la suite...

— D'accord... Et as-tu des images qui t'obsèdent, réagis-tu à des situations, des signes, des mots ?

— Lorsque j'ai retrouvé le manuscrit d'Elias, en Italie, j'ai éprouvé une sensation étrange, comme du sable qui me fouettait le visage... Et puis il y eu l'oiseau sur vos sacs à l'aéroport hier soir.

— Rien d'autre ?

— Non, je ne vois pas.

La jeune femme resta silencieuse quelques instants puis déclara :

— J'ai quelque chose à te proposer.

D'un regard, Nathan l'incita à continuer.

— Je ne te garantis pas que ça marchera, mais je pensais qu'on pourrait tenter une expérience ensemble. Je dois te prévenir que ce n'est pas anodin, c'est souvent même très éprouvant pour le patient. Avant d'essayer quoi que ce soit, j'aimerais que nous en parlions.

— Je t'écoute.

Elle se redressa dans le canapé et joignit ses mains :

— Voilà... depuis maintenant trois ans, je me suis

orientée vers des méthodes thérapeutiques nouvelles, peu connues en Europe, et qui se sont révélées particulièrement efficaces en psychiatrie humanitaire, contrairement aux psychothérapies ou aux traitements médicamenteux, beaucoup trop longs et donc peu adaptés aux situations d'urgence auxquelles je dois faire face. Dans le cas présent, la méthode qui nous intéresse s'appelle l'EMDR, en français ça signifie Désensibilisation et Retraitement par les mouvements oculaires. C'est un procédé assez révolutionnaire qui agit sur le retraitement des souvenirs traumatiques. En suivant des yeux une diode lumineuse ou une baguette manipulée par le praticien, le patient évoque son passé jusqu'à replonger véritablement dans la situation dramatique qu'il a vécue. J'ai découvert ce procédé en 1999 à Groznyï, en Tchétchénie, un jeune médecin humanitaire américain l'utilisait pour soigner des enfants qui avaient vécu ou assisté à des situations très difficiles, viols, assassinats. Certains étaient dans un état grave, ils refusaient de s'alimenter, ne voulaient plus rentrer chez eux...

Pour tout te dire, j'étais assez sceptique sur l'efficacité d'un tel traitement, mais les résultats se sont révélés spectaculaires. Après quelques séances seulement, l'état de ces enfants s'est considérablement amélioré, ils ont repris une vie à peu près normale. J'ai convaincu ma hiérarchie de me faire suivre une formation. Ils ont accepté et j'ai passé plusieurs mois dans une unité spéciale au Shadyside Hospital de l'université de Pittsburgh aux États-Unis. On n'explique malheureusement pas précisément le fonctionnement de l'EMDR, mais il semblerait que les mouvements oculaires effectués par le patient lors d'une séance, proches de ceux de l'homme lorsqu'il rêve, soient un pont, un accès direct vers le cerveau émotionnel.

— C'est très intéressant, mais je ne vois pas le rapport entre ce type de pathologie et mon amnésie...

— Les symptômes semblent différents, tu as raison, mais je pense que la perte de ta mémoire autobiographique est sans doute ta façon propre de réagir à un choc émotionnel insurmontable. Laisse-moi t'expliquer le mécanisme :

dans tous les cas, une expérience traumatique provoque une interruption du fonctionnement des systèmes neurologique et psychologique. En temps normal, lorsque la pensée réagit à un choc modéré, une partie du cerveau est activée pour aider le traumatisé, c'est un mécanisme d'autoguérison connu depuis longtemps, Freud même l'évoquait dans ses travaux sur le deuil. Un exemple : un matin, en traversant la rue, tu te fais frôler de très près par une voiture lancée à pleine vitesse. Le soir, en rentrant chez toi, tu vas repenser à cette situation, tu vas te demander ce qu'il serait advenu si tu avais marché un tout petit peu plus vite. Serais-tu mort ? Paralysé ? Tu vas ressasser l'événement, et c'est normal. C'est de cette manière que ton cerveau émotionnel va assimiler le traumatisme. Le lendemain, tu vas ressortir et tu vas à nouveau traverser la rue, sans inquiétude, mais ta vigilance sera accrue. Tu garderas le souvenir de cette voiture pendant un certain temps, puis peu à peu tu l'oublieras. Par contre si tu vis un choc très grave, comme un accident de voiture entraînant la perte d'êtres proches, cette fonction naturelle d'autoguérison peut être suspendue et ta conscience en rester totalement bouleversée. Même si le malade connaît l'origine de son traumatisme, dans de nombreux cas on a vu des patients réagir par des malaises ou des crises d'angoisse terribles à une banale situation de vie quotidienne, une odeur, un son, sans qu'ils comprennent ce qui leur arrive.

— Où veux-tu en venir ?

— Ce que j'essaye de t'expliquer, c'est que de nombreux malades ne connaissent pas l'origine de leur traumatisme parce qu'il est enfoui en eux et que le DRMO leur permet de l'isoler, de le considérer d'une tout autre manière. C'est ainsi qu'ils parviennent à se libérer de son emprise. Ton accident est peut-être à l'origine de ton problème, mais il y a une chance que ce ne soit qu'une réaction, que ton cerveau ait répondu par l'amnésie à un traumatisme plus ancien.

— Mais les gens dont tu parles font appel à leur mémoire, ils peuvent évoquer leur enfance, des épisodes de leur vie... Moi, je n'ai rien.

— Tu te trompes. Comme te l'a dit ta psychiatre en Norvège, et les scanners qu'elle t'a fait passer le démontrent clairement puisqu'ils n'ont révélé aucune lésion, ta mémoire autobiographique est encore en toi. J'en veux pour preuve ta réaction face au monogramme d'One Earth hier soir à l'aéroport : c'est ton subconscient qui refuse de te livrer tes souvenirs. Il nous faut simplement trouver la clé qui permettra d'y accéder.

— Ah oui, et comment comptes-tu t'y prendre ?

— Tes rêves, Nathan. Nous allons explorer tes rêves.

26.

C'était une sorte de racine rectiligne, noueuse et grise, semblable au bâton d'un chamane. Enveloppé dans la pénombre artificielle de la chambre, Nathan suivait des yeux l'extrémité de la baguette que Rhoda balayait rapidement devant son visage...

— Tout va bien ? demanda-t-elle.

Assis sur une chaise, les bras le long du corps, Nathan acquiesça.

La sensation était singulière. Au commencement, ça avait été comme un jeu mais, à mesure qu'il déplaçait ses globes oculaires, Nathan sentait une légère brûlure se ramifier le long de ses nerfs optiques pour venir imploser au cœur de son cerveau. Peu à peu, d'une manière qu'il ne s'expliquait pas, il quittait la réalité.

— Bien, j'aimerais que nous évoquions les images de ton rêve, reprit Rhoda d'une voix calme.

Nathan marqua un instant de réflexion puis commença :

— Je suis dans une pièce claire. Il y a un enfant avec moi... Des jeux sont éparpillés autour de lui.

— Doucement, Nathan, prends ton temps... Vois-tu autre chose ?

— Non, rien.

— Regarde bien partout, y a-t-il quelque chose, quelqu'un d'autre avec vous dans cette pièce...

Des grandes fenêtres éblouissantes, le sol lisse. Un parfum d'iode. Est-ce la mer ? Il pouvait littéralement se déplacer dans son rêve, en découvrir les moindres détails que sa mémoire détenait à son insu. *Il perçoit une présence.*

— Un homme accompagné d'une femme... Ils nous observent.

— Comment sont-ils ? demanda Rhoda.

— Je ne sais pas, mais je sens qu'ils sont là. Ils partent, maintenant.

Une puissante vague de chaleur lui monta à la tête.

— Suis bien la baguette des yeux. Alors, que se passe-t-il ? reprit-elle d'une voix calme.

— La porte est entrouverte, un chat tigré regarde l'enfant... Il se dirige vers lui.

— Toi, que fais-tu ?

— Je regarde... Le chat parle à l'enfant.

— Quel langage ? Prononce-t-il des mots ?

— Oui, on dirait un langage humain. Je le connais bien, pourtant je ne le comprends pas.

— L'enfant, que fait-il ?

— Il joue.

— Décris-le.

— Brun, cheveux très courts, la peau mate.

— Le connais-tu... sais-tu son nom ?

— Non. Le chat approche, se frotte à lui, ronronne. Il est méchant.

— Méchant ? Qu'est-ce que cela signifie ?

— Je ne sais pas... C'est un traître... – Un violent tremblement l'ébranla, mais Nathan se força à poursuivre. – L'enfant ramasse quelque chose, c'est un... un coupe-papier. Il... il le plante dans la tête du chat. Il frappe encore, la lame traverse l'œil, s'enfonce dans le crâne. L'animal saigne, miaule, se tortille. Il veut s'enfuir, mais l'enfant le cloue au sol.

Nathan sentit un premier flot de larmes rouler le long de ses joues.

— C'est bien, c'est très bien. Que se passe-t-il ensuite ?

Un vent de sable brûlant lui fouette les yeux, balaye son visage, s'engouffre dans sa bouche. Il étouffe. Le lieu se métamorphose. Il est seul dans la nuit d'un désert.

— Un désert, je suis dans un désert de sable.
— Comment s'appelle cet endroit ?
— Je ne sais pas.
— Décris-moi ce que tu vois.
— C'est obscur, mais je distingue des dunes parsemées de roches noires, déchiquetées. Une immense montagne me surplombe. Il y a des petites cabanes de branches.
— Tu es toujours le même ?
— Oui... Mon corps est drapé d'un voile ocre. Je marche le long d'un chemin. Des gens me regardent.
— Comment sont-ils ?
— Nus, voûtés, ils protègent des petites flammes au creux de leurs mains.
— Qu'entends-tu ?
— Le chant du vent et autre chose qui me rend triste. Des gémissements, les gens... Je crois qu'ils pleurent.
— Pourquoi ?

Nathan se concentrait sur les images qui défilaient dans sa mémoire.

— Je... je ne sais pas, on dirait que... c'est quand ils me voient, mais je n'en suis pas sûr.
— Continue.
— Je suis perdu, je leur demande ma route mais ils ne répondent pas. Certains montrent quelque chose du doigt.
— Quoi, que montrent-ils ?
— Je me retourne dans la nuit, mais je ne vois rien...

Subitement, ses larmes se muèrent en de violents sanglots puis il fut saisi de spasmes...

— Ma poitrine ! Il se passe quelque chose dans ma poitrine...

Il gémissait comme un enfant, sa voix s'était muée en une plainte déchirante.

— Quoi, que se passe-t-il ?
— J'arrache le drap qui m'enveloppe. Il n'y a qu'un

trou béant, un gouffre de sang noir et d'entrailles palpitantes. Une tête animale écorchée, celle du chat... elle dévore mon cœur.

— Regarde, observe bien autour de toi, Nathan. Que vois-tu à ce moment précis ?

Des rafales de vent de plus en plus violentes s'enroulent autour de lui. Les silhouettes deviennent de frêles formes opaques... elle s'estompent...

— Je me retourne, un être drapé s'enfonce dans la tourmente. J'ai mal... J'ai mal

— Suis-le, Nathan, ne le lâche pas.

— JE NE PEUX PAS !

— Continue, Nathan, c'est ton âme qui t'échappe, rattrape-la, ne la laisse pas s'enfuir de nouveau. Elle est la clé de tout.

Il ferma les yeux.

— JE SUIS ÉTENDU SUR LE SOL... JE NE... JE NE PEUX PAS ME RELEVER. LE CHAT RONGE MES ENTRAILLES... LA SILHOUETTE, SON VISAGE, ELLE VEUT... NON ! NON !

Nathan se leva d'un bond, vacilla et heurta la table basse en s'écroulant sur le sol. Son corps recroquevillé était secoué de tremblements violents, le goût métallique du sang, mêlé au sel des larmes, se répandait dans sa bouche. Il vit alors le visage décomposé de Rhoda apparaître au-dessus de lui.

— Nathan ! Mais qu'est-ce qu'il s'est passé ? Jamais, jamais ce n'est arrivé... Mon Dieu, que t'ai-je fait ?

Elle s'accroupit, releva la tête de Nathan et la posa sur ses genoux, l'enserrant délicatement de ses bras.

— Je suis désolée... désolée...

— Je... je ne...

— Ne dis rien, je t'en prie... ne parle pas.

Nathan sentait le souffle court de la jeune femme courir le long de ses cheveux. Elle resserra tendrement son étreinte, pour partager sa peur, pour ne venir former qu'un seul être de douleur.

Il sentit les paumes caresser sa nuque, ses cheveux, les baisers effleurer doucement son visage humide... Puis d'un coup, un désir d'une violence folle, lumière blanche pure à l'infini, déferla en lui. Ses mains cherchèrent le corps, les hanches de Rhoda, lame de fond, force fluide, puissante et souple qui s'agrippait à lui. Leurs bouches se rencontrèrent en un premier choc avide. Ils restèrent ainsi, perdus l'un dans l'autre, incapables de se séparer. Brusquement, la jeune femme recula et dégrafa son chemisier, dévoilant ses seins de soie, sa peau comme le sable. Nathan contempla un instant son visage empourpré, ses yeux clairs à travers les boucles de sa chevelure... Puis, fermant les yeux, il bascula dans un précipice.

Elle revenait vers lui, caressant sa peau à petits coups de langue, glissant encore entre ses lèvres telle une offrande de miel et de douceur. Ses mains, légères comme deux fleurs d'ambre, se mêlèrent un temps aux caresses de Nathan puis le quittèrent soudainement pour glisser entre ses propres cuisses. De nouvelles sensations enveloppèrent Nathan, le parfum sucré des fruits, la chaleur de sa poitrine contre la sienne. Il ouvrit de nouveau les yeux pour voir le plaisir de Rhoda. Elle rejeta son visage en arrière puis, d'un geste, le prit entre ses doigts et l'attira doucement au creux de son corps, à la lisière...

À ce moment, un cri hurla dans son crâne. La chambre vira au rouge. Il repoussa Rhoda brusquement et se leva d'un bout :

— RECULE... RECULE... NE ME TOUCHE PAS !

— Qu'est-ce qu'il t'arrive ?

Elle avançait vers lui, la main tendue.

Il tenta de se contrôler mais la pièce tanguait, chavirait autour de lui. Une nouvelle vague de colère froide et brutale à l'encontre de la jeune femme le balaya :

— NE ME TOUCHE PAS... LAISSE-MOI !

— Comment... ?

— JE SENS... VA-T'EN, N'APPROCHE PAS...

— Mais qu'est-ce qui te prend ?

Rhoda l'observait, le regard meurtri d'incompréhension et de frayeur.

— NE RESTE PAS COMME ÇA, HABILLE-TOI !

Des larmes embuaient ses yeux. Elle essaya de parler encore, mais sa voix se brisa dans un sanglot. Elle serra contre elle une poignée de vêtements, courut vers la salle de bains et verrouilla la porte.

Ivre de haine, Nathan erra un moment dans la chambre. Peu à peu, le calme revint lentement affluer dans ses veines. Il s'installa sur le sofa, ramena ses genoux contre son torse et ferma les yeux.

Qu'est-ce qu'il lui avait pris ? Depuis son réveil, il avait plusieurs fois ressenti la violence marteler son corps, il avait tué, même, mais chaque fois il avait contrôlé ses gestes. Jamais il ne s'était senti emporté par une telle agressivité, une impression de dégoût aussi viscérale. D'où venait cette réaction ? Était-ce le souvenir de son rêve ? Rhoda lui avait-elle caché quelque chose dont son corps se serait souvenu ?

Non... Il délirait. C'était lui, et lui seul. Cette fois, il en était certain : il perdait la raison.

Un cliquetis métallique, une ombre qui se faufilait... Nathan ouvrit les paupières. Plusieurs heures avaient passé. Silencieuse, Rhoda se glissait hors de la salle de bains.

Il se leva, s'approcha d'elle et s'immobilisa dans l'ombre, sans rien dire.

La jeune femme ouvrit son sac et commença à y jeter ses vêtements.

— Je suis désolé pour ce qui arrivé... c'est impardonnable... Je ne comprends pas.

Rhoda ne répondit pas.

— Qu'est-ce que tu fais ? demanda Nathan.

— Je pars. Je rentre en Israël.

— Je te demande pardon, sincèrement.

— Oublions tout cela, j'ai aussi ma part de responsabilité.

— Que veux-tu dire ?

— J'ai transgressé les règles... Tu étais devenu mon patient. Ça n'aurait jamais dû arriver.

— Je t'assure que tu n'as rien à te reprocher. Nous, c'était différent... Je suis le seul responsable.

— Tu ne sais pas de quoi tu parles. J'ai commis une faute professionnelle grave.

Elle ferma son sac et se redressa face à Nathan.

— Chacun repart de son côté. C'est mieux, crois-moi.

Il scruta une dernière fois le regard volontairement froid mais encore blessé. Il avait bafoué celle qui lui avait tendu la main, il l'avait profondément humiliée. Sa conduite lui flanquait la nausée.

Il n'y avait rien à ajouter.

Rhoda ferma son sac, ouvrit la porte de la chambre et s'engouffra dans le couloir.

Elle hésita, puis revint sur ses pas.

— Nathan... J'ai...

— Oui...

— J'ai repensé à ce que tu m'as demandé au sujet du camp de Katalé. Des événements qui n'auraient pas cadré avec le contexte... Quelque chose m'est revenu, ça ne m'avait pas semblé important à l'époque, je ne sais pas si...

— Quoi ?

— Je me souviens que plusieurs plaintes avaient été déposées par des chefs de zone auprès du responsable du Haut-Commissariat aux réfugiés des Nations unies, affecté au camp...

— Des plaintes... pour quelles raisons ?

— Des réfugiés avaient disparu... On ne les a jamais retrouvés. Les autorités ont conclu à des règlements de comptes entre Hutus... mais je me souviens qu'un soir une petite fille est venue me parler. Elle était terrorisée. Elle disait qu'on avait pris son père... Je lui ai demandé si elle connaissait ou avait vu celui ou ceux qui l'avaient pris. Elle disait que non, elle ne les avait pas vus... parce qu'on ne pouvait pas les voir... Leur visage était masqué... Je pensais... que c'était un cauchemar... Elle disait... Oh ! mon Dieu, toute cette histoire me fout la trouille...

— Quoi... que disait-elle ? Parle, je t'en prie !

— Que c'étaient des démons... des démons aux mains blanches...

III

27.

Aéroport de Londres-Heathrow
2 avril 2002
10 heures du soir

— Ashley, ici Nathan.

— Comment ça va ?

— Pas mal.

— Où êtes-vous ?

— À Londres. Je pars pour Goma, en république démocratique du Congo.

— Qu'est-ce que vous allez faire là-bas ?

— J'ai une piste, je vous en parlerai en temps voulu.

— Vous êtes seul ?

— Bien sûr. Avec qui voudriez-vous que je sois ?

— Et les cadavres des tueurs ?

— Pas de nouvelles. J'ai été tenté de jeter un œil dans la cave.

— Mauvaise idée.

— C'est ce que j'ai pensé. J'ai préféré changer d'hôtel, pour m'éloigner du quartier. J'ai épluché les journaux. Rien, pas même une brève. Visiblement, ils n'ont pas encore été découverts.

— Ou bien quelqu'un s'est chargé de les faire disparaître. S'ils tombaient entre les mains des flics, ces corps pourraient se révéler gênants pour celui qui vous les a collés dans les pattes.

— Ouais, c'est une possibilité.

— Bon, j'ai contacté les archives de la Marine allemande à Hambourg.

— Ça donne quoi ?

— Le *Dresden* est bien dans leur fichier central, mais ils ne parviennent pas à mettre la main sur le dossier. Ils me disent qu'il a disparu. Il n'existe aucune autre archive concernant ce bâtiment.

— Il a été volé...

— Si vous voulez mon avis, ça ne fait pas le moindre doute.

— Roubaud s'est bien fait baiser.

— Ça m'en a tout l'air...

Silence, Woods demanda brutalement :

— Nathan, que me cachez-vous ?

— Rien d'important, Ashley. Je ne peux rien vous dire, pour le moment, mais si cela s'avère sérieux, je...

— Nathan, vous voulez vraiment que je vous aide ?

Nouveau silence.

— Alors, racontez-moi ce qui s'est vraiment passé ces derniers jours.

La voix de Woods était sèche, sans appel. Nathan ne chercha pas davantage à élucider les raisons obscures qui l'avaient poussé à taire sa rencontre avec Rhoda. Il ne pouvait se passer de l'Anglais, son seul soutien désormais. Et, plus profondément, il sentait grandir en lui le besoin de faire confiance à quelqu'un. Sans réserve. Ashley ne lui avait-il pas donné suffisamment de preuves qu'il était digne d'être cette personne ? Nathan n'hésita pas plus longtemps et lui raconta sa rencontre avec Rhoda, en prenant soin d'omettre les circonstances de leur séparation.

Woods l'écouta sans l'interrompre.

— Faites attention dans quoi vous mettez les pieds, Nathan.

L'amnésique perçut cette fois l'inquiétude dans la voix de l'Anglais.

— Ne vous en faites pas.

Une émotion particulière avait envahi les deux hommes. Nathan brisa le charme.

— Avez-vous des nouvelles de Staël ?

— Pas encore, répondit Woods, tout son flegme retrouvé. Il a réitéré ses demandes de recherches d'empreintes auprès des autorités française et belge, j'ai peur que ça ne donne pas grand-chose.

— Je m'en doutais. Le manuscrit, vous en êtes où ?

— J'avance péniblement, je vous tiens au courant dès que j'ai quelque chose de sérieux.

Un carillon suivi d'une voix résonna dans le hall du terminal. On appelait les passagers du vol BA 107.

— Je dois vous laisser, Ashley. Je vous rappelle dès que possible.

— Bon voyage, mon vieux, et prenez soin de vous.

Nathan raccrocha et rejoignit la foule qui se pressait pour monter à bord du Boeing 747 de la British Airways à destination de Nairobi. La ville kenyane – plaque tournante du trafic aérien africain – était sa première étape. De là, il prendrait un vol pour Kigali au Rwanda et rejoindrait Goma par la route.

Il avait utilisé les quarante-huit heures qui avaient suivi le départ de Rhoda à préparer son périple. L'obtention d'un visa pour le Rwanda avait été facile ; pour ce qui concernait la république démocratique du Congo, il était préférable de l'acheter sur place. L'est du pays, en pleine guerre civile depuis le départ de Mobutu, était aux mains des rebelles du RCD qui ne reconnaissaient pas les documents officiels du pouvoir de Kinshasa.

Nathan avait pris soin de réserver un hôtel en ville – le Starlight – choisi au hasard d'une liste transmise par l'ambassade. Le directeur de l'établissement avait promis de lui « dépêcher un émissaire » qui l'attendrait à la frontière, et réglerait les formalités d'entrée dans le pays à sa place. Enfin, le jour du départ, il avait parcouru la capitale pour finir de s'équiper : une cape pour la pluie, des sprays antimoustiques ainsi qu'une trousse de pharmacie complète : antipaludéens, nécessaire de premiers secours, tablettes de chlore pour l'eau et cachets antidiarrhéiques. Il avait aussi changé trois mille euros en dollars et acheté une carte mémoire supplémentaire pour son boîtier photo numérique.

Le vol était plein. Une foule métissée, incroyablement joyeuse et bruyante où se côtoyaient touristes, hommes d'affaires, diplomates, Occidentaux et Africains. Le choc de mondes qui se mêlent en s'ignorant parfaitement. Nathan s'installa sur son siège et s'endormit peu après le décollage.

Il rouvrit les yeux en douceur à 5 h 30 du matin. L'avion était à l'approche de l'aéroport. Ses voisins se réveillaient un à un, groggy, comme si à la liesse de la veille succédait une épouvantable gueule de bois. Il tourna la tête. À travers le hublot, le jour se levait à peine, laissant apparaître de longs filaments nébuleux qui flottaient comme des fantômes sur les plaines immenses d'Afrique. Quelques lampes falotes scintillaient dans le lointain. Ils avaient une heure de retard.

Nathan parvint tout juste à attraper sa correspondance.

À peine rempli, l'avion décolla plein ouest et Nairobi s'éloigna dans l'aube grise. S'esquissèrent alors des immensités déscrtiques brunes, des crêtes de roche, quelques cours d'eau soulignés de fins lacets de végétation sombre. Puis l'appareil fut happé par un nuage mauve, titanesque, chaotique.

Moins d'une heure plus tard, le pilote effectua un virage à gauche, baissa de régime et plongea à cinquante degrés vers la terre. Un autre monde s'offrit au regard de Nathan. Le désert s'était mué en un paysage de collines verdoyantes, les maigres cours d'eau en une chevelure pourpre, ruisselante et magnifique. Un monde violent, grouillant de vie, d'une force stupéfiante. À mesure qu'il se rapprochait du sol, Nathan sentait une angoisse lancinante remonter du plus profond de lui pour se répandre dans ses artères. Mais ce n'était pas la crainte de plonger dans cette région sans foi ni loi qui le tenaillait. Non, car il reconnaissait ces terres. Il y était venu, la mémoire de son corps en avait gardé l'empreinte.

Et c'était bien cela qui l'inquiétait.

Nathan débarqua sous des trombes d'eau qui se répandaient en torrents sur le tarmac. La saison des pluies battait son plein. Il pénétra dégoulinant dans l'aéroport de Kigali. Son sac arriva quelques minutes plus tard, aussi trempé que lui. Il franchit la douane sans encombre et prit la direction de la sortie où attendaient une dizaine de chauffeurs de taxi. À midi, il monta dans un 4 × 4 Toyota Land Cruiser au bord de la ruine et prit la route en direction de la république démocratique du Congo.

La terre d'Afrique dévoila alors un visage différent. Sous le ciel noir et gorgé d'eau les reliefs devenaient plus sombres, la terre rouge sang, et l'air, accablant de chaleur au départ, se faisait plus vif à mesure qu'ils s'éloignaient de la ville. Droit devant eux, la route en lacets dévorée par les averses déployait de douces collines vertes où s'accrochaient des cultures de manioc, des bananeraies et des villages surpeuplés. Ils croisèrent des convois de voitures tout-terrain marquées des initiales UN des Nations unies, et des taxis-vans roulant à tombeau ouvert sur le pare-brise desquels on pouvait lire « Jésus est grand ». Mais le moyen de locomotion le plus répandu restait le vélo ; des centaines de bicyclettes que leurs propriétaires, en véritables funambules, chargeaient de montagnes de bananes plantains, défiant ainsi les lois de la gravité. Les autres marchaient. Des hordes d'hommes, de femmes et d'enfants, le long des routes, dans les champs, certains longs et souples, d'autres courts et trapus, transportant bêches, machettes, fourches... En voyant leurs outils d'acier, Nathan ne put s'empêcher de songer que c'étaient ceux-là mêmes qui, en 1994, s'étaient transformés en armes et avaient exterminé près d'un million de leurs semblables.

Ils touchèrent la ville frontière de Gisenyi à 13 heures. Nathan indiqua au chauffeur de faire une halte à la station d'essence indiquée par le directeur de l'hôtel afin de récupérer son émissaire. Il descendit de voiture et demanda au premier employé venu si un certain Billy était là. À sa grande surprise, l'employé lui désigna du doigt une silhouette assoupie sur un tas de pneus. Billy n'avait pas déserté et, mieux encore, le jeune homme s'était occupé des formalités d'entrée de Nathan sur le territoire congolais. Nathan l'invita à monter en voiture, puis ils reprirent la route. Moins d'une demi-heure plus tard, Goma leur apparut dans son écrin de brume.

28.

Enracinée sur la rive est du lac Kivu, la ville semblait avoir peu à peu rampé, grimpé, rongeant la terre des collines environnantes telle une plante vorace surgie des ténèbres végétales. Clameur des klaxons, chemins de terre chaotiques, immeubles en béton ou baraques aux toits de tôle ondulée, c'était une ville africaine comme les autres. À ce détail près qu'ici la terre était noire comme la nuit et l'air épais, aux senteurs lourdes, semblant grouiller de millions d'infimes moucherons. Tournant le visage en direction des montagnes, Nathan aperçut la silhouette sombre et majestueuse qui s'esquissait dans le lointain.

Ces millions de flocons n'étaient pas des insectes mais les panaches de cendres soufflées par le titanesque volcan Nyiragongo.

Une fois au Starlight, un bâtiment à la façade blanche et verte entouré d'un jardin luxuriant où se dressaient de petits bungalows, Nathan régla la course et pénétra dans le hall. À la réception, il changea cent dollars en francs congolais, la monnaie locale, puis se fit conduire à sa chambre située dans l'aile gauche du bâtiment. C'était une pièce simple et propre meublée d'un bureau, d'un lit double et d'une petite terrasse offrant une vue imprenable sur le lac Kivu. Il prit une douche, se changea et s'attela à son enquête.

Parler à toute personne susceptible de le renseigner sur le camp de Katalé.

Recueillir le maximum d'informations, d'avis différents pour se forger une vision objective de la situation.

Les événements remontaient à huit années, mais quelques ONG étaient encore présentes en ville, et certains de leurs employés avaient peut-être participé au sauvetage lors de l'exode des Hutus. Les expatriés français et belges pourraient aussi lui être utiles. Mais il lui fallait trouver un alibi assez solide pour louvoyer entre ces différentes communautés sans dévoiler le véritable but de ses recherches. Il avait sa petite idée là-dessus.

Dans un annuaire téléphonique, il trouva les coordonnées de l'antenne locale de l'OMS. C'était là qu'il allait prendre ses premiers contacts.

Le siège de l'Organisation mondiale de la santé occupait la partie inférieure de la base civile canadienne, à proximité du luxueux hôtel Karibu. Le trajet à pied dura une vingtaine de minutes le long de l'unique route goudronnée de la ville, ligne droite qui reliait les beaux quartiers à l'aéroport. La pluie s'était calmée, mais partout on pouvait voir les dégâts causés par les averses. Les rues de Goma étaient littéralement submergées de gigantesques flaques boueuses où flottaient, entre les monceaux de détritus, des cadavres de chèvres ou de chiens errants.

Les bureaux, mitoyens d'un modeste hôpital, tenaient à la fois de la pension de famille, de l'entrepôt et du garage. Nathan se fraya un passage dans la foule qui se pressait à l'entrée du dispensaire médical et se présenta à l'accueil. Une minute plus tard il était introduit dans le bureau de la « patronne ».

Le docteur Phindi Willemse, la quarantaine épanouie, était une grande femme à la peau très noire. Elle portait une robe en pagne coloré, des cheveux ras et son visage noble, tout en angles et aux reflets mats, semblait avoir été ciselé dans un bloc de basalte. Elle salua Nathan d'une poignée de main franche et l'invita à s'asseoir.

— Que puis-je pour vous, monsieur...

— Nathan Falh. Je vous remercie de me recevoir.

Tout en détaillant l'univers de son interlocutrice, composé d'un bureau en Formica surmonté d'un ordinateur, d'une plaquette indiquant son nom et d'épaisses piles de dossiers, Nathan débita le mensonge qu'il avait préparé sur le chemin :

— Je suis journaliste, j'enquête sur les procès du Tribunal pénal international pour le Rwanda. Je m'intéresse aux génocidaires hutus encore en liberté aujourd'hui.

Quoiqu'un peu hasardeux, cet alibi lui offrait une couverture parfaite pour visiter les lieux et mener les interrogatoires qui l'intéressaient.

— Pour quel journal travaillez-vous ?

— Je suis indépendant. Je vends mes reportages au plus offrant.

— C'est risqué comme manière de travailler.

— Je n'ai jamais aimé le confort... C'est aussi le gage d'une certaine liberté d'expression.

— Je comprends... Savez-vous qui vous cherchez précisément ?

Nathan retint son souffle. Il devait l'emmener en douceur sur son terrain. Cette femme avait le pouvoir et les contacts qui lui permettraient de mener à terme son enquête dans ce pays en pleine guerre civile. Il n'avait pas droit à l'erreur.

— Je suis au début de mes investigations, donc pour répondre à votre question, je n'ai pas précisément de noms. Ma recherche est cependant ciblée sur les idéologues et chefs de milices qui, hormis les crimes perpétrés contre les Tutsis sur le territoire rwandais, ont poursuivi et assassiné des Hutus modérés au sein même des camps de la région de Goma.

— Ils sont nombreux, beaucoup se sont exilés vers l'Europe ou le Canada, d'autres sont restés au Kivu. Mais je préfère vous mettre en garde, ces criminels se savent menacés et sont constamment sur le qui-vive. En enquêtant autour de ces milieux, vous allez au-devant de gros problèmes.

— J'en ai parfaitement conscience. Mais j'ai une certaine expérience de ce type de situation.

Phindi Willemse arqua les sourcils et sourit :

— Je n'en doute pas.

Nathan ne releva pas l'allusion à l'hématome et aux cicatrices qui lui barraient encore le visage.

Elle se leva et vint s'adosser à côté de la photo d'un enfant éclatant de rire qui couvrait presque tout la surface du mur en crépi.

— Je pense que votre argument est intéressant. Ces hommes ont largement abusé de la situation, du désarroi de leur peuple et méritent d'être dénoncés. Je suis donc disposée à vous aider, mais c'est à vous de me dire de quelle manière.

Il fallait à présent la convaincre de le mettre en rapport avec certains acteurs de la catastrophe et la première manche serait gagnée. Il reprit aussitôt :

— J'aimerais rencontrer toute personne ayant travaillé dans les camps en juillet 1994.

— Quels camps ? Il y en avait des dizaines.

— Je pensais au plus important...

— Kibumba, Katalé, Mugunga ?

— Katalé.

— Les équipes humanitaires tournent et je ne pense pas qu'il reste à Goma, ni dans ses environs, aucun membre d'une quelconque ONG qui aurait été présent en 1994. Pour ce qui concerne la main-d'œuvre recrutée localement, beaucoup se sont retrouvés sans emploi au départ des organisations. Ils sont probablement toujours ici, mais Goma compte près de trois cent mille habitants et il me semble difficile de les retrouver. En revanche...

— Oui...

— J'ignore ce que ça peut donner, mais il y a d'autres Hutus, je ne parle pas ici de ceux que vous cherchez mais des plus démunis, ceux du peuple, qui ne sont jamais rentrés chez eux, soit parce qu'ils n'avaient nulle part où aller, soit par peur de se retrouver eux-mêmes persécutés par le Front patriotique rwandais, le FPR. Deux camps n'ont jamais été véritablement abandonnés. Ils sont aujourd'hui de vastes bidonvilles peuplés de fantômes... L'un d'eux est celui de Katalé. C'est là que vous trouverez ces pauvres hères.

— Vous pensez que je peux me fier à eux ?

— Ce que je pense, c'est qu'ils ont beaucoup perdu dans ces massacres. Ils se sont fait la main du diable en écoutant les têtes pensantes qui prônaient la solution finale et leur promettaient l'Éden une fois les Tutsis éliminés. Je crois qu'ils en ont gardé une certaine rancœur.

— Comment puis-je me rendre là-bas ? demanda Nathan.

— Il vous faut un laissez-passer. La région est peuplée de milices. Le RDC, les Maï Maï... ce sont des jeunes gens totalement paumés, souvent ivres ou drogués, qui ont commis les pires atrocités. Sans une autorisation de circuler émise par leur hiérarchie, ils n'hésiteront pas à vous assassiner pour un paquet de cigarettes.

— Où puis-je me procurer un tel document ?

Phindi Willemse arqua de nouveau les sourcils, de surprise cette fois.

— Vous voulez dire que vous n'avez aucun contact ?

— Aucun.

— Quand voudriez-vous partir ?

— Le plus rapidement possible... demain ?

— OK, je vais voir ce que je peux faire. C'est à une trentaine de kilomètres vers le nord, mais il faudra vous débrouiller pour trouver un moyen de locomotion, je n'ai aucune équipe qui prévoit de se rendre dans cette région.

— Ne vous inquiétez pas de ça.

— Si vous parvenez jusque-là, il y a dans le village de Kibumba une mission catholique belge tenue par le père Spriet. C'est un homme âgé, usé par trente années de brousse, mais il pourra sans doute vous aider, notamment pour l'hébergement et pour vous trouver un guide. Présentez-vous de ma part.

— Très bien.

Nathan comprit au ton de la femme que le temps qui lui était imparti touchait à sa fin.

— Bien, monsieur Falh... Je vous dis à demain, alors.

— Encore une chose...

— Dites...

— Possédez-vous des archives concernant l'exode ?

— Nous avons dû conserver les rapports de nos cadres présents à cette époque.

— Serait-il possible de les consulter ?

— Je ne pense pas que cela pose de problème. Mais je dois faire des recherches et je suis très occupée ces jours-ci. Je vous ferai préparer un dossier pour votre retour.

— Docteur... comment puis-je vous remercier ?

— N'en faites rien. Appelez-moi demain matin à 9 heures précises.

29.

Les quatre gros tampons noirs qui s'alignaient au bas du laissez-passer remis en mains propres par le docteur Willemse n'offraient qu'une garantie toute relative de ne pas se faire massacrer lors du voyage qui le mènerait vers Katalé. Car s'il le protégeait des milices officielles, il ne le prémunissait en aucun cas contre la folie meurtrière des bandes armées qui sévissaient dans la région...

Nathan plia soigneusement le document, le glissa aux côtés de son passeport dans son sac à dos et consulta sa montre : 11 heures. Un camion humanitaire, c'était le seul moyen de transport qu'il avait trouvé pour se rendre jusqu'à sa première étape : la mission catholique du père Spriet partait dans une demi-heure. À la Fée du logis, un magasin général, il se procura deux bouteilles d'eau minérale, une tablette de chocolat, des biscuits ainsi qu'un lot de maigres bougies puis, sous le ciel noir qui menaçait de s'effondrer à tout moment, il s'achemina vers la base civile belge, d'où partait le convoi.

Aucun véhicule léger ne s'aventurait dans cette région à cette époque de l'année. La route qui menait à Kibumba avait été creusée à flanc de montagne, et seuls des monstres d'acier comme le camion tout-terrain à bord duquel il s'apprêtait à embarquer étaient assez lourds pour ne pas risquer d'être emportés dans une coulée de boue.

Nathan se présenta au chauffeur qui l'orienta vers le

vaste conteneur couvert d'une bâche de toile kaki. Visiblement, il n'était pas le seul à vouloir se rendre dans le Masisi. Dans l'ombre des colis de médicaments, des sacs de riz, des animaux vivants et des ballots de denrées en tout genre, Nathan découvrit une foisonnante cargaison humaine, noire et silencieuse. Des hommes et des femmes, certains enveloppés dans des étoffes colorées, s'agglutinaient, encastrés les uns contre les autres en une masse informe, instable, de visages exsangues, de regards tristes et de vêtements misérables. Nathan s'engouffra dans la benne et profita d'un mouvement de foule pour se creuser une place entre les corps brûlants. Dix minutes plus tard le convoi s'ébranlait.

Ils arrivèrent à Kibumba à 17 h 30.

Nathan sauta à bas du camion et marcha sous les cieux blancs en direction du hameau de huttes en torchis. Le petit village perdu dans les contreforts volcaniques était posé sur un vaste plateau rocheux qui prenait naissance au bord de la piste. À mesure qu'il avançait vers le dédale de cases, sous le regard indifférent des adultes, des dizaines d'enfants et d'adolescents se pressaient en une ronde de murmures autour de lui. Les plus jeunes se battaient pour savoir lequel d'entre eux porterait son sac. Lorsque le cercle fut fermé, Nathan s'immobilisa et demanda où se trouvait la mission catholique. Sa question n'eut pour effet que de déclencher l'hilarité générale.

Une voix tonitruante résonna derrière lui :

— Foutez-moi le camp, bande de macaques !

C'était un Blanc, au visage flétri et verdâtre surmonté d'un bob informe. Sa bouche était un mince filet pourpre et les contours de ses yeux semblaient tatoués de kohl. Nathan remarqua la petite croix en bois attachée par un cordon de cuir qui oscillait entre ses maigres épaules. La foule s'écarta pour laisser un passage au nouveau venu.

— Poussez-vous ! Qui êtes-vous ? demanda l'homme à la croix.

— Nathan Falh, j'arrive de Goma. C'est le docteur Willemse... vous êtes le père Spriet ?

— Suivez-moi, nous serons mieux dans l'église pour discuter ! déclara l'homme sans prendre la peine de répondre.

Un violent coup de tonnerre fit frémir le crépuscule.

Nathan lui emboîta le pas entre les cases. Ils s'arrêtèrent devant une modeste bâtisse de ciment bleue et blanche surmontée d'une croix gigantesque. Le missionnaire écarta le pan de tissu qui faisait office de porte et invita Nathan à pénétrer dans le sanctuaire.

— Je vous écoute, dit-il en prenant place entre les bancs de ses paroissiens.

Nathan se ménagea un instant de réflexion, puis se lança. Cette fois le temps était venu de poser les vraies questions.

— Je suis journaliste, j'enquête sur des disparitions de réfugiés rwandais qui seraient survenues au sein du camp de Katalé au cours du mois de juillet 1994.

— Qu'entendez-vous par disparitions ?

— Je parle d'individus : hommes, femmes, enfants qui se sont évanouis dans la nature et dont on n'a jamais retrouvé la trace. Ils auraient été enlevés.

Le père Spriet écoutait attentivement, les mains jointes et la tête légèrement inclinée sur le côté.

— Enlevés, dites-vous ?

— J'ai d'abord pensé à des règlements de comptes entre Hutus, mais j'ai écarté cette hypothèse, je pencherais plutôt pour...

L'image de la petite fille sanglotant dans les bras de Rhoda revint planer dans son esprit. *Des démons aux mains blanches...*

— Pour ?...

— Eh bien, disons que certains éléments inciteraient à penser que ces disparitions ne seraient pas forcément liées au génocide.

— À quoi pensez-vous ?

— Il y a eu un témoin visuel avéré dans cette affaire. Une petite fille.

— Une petite fille... et qu'a vu cette enfant ?

— Elle disait que son père avait été pris par des démons, qui seraient sans doute des Occidentaux.

— Des démons occidentaux... très intéressant... et pour quelles raisons auraient-ils enlevé son père ?

Le ton ironique du missionnaire commençait à excéder Nathan.

— Si je le savais, mon père, je ne serais pas là.

— Vous voulez donc le découvrir...

— Je veux interroger ceux qui sont restés à Katalé.

Un nouveau coup de tonnerre fit trembler les murs de l'église. Au martèlement des premières gouttes de pluie qui s'écrasaient contre la toiture de tôle, le père Spriet se leva et se dirigea vers l'autel. Son regard se posa un instant sur l'immense crucifix, représentant un Christ aux traits africains qui se dressait dans l'ombre, puis se retourna :

— Savez-vous combien d'histoires de diables, de démons ou d'esprits on me rapporte chaque année ? L'Afrique est une terre de légendes et ses habitants sont pétris de toutes sortes de superstitions contre lesquelles je me bats quotidiennement.

Nathan ne put s'empêcher de sourire en s'imaginant un instant le père Spriet en un saint Michel chétif terrassant le dragon.

— Des gens ont disparu et je ne crois pas que la personne qui m'a rapporté ces faits soit perméable à cette culture du surnaturel.

— Soit, laissons ces considérations de côté, mais permettez qu'à mon tour je pose une question. Avez-vous la moindre idée de ce qui s'est passé ici en 1994 ? Savez-vous seulement ce qu'ont vécu ces gens, survivants ou massacreurs, coupables ou innocents qui, au soir du 13 juillet, ont déferlé comme un fleuve rouge, le corps et l'âme souillés du sang de leurs frères pour s'en venir pleurer et mourir sur la lave de nos volcans ? Avez-vous seulement fermé les yeux et imaginé les visages, les regards perdus où dansent les démons, la mort et la haine ?

Il marqua une courte pause. L'averse redoublait.

— Moi, jeune homme, j'étais là, j'ai vu l'horreur surgir de derrière les collines qu'on appelait autrefois Éden. En quelques jours la région a été plongée dans un chaos inimaginable, mille fois pire que celui que nous connaissons aujourd'hui. On massacrait ici comme là-bas. Agonies, pillages, viols, assassinats, étaient notre lot quotidien. Et croyez-vous que ça s'est arrêté là ? Non, monsieur Falh, moins d'une semaine plus tard le choléra leur est tombé dessus, comme un fléau tout droit sorti de l'Ancien Testament. Ils sont tombés, les uns après les autres, devant nos regards impuissants, nourrissant la terre de leurs corps misérables. Ce que je veux vous dire c'est qu'ici nous vivons avec la mort. Même en temps de paix relative, elle est là, tapie dans l'ombre, prête à vous prendre à chaque instant. Un tiers de la population de ce pays est malade du sida, les rebelles tuent chaque jour des dizaines de personnes, les plus cruels forcent les Twas, une minorité pygmoïde, à tuer, dépecer et manger leurs propres enfants, sans parler des animaux, crocodiles, serpents, hippopotames... Allez vous promener le long de nos rivières, et vous verrez la mort dans les bras arrachés, les ventres gonflés, les yeux vides des cadavres qu'elles charrient. Les nations colonisatrices ont probablement leur part de responsabilité dans tout cela, je ne le nie pas, mais sachez qu'ici vous êtes avant tout dans un monde de sauvages, un monde où la pensée occidentale n'a pas sa place. Lorsqu'elle passe, la Faucheuse ne laisse aucune trace, la terre la dévore, l'engloutit, les consciences aussi. Les disparitions dont vous me parlez, jeune homme, sont une goutte d'eau dans l'immensité de l'horreur qui a déchiré et déchirera encore ces terres où Dieu est mort. Croyez-moi quand je vous dis que vous perdez votre temps et que ce ne sont pas les âmes perdues du camp de Katalé qui vont vous aider...

Visiblement, les fantômes rôdaient toujours dans l'esprit du vieil homme, mais Nathan passa sur l'esprit colonialiste et raciste de ce triste personnage. Son délire ne l'intéressait pas. Il était clair que Spriet ne lui serait d'aucune aide.

Alors que le religieux se lançait dans une nouvelle diatribe, Nathan lui coupa la parole.

— Si ces disparitions ont effectivement eu lieu, si des crimes ont été commis, et j'ai de bonnes raisons de le croire, alors les coupables doivent êtres dénoncés. J'admets qu'une expérience comme la vôtre puisse mener au fatalisme, mais je ne crois pas que la mort puisse jamais être considérée avec indifférence. J'ai fait des milliers de kilomètres pour comprendre ce qui a pu se passer, il m'est tout à fait impossible de renoncer. J'irai demain au camp. Puis-je compter sur votre soutien ?

— Faites comme bon vous semble. Maintenant j'ai à faire, bonsoir, siffla le vieillard en se dirigeant vers la sortie.

Nathan se demanda si le missionnaire n'était pas simplement fou, mais le regard méprisant et la démarche usée en disaient long sur sa vie rongée d'aigreur et de lente décrépitude. Nathan changea de ton :

— Je vous ai posé une question !

— Vous pouvez dormir au dispensaire, au fond du village, les enfants vous indiqueront le chemin. Pour ce qui est de votre enquête, je dois quelques services au docteur Willemse. Quelqu'un passera vous chercher en voiture demain matin, l'essence et le chauffeur seront à votre charge. Soyez prêt à 6 heures.

30.

Nathan s'éveilla peu avant le lever du jour.

Après s'être lavé au filet d'eau qui gouttait du tuyau de la salle de bains, il enfila un pantalon de toile, un T-shirt, une paire de chaussures de marche, puis prépara son sac à dos : appareil photo, Maglite, argent liquide, carnet de notes, et sa dague. Il verrouilla la porte de la chambre et sortit du dispensaire.

Tout était bleu. Un bleu si pâle que la terre et le ciel semblaient unis en un même lavis de pureté. Seule la nature frémissante des premiers cris des singes et des oiseaux dessinait ses contours sombres à travers les nappes de brume. Nathan inhala l'air déjà épais et fit le tour du village. Pas un mouvement. Pas un bruit. Tout le monde dormait. Il avança dans la terre molle entre les flaques immobiles et rejoignit le promontoire rocheux qui surplombait la vallée.

La veille au soir, après son entrevue avec le prêtre, il avait gagné sa chambre, une minuscule pièce aux murs jaunis dans laquelle on avait disposé un lit de camp et une bassine en émail. Les enfants qui semblaient s'être relayés pour l'attendre devant la bâtisse afin qu'il ne leur échappe pas l'avaient ensuite conduit vers une petite échoppe située à l'entrée du village où il avait dîné de brochettes de chèvre, de pâte de manioc, de bananes plantains frites, le tout généreusement arrosé d'une sauce au piment brûlant. Les habitants de Kibumba, souriants, étaient venus un à un afin de s'enquérir du motif de sa visite ou simplement le regarder. Vers neuf heures, assommé de fatigue, Nathan avait remercié ses hôtes et s'était éclipsé. La nuit avait été mouvementée. Le sentiment d'un souffle rôdant autour de lui l'avait réveillé à deux reprises en sursaut, le corps baigné de sueur. Il avait allumé sa bougie, mais face à la chambre déserte, il était retourné à ses rêves. Le sermon de la veille n'était sans doute pas pour rien dans son trouble... Les fantômes du missionnaire étaient venus arpenter sa nuit.

Le père Spriet ne s'était plus manifesté depuis leur entrevue dans l'église. C'était un pauvre type, mais il avait pourtant raison sur un point : les chances que les réfugiés de Katalé se souviennent de quelque chose étaient minces. L'image des cadavres mutilés du Spitzberg s'insinua dans sa mémoire... Près de dix années séparaient l'expédition du *Pole Explorer* de l'exode hutu et s'il avançait encore à tâtons dans cette nouvelle enquête, il sentait pourtant que, mise à part sa présence, un lien invisible mais ténu unissait ces deux mystères.

Une voix mumura :

— Salut...

Nathan se retourna. Un jeune homme aux longs yeux en amande se tenait les mains croisées dans l'ombre d'un flamboyant.

— Que veux-tu ? demanda Nathan.

— C'est le père Denis qui m'a appelé avec la phonie, il a demandé de te conduire...

Nathan observa un instant son interlocuteur. C'était un gamin timide, âgé d'à peine dix-huit ans, au corps long et frêle dont la courbure évoquait la silhouette d'un échassier étrange. Ses traits étaient fins et la peau tendue sur son visage émacié paraissait aussi bleue que l'aurore. Il portait une chemise blanche impeccablement repassée, un pantalon noir et des sandales.

— Comment t'appelles-tu ?

— Juma.

— Bonjour Juma. Je suis Nathan.

— Tu veux aller à Katalé, tu veux parler avec les gens ?

— Oui.
— Il faut payer pour l'essence.
— Je sais, le père m'a prévenu.
— Il faut payer pour le chauffeur aussi.
— Ne t'inquiète pas. Allons-y.

La Jeep Willis rouge et blanche à bord de laquelle ils avaient pris place glissait lentement le long de la piste grasse. Selon le docteur Willemse, une demi-heure séparait Kibumba du camp de Katalé, mais Nathan comprit que ce temps valable pour la saison sèche pouvait être aisément multiplié par deux en pleine saison des pluies. À sa gauche, le jeune guide conduisait, parfaitement impassible et silencieux. Après une heure et deux barrages militaires où Nathan se délesta de quelques liasses de francs congolais, ils atteignirent un nouveau village, bien plus grand et étendu que Kibumba. Nathan pensa un instant que c'était un passage obligé pour se rendre au camp, mais lorsqu'ils arrivèrent sur la place d'un marché grouillant de monde, de marchandises et d'odeurs violentes, Juma bifurqua sur la gauche et s'enfonça dans un dédale de ruelles défoncées.

— Qu'est-ce qu'on fait, là !
— On va chercher les autorisations.
— Quelles autorisations ?
— Pour aller au camp, il en faut une.

Nathan plongea la main dans son sac et brandit le papier tamponné.

— Je les ai. Ce n'est pas la peine. Fais demi-tour.

Juma examina attentivement le document et rétorqua :

— Celles-ci viennent de Goma. Il en faut une du chef de zone.

— Attends, je crois qu'on s'est mal compris. Je me balance de ces autorisations et de ton chef de zone, qui vont nous foutre la journée en l'air. Tu fais marche arrière, s'il te plaît !

— C'est obligatoire, et puis c'est bien si tu rencontres le chef de zone.

— Ah oui ? Et pourquoi ?
— Parce que c'est un ancien militaire, il était capitaine

dans l'armée. C'est lui qui dirigeait les patrouilles de surveillance sur la frontière en juillet 1994. Capitaine Hermès, il sait beaucoup de choses...

Juma se rangea le long d'un 4 × 4 rutilant stationné devant l'unique maison en dur du quartier. Un cube de béton armé surmonté d'une parabole satellite gigantesque. De chaque côté de la porte d'entrée, on avait empilé des sacs de sable qui donnaient à l'ensemble des allures de camp retranché. Ils claquèrent les portes de la Jeep et pénétrèrent dans le bunker.

Hermès Kahékwa, homme gras et laid, était confortablement installé, en compagnie de deux femmes, dans un canapé de velours rouge élimé. La télé diffusait en boucle des clips de musique africaine. À la vue des grosses bouteilles brunes de bière locale disposées sur la table basse, Nathan crut un instant qu'il était attendu. Il se ravisa, elles étaient déjà vides.

— Bonjour, messieurs, prenez place.

Nathan et Juma lui rendirent son salut et s'installèrent dans des fauteuils dépareillés.

— Que me vaut l'honneur ? reprit-il.

Juma expliqua la raison de leur visite.

— D'où venez-vous, monsieur ?

— Nathan. Je suis français.

— Aaaah, la France. Je connais la France, j'étais là-bas pour une formation militaire, en 1996. À Poitiers. Je suis allé au Futuroscope, j'en ai ramené un magnifique maillot de corps ; l'avez-vous visité ?

— Je n'ai pas eu cette chance. Pardonnez-moi, capitaine, mais nous sommes pressés.

Le mastodonte esquissa un léger sourire d'ivrogne et vida le reste de sa bière largement entamée dans son verre.

— Donc vous désirez une autorisation... La région est dangereuse, vous savez... Il y a des Maï Maï, en ce moment...

— Nous en sommes conscients, capitaine, et nous saurons nous montrer reconnaissants, intervint à nouveau Juma.

— Bien, désirez-vous boire quelque chose ?

— Non, merci, rétorqua Nathan.

— À votre santé, alors.

Il regarda Hermès Kahékwa engloutir l'alcool à grosses lampées. Il était d'une laideur saisissante. Son orbite droite laissait apparaître un globe oculaire aveugle, jaune et visqueux, et de son énorme nez ne restait plus qu'une masse informe et grumeleuse.

— Capitaine, reprit Nathan. Vous étiez militaire...

— C'est exact, officier sous l'armée de feu Mobutu Sese Seko.

— Vous et vos hommes étiez stationnés à la frontière du Rwanda en juillet 1994, n'est-ce pas ?

Kahékwa fit claquer sa langue et lâcha un énorme rot.

— Vous êtes bien renseigné.

— Vous connaissez la forêt et les environs de Katalé.

— C'est là que j'ai perdu l'usage de mon œil, un parasite... L'ochoncercose. Des petites mouches qui vous piquent et...

— Dans ce cas, j'aimerais vous poser quelques questions sur des faits qui seraient survenus à cette époque, l'interrompit Nathan en posant un billet de vingt dollars sur la table.

— Hé, hé, hé... ricana Kahékwa.

— Avez-vous le souvenir de disparitions survenues aux alentours ou au sein du camp et qui ne seraient pas directement liées au génocide ? – Songeant à la dimension maléfique du manuscrit d'Elias, Nathan ajouta – : Quelque chose de plus mystérieux, qui aurait trait aux croyances locales.

L'homme se fendit d'un large sourire pervers et demanda à mi-voix :

— Des histoires d'esprits...

— Oui.

— Permettez-moi de vous interroger... Est-il vrai, monsieur Nathan, c'est une question que je me pose depuis longtemps... que les acteurs de films pornographiques sont des Français ?

— Combien ? le coupa Nathan.

— Vingt dollars de mieux.

Sans ciller, Nathan fit glisser un nouveau billet vers Kahékwa, qui reprit :

— Une rumeur courait à cette époque dans la région. On disait que ce camp était maudit. Les volcans qui entourent Goma sont considérés par notre peuple comme sacrés. C'est là que vivent nos divinités. On dit qu'en s'installant sur le flanc du volcan de Katalé lors de l'exode, les Hutus auraient souillé le sanctuaire. Pour punir ce peuple misérable, les dieux en colère auraient alors envoyé une armée d'esprits venger...

— Nathan, glissa Juma à son oreille. Cet homme est ivre... Il te raconterait n'importe quoi...

Nathan tendit la main vers le jeune homme.

— Laisse-le continuer. Parlez-moi de ces esprits, de quelle manière assouvissaient-ils leur vengeance ?

Kahékwa lâcha un nouveau rot, étouffé cette fois, et reprit son histoire en l'appuyant de grands gestes des bras.

— On dit qu'ils vivaient sous la terre le jour et profitaient de la nuit pour sortir et prendre les Hutus. On dit qu'ils les démembraient et s'abreuvaient de leur sang.

Nathan tressaillit à cette nouvelle révélation.

— A-t-on retrouvé les corps ?

— Non, je ne crois pas, ils ont été dévorés par les bêtes sauvages.

— Et quelqu'un les a-t-il... vus ?

— Oh noooooon... On ne voit jamais les esprits, sauf quand on est mort. Par contre... il arrive qu'on les entende...

— Comment ça ?

Silence.

Nathan sortit un nouveau billet de sa poche et le fourra dans la poche de chemise de Kahékwa.

— À la fin du génocide, le 4 juillet, lorsque l'armée tutsie, le FPR, a pris le contrôle de Kigali et de Butaré, les Hutus, qui craignaient de violentes représailles, ont commencé à fuir en masse. Certains se sont dissimulés dans le flot des réfugiés tutsis qui se dirigeaient vers le sud-ouest du pays à travers la zone humanitaire mise en place par la force internationale d'interposition, mais les plus nombreux ont fui vers chez nous. Certains chefs de guerre tutsis, qui ne pouvaient admettre que les bourreaux s'échappent sans répondre de leurs crimes, ont formé des commandos et les ont expédiés par hélicoptère vers l'ouest, sur la ligne frontalière zaïro-rwandaise, afin qu'ils interceptent les fuyards et leur fassent payer leurs crimes. Là, il y avait seulement quelques barbouzes, des hommes des forces spéciales françaises et le capitaine Hermès et ses hommes. Dès le 13 juillet, les premiers groupes de réfugiés sont arrivés. Pensant qu'ils étaient sauvés, ils se sont déployés le long de la frontière espérant pénétrer plus rapidement au Zaïre, mais de véritables escadrons de la mort les attendaient sur les routes et dans la forêt. Des milliers de Hutus à bout de forces se sont fait décimer. Pas de torture, juste des exécutions sommaires. Certains, surtout les riches, sont tout de même parvenus à s'en sortir.

— Les riches... Que voulez-vous dire ?

— Eh bien, dans la forêt, vous pouviez tomber soit sur les commandos du FPR soit sur... les passeurs. Il fallait payer cher. Bien entendu, seuls les plus fortunés pouvaient se le permettre.

— Comment opéraient ces hommes, qui étaient-ils ?

— Au début des années 1960, le Rwanda a connu une révolution sociale et politique au terme de laquelle les Hutus ont renversé la monarchie, pris le pouvoir et gagné l'indépendance du pays. C'est là qu'ont commencé les premiers massacres. Plus de vingt mille Inyenzis, les cafards comme on appelait déjà les Tutsis en ce temps, ont péri. Certains sont restés et d'autres ont fui vers les pays voisins, le Burundi, l'Ouganda et le Zaïre. De la même manière que le FPR, les milices hutues de l'époque attendaient les réfugiés aux frontières. Un système d'exfiltration s'est alors mis en place et les Tutsis, comme les Vietcongs le faisaient pour se cacher dans la forêt lors de la guerre du Vietnam, ont commencé à creuser des galeries souterraines pour passer au Zaïre. Ces réseaux étaient connus des habitants du Kivu et en 1994 les plus malins ont vu là une occasion de s'enrichir en faisant passer ceux qui en avaient les moyens dans le pays sans être inquiétés. La plupart de ces tunnels se sont effondrés, mais il en reste trois ou quatre connus. L'un d'entre eux débouche à proximité du camp de Katalé.

— Quel rapport avec les esprits ?

— Comme je vous l'ai dit, ils vivaient dans la terre. Il est arrivé que certains de mes hommes aient eux-mêmes à descendre dans cette galerie à plusieurs reprises. C'est là qu'ils ont entendu des cris, les hurlements effroyables des esprits dévorant la chair humaine.

Nathan passa une main à rebrousse-poil dans ses cheveux courts et demanda :

— Dites-moi, capitaine... Que faisaient vos hommes « à plusieurs reprises » dans ces galeries ?

— Bon... Ils étaient en reconnaissance...

— Ils ne sont pas descendus plus profond, ils n'ont pas été curieux de savoir d'où venaient les cris ?

— Non, ils avaient trop peur.

— Où sont ces galeries ?

— Ça, c'est confidentiel. Secret-défense, tenta Kahékwa.

Nathan se tut et planta son regard dans celui du capitaine. C'est alors qu'il comprit : la maison, le 4 × 4, l'antenne satellite, l'imposante télévision qui trônait dans la pièce. Il changea brusquement de ton :

— Dis-moi, capitaine, comment as-tu gagné l'argent qui t'a permis d'acheter tout ça. La drogue ? L'or ? Les pierres précieuses ? Quoi d'autre ?

— Nathan... protesta Juma.

— Reste en dehors de ça.

Nathan se rapprocha de Kahékwa et murmura encore :

— Quoi d'autre ?

L'ivrogne restait muet. Il observait Nathan de son œil unique, l'autre, le jaune, semblait s'être rétracté comme un mollusque dans sa coquille sous l'effet de la peur. L'amnésique se leva d'un bond, empoigna Kahékwa par la chair flasque de son double menton et l'attira vers lui jusqu'à sentir son haleine d'ivrogne.

— Tu veux que je te dise, capitaine, les passeurs c'était

TOI... TOI ET TES HOMMES. Qui d'autre que des militaires se seraient risqués dans cette zone ? Vous attendiez les réfugiés à la frontière, en territoire rwandais, et vous les rackettiez. S'ils ne payaient pas, vous les laissiez à la merci des escadrons du FPR. Dis-moi si je me trompe ?

— ...

— JE ME TROMPE ?

— Nous avons... nous les avons aidés. Nous prenions des risques aussi... Ils nous bénissaient.

— Tu es une ordure, mais ça te regarde. Maintenant ÉCOUTE, j'ai besoin de cette information et il est hors de question que je raque encore. Tu réponds et je me casse. Tu continues à faire le malin et ça tourne mal.

— Si... si tu veux savoir, il faut payer encore... cinquante dollars...

Nathan vit la main de Kahékwa disparaître entre les coussins du canapé.

Avant que le capitaine ait eu le temps de brandir son calibre, Nathan lui balança son poing en plein visage. Le nez difforme se mit à pisser le sang. Il s'empara du pistolet et le lui planta dans son œil valide.

— OÙ EST CETTE GALERIE ?

— Je suis ca... capitaine de l'armée...

— Tu n'es rien, rien d'autre qu'une saloperie d'ivrogne. Maintenant tu parles ou je te promets qu'il va te falloir une putain de canne blanche pour te déplacer, cracha Nathan en enfonçant un peu plus le canon dans l'orbite du capitaine.

— L'année... l'année dernière, ceux de Katalé... ils sont venus me voir... balbutia Kahékwa entre les filets de morve sanglante qui lui maculaient la bouche. Ils voulaient savoir où elle se trouvait...

— POURQUOI ?

— Je sais pas... je l'ai montrée aux jeunes...

— Un nom. VITE !

— Un d'entre eux, un grand... il s'appelait... Jean... Jean-Baptiste... il doit encore traîner là-bas...

31.

Le camp se dressait à flanc de volcan, vaste versant de boue grisâtre mêlée de détritus. Entre les colonnes de fumée qui s'élevaient des petits foyers de braises rougeoyantes s'amoncelaient les taudis vacillants, des huttes faites de branchages et de lambeaux de bâches de nylon turquoise arborant encore les initiales des ONG qui avaient pourtant déserté les lieux depuis longtemps.

À l'inverse des villages des alentours où régnait une vie intense, cet endroit semblait vide de toute présence humaine. Seuls des chiens fauves rongés de plaies sanguinolentes et quelques silhouettes courbées et diaphanes se détachaient de ce paysage de désolation où même les oiseaux avaient cessé de chanter.

Nathan et Juma avançaient vers les habitations, s'enfonçant jusqu'aux chevilles dans la fange nauséabonde.

— Il faut trouver le chef, souffla Juma à voix basse, comme s'il avait peur de réveiller quelque spectre enfoui dans les profondeurs de la terre.

Un petit être gris vêtu de haillons accourait dans leur direction. C'était un enfant. Ses cheveux ras étaient blanchis par les mycoses et, autour de ses yeux qui luisaient comme de petites perles humides, grouillaient des grappes de mouches noires. Il s'arrêta à quelques mètres d'eux et commença à expectorer des mots dans un dialecte étrange que Nathan entendait pour la première fois depuis son arrivée sur le continent.

— Que dit-il ?

— Il nous insulte, il nous dit de partir.

— C'est un Hutu ?

— Probablement, il parle le kinyarwanda, c'est notre langue...

— Tu es rwandais ?

— Par ma mère...

— Tu es...

— Ni hutu ni tutsi. Je ne veux plus entendre ces conneries de classifications, elles sont à l'origine de tant d'horreurs... Non, Nathan, je suis un Rwandais parmi les autres...

Juma fut interrompu par le gamin qui s'était mis à leur cracher dessus. Le jeune guide ramassa un bâton et le fit siffler au-dessus de la tête de l'enfant. Nathan retint son bras.

— Viens, laisse-le tranquille !

Un homme fantomatique, qui ne semblait tenir debout que grâce aux longues béquilles de bois calées sous ses aisselles, les guida jusqu'à une construction de tôle ondulée. Juma frappa sur les parois branlantes jusqu'à ce que le chef laisse apparaître son visage de vieillard par l'embrasure de la porte. Pendant que le guide expliquait, sur un ton dur et saccadé, la raison de leur visite, Nathan laissa couler son regard à l'intérieur de la cahute. C'était un cloaque aux relents d'excréments, aménagé d'un simple hamac de fibres brunes, mais le plus frappant était que dans cet espace confiné l'homme ne vivait pas seul mais en compagnie d'une vache.

Un brusque éclat de voix lui fit tourner la tête. Les habitants du camp, tous plus frêles et gris les uns que les autres, s'étaient attroupés autour d'eux. Le chef s'agitait en tous sens, poussant de petits cris brefs semblables à des lamentations qui se répandaient peu à peu à l'assemblée.

— Que se passe-t-il ? demanda Nathan.

Juma se frotta vigoureusement les mains sur le visage, une lueur d'inquiétude troublait son regard.

— Il dit qu'on ne peut pas aller sous la terre.

— Où est ce Jean-Baptiste ?

— J'ai demandé qu'on l'appelle mais, de toute façon, il faut d'abord passer par le chef.

— Tu lui as expliqué qu'il y aurait de l'argent pour qui accepterait de nous aider ?

— Oui, mais...

— Combien as-tu offert ?

— Dix dollars.

— Propose quarante.

— C'est trop.

— Fais ce que je te dis.

Juma se tourna vers le vieil homme et fit part de cette nouvelle offre. Sans comprendre un mot de ce qui se disait, Nathan devina aux gestes de dénégation du chef qu'il y avait un nouveau problème.

— Ce n'est pas une question d'argent, fit Juma qui semblait de plus en plus inquiet. Ils disent que si on descend dans le tunnel, on va réveiller les esprits, qu'ils vont revenir prendre les hommes. Les gens s'énervent, Nathan, ce n'est pas bon.

— Merde ! Dis-lui qu'il n'y a plus d'esprits, que ça fait longtemps qu'ils sont partis, qu'ils ne reviendront plus... Trouve quelque chose...

Un jeune homme longiligne, vêtu d'un pagne noué autour du cou, approchait à grandes enjambées, fouettant l'air de sa machette pour se frayer un passage. Une fois parvenu à hauteur du groupe, il s'adressa à Nathan en français :

— Je suis Jean-Baptiste ! Je vais te montrer l'entrée du tunnel. Donne l'argent.

— Quand tu m'y auras emmené. Où est-ce ?

— Là-bas, dit Jean-Baptiste, montrant du doigt le bas de la colline, à la lisière de la forêt. Mais je te préviens, celui qui descend sous la terre perdra à jamais son âme...

Nathan esquissa un sourire.

— Conduis-moi.

Ce qu'on appelait ici « forêt » n'était pas la jungle que Nathan s'imaginait avec ses grands troncs, ses entrelacs de végétation, ses mousses, ses chevelures de lianes, mais plutôt une étendue effroyable et uniforme de roseaux longilignes aux feuilles aiguës et tranchantes qui écorchaient les bras, déchiquetaient les vêtements, un bourbier fétide où mouches et moustiques se gorgeaient du sang des intrus. Jean-Baptiste ouvrait la marche, taillant des brèches à grands coups de machette.

— Quelqu'un est déjà descendu ?

— Non, là-bas personne n'y va. C'est dangereux.

— Pourquoi es-tu venu trouver Kahékwa ?

— L'année dernière, il y avait beaucoup de gens malades ici, un docteur belge est venu, il a dit que c'était l'eau qui n'était pas bonne, qu'il y avait des antilopes crevées en amont de la rivière, c'est pour ça qu'elle était empoisonnée. Ici les gens pensaient que c'était à cause du trou, que les esprits étaient revenus. Alors avec quelques hommes, on a demandé au capitaine Hermès de nous montrer l'endroit... pour le boucher, pour qu'ils ne puissent plus sortir.

— Vous avez bouché le tunnel ?

— Presque, on a abattu un grand arbre, mais c'est seulement les branches qui sont tombées dessus.

— Les esprits prennent encore les gens ?

— Non, c'est fini, ils sont calmés.

— Depuis quand ?

— Longtemps, je le tiens de source sûre.

Cette dernière réponse marqua le début d'un long silence méditatif. Jean-Baptiste s'attaqua de plus belle à la végétation qui se densifiait à mesure qu'ils s'enfonçaient dans cet enfer vert. La nature résonnait à nouveau d'une multitude de cris ouatés comme si, à cette distance du camp, la vie reprenait ses droits. Après une demi-heure de marche pénible au cours de laquelle ils ne progressèrent que de quelques centaines de mètres, ils parvinrent dans une clairière étroite. Jean-Baptiste déclara qu'ils étaient arrivés et qu'il n'irait pas plus loin. Imité par Juma, il s'accroupit dans les hautes herbes et désigna un tronc énorme qui émergeait de la végétation. Nathan donna un tiers de la somme convenue aux deux Rwandais inquiets et se dirigea à pas lents vers la cime du géant mort.

De grosses branches vermoulues, encore couvertes de mousses et de feuilles mortes, obstruaient en partie le passage, mais il pouvait distinguer la bouche d'ombre. Une échelle de branches écorcées, reliées entre elles par des morceaux de chiffons, disparaissait dans l'obscurité. Il scruta les entrelacs à la recherche d'un passage. Il parviendrait sans mal à s'y glisser. D'une main, il attrapa sa torche au fond de son sac, puis enfila sa cape de pluie et s'engagea dans le labyrinthe de branches noueuses qui menait vers l'entrée du boyau.

Celui qui descend dans ce trou perdra à jamais son âme...

Les mots de Jean-Baptiste qui l'avaient fait sourire à présent lui glaçaient le sang. Un long frisson secoua ses membres. Pour la première fois depuis le début de son enquête, Nathan se sentait pénétré par la peur.

Une peur suffocante.

32.

Torche entre les dents, Nathan se laissa glisser le long du puits d'ombre, s'aidant le moins possible de l'échelle dont il aurait besoin pour rejoindre la terre ferme. Une fois atteint le sol spongieux, il inspecta l'état de la galerie à la lueur de sa Maglite.

Le départ du boyau ne mesurait pas plus d'un mètre soixante de diamètre ; les parois, un mortier suintant de boue ocre et de blocs de lave, avaient été tapissées de planches mal équarries. L'ensemble paraissait suffisamment solide pour empêcher les éboulements. Il ajusta sa capuche, jeta un ultime regard au ciel morne et entama sa descente vers les ténèbres.

Il avançait, lentement, le corps penché, refoulant les pensées qui l'assaillaient, concentré sur les dangers de cet antre, sentant le souffle chaud des parois, évitant les rondins pourris qui jonchaient le sol, les racines luisantes qui jaillissaient de toutes parts comme des griffes tendues vers son corps vulnérable. Bientôt la lumière du jour disparut totalement, et aux cris perçants des animaux succéda le silence.

Il venait de franchir une nouvelle frontière. Un monde nocturne, loin du Congo et du génocide, qui l'embrassait de ses ailes noires.

Même sous la terre, la pluie ne cessait pas. La lueur de sa torche vacillait comme une flamme sous les ruissellements d'eau et de vapeur qui s'écoulaient du plafond. Il avançait, sans faiblir, parfois forcé de se mettre à genoux ou d'enjamber des crevasses. Des cadavres de singes et de gros rongeurs, venus mystérieusement mourir là, exhalaient leur lancinante odeur de putréfaction.

Au fil de sa progression, l'air confiné s'emplissait d'une sorte de vrombissement inquiétant qui semblait surgir des profondeurs de la terre. Il tendit l'oreille. Le bruissement se mêlait de murmures et de chuchotements lointains qui se répercutaient jusqu'à lui comme des petits rires sadiques.

Un sentiment de malaise le figea.

Lui aussi commençait à délirer, à sombrer dans ces absurdes histoires de superstition...

Il se força à continuer en braquant sa torche au sol. Le crépitement s'amplifiait.

Ce fut alors qu'il vit les araignées cuivrées, des larves blanchâtres, des blattes géantes aux élytres humides grouillaient partout autour de lui, rampant le long des murs, dégringolant en grappes du plafond sur ses épaules. Ici la terre n'était pas un sanctuaire silencieux mais une masse de pourriture vibrante, terrifiante, où la vie et la mort s'étreignaient jusqu'à ne venir former qu'un seul être informe et monstrueux en perpétuelle délivrance.

Il essuya de sa manche le rideau de sueur qui lui brouillait la vue et reprit sa descente.

C'était par là que cette ordure de Kahékwa et ses sbires avaient fait transiter leurs convois de réfugiés apeurés, là qu'ils avaient entendu les hurlements... S'ils n'avaient rien vu dans ce tunnel étroit, cela signifiait qu'il existait, quelque part, un passage menant vers un autre réseau de galeries.

Il avait franchi trois ou quatre cents mètres, examiné en détail les parois lorsque le faisceau de la torche accrocha un orifice qui s'ouvrait entre les épontes. Il se baissa, glissa ses mains dans l'interstice et tira de toutes ses forces. Les planches vermoulues cédèrent dans un craquement. Il retira le panneau et risqua un regard.

Une nouvelle galerie.

L'accès s'était en partie effondré et était inondé de larges flaques. La voie paraissait s'engouffrer plus loin encore dans les ténèbres. Il s'en voulait de n'avoir emporté ni casque, ni lampe frontale, ni même de quoi improviser un fil d'Ariane. À tout moment il pouvait se perdre ou se retrouver prisonnier d'un éboulement et il était certain qu'ici personne ne viendrait le chercher.

La brèche était large de cinquante centimètres tout au plus. Il se mit à plat ventre, empoigna un bloc de roche et se tracta d'un bras jusqu'à faire passer ses épaules. Le reste suivit. Il rampa ensuite comme une anguille dans la boue sur une trentaine de mètres, puis s'engagea jusqu'à mi-corps dans un marigot noir qui débouchait sur un espace plus vaste et plus haut.

La torche halogène clignota, s'éteignit puis se ralluma, arrachant des éclats métalliques à l'obscurité.

Le corps tendu à bloc, Nathan se rapprocha à pas lents, resserrant son faisceau qui perdait en intensité.

Tables d'examen capitonnées, chaînes d'acier, sangles de cuir pour entraver les bras, les jambes... Il trébucha sur un tas de tissus froissés et noircis... Les parois étaient tapissées de bâches en plastique jaune reliées à chaque angle par des armatures gonflables. Il balaya le sol de sa torche : entre des lambeaux de vêtements misérables, gisaient des croûtes brunes, des flaques poisseuses où s'agglutinaient scalpels, cisailles et autres instruments de torture encore étincelants malgré la corrosion.

Un laboratoire...

Nathan frémit, mais il n'avait plus peur, comme si, pour supporter l'horreur de ce qu'il était en train de découvrir, son esprit s'était détaché de son corps. Il saisit son boîtier numérique et commença à photographier le lieu du supplice parcelle par parcelle.

Dans une cavité, il découvrit une sorte de sas attenant aux bâches. Il contourna une paillasse renversée et en deux enjambées parvint devant la fermeture à glissière large et circulaire.

Bloquée.

D'un coup de dague, il lacéra la toile et acheva d'ouvrir le passage à la main. Le faisceau de la Maglite se perdit dans un couloir en pente douce. Il s'y engouffra, tête la première, et progressa en s'aidant de ses coudes.

Cette fois, la terre semblait plus sèche, plus friable aussi ; à mesure qu'il gagnait du terrain, il pouvait distinguer des filets de sable qui s'écoulaient comme de l'eau en fines cascades le long des parois.

Il hésitait à rebrousser chemin lorsqu'il sentit brusquement l'humus courir sous son abdomen, s'enfuir devant lui en longues coulées.

Un éboulement...

Le sol du boyau ondulait, se dérobait en cataractes sous son corps, l'emportant peu à peu dans sa course. C'était trop étroit pour espérer se retourner, il risquerait de fragiliser le plafond.

S'arrêter. Il fallait qu'il s'arrête.

D'un geste, il banda son corps et planta ses mains, ses pieds comme des pitons dans les parois, fouillant rageusement le limon à la recherche d'une racine, d'un bloc de pierre pour s'y cramponner. Il parvint à freiner sa chute jusqu'à ce qu'une nouvelle vague de sédiment l'emporte. Cette fois, il glissait, irrémédiablement. Paupières closes, accroché à sa torche, il lâcha prise et se laissa dévaler le long de la pente, pour s'arrêter en douceur quelques mètres en contrebas sur une surface molle et craquante.

Une odeur âcre lui jaillit au visage.

Nathan se redressa d'un coup et, avant même de distinguer ce qui l'entourait, il comprit immédiatement où il venait d'atterrir.

Il hurla de toutes ses forces.

Dans la lumière laiteuse, il découvrit un magma de cadavres mutilés, comme pétrifiés par le temps. Adultes, enfants entrelacés, aux orbites vides, aux crânes brisés, aux mâchoires ouvertes sur un dernier cri silencieux. Un jet de bile jaillit de sa gorge. Il tenta de se relever, mais à chaque pas il s'enfonçait un peu plus dans la glèbe noire de peaux momifiées et couvertes de filaments blanchâtres. Des membres désarticulés, des mains dressées semblaient s'agripper à lui en un ultime sursaut. Une poche de lave et de cendres volcaniques avait permis de protéger les corps de la vermine, de la putréfaction...

Il parvint à ramper sur le charnier jusqu'à la pente qu'il venait de dévaler et, dans un ultime effort, planta ses ongles dans la terre.

L'antre des démons était un laboratoire d'expérimentations médicales atroces... Des tueurs s'étaient servis de l'horreur du génocide pour dissimuler des actes plus monstrueux encore, d'une violence sans limites. Mais, dans cette barbarie, une vérité prenait corps. Les liens qui tissaient les dix dernières années de sa vie étaient la mort et les ténèbres... Sans savoir s'il était coupable ou innocent... Son être résonnait pourtant d'une certitude. Chacun des crimes qu'il avait exhumés de la terre, de la glace ou du passé était bien le fait des mêmes monstres.

33.

Le jour même, au crépuscule, Nathan et Juma étaient de retour à Goma. Chacun aux prises avec ses propres cauchemars, ils n'avaient quasiment pas échangé un mot du trajet. À leur arrivée, une panne d'électricité générale avait plongé la cité dans l'obscurité. Les rues étaient désertes et l'ambiance chauffée à blanc. Les rebelles du RCD avaient déployé des barrages dans chaque quartier et contrôlaient systématiquement les véhicules afin de prévenir les pillages et les tentatives de prise de pouvoir par l'armée régulière de Kinshasa. Nathan était frappé par le contraste violent entre l'atmosphère nonchalante, presque bon enfant, qu'il avait laissée en partant vers le nord et l'inquiétude palpable dans les gestes et les regards des Congolais.

Il se fit d'abord déposer à l'antenne de l'OMS, dans l'espoir d'y récupérer les documents promis par Phindi Willemse. Le bureau était fermé, mais il eut la bonne surprise de trouver une épaisse enveloppe à son attention dans le local des gardiens. Une fois parvenu au Starlight, Nathan salua Juma et s'enferma dans sa chambre. Il prit un bain pour se laver de la boue et s'arracher à l'odeur tenace de cadavre qui lui collait à la peau.

Il lui fallait avant tout réserver un vol de retour pour le lendemain. Le directeur de l'hôtel, en véritable magicien, lui trouva une place à bord d'un vol d'une compagnie locale qui assurait une liaison hebdomadaire Goma-Nairobi. Il devait se présenter à l'aéroport le lendemain à 7 heures précises.

Le docteur Willemse avait rassemblé un nombre impressionnant de documents sur la situation des réfugiés. Ces rapports n'avaient pas été rédigés par les fonctionnaires de l'OMS mais par le Haut-Commissariat aux réfugiés des Nations unies. Il y avait trois chemises classées de la manière suivante : 1. Exode ; 2. Situation sanitaire ; 3. Crimes et délits.

L'exode... Son enquête lui en avait déjà assez appris sur le sujet. Il passa au dossier suivant – Situation sanitaire – qui consistait en un regroupement de bilans sur la bonne administration des camps, la démographie, les conditions de vie, les épidémies de choléra et de dysenterie qui avaient fait près de cinquante mille victimes, et la coordination entre les différentes ONG. Il répertoria les organismes humanitaires en place à l'époque dans la zone. Il y en avait plus de deux cent cinquante, répartis sur toute la région du Kivu. One Earth pour sa part n'était mentionné que dans trois camps à proximité de Goma, le reste des effectifs se trouvant plus au sud vers Bukavu et en territoire rwandais.

Il s'attaqua au dernier dossier consacré aux crimes et délits, espérant y trouver un indice, une erreur commise par les tueurs qui aurait échappé aux fonctionnaires de l'OMS, mais que lui serait capable de déchiffrer. Les comptes rendus relataient des cas de viols, proxénétisme, meurtres et tortures commis par les Rwandais eux-mêmes ainsi que par la main-d'œuvre locale employée par les ONG. Il tomba alors sur les plaintes pour disparitions déposées par les réfugiés qu'avait évoquées Rhoda. Les victimes étaient estimées à une quinzaine, apparemment piochées au hasard dans la population des camps sans aucun critère commun d'âge, de sexe ou d'ethnie. Et, sur chaque fiche, toujours la même mention : « Cas non élucidé », sans plus de précision.

Les tueurs avaient parfaitement dissimulé les traces des crimes. Pourtant une vérité se dessinait peu à peu dans les brumes africaines. S'il était incapable d'établir leur identité, Nathan tenait deux pistes solides.

D'un côté, il était acquis que les actes criminels étaient bel et bien le résultat d'expérimentations médicales.

Son enquête lui avait permis de confirmer que les « démons » étaient probablement des Occidentaux et qu'ils se dissimulaient derrière une ONG, couverture idéale pour acheminer les hommes et le matériel lourd dont ils avaient besoin pour mener à bien leurs recherches monstrueuses.

Deux zones d'ombre subsistaient pourtant.

Il ne parvenait pas à dessiner un pont entre le passé et le présent. À la fin du XVIIe siècle, la médecine en était à ses balbutiements... Qu'avaient donc pu découvrir les tueurs du manuscrit pour être amenés à entreprendre de telles expériences ?

Restait l'identification des coupables.

Il était improbable qu'une organisation entière soit impliquée dans cette affaire. Non, Nathan penchait plutôt pour quelques individus unis par ce secret. Le nombre de personnels humanitaires présents compliquait sérieusement les choses.

Il était tout simplement impossible de les débusquer dans une telle multitude.

Il s'allongea sur son lit. Des claquements d'armes automatiques résonnaient dans le lointain. La tension montait, il était temps de se dégager de cette poudrière où tout pouvait dégénérer en quelques heures. Un instant plus tard il s'endormit.

Cette nuit-là il rêva de Rhoda.

Il marchait à ses côtés dans les rues de Paris. Les mains qui s'effleurent, les sourires complices, les regards qui se mêlent lui revinrent en rafales, puis un vent brutal les happa, l'espace s'effrita, les laissant au cœur d'une forêt calcinée. Cette fois Rhoda tenait la main de Nathan et la pétrissait compulsivement. Le regard inquiet, elle murmurait des paroles mystérieuses, comme une incantation, puis le ciel s'assombrit.

Nathan resta seul dans l'obscurité.

Une odeur lui parvint d'abord, celle de l'humus, il entendit des halètements. Deux corps nus lui apparurent. Celui de Rhoda, le sien, luisants et ciselés de cicatrices. Ils étaient comme deux bêtes s'accouplant dans la terre molle d'un cimetière. Les muscles roulaient sous leurs peaux brûlantes, le son des carcasses qui s'entrechoquaient résonna plus fort. D'un coup, leurs souffles s'unirent en un grondement organique, les cicatrices se gonflèrent jusqu'à l'éclatement, libérant des giclées de sang qui se répandirent en un flot noir et glacé, engloutissant la jeune femme... Il cria, hurla son nom... RHODA...

Les martèlements d'un poing sur la porte de sa chambre l'arrachèrent à son cauchemar. Un coup d'œil à sa montre : 23 heures. On frappa de nouveau.

Il enfila un peignoir et vint ouvrir.

C'était Phindi Willemse.

— Tout va bien ? demanda-t-elle, gênée.

— Juste un mauvais rêve. Que se passe-t-il ?

— On m'a dit que vous vous envoliez demain pour l'Europe. Je dois moi-même partir cette nuit, un convoi urgent pour Kigali...Vous n'avez eu que la moitié des documents que nous vous avions préparés. L'enveloppe que vous possédez ne contient que les dossiers de l'UNHCR. Dans son empressement à rentrer chez elle après la panne, ma secrétaire a omis de vous laisser celle qui contenait nos propres archives. Tenez, ce sont des photocopies, vous pouvez les garder.

Nathan saisit l'enveloppe qu'elle lui tendait.

— C'est très aimable à vous.

— Ce sont des données purement médicales, vous y trouverez des rapports d'autopsies, des photographies des blessés ainsi que quelques données épidémiologiques. Je pense que ces informations ajouteront au crédit de votre article.

— C'est essentiel, mentit Nathan.

— Et comment s'est passée votre expédition ?

— Pas mal, j'ai pu recueillir quelques informations intéressantes.

— Le père Spriet était-il...

Nathan se contenta de sourire.

— Je vous accorde qu'il est un peu spécial, mais il fait partie des meubles.

Elle joignit les mains.

— Il faut que je file. Ne manquez pas votre vol demain, l'atmosphère qui règne dans cette ville n'augure rien de bon.

Dès que la porte se fut refermée, Nathan décacheta l'enveloppe. Même en photocopie, la vision des photographies des tortures et des autopsies était insoutenable. Il avait sa dose d'atrocités. Il passa les images et s'arrêta sur un cahier relié intitulé : Situation sanitaire nord kivu/juillet–septembre 1994.

Il le feuilleta. C'était une nouvelle avalanche de chiffres, de bilans, de diagrammes. Il s'apprêtait à refermer la chemise lorsqu'une suite de mots clés attirèrent son attention. Les pages qu'il tenait évoquaient la découverte d'une femme nue aux abords du camp de Katalé... L'auteur était un certain docteur Derenne, Alain Derenne, un médecin détaché de l'Institut Pasteur. Nathan tira une chaise et attaqua la lecture.

Le 22 juillet, à 5 h 45 heure locale (3 h 45 GMT), une jeune femme de race noire a été trouvée nue, à cent mètres du camp de réfugiés de Katalé, par une patrouille de légionnaires français. Nous avons été prévenus à 5 heures GMT par radio de cette découverte. L'appel spécifiait que la victime était extrêmement affaiblie et présentait des frissons et des sueurs profuses ainsi que des saignements de bouche évoquant une possible fièvre hémorragique. Le professeur Lestran et moi-même nous nous sommes immédiatement rendus sur place. Dès notre arrivée à 8 h 05 GMT, nous avons été pris en charge par le capitaine Maurras, qui nous a conduits sur les lieux.

SITUATION GÉNÉRALE :

À cette heure la victime était extrêmement faible et dans l'incapacité de s'exprimer. Nous avons demandé aux militaires présents depuis la découverte de nous redire précisément le résultat de l'interrogatoire qu'ils avaient pu mener par l'intermédiaire d'un interprète.

Confirmation des symptômes communiqués initialement. La patiente leur aurait dit se plaindre de : fièvre / douleurs abdominales / diarrhée / présence de sang dans les excréments.

En expliquant ses symptômes aux militaires, la victime semblait en proie à de vives hallucinations et se disait poursuivie par des démons.

Un spasme contracta le cœur de Nathan. Était-ce possible... Il poursuivit, avide.

Compte tenu de la zone géographique (Nord Zaïre moins de cinq degrés de l'Équateur), de l'état général (fièvre et saignements) et de l'aspect fixe du regard de la malade évoquant les « visages fantômes » des publications relatives aux épidémies de 1976, nous avons immédiatement pensé à une contamination par virus type Ebola.

Après réalisation d'une zone d'exclusion d'environ cent mètres de diamètre, gardée par les militaires, nous avons revêtu nos combinaisons de protection et avons procédé à un premier examen clinique dont les résultats sont les suivants :

— Trouble majeur de la conscience (délire et hallucinations, difficultés d'élocution). Brève crise convulsive lors de la manipulation de la malade.

La victime délire, évoque de nouveau les démons.

— Température : 40,5 °C — Pouls 120/mn — Hypotension à 90/50mm d'Hg. — Tachypnée (accélération de la respiration) à 50/mn — Examen cutané : lésions inhabituelles à type de pustules emplies de sang et de sérosités jaunâtres, déprimées au centre et profondément enchâssées dans le derme. – Hémorragies conjonctivales / gingivales / Pharyngite très inflammatoire. – Signes d'hématémèse (la victime vomit du sang) et de melaena (présence dans les excréments de sang de couleur noire et fragments de paroi intestinale expulsés par le rectum). – Pas de traces de diarrhée aqueuse et vomissements précédents. – Gonflement et nécrose de la vulve sans extériorisation de sang. – Pas de traces de violences externes.

À 9 h 5 GMT, nous avons procédé à l'évacuation sanitaire de la malade vers notre centre de santé de Goma par du personnel dûment protégé, puis avons mis en place une réhydratation avec apport calorique et protéique.

La victime décédera deux heures plus tard.

BILAN SÉROLOGIQUE :

IFI : La victime ne présentait pas d'anticorps spécifique du virus Ebola.

– Nous ne possédons pas l'équipement approprié pour une confirmation du diagnostic.

SYNTHÈSE :

Si la plupart des signes cliniques évoquent fortement une contamination par Ebola, nous constatons certains symptômes atypiques, notamment au niveau des lésions cutanées, et les techniques sérologiques spécifiques restent négatives.

Dans la mesure des éléments disponibles, nous pensons soit à l'émergence d'un virus Ebola mutant soit à celle d'une espèce virale nouvelle et inconnue.

Le reste des notes indiquait les mesures préconisées par les médecins, renforts en hommes, matériel et protection des équipes...

Nathan se tenait au bord de l'abîme.

Un virus.

Les cadavres des glaces... Était-ce le lien ? Non, ça ne pouvait pas cadrer... Le manuscrit... En aucun cas, les tueurs que pourchassait Elias au XVIIe siècle ne pouvaient avoir idée de l'existence physique des virus...

Pourtant un pressentiment terrible lui rongeait les entrailles.

Alors qu'elle marchait vers la mort, la jeune femme avait eu la force de désigner les démons, elle avait accusé ses bourreaux devant une bonne dizaine de témoins.

Et ça, c'était une piste solide.

34.

Le Boeing 737 se posa en douceur à l'aéroport de Paris-Charles-de-Gaulle aux premières lueurs de l'aube. Nathan récupéra ses bagages, loua une voiture et prit la route de la capitale.

Depuis son départ du Congo, il n'avait cessé de penser au rapport du toubib. Des preuves, il lui fallait à tout prix trouver les preuves qui confirmeraient le lien entre le passé et le présent. Il espérait que Woods lui avait fait parvenir la suite de la transcription. De nouveaux éléments découverts par Elias pourraient plus que jamais se révéler capitaux.

Nathan pénétra dans Paris aux alentours de 9 heures du matin par la porte d'Orléans. Il descendit l'avenue du Général-Leclerc, le boulevard Saint-Michel jusqu'à la rue des Écoles, puis gagna le quartier de Jussieu où il choisit au hasard l'hôtel de la Clef, un établissement modeste qui se dressait face au Jardin des Plantes.

Il régla trois jours d'avance au réceptionniste et monta dans sa chambre. À peine sa porte fermée, il connecta son ordinateur à la prise de téléphone et interrogea sa boîte aux lettres électronique.

Woods avait lu dans ses pensées. Un nouveau mail en provenance de la Malatestiana l'attendait. Nathan déplaça le curseur vers le dossier joint et cliqua deux fois sur l'icône, puis le texte se matérialisa sur l'écran à cristaux liquides :

[...] À peine avais-je pris congé de Jugan, l'apothicaire, pour m'en retourner chez moi, qu'une nouvelle idée vint à mon esprit.

Si le tueur avait utilisé un porc pour élaborer son poison, sans doute se l'était-il procuré en Saint-Malo. Un gentilhomme n'achetait guère sa viande lui-même et encore moins une bête entière. S'il s'était acquitté de cette tâche, alors les marchands se souviendraient sans mal avoir croisé celui que je traquais.

J'ignorai [...] demi-tour et me dirigeai vers le quartier des bouchers. Bien que la neige et le froid eussent gagné en force, l'odeur de carne pourrie me heurta de plein fouet. De chaque côté des venelles couvertes d'une neige épaisse et bien rougie par le sang, s'ouvraient les échoppes des bouchers au travail. [...] Les chocs sourds des hachoirs pourfendant les poitrines, les crissements des scies raclant les os me parvenaient tel l'écho effrayant de mes propres travaux d'anatomie.

Je m'arrêtai [...] D'un geste, le bougre m'envoya vers la halle qui se tenait plus loin.

J'aperçus bientôt l'édifice de pierre surmonté d'un solide toit d'ardoises. Je m'y engageai par l'entrée principale. C'était une large salle silencieuse où s'alignaient des dizaines de carcasses suintantes, suspendues par des crochets sous les solives de chêne.

J'attrapai une torche et m'aventurai entre les cadavres immobiles des bêtes qui charognaient bien fort... J'appelai... personne ne se mit en peine de me répondre. Des bruissements venant du fond de l'espace excitèrent mon ouïe. Je fis quelques pas plus avant... appelai encore, mais le son de ma voix se perdit, comme absorbé par la forêt des chairs écorchées.

Une silhouette m'apparut droit devant.

Un homme.

Saisis d'une même stupeur, nous nous figeâmes tous deux. Je distinguai mal le visage sur lequel il me sembla pourtant discerner un mince sourire. Puis il reprit sa marche. Je me dirigeai alors vers lui pour l'interroger lorsqu'en un éclair je vis son bras armé se tendre dans ma direction. Une corde claqua. J'eus à peine le temps de me jeter à bas qu'un carreau d'arbalète siffla à mon oreille et se vint ficher jusqu'à l'empennage dans un gros jambon. En redressant la tête, j'aperçus son ombre qui s'enfuyait à toutes jambes.

Il gagnait la sortie.

Je me relevai et me mis à sa poursuite, jouant des coudes pour écarter les pièces de viande pareilles à de méchants colosses qui me barraient le passage, mais, lorsque je jaillis de la halle, il s'était évanoui à la manière d'un spectre.

Je restai abasourdi, me demandant si je n'avais été victime de quelque apparition, puis je vis... des traces.

Mon spectre avait laissé des traces dans la neige.

Elles filaient le long des murs puis vers la rue Sainte-Anne, le Plâcitre, passaient la rue des Mœurs... En virant à droite dans la rue des Herbes, j'aperçus enfin la cape noire du fuyard qui virevoltait dans la nuit.

Je doublai la cadence jusqu'à le talonner, il était à portée de main... lorsqu'il obliqua brusquement vers la gauche. Je doutai un moment, puis compris sa manœuvre.

Il repartait vers les remparts.

J'avais été suivi. Sans doute depuis le temps où j'avais mené ma jument à l'écurie. Prévenu par quelque complice ou lui-même dissimulé aux abords de la demeure d'Aleister Ewen, il avait été averti du danger.

Je touchai du doigt la vérité.

Le souffle court, je lui emboîtai le pas, jurant de ne point le laisser échapper. Je le vis alors s'enfiler comme un serpent entre deux murs qui menaient à la cage des chiens du guet, puis grimper l'escalier de la muraille qui dominait la grève de Bon Secours. Je gravis quatre à quatre les degrés et surgis sur le chemin de ronde.

Personne.

Mon homme s'était évaporé de nouveau.

Un coup de gourdin aux jarrets me faucha et je m'écroulai dans la neige. Le traître était là, tapi dans mes pieds. L'arme hérissée de clous s'abattait encore pour tenter de me fendre la tête en deux moitiés, mais j'eus cette fois assez d'astuce pour l'esquiver et la masse vint s'écraser contre le granit dans un feu d'étincelles. Nous nous relevâmes d'un même élan et nous [...] nous lançâmes dans un corps à corps qui nous mena jusqu'au parapet. Mes mains se resserrèrent autour de son gosier et je pris l'avantage. J'ouvris grand les yeux pour découvrir son visage lorsque, d'une ruade, il me fit voler par-dessus lui, m'expédiant dans le vide. La chute me sembla si longue que j'eus le temps d'imaginer mon corps disloqué sur les roches acérées de la grève.

Je chus avec fracas dessus un tapis d'herbes et de neige poudreuse.

Le souffle coupé, je parvins à me mettre sur le ventre et commençai à ramper vers les rochers, espérant y trouver une cache.

[...]

La vision d'une botte de cuir arrêta net ma course.

Je levai les yeux et découvris mon ennemi dressé au-dessus de moi. Les contours de sa silhouette frémissaient au vent, mais la lueur de la lune pleine m'empêchait de distinguer ses traits démoniaques. J'allais crever comme un rat... Bien contristé, je pensais à mon cher Roch, à la femme que je n'épouserais jamais... aux rêves de l'existence qui m'échappait. Une soif terrible me dévorait la gorge, je devais savoir... Ce fut alors une voix de possédé, tordue par la haine, qui s'éleva dans les airs. Les mots se brouillèrent dans mon esprit : « Comment oses-tu, vermine, entraver notre chemin ? » Je le questionnai à mon tour pour savoir quelle espèce de pourceau se substituait au Seigneur pour m'expédier en enfer.

Son rire puissant résonna dans l'obscurité, puis il lança comme une sentence :

« Nous sommes les guerriers de l'ombre, les immortels, nous arpentons le temps pour accomplir notre vengeance... Nous sommes les gardiens du Cercle de Sang... »

Je voulais qu'il parle encore, mais déjà la petite arbalète armée d'une pointe tranchante était tournée vers mon front, prête à me [...]. Je le suppliai de me révéler les raisons de la mort du nègre... le secret des mutilations. Alors qu'il était sur le point d'exaucer cette ultime volonté, une ombre fauve jaillit et renversa mon adversaire.

Un chien du guet.

Il nous avait flairés et s'était approché sans bruit pour mieux piéger le gibier qu'il cherchait. Je relevai la tête, l'assassin gueulait à la mort, se débattait avec force, mais le molosse, masse informe de peau et de muscles, le maintenait à terre pour lui mieux dévorer le ventre. Je ne fis point de zèle pour repousser cet allié d'un nouveau genre.

Un moment plus tard tout fut terminé.

Le dogue s'attarda, léchant les plaies déchiquetées de sa vic-

time puis se remit d'aplomb et, mis en goût par cet heureux dîner, vint sur moi en grognant comme fauve. Faire le mort était l'unique moyen de m'en sortir. Mon cœur cognait ma poitrine. Je fermai les yeux et laissai musarder sa truffe fumante encore toute poisseuse de sang et d'humeurs sur mon visage. Ce temps court me sembla éternité, puis, comme par prodige, il me tint quitte et s'éloigna.

Le corps brisé, je rampai vers le cadavre jusqu'à distinguer ses traits figés par la terreur. Le chien avait fait beau carnage, mais je pus reconnaître sans mal que ce visage était celui... de Roch.

35.

Le Cercle de Sang...

Les guerriers de l'ombre, les immortels...

Pour la première fois l'énigme revêtait visage humain, la mort n'était plus anonyme.

Ces mots confirmaient l'hypothèse de meurtriers traversant le temps que Nathan avait envisagée lorsqu'il s'était retrouvé face aux soldats mutilés du Spitzberg.

Et s'il se trompait ? Si ces deux histoires n'avaient aucun lien ? Cela semblait tellement... fou. Pourtant, son instinct lui dictait qu'il existait forcément une connexion.

Il décrocha le téléphone et tenta de joindre Woods sur son portable. Boîte vocale. Il laissa un message l'informant de son retour et lui donna le numéro de l'hôtel de la Clef.

Puis il composa le numéro des renseignements et demanda qu'on le transfère vers le standard de l'Institut Pasteur.

— Le professeur Alain Derenne, s'il vous plaît...

— Ne quittez pas.

L'opératrice l'orienta vers le poste du virologue.

— Professeur Derenne ?

— Lui-même.

— Mon nom est Falh, je suis journaliste, commença Nathan sans autre forme de politesse. Je rentre tout juste d'Afrique, je souhaiterais m'entretenir avec vous d'un...

— Si vous souhaitez m'interviewer, il serait préférable

de contacter le service de presse, le coupa sèchement le chercheur.

— Ce n'est pas pour une interview, je dois vous parler de toute urgence. J'ai...

— Et moi, j'ai un emploi du temps très chargé, monsieur. Rappelez ma secrétaire, elle devrait être de retour en début d'après-midi. Au revoir...

Le médecin s'apprêtait à raccrocher, Nathan balança dans le combiné :

— Zaïre 1994, une jeune femme mourante aux abords du camp de Katalé. Ça vous parle ?

Il y eut un silence, puis la voix demanda doucement :

— Qu'avez-vous dit ?

— J'arrive de Goma. J'ai des informations à vous transmettre sur les causes de la mort de cette femme.

— Je vous écoute...

— Pas au téléphone. Quand pouvez-vous me recevoir ?

— Vous êtes à Paris ?

— Oui.

— D'ici une heure... ça vous irait ?

— C'est parfait.

Alain Derenne, la cinquantaine, était un homme de haute stature, mince, les cheveux bouclés roux et le front bombé. Ses lunettes ovales cerclées d'acier et sa blouse blanche qui laissait entrevoir une cravate aux tons mornes lui conféraient l'air froid et solennel du ponte habitué à commander et qui n'a pas de temps à perdre. Pourtant Nathan discerna dans le regard cristallin ourlé de noir du professeur l'éclat d'une fièvre. Il comprit qu'il avait affaire à un chercheur d'élite, un pur scientifique qui avait brûlé sa vie entre laboratoires et forêts impénétrables à la poursuite des plus anciens et redoutables ennemis de l'homme.

— Merci de me recevoir.

— Je vous en prie. Entrez...

Nathan avança dans le bureau. Un lieu confiné où, entre les bibliothèques surchargées et les piles de dossiers entassées sur le large bureau de verre, flottait une puissante odeur de tabac. Au fond de la pièce une baie vitrée offrait une vue plongeante sur le campus, complexe architectural où se côtoyaient entre les allées verdoyantes des bâtiments anciens en brique rouge et d'autres, immaculés, plus modernes. Nathan sentit son pouls s'accélérer. Il était au cœur d'un sanctuaire du savoir et l'homme qui lui faisait face détenait sans doute les réponses rationnelles aux questions cruciales qui le rongeaient.

Ils s'installèrent autour d'une table. Derenne décrocha son téléphone afin de ne pas être interrompu et attaqua bille en tête :

— Comment êtes-vous au courant de cette affaire ?

— J'ai eu accès au rapport que vous avez rédigé à la suite du décès de cette femme.

— Le rapport... Bien, que s'est-il passé, quelles informations détenez-vous ? Il y a eu d'autres cas ?

Nathan décela dans la voix du virologue un sentiment d'excitation qui gonflait à mesure que les secondes s'écoulaient.

— Ce n'est pas exactement ça. Je vous demande d'être patient, professeur. Je vais tout vous expliquer, mais avant cela j'ai besoin que vous m'aidiez à clarifier certains points de mon enquête.

Derenne marqua une seconde d'étonnement, puis tendit le bras vers son paquet de Gitanes.

— Je vous écoute...

Il alluma une cigarette.

— Votre diagnostic de l'époque semblait incertain...

— C'est vrai, souffla Derenne en rejetant une spirale de fumée. Je me souviens très clairement de ce cas. Les symptômes présentés par cette patiente correspondaient en tous points à ceux dus au virus Ebola tels qu'ils furent observés à Yambuku et à Nzara en 1976. Mais certains signes cliniques atypiques m'ont conduit à réserver mon avis...

— Dans le rapport, vous évoquiez d'étranges lésions cutanées...

— Oui. Cette jeune femme était couverte de grosses vésicules, saillantes et jaunâtres, qui ressemblaient plus à celles causées par la famille des poxvirus, à laquelle appartient la variole. Le souci est que ces lésions étaient aussi gorgées de sang. Ce syndrome hémorragique écartait l'hypothèse d'une telle infection d'autant qu'elle est éradiquée.

— Avez-vous une autre explication ?

— Je ne sais pas, je vous parle seulement de signes cliniques, cela ne signifie rien en soi. Il est davantage probable que nous avons été confrontés à une nouvelle souche d'Ebola, une forme mutante.

Nathan avançait en territoire inconnu. Il demanda encore :

— Est-ce courant ?

— Oui... De même que l'espèce humaine, sur une échelle chronologique qui s'étale sur des millions d'années, les virus sont en perpétuelle évolution. Ils vont toujours chercher à se transformer, à tendre vers la perfection. Leur but n'est pas de tuer comme on peut le penser mais de se disséminer à l'infini tout en tirant profit de leurs hôtes. Comparé à un virus comme celui du VIH, qui va maintenir le sujet contaminé en vie pendant de nombreuses années tout en se multipliant, Ebola fait piètre figure. En tuant ses victimes de manière aussi rapide, quelques jours suffisent, il compromet sa pérennité. Il va donc au fil des générations essayer de s'adapter.

Cette dernière explication évoquait à Nathan un envahisseur de l'ombre, terrifiant, avec ses codes, ses stratégies, sa propre intelligence. Une armée primitive en marche contre l'humanité.

— Je comprends. Avez-vous dénombré d'autres victimes ?

— Nous avons mené une enquête au sein du camp de Katalé et communiqué les symptômes par circulaire aux équipes médicales, mais aucun autre cas ne nous a été rapporté.

— Ne trouvez-vous pas cela étrange ?

— Si... admit Derenne en expirant une nouvelle volute bleutée, surtout dans une telle promiscuité.

— Avez-vous par la suite réussi à identifier le virus ?

— La situation épidémiologique d'urgence dans les camps du Nord Kivu ne nous a pas laissé les coudées franches pour pratiquer les batteries de tests nécessaires qui auraient permis d'isoler le virus avec certitude. J'ai tout de même pris le temps d'effectuer une recherche d'antigènes par immunofluorescence. C'est un procédé qui permet d'identifier la plupart des agents pathogènes. Il consiste à utiliser un produit réactif de laboratoire contenant un anticorps couplé à une substance fluorescente visible avec un microscope à lumière ultraviolette. Si vous avez choisi les anticorps correspondant au germe qui a contaminé le patient, alors ils se fixent aux antigènes présents dans l'échantillon sanguin et les cellules se mettent à briller d'un éclat intense. J'ai effectué cette opération en utilisant des anticorps de type Ebola. Quelques particules ressortaient mais il n'y avait là rien de significatif.

— Ce n'était donc pas le virus ? conclut Nathan.

— Ce n'est pas si simple... En théorie, si on ne note aucune réponse, il y a de grandes chances qu'on ait affaire à un autre virus. Mais des réactions négatives induites par des spécificités de souches ont été démontrées. En d'autres termes, cela signifie que les réactions peuvent être faussement négatives en cas d'émergence d'un agent mutant.

— Avez-vous effectué ce même test avec des anticorps de la variole ?

— Comme je vous l'ai dit, cette maladie a été éradiquée, nous ne disposons donc pas du matériel nous permettant de réaliser ce type de recherches.

Derenne écrasa sa cigarette entre les mégots froids de son cendrier et se redressa dans son fauteuil.

— J'ai par ailleurs réalisé des prélèvements sanguins afin de les faire étudier par mes collègues du Center for Deseases Control d'Atlanta, le CDC, le plus grand centre de recherches sur les maladies infectieuses. Je les ai conditionnés dans de la carboglace récupérée auprès d'une brasserie de bière locale, mais les échantillons se sont mal conservés en route et je ne suis pas parvenu à déterminer s'il s'agissait bien d'Ebola.

— Aucun autre cas de ce type n'a été recensé dans les semaines, les mois ou les années qui ont suivi ?

— Pas à ma connaissance et, croyez-moi, j'ai été plus qu'attentif. J'ai même formulé une demande pour repartir mener de nouvelles recherches, mais étant donné que le cas était unique, la direction de l'Institut n'a pas jugé utile de m'allouer les fonds pour une telle campagne qui aurait nécessité plusieurs mois sur place.

Le virologue se leva, ouvrit la fenêtre et revint s'asseoir sur un angle dégagé de son bureau.

— Selon vous, comment cette jeune femme a-t-elle été contaminée ? demanda Nathan.

— C'est difficile à dire. S'il s'agit d'Ebola, comme j'ai encore tendance à le croire, plusieurs scénarios sont envisageables... Si l'on part d'une hypothèse où elle était la seule victime, cela implique qu'elle a peut-être consommé de la viande de brousse, un singe ou un autre animal sauvage, elle-même souillée par le virus. Mais je vous le répète, cela est purement hypothétique, d'autant que nous ne connaissons absolument pas l'espèce animale réservoir des filovirus.

— Professeur... Ce que je vais dire va sans doute vous sembler étrange, mais serait-il insensé d'envisager que cette jeune femme ait été contaminée par inoculation ?

— Vous voulez dire qu'une tierce personne lui ait injecté le virus en question ?

— Oui.

— Je pense que c'est de la pure fiction.

— Vous souvenez-vous des dernières paroles qu'elle a prononcées ?

— Non... pas précisément.

Nathan sortit le rapport de sa poche et le tendit à Derenne.

— Tenez, lisez. C'est vous-même qui les avez consignées.

Le virologue se concentra un instant sur le document, puis releva la tête.

— Vous ne faites tout de même pas allusion à cette histoire de démons ?

— Si.

— Alors laissez-moi vous dire que vous faites fausse route. Les Rwandais sont des gens très religieux... Je pense que cela était davantage lié à la peur de mourir, cette jeune femme priait pour le salut de son âme. Je l'ai vu faire des centaines de fois.

Nathan savait bien qu'il ne s'agissait pas là de prières. D'une manière inexplicable, cette victime s'était arrachée à l'enfer qu'elle avait vu de ses propres yeux, elle avait échappé à ses bourreaux et les avait désignés...

Le virologue s'impatientait. Il consulta ostensiblement sa montre.

— Il me semble que nous nous écartons de notre sujet. Si vous me racontiez ce que vous avez découvert...

— Répondez à mes questions, lui intima Nathan. Je vous promets que vous ne le regretterez pas.

Derenne, visiblement peu habitué à recevoir des ordres, sembla déconcerté. Son silence incita Nathan à continuer.

— Selon vous, est-il possible d'utiliser un virus comme... arme biologique ?

— Bien entendu. De nos jours, on dispose même des connaissances et des outils qui permettent de concevoir des virus « sur mesure ». Les génomes viraux sont en général de très petite taille, mais on sait les déchiffrer. En établissant leur séquence, on peut donc les manipuler voire les synthétiser entièrement, créant ainsi des entités biologiques douées de propriétés infectieuses et capables de réplication.

— Depuis quelle époque ces assemblages sont-ils techniquement possibles ?

— Tels que je viens de les évoquer... je dirais depuis les années 1950. Mais l'idée d'armes biologiques a germé dans l'esprit des hommes depuis de nombreux siècles. Nous avons plusieurs exemples fameux : les guerriers tatars, décimés par une épidémie de peste alors qu'ils effectuaient le siège de Kaffa, dans l'actuelle Crimée au... XIVe siècle je crois, ont eu la terrible idée de catapulter leurs cadavres pestiférés dans la ville assiégée. Le germe de la variole dont nous parlions tout à l'heure a été transmis aux Incas à travers des vêtements contaminés offerts par les Espagnols lors de la conquête. Plus récemment, en 1945, près de trois mille prisonniers sont morts dans les sinistres laboratoires japonais en Mandchourie. Leurs bourreaux leur avaient inoculé les germes de la peste, du charbon, du choléra et de la brucellose. Il y a encore des dizaines d'exemples...

Le cœur de Nathan s'emballa à cette nouvelle révélation. Sans le savoir, Alain Derenne venait peut-être de lui livrer un élément essentiel. Mais il restait encore un point majeur à éclaircir : le but de l'expédition du *Pole Explorer.*

Une nouvelle idée lui vint alors : la date du naufrage du *Dresden* devait forcément mener quelque part.

— Dernière question, professeur, qu'évoque pour vous l'année 1918 ?

Une moue d'agacement se dessina sur le visage de Derenne.

— J'ai été patient mais cette fois vous passez les bornes, monsieur Falh...

Nathan ne le laissa pas finir.

— Répondez-moi, professeur, c'est très important, vous allez comprendre...

Derenne le dévisagea froidement, de plus en plus dubitatif. Nathan insista :

— L'année 1918, professeur ?

— Je ne vois vraiment pas le rapport, soupira le virologue. Bon... Est-ce à l'homme ou au scientifique que vous vous adressez ?

— Je ne sais pas... aux deux ?

— Eh bien, disons que si pour l'homme l'année 1918 marque la fin de la Première Guerre mondiale, pour un virologue elle a une tout autre signification...

Nathan déglutit. Des aiguilles glacées lui picotaient la nuque.

— Que voulez-vous dire ?

— 1918 marque avant tout la terrible pandémie de grippe espagnole. Un fléau qui a tué entre trente et quarante millions d'individus à travers le monde, soit cinq fois plus que la guerre elle-même...

Nathan reçut l'information comme un flacon de vitriol au visage. Il n'avait pas songé à cet événement.

Les soldats des glaces... La vérité prenait brutalement corps.

— Avez-vous connaissance de tentatives de récupération de ce virus ? demanda-t-il d'une voix enrayée.

— De telles tentatives ont effectivement eu lieu... soupira encore Derenne sans sembler percevoir le changement de ton de Nathan. Où voulez-vous en venir ?

— Professeur... s'il vous plaît. Ce point peut être capital.

— En 1968, une équipe américaine a essayé d'en récupérer la souche en profanant des tombes d'Inuits qui avaient succombé au virus en 1919. Il y en a eu d'autres plus récentes...

— Pour quelles raisons a-t-on tenté de retrouver cette souche ? l'interrompit Nathan.

— En récupérant un échantillon de virus intact, on aurait pu comprendre son fonctionnement, cela aurait sans doute permis d'élaborer un vaccin et ainsi de prévenir une nouvelle pandémie. Contrairement à ce que l'on croit, la grippe est un des germes les plus dangereux que l'humanité ait jamais connus avec la peste et le VIH aujourd'hui. Si un tel agent refaisait surface, croyez-moi, ce serait un véritable fléau pour l'humanité.

— Quelle a été l'issue de ces expéditions ?

— Elles ont échoué. Malgré le fait qu'ils étaient inhumés dans le Grand Nord, où la terre est gelée en permanence, les corps n'étaient pas enterrés assez profondément et le réchauffement des printemps successifs avait anéanti toute trace de la grippe. Pour une bonne conservation, les corps auraient dû se trouver dans un sol totalement glacé.

— Dans de la glace pure ?

— Par exemple...

Nathan touchait au but, il le sentait.

— Si vous aviez vous-même à récupérer un tel agent, comment vous y prendriez-vous ?

— Sur un cadavre, vous voulez dire ?

— Oui.

— Je prélèverais des fragments du cerveau et des poumons, c'est là qu'on trouve la plus grande concentration du virus.

Cette dernière information résonna comme un glas dans la conscience de Nathan. Les pièces du puzzle s'imbriquaient avec une précision chirurgicale...

Il l'avait compris au moment même où le scientifique avait évoqué l'épisode du siège de Kaffa... Si, au XVIIe siècle, l'homme n'avait pas découvert scientifiquement l'existence des germes, les tueurs du manuscrit l'avaient fait de manière empirique. Ils avaient réalisé qu'un mal vivant dans les poumons et le cerveau des malades pouvait être propagé. De la même manière que les membres d'équipage du *Pole Explorer* avec les corps prisonniers de l'épave, les monstres du passé avaient mis la main sur l'Africain car il était malade de la grippe ou d'une maladie similaire, ce qu'Elias ne pouvait pas savoir.

Les virus étaient bien la clé de tout.

Lorsque Nathan releva les yeux, il comprit, au regard sombre qui le scrutait, que c'était maintenant à lui de livrer ses informations.

36.

— C'est effroyable... murmura Derenne.

Le ciel s'était obscurci, les ombres noires des nuages glissaient telles des lames sur le visage blême du médecin. Il desserra sa cravate et se renversa dans son fauteuil comme pour prendre une distance avec le récit d'horreur qu'il venait d'entendre.

Nathan lui avait tout raconté, le manuscrit d'Elias, son voyage au Spitzberg, les découvertes terribles de l'ancien camp de réfugiés, photos à l'appui, mais en prenant soin de n'évoquer que les détails ayant directement trait aux virus.

— D'après vous, reprit-il après un silence, ces hommes ont-ils une chance d'isoler la souche de la grippe ?

Le virologue manipulait nerveusement un stylo qui traînait sur son bureau. Il se décida pour une nouvelle cigarette.

— Si, comme vous le pensez, les corps sont restés hermétiquement prisonniers de la glace durant quatre-vingts ans, alors je dirais que oui, les chances de réussite sont très élevées. Mais de nombreux autres facteurs entrent en compte. Il faut conditionner les prélèvements dans un caisson réfrigéré à – 80° C, les acheminer jusqu'à un laboratoire. Vous imaginez que ce type de matériel ne passe pas inaperçu... En admettant que cette opération ait réussi, il faut ensuite traiter le virus, ce qui nécessite un personnel qualifié et la technologie qui va avec... Avez-vous une idée de qui sont ces hommes ? Sont-ils au service d'un régime politique ? D'un réseau clandestin ?

— Je pencherais plutôt pour la seconde hypothèse, pourtant certains détails ne cadrent pas.

Derenne fronça les sourcils :

— Que voulez-vous dire ?

— Je ne sais pas... Le fait qu'ils existent depuis plus de trois siècles écarte définitivement l'idée qu'ils puissent dépendre d'un quelconque État ou d'une guérilla politique... Non, la thèse la plus probable est celle d'une organisation secrète menant des actions terroristes... Et en même temps les éléments dont je dispose semblent tendre vers une réalité plus troublante. La plupart des groupes clandestins armés frappent les populations de manière extrêmement violente moins pour tuer que pour l'impact psychologique que ces attaques engendrent. Dans le cas présent, les poisons, les virus passent plus inaperçus... Ça ne colle pas...

— Il est vrai que des terroristes classiques auraient plutôt tendance à utiliser des bombes artisanales ou des substances comme le gaz sarin ou l'anthrax, beaucoup plus faciles et moins coûteuses à produire.

Un nouveau silence s'imposa, puis Derenne déclara :

— J'ai peut-être une hypothèse...

— À quoi pensez-vous ?

— La dissimulation... À l'inverse des explosifs ou des armes chimiques, il est très difficile de remonter à la source d'un agent pathogène.

— Comment ça ?

— Eh bien, disons qu'une chimère, en l'occurrence un agent recombiné génétiquement, peut être assemblée de telle sorte que l'on croie à un virus mutant tout droit surgi de la nature.

— Vous voulez dire qu'il est impossible de savoir si on a affaire à un virus manipulé ?

— Il y a différentes techniques d'analyse : la première est celle par réactions d'antigènes ou d'anticorps que j'ai évoquée tout à l'heure...

— La seconde ? le pressa Nathan.

— C'est l'analyse moléculaire. Si l'on parvient à isoler physiquement le virus et à décrypter son code génétique, on pourra soit observer des modifications par rapport au virus connu, soit comprendre que l'on est face à un nouveau venu. Et à moins que la manipulation n'ait été faite grossièrement, il sera dans l'un ou l'autre cas tout simplement impossible de dire s'il s'agit là d'une mutation naturelle ou issue d'un laboratoire ou bien, s'il est différent de tout ce que l'on connaît, d'une nouvelle espèce virale...

Nathan s'accorda un temps de réflexion.

La théorie du virologue tenait la route. Les hommes du Cercle de Sang tuaient anonymement, et c'était sans doute de cette manière qu'ils avaient traversé les siècles sans être démasqués. Déjà, Roch et ses complices avaient pris conscience des limites du poison. S'il était difficile pour le commun des mortels de différencier une mort par empoisonnement d'une maladie, le médecin ou l'apothicaire à l'œil exercé pouvait déceler le poison dans les symptômes d'un malade ou les entrailles d'un cadavre. Il leur fallait donc trouver une arme plus mystérieuse encore. Et si l'état embryonnaire des connaissances scientifiques de l'époque excluait l'idée qu'ils aient pu, même de manière empirique, assembler un tel agent, l'idée avait déjà germé dans leur esprit. Nathan tenait enfin le lien qui unissait le manuscrit d'Elias aux assassins d'aujourd'hui. Au temps des épidémies comme au XXIe siècle, un virus restait la meilleure façon de tuer sans risquer d'être identifié. Mais quel était le mobile ?

— Est-il imaginable qu'un réseau clandestin ait accès à ce type de technologie ? demanda encore Nathan.

— Vous seriez venu me voir il y a dix ou quinze ans, je vous aurais sans doute rétorqué que non. À cette époque, seuls quelques pays riches disposaient des crédits nécessaires à une telle entreprise. Dans le contexte géopolitique actuel, il existe de nombreux moyens de contourner ces difficultés.

— Expliquez-vous.

— Tout le monde sait que pendant la guerre froide les Soviétiques ont développé un programme titanesque de recherche en armement biologique. Plus de soixante-dix mille spécialistes, virologues, généticiens, étaient affectés à des laboratoires disséminés à travers tout le pays, de la mer d'Aral à la Sibérie. On le sait depuis les révélations de deux transfuges, Patsechnik et Alibekov, qui ont respectivement émigré en Grande-Bretagne et aux États-Unis. Quand le bloc soviétique s'est effondré, les créateurs de ces armes, qui ne gagnaient qu'une centaine de dollars par mois, ont commencé à proposer leurs services aux plus offrants. Tout est à vendre, et pas seulement en Russie. Aussi surprenant que cela puisse paraître, jusqu'au 11 septembre 2001, il était aisé de se procurer les germes les plus dangereux par le biais de firmes pharmaceutiques et de manière tout à fait légale puisqu'ils étaient proposés sur catalogue ou via Internet. Il suffit de disposer des fonds nécessaires. J'imagine que c'est le cas de vos supposés terroristes.

— S'ils ont procédé de cette manière, cela signifie qu'après avoir recruté les scientifiques et récupéré la technologie, ils n'ont eu qu'à financer la production de chimères et les essais.

— C'est une éventualité, effectivement.

Derenne se redressa et posa les coudes sur son bureau.

— Vous n'êtes pas journaliste, n'est-ce pas ?

— Non.

— Pour qui travaillez-vous ?

— Personne, j'agis seul.

— Seul... Comment ça ?

— Je ne peux rien vous dire de plus à ce sujet, et je crois qu'il est prudent pour vous de rester en dehors de cet aspect de l'affaire.

— Qu'est-ce qui m'oblige à vous faire confiance ?

— Le fait que je vous aie tout raconté... Le fait que vous m'ayez écouté jusqu'à présent... Le fait que je vous aie donné de bonnes raisons de me croire...

— Cela ne suffit pas, monsieur Falh. Vous avez en effet été convaincant. Raison de plus pour ne pas rester inactif.

Vous conviendrez avec moi qu'il est urgent d'alerter les autorités compétentes, non ?

Le moment de vérité était arrivé. Nathan devait à présent convaincre le virologue de lui laisser les rênes de l'enquête.

— N'en faites rien, professeur, je vous en prie, répliqua-t-il. Nos tueurs se rendraient très vite compte qu'on les recherche. Les criminels dont nous parlons ne laissent que très peu d'indices mais surtout, aucun ne permet de remonter jusqu'à eux. Ils cloisonnent tout, mon enquête ne s'ouvre que sur des impasses. Ils n'existent pas, y compris pour les services de sécurité. À la moindre alerte, ils couperaient les ponts et se mettraient en sommeil. Cela fait plus de trois siècles qu'ils combattent en silence, ils ne sont probablement pas à vingt ou trente années près.

— Admettons. Mais vous... comment avez-vous su ?

— C'est une histoire compliquée, disons que je suis lié à eux pour une raison que j'ignore. Ils ont commis une erreur qui m'a mis sur leur piste et d'une façon que je ne m'explique pas, je sens... je sais que je suis le seul à pouvoir les coincer.

Derenne regardait Nathan en coin. Il se leva :

— Cela fait beaucoup de mystères pour moi, monsieur Falh. Gardez le vôtre, si vous le voulez. Je suppose que vous avez vos raisons. En ce qui me concerne, je n'ai pas pour habitude de transiger avec la légalité. Si ce que vous m'avez rapporté est vrai... En tant que médecin de l'Institut Pasteur, en tant que citoyen, j'ai le devoir de ne pas garder le silence sur une affaire de cette gravité.

— Il va le falloir, pourtant.

— Je ne fonctionne pas au chantage.

Au ton cinglant de Derenne, Nathan comprit qu'il allait devoir trouver autre chose pour obtenir ce qu'il attendait de lui. Il tenta une nouvelle approche.

— Je comprends votre position mais j'ai besoin de votre silence et de votre aide. Croyez-moi, vous devez me faire confiance.

Quelque chose dans le ton de Nathan, un accent de

sincérité qui tranchait net avec son attitude parfois agressive, sembla ébranler le virologue.

— Personne n'est prêt à faire face à une telle menace. Une attaque de ce type pourrait avoir des conséquences dramatiques... Vous ne savez même pas où ni quand ils ont l'intention de répandre leurs germes... Vous vous rendez compte de ce que vous me demandez ? C'est impossible...

Le virologue marchait sur un fil, face à un véritable cas de conscience. Il risquait à tout instant de lui claquer entre les doigts. Mais Nathan avait perçu le trouble de Derenne, il poussa son avantage.

— Combien de temps cela prend-il pour activer ou manipuler un virus tel que celui de la grippe espagnole ?

— Comment voulez-vous que je le sache ? Ça dépend de leurs connaissances... Des moyens mis en œuvre... D'après ce que vous me dites, tout porte à croire qu'ils n'en sont pas à un coup d'essai. Ils ont pu réaliser des simulations sur d'autres virus comme la grippe aviaire ou porcine, un agent est déjà peut-être prêt à recevoir les gènes de la grippe espagnole...

— Combien de temps ?

— Je ne sais pas... Si vous me dites qu'ils ont la souche depuis environ quatre semaines, disons deux mois, peut-être moins.

— J'ai encore le temps d'avancer et de les arrêter.

— Seul ?

— Je vous le répète, c'est l'unique moyen de les approcher.

— Et après ?

— J'avertirai les services de sécurité dès que j'aurai réuni les preuves nécessaires, dès que je les aurai localisés.

Le virologue faisait les cent pas. Il s'approcha de la baie vitrée et laissa son regard plonger vers le campus.

— C'est de la folie pure... Non, je ne peux pas...

Nathan se leva à son tour et abattit brusquement son poing sur la table.

— Professeur ! Il y a une heure à peine vous n'aviez pas la moindre idée de toute cette histoire. Si je n'étais pas venu, vous ne soupçonneriez même pas l'existence de tels tueurs. Faites-moi confiance ! C'est le seul moyen d'éviter un massacre.

Il y eut un nouveau silence. Puis Derenne se tourna vers Nathan.

— Bien, dans le cas où j'accepterais de vous aider, quelle serait la nature de ma contribution à votre enquête ?

— Si l'hypothèse que nous avons dressée est juste, il est logique de croire qu'ils ont déjà frappé. J'aurais besoin que vous interrogiez vos bases de données sur les dix dernières années et que vous ressortiez tous les cas de populations touchées par des virus non identifiés que vous jugerez suspects.

— Et en quoi cela vous avancera-t-il ?

— Si cette recherche donne quelque chose, elle me permettra sans doute d'établir un lien entre les victimes et de comprendre le mobile des tueurs.

Le scientifique fixa Nathan.

— Je vais regarder ce que je trouve. Pour ce qui concerne votre enquête, je vous donne dix jours. Pas un de plus. Après ça, je déclenche l'alerte.

37.

C'était plus inquiétant que tout ce qu'il avait imaginé.

Nathan fit rugir le moteur de l'Audi et s'engagea sur le boulevard Vaugirard en direction de la tour Montparnasse.

Les voitures, les façades des immeubles, la ville tout entière semblaient se liquéfier sous ses yeux.

Avant de quitter l'Institut Pasteur, Nathan était convenu avec Derenne de le rappeler dans les vingt-quatre heures. Dans le cas où il lui arriverait malheur entre-temps, il avait averti le virologue que « quelqu'un de confiance » prendrait le relais. Nathan avait assuré ses arrières sans toutefois révéler le nom de Woods. Car, si pour l'heure Derenne était un précieux allié, il pourrait très vite devenir un sérieux obstacle.

Dix jours... deux cent quarante heures... La course contre le temps avait commencé.

Lorsque Nathan pénétra dans le hall sombre de l'hôtel de la Clef, le réceptionniste se leva brusquement et se précipita vers lui, fort agité.

— Monsieur Falh...

— Qu'est-ce qui vous arrive ?

— C'est un monsieur avec l'accent anglais, il n'a pas cessé d'appeler depuis votre départ !

Woods.

— A-t-il laissé un message ?

— Il a refusé. Il a demandé que vous le rappeliez dès votre retour, il a dit que c'était EXTRÊMEMENT URGENT.

Nathan grimpa quatre à quatre les marches jusqu'au deuxième étage, pénétra dans sa chambre et composa immédiatement le numéro de portable de l'Anglais.

Trois sonneries, puis un déclic.

— Woods.

— C'est Nathan... Que se passe-t-il ?

— J'ai des nouvelles... brûlantes.

— Le manuscrit ?

— Non.

La voix de Woods vibrait dans le combiné.

— Quoi ? Parlez...

— Jacques Staël m'a appelé, il y a une heure... Vous vous souvenez des demandes de renseignements que nous avons formulées ?

Nathan frémit de tout son corps.

— Bien sûr. Vous avez... quelque chose ?

— Il a retrouvé vos empreintes...

— Mes empreintes ?

Une vague d'inquiétude le saisit à la gorge. Il pensa immédiatement aux cadavres des tueurs...

— Où... ?

— En France. Pas de panique, ce n'est pas lié à ce que vous croyez, c'est plus ancien.

— Que voulez-vous dire ?

— Ce sont les empreintes d'un enfant.

— Vous êtes certain, il n'y a pas d'erreur ?

— Aucune erreur possible. Selon le dossier que m'a transmis Staël, elles auraient été relevées par la gendarmerie à la suite d'une bagarre. Le dossier fait mention de coups et blessures... Ça s'est passé pendant l'hiver 1978 près de Saint-Étienne.

— Saint-Étienne...

— Un bled du nom de Saint-Clair. À cette époque, vous vous appeliez Julien... Julien Martel.

IV

38.

Saint-Clair, France
12 avril 2002

Les mains verrouillées au volant, Nathan roulait depuis près de trois heures en direction du centre de la France. Au fil des kilomètres, le temps s'était peu à peu couvert, si bien que le ciel et l'asphalte semblaient à présent ne former qu'une seule masse grise et sale qui l'enveloppait comme un voile de tristesse.

Avant de quitter Paris, il avait rapidement résumé à Woods l'étendue de ses découvertes africaines et sa visite à l'Institut Pasteur, mais les dernières nouvelles l'avaient bouleversé et il lui tardait de percer ce nouveau mystère. Ils étaient convenus qu'Ashley prendrait le relais avec Derenne afin de laisser à Nathan les coudées franches pour fouiller la piste de son enfance.

Au cours des dernières semaines, il avait fini par se faire à l'idée de ce caractère singulier qui semblait être le sien, mais jamais il n'avait envisagé que les racines de sa violence puissent plonger si profondément dans le passé. Avait-il jamais été un être comme les autres ? Il essayait d'imaginer ce jeune Julien Martel qu'il avait été : une silhouette frêle surmontée d'une tête brune, des yeux calmes ourlés de longs cils... Mais chaque fois l'image se fragmentait pour laisser place à celle d'un petit monstre aux orbites noires et aux lèvres souillées de sang.

Selon Woods, c'était un coup de chance qu'ils aient retrouvé sa trace. Ce « miracle », ils le devaient au vaste programme de centralisation et d'informatisation des données de la police technique et scientifique française, qui consistait à réunir les fiches décadactylaires qui dormaient dans les archives des services régionaux de la gendarmerie et de la police judiciaire afin qu'elles soient intégrées à l'ordinateur FAED, le fichier automatisé des empreintes du ministère de l'Intérieur. Quelques jours plus tôt, une série de documents anciens en provenance de la préfecture de Saint-Étienne avaient été portées au FAED qui se met à mouliner à l'entrée de chaque nouveau client. Par négligence, les empreintes de Nathan transmises par Staël étaient restées dans la machine, qui avait instantanément détecté la similitude avec les empreintes de Julien. Les fiches avaient ensuite été analysées par un expert en dactyloscopie. Douze points de comparaison avaient été constatés, notamment dans les dessins, les îlots, les lacs, les bifurcations et les arrêts de lignes.

Les spécialistes étaient formels.

Ces deux relevés menaient bien au même individu.

L'Anglais lui avait immédiatement fait parvenir les éléments du dossier par mail. Ce dernier comportait une copie de la fiche sur laquelle figuraient l'empreinte des petits doigts encrés, son état civil – Julien, Alexandre, Paul Martel né le 17 janvier 1969 à Boulogne-Billancourt, fils de Michel, ingénieur, et d'Isabelle Martel, sans profession – ainsi qu'un rapport bref, mais suffisamment intrigant pour décider Nathan à se rendre sur les lieux du drame.

C'était arrivé le 21 octobre 1978, à la veille des vacances de la Toussaint. Une dispute avait éclaté à la sortie de l'école primaire des Ollières à Saint-Clair entre Julien et un de ses camarades de classe, Pascal Deléger, fils du maire. Les deux enfants s'étaient rendus sur un pont afin de régler le différend, mais la bagarre avait très mal tourné. Selon des témoins, Julien avait pris le dessus et demandé à Pascal de s'excuser des propos injurieux qu'il avait proférés à l'encontre de ses parents. Devant le refus de ce dernier d'obtempérer, Julien avait frappé à plusieurs reprises la tête de son camarade sur le trottoir et ne s'était arrêté que lorsqu'une hémorragie externe s'était déclarée.

Une ambulance et une estafette de la gendarmerie étaient arrivées sur les lieux une vingtaine de minutes plus tard, découvrant la victime étendue sur la chaussée, sans connaissance. À ses côtés, Julien était prostré. Le premier avait été emmené aux urgences du CHU de Saint-Étienne, le second à la brigade de gendarmerie où on l'avait traité comme un véritable criminel. Pascal Deléger avait été hospitalisé avec une fracture du crâne et les parents de Julien condamnés à verser des dommages et intérêts au fils du maire...

Nathan quitta l'autoroute et s'engagea sur la départementale 104 qui serpentait entre les vallonnements noirs et pelés. Malgré les prémices du printemps, le paysage semblait porter en lui la morsure de l'hiver, l'empreinte d'une profonde désolation. Une heure plus tard il pénétrait dans la ville de Saint-Clair, une morne cité ouvrière le long de laquelle se déployaient des pavillons aux murs de crépi sale et quelques immeubles anciens sans caractère. Nathan ralentit pour demander son chemin à une jeune femme. L'école faisait face à la mairie à moins de cinq cents mètres de là. Il traversa la ville calme, gara sa voiture et marcha jusqu'à l'établissement. Un bâtiment aux murs de brique, percé de baies vitrées et posé au milieu d'une large cour cimentée sans arbres ni jeux. Il était 17 heures, avec un peu de chance il y avait encore quelqu'un.

Un nouveau problème se profilait. Jamais il n'obtiendrait de renseignements sans autorisation. Il réfléchit à un angle d'attaque, puis pressa le bouton de l'interphone.

Une voix jaillit du petit haut-parleur métallique :

— Oui ?

— Bonsoir, je suis enquêteur privé, je souhaiterais rencontrer la personne responsable de l'établissement.

— Enquêteur privé ? Un instant, s'il vous plaît.

La directrice, une petite femme brune et ronde, la cinquantaine bien sonnée, les cheveux coupés au carré, vint lui ouvrir le portail, un châle coloré posé sur les épaules.

— Vous avez de la chance, dit-elle. D'habitude à cette heure je suis déjà partie. Nous avons une réunion exceptionnelle avec l'association des parents d'élèves à 17 h 30... Vous en aurez pour longtemps ?

— Non, quelques minutes seulement.

Un instant plus tard, ils traversaient la cour de récréation et pénétraient dans le bâtiment principal. La femme sembla hésiter, puis décida de recevoir Nathan dans une salle de classe.

— C'est drôle... fit-elle en gloussant. Je n'avais jamais rencontré de... Vous n'êtes pas de la police, n'est-ce pas ? Vous êtes détective ? Vous faites des filatures, des trucs comme ça ?

— En quelque sorte, répondit Nathan, laconique.

— Bien, fit-elle d'un ton enjoué, que puis-je pour vous ?

— Ce n'est pas très excitant, mais voilà, je suis mandaté par un cabinet de généalogie dans le cadre d'une succession. En fait je suis à la recherche du bénéficiaire... il semble avoir été scolarisé dans cette école en 1978.

La directrice arqua les sourcils.

— 1978 ! Ça date votre affaire... Je n'étais pas en poste à cette époque, je ne suis arrivée qu'en 1986... Comment s'appelle cet élève ?

— Julien Martel.

— Martel... Martel...

Elle fit une nouvelle moue et hocha la tête.

— Non, ça ne me dit rien.

— Peut-être avez-vous des archives qui permettraient de savoir jusqu'à quelle époque il a fréquenté votre établissement ?

— Malheureusement, l'école a déménagé en 1983, lors du début de la réhabilitation de la région, nous ne possédons aucun document antérieur à cette année... En revanche, vous trouverez sans doute cela aux archives communales...

— Le problème, fit Nathan, c'est que nous ne disposons pas de beaucoup de temps.

Il marqua une pause, puis demanda encore :

— Serait-il possible de rencontrer quelqu'un qui travaillait ici en 1978 ?

La directrice réfléchit quelques instants, le temps de passer en revue la courte liste de ses employés.

— Il y aurait bien M. Moussy... En quelle classe était cet enfant ?

— Je n'ai pas cette information, je sais qu'il avait neuf ans.

Elle posa un doigt sur ses lèvres :

— Neuf ans... il était donc en... CM1... Alors non, Moussy n'est arrivé qu'en 1982, peu après le déménagement... À cette époque l'élève que vous cherchez était déjà au collège... Il doit pourtant y avoir une solution... Quelqu'un pourrait certainement vous aider, mais elle ne travaille plus ici depuis longtemps...

— À qui pensez-vous ? fit Nathan.

— À Mlle Murneau, l'infirmière... elle devait être là à cette époque. Elle est partie en retraite l'année de mon arrivée. Elle doit bien avoir... oh oui ! pas loin de quatre-vingts ans maintenant.

— Vous savez où je peux la trouver ?

— Je dois avoir ses coordonnées quelque part... Si vous voulez bien m'attendre un instant. Je vais voir dans mon bureau.

Nathan fit un rapide tour de la salle de classe. Des masques en carton, des dessins d'enfants multicolores couvraient la plus grande partie des murs et des meubles. Il sourit à la vue des tables et des chaises miniatures qui le faisaient se sentir comme un géant au royaume des lilliputiens. Quelques instants plus tard, la directrice revint une fiche à la main.

— Tenez, je les ai notées là-dessus, dit-elle en lui tendant le bout de papier. Vous avez de la chance, c'est juste à côté...

Résidence des Ormes
Bât. C
21, avenue de la Libération.

Nathan sortit de l'école et franchit à pied la centaine de mètres qui le séparaient de l'adresse. Il s'arrêta devant un immense complexe d'habitations délabré. Il relut les coordonnées. C'était bien là, mais ce que les promoteurs avaient baptisé « Résidence » n'était qu'une vaste cité des années 1950. Vu la pauvreté qui en suintait, elle avait dû échapper au fameux programme de réhabilitation de la région. Il avança entre les tours crasseuses et consulta le panneau de boîtes aux lettres du bâtiment C. Murneau Jeanne, douzième gauche. L'ancienne infirmière vivait encore là.

Un carton collé sur l'ascenseur indiquait qu'il était en panne. Nathan grimpa les étages au pas de course et s'arrêta, hors d'haleine, devant une porte à la peinture bleue écaillée. Il pressa le bouton de la sonnette et tendit l'oreille.

Il perçut d'abord le frottement des chaussons sur le sol, puis une voix aigrelette qui résonna dans la cage d'escalier.

— Qui est-ce ?

— Je viens de la part...

— Parlez plus fort, je n'entends pas...

Nathan s'éclaircit la gorge et monta d'un ton.

— Je viens de la part de la directrice de l'école des Ollières. Je suis à la recherche d'informations sur un élève qui y était scolarisé, elle m'a dit que vous pourriez peut-être m'aider.

Plusieurs verrous claquèrent, puis la porte s'entrouvrit sur une petite femme sèche vêtue d'une blouse synthétique à fleurs bleues. Ses cheveux étaient blancs et rares et son visage profondément ridé, orné d'une solide paire de lunettes à monture métallique qui lui donnait un air sévère.

— Quel enfant, dites-vous ? fit la vieille femme en le scrutant de la tête aux pieds.

— Martel, Julien Martel...

Elle rajusta ses lunettes, dévoilant une main aux jointures squelettiques, puis murmura :

— Je me souviens très bien de toi, mon petit Julien. Dieu merci, tu es toujours vivant...

39.

— Ne reste pas là... Entre, mon enfant...

Stupéfait, Nathan resta figé sur le seuil de la porte, hésitant à franchir cette frontière vers son passé. Mais, comme attiré par un champ de forces, il pénétra dans l'appartement.

Le sol était tapissé de linoléum et les murs d'une fine toile de laine de couleur crème. Un parfum de confinement flottait en nappes dans l'espace. Il suivit la vieille femme dans le couloir. L'odeur s'accentuait. Elle le fit entrer dans le salon. Une pièce aux tons bruns, surchargée de meubles bon marché et de bibelots. Un lustre en fer forgé surplombait une table imitation bois recouverte d'un napperon de dentelle jaunâtre.

— Comment m'avez-vous reconnu ? demanda-t-il.

Un sourire tendre éclaira le visage de Jeanne Murneau. Elle caressa de son doigt noueux la joue de Nathan.

— Cette fine cicatrice blanche... là, sur ta joue, mon grand... c'est moi qui t'ai fait hospitaliser. Il y a des choses qu'on n'oublie pas... Des souvenirs qui restent gravés et vous accompagnent jusque dans la tombe...

— Comment est-ce arrivé ?

— Lors d'une de tes crises. Tu ne te souviens pas ?

Ses crises... sans doute un épisode similaire à celui qui l'avait conduit au poste de gendarmerie.

— Non...

Nathan regardait Jeanne Murneau ouvrir une armoire de chêne démesurée pour les lieux. Elle en sortit une bouteille de liqueur poussiéreuse et deux petits verres en cristal. Il songea un instant à décliner l'invitation. Il n'en eut pourtant pas le cœur.

— Tu ne te souviens pas de moi non plus ?

— Je ne me souviens de rien de ce qui concerne mon enfance, ni du reste d'ailleurs. J'ai eu un accident, j'ai perdu la mémoire...

Comme si plus rien ne pouvait l'ébranler, Jeanne ne réagit pas à la confidence de Nathan. Elle l'invita à s'asseoir autour de la table en Formica et remplit les verres.

— C'est donc pour cela que tu es revenu, n'est-ce pas, pour savoir ?

— Oui.

La vieille femme s'assit et soupira :

— Es-tu certain de vouloir rouvrir ces anciennes blessures ?

— Oui, il faut que vous me racontiez... tout ce que vous savez sur moi.

— Comme tu voudras...

Nathan contemplait l'ancienne infirmière assise en face de lui. Les paupières closes et les mains ramenées en un geste de prière, elle semblait accomplir un voyage de souffrance pour déterrer un à un des souvenirs lointains et malheureux.

— Tu n'étais pas un enfant comme les autres. Ce n'était pas ta faute. Peut-être était-ce celle de tes parents, de ta mère surtout, qui n'a pas su te préserver, mais je ne suis pas là pour la juger, la malheureuse, Dieu seul sait ce qu'elle-même avait enduré... Enfin... c'est une histoire triste et bien ordinaire... Ça a commencé peu après la rentrée des classes... en 1978, l'année où tu es arrivé dans la région avec tes parents. Ton père était ingénieur, je crois qu'il était employé par une entreprise sidérurgique, je ne sais plus très bien. C'était un homme grand, aimable, mais effacé. Ta mère ne travaillait pas. Au départ tout allait bien, tu étais intégré à ta classe et tu avais des camarades. Et puis c'est arrivé... ta maman, une dame pourtant très convenable, elle a commencé... Elle était malade, Julien... gravement malade. À cause de ta sœur...

— J'avais... une sœur ?

— Une demi-sœur. Elle l'avait eue d'un premier mariage. Clémence, un peu plus âgée que toi. Elle aussi allait mal. Elle s'était suicidée une année plutôt, j'ignore ce qui l'a poussée à commettre un tel geste, mais ta mère ne s'est jamais remise de sa disparition.

— De quoi souffrait-elle ?

— Elle buvait... elle buvait jusqu'à en perdre la raison. Lorsqu'elle était ivre, elle sortait dans la rue... elle cherchait sa fille. Ça tournait souvent au vinaigre avec les gens du quartier, les commerçants. Elle les insultait, leur crachait dessus, elle allait même jusqu'à se faire vomir dans les magasins. C'était terrible. Aujourd'hui, la ville a changé... tout est plus anonyme mais, à l'époque, c'était un quartier ouvrier... un petit quartier où tout le monde se connaissait, où tout se savait. Le soir, les parents parlent à table... les enfants écoutent... Ces histoires sont parvenues jusqu'à l'école. En quelques semaines, tu es devenu la risée de la classe. Tes amis sont devenus tes ennemis, ils te persécutaient, se moquaient, t'humiliaient. Mais tu avais déjà vécu cela, Julien, et au début tu ne disais rien... puis tu as commencé à changer, tu as maigri, peu à peu tes yeux se sont creusés de haine... Tu te battais chaque jour dans la cour de récréation ou sur le chemin pour rentrer à la maison... Mais ce n'était pas des bagarres comme on en voit dans les écoles. Tu perdais le contrôle. Tu étais très violent à l'égard des autres... et de toi-même. Un jour, tu t'es battu avec un autre gamin, je ne sais plus lequel. Quand le directeur de l'époque est intervenu, tu as brandi un cutter, tu as menacé de t'en servir. D'autres adultes ont tenté de te maîtriser, tu as glissé le cutter dans ta bouche et tu t'es ouvert la moitié de la joue... Oh, tu étais comme un petit animal sauvage, griffant, hurlant... On t'a administré un tranquillisant et puis on t'a conduit à l'hôpital. Après cet épisode, on ne t'a plus jamais revu à l'école ni dans le quartier. Vous avez quitté la ville...

Nathan passa un doigt sur sa balafre. Il avait peine à croire que l'histoire sordide qu'il était en train d'entendre était la sienne. La vieille femme buvait le muscat à petites gorgées. Il se recula sur sa chaise et demanda :

— Savez-vous où nous sommes allés après ça ?

— Eh bien, pendant une année, je n'ai pas eu de nouvelles jusqu'au jour où... Mon Dieu, pourquoi m'infliges-tu cette nouvelle épreuve ?

Une vague d'angoisse submergea Nathan. Son cœur battait à tout rompre dans sa poitrine.

— Que s'est-il passé, Jeanne ? Je vous en prie, dites-moi...

Elle reprit d'une voix empreinte d'une étrange douceur.

— Cette histoire, votre histoire, a fait la une des journaux de l'époque. Vous êtes partis pour Perpignan, une ville plus grande, espérant sans doute que la situation passerait peut-être plus inaperçue, mais ça a empiré. Ta mère ne s'est visiblement pas soignée. Selon les témoignages, elle était victime de terribles crises de *delirium tremens*, elle poussait des cris en pleine nuit, des hurlements terrifiants. Les gens du quartier appelaient régulièrement la police, et puis les services sociaux sont intervenus, ils voulaient retirer le droit de te garder à tes parents, ton pauvre père a mal supporté. Un soir, la veille de la Noël, un voisin qui s'inquiétait de ne pas vous avoir rencontrés depuis plusieurs jours est venu sonner à votre porte... comme personne ne répondait, il a pénétré dans la maison. Toutes les lumières étaient allumées, en plein jour... C'est là qu'il a trouvé ta mère écroulée au pied de l'escalier dans le salon, le visage emporté par un coup de fusil de chasse...

— Mon Dieu...

— Ton père, lui, gisait quelques mètres plus loin, raide comme un cierge, le canon d'une arme encore planté sous le menton. Les murs étaient... étaient rouges de sang. Toi, tu avais disparu. Ce sont les chiens des policiers qui t'ont retrouvé, caché dans la haie d'une villa du quartier, recroquevillé, hagard, les yeux vides... Ils ont tenté de t'interroger, mais tu étais muet, tu t'étais réfugié dans un monde où plus rien ne pouvait t'atteindre. Ils n'ont pourtant pas eu de mal à reconstituer ce qui s'était passé. L'autopsie a révélé que ta mère était ivre. À bout de nerfs, ton père l'a abattue avant de retourner le fusil contre lui. Il t'a épargné. Il t'a en quelque sorte laissé la voie libre pour continuer ta vie...

Nathan essuya de sa manche son visage noyé de larmes silencieuses.

— Qu'a t-on fait de moi, où suis-je allé par la suite ?

— Tu n'avais personne, alors un juge des affaires familiales t'a fait placer dans un institut pédopsychiatrique, dans une petite ville du nom de Cerbère, dans les Pyrénées-Orientales, tout près de la frontière espagnole. Dès que j'ai su que tu étais soigné là-bas, j'ai voulu venir te voir, mais les visites m'ont été refusées sous prétexte de ton état psychologique fragile et que je n'avais pas de liens de sang avec toi... Je n'ai pas insisté. J'aurais peut-être dû, mais je n'en ai pas eu le courage...

Happée par un monde de souvenirs et de fantômes, le visage rivé sur ses bras ridés, parcourus de veines bleues et gonflées, la vieille dame avait cessé de parler. Lorsque, enfin, elle releva son visage, elle ne vit en face d'elle qu'une chaise vide.

Au volant de sa voiture Nathan jeta un dernier regard à la tour grise et murmura :

— Merci, Jeanne... Merci.

Puis il démarra vers les brumes de son enfance.

40.

La clinique psychiatrique Lucien-Weinberg lui apparut au détour d'un virage. Dans l'or du soleil qui jaillissait de l'horizon, le cube de béton surplombant la mer paraissait aussi froid qu'un iceberg perdu dans l'immensité du ciel bleu et lisse.

Il s'était arrêté à la première cabine téléphonique afin de dénicher l'adresse de l'institution qui l'avait hébergé, priant qu'elle existe encore. En quelques coups de fil, il avait réglé le problème et obtenu un rendez-vous à 18 heures avec le directeur de l'établissement – le professeur Pierre Casarès – invoquant les mêmes raisons qu'à l'école primaire des Ollières. Il avait alors conduit pied au plancher vers le sud, ressassant chaque mot qu'avait prononcé Jeanne Murneau, acceptant l'évidence : elle était sans doute un des seuls êtres qui l'ait jamais aimé.

Pourquoi avait-on refusé qu'elle lui rende visite ? Quels secrets recelait cette clinique ?

Il ne tarderait plus à le découvrir.

La porte d'entrée était sécurisée par un digicode et ce qu'il avait pris pour la structure même du bâtiment était en fait un mur d'enceinte. Ces détails témoignaient d'une sécurité renforcée. Nathan se présenta à l'interphone et attendit que les portes coulissantes s'ouvrent dans un feulement. Un homme jeune l'attendait de l'autre côté du sas, dans un hall vide et immaculé.

Nathan le laissa venir vers lui pour mieux le détailler. Âgé d'une quarantaine d'années, il avait un visage poupin, des cheveux bruns taillés court posés comme une couronne autour de son crâne chauve. Sa peau livide et glabre lui donnait l'air d'un personnage de cire.

— Professeur Casarès ?

— Non, je suis le docteur Clavel, le professeur s'est absenté, je vais vous recevoir à sa place. Si vous voulez bien me suivre.

En silence, Nathan lui emboîta le pas. Ils longèrent un couloir désert qui semblait faire le tour de l'établissement avant d'emprunter un escalier qui les mena à l'étage supérieur. Au bout d'un deuxième corridor, l'homme ouvrit la porte de son bureau.

— Vous voulez un café ?

— Volontiers.

— Installez-vous, j'arrive dans un instant.

Nathan jeta un œil sur la vaste pièce. À l'inverse du reste des lieux, ici l'espace était encombré de dossiers, de bibliothèques où s'entassaient des ouvrages en français et en anglais sur la pédopsychiatrie, l'autisme, la violence domestique... Quelques tableaux quelconques ornaient les murs libres. Nathan fit un pas vers une grande baie vitrée qu'occultait un voilage opaque. Il tendit sa main vers un cordon et tira légèrement dessus. Le rideau s'ouvrit en son milieu, laissant apparaître une cour en ciment carrée peuplée de petits êtres étranges. Un soleil doré baignait cette scène irréelle. Des enfants, de jeunes enfants y déambulaient, solitaires, presque immobiles. Leurs ombres, longues, s'étiraient à l'oblique de leurs petits corps maigres. Certains portaient des casques de protection, d'autres étaient allongés sur le sol tiède, d'autres encore se balançaient d'un pied sur l'autre ou se grattaient de manière obsessionnelle, la mâchoire béante... Mais ce qui marqua le plus Nathan fut sans doute le silence, le profond silence parfois déchiré par un cri, qui régnait dans cet univers clos, presque carcéral. Ces enfants semblaient perdus, leurs rares lamentations si loin des rires des gamins de leur âge. Des frissons de détresse secouèrent son corps. Il avait été l'un d'eux... Il avait foulé cet espace d'où l'on ne sort que pour passer dans l'univers psychiatrique des adultes, plus dur, plus violent...

— Du sucre ?

Nathan réprima un léger sursaut. Clavel se tenait derrière lui, un gobelet fumant dans chaque main.

— Non, merci... De quoi souffrent-ils ?

— La plupart sont atteints de schizophrénie, de psychoses diverses... Nous nous occupons aussi d'autistes.

— Ont-ils une chance de guérir ?

— Pour ce qui concerne les autistes je vous répondrai que non, leur état peut s'améliorer mais la plupart resteront comme ça jusqu'à la fin de leurs jours. Pour les autres il y a effectivement quelques chances de guérison, mais elles sont minces, certains sont tellement malades ou violents qu'ils ne peuvent même pas sortir de leur chambre. Asseyez-vous, je vous en prie.

Nathan prit place face au psychiatre. L'homme parcourut quelques notes qui traînaient sur son bureau et demanda :

— Bien, pour quelles raisons veniez-vous voir le Dr Casarès ?

— Je suis mandaté par un cabinet de généalogie, une affaire de succession... Je suis à la recherche d'un enfant qui a été admis dans votre centre en 1979. Il se nomme Julien Martel.

— Il faudrait consulter nos archives, mais je crains qu'en l'absence du professeur cela ne soit impossible.

— Je viens de Paris, le professeur était au courant, êtes-vous certain qu'il n'a laissé aucune consigne ?

— Malheureusement non, il a dû oublier votre rendez-vous... Entre nous, il n'est plus tout jeune...

Le psychiatre considéra Nathan un instant puis demanda :

— Quels renseignements vous intéressent précisément ?

— J'ai besoin de savoir combien de temps cet enfant est resté ici, et où il est allé à l'issue de son séjour...

— Ce sont des données confidentielles... Je suis conscient que vous venez de loin... mais, vraiment, il m'est impossible de vous transmettre le dossier de ce patient sans autorisation.

Nathan garda le silence pour montrer son agacement.

— La seule chose que je puis vous proposer c'est d'essayer d'appeler le professeur. Il habite juste au-dessus, le Domaine des Amandiers. S'il est chez lui, il pourra peut-être se déplacer...

Clavel ouvrit un tiroir et en sortit un petit calepin brun qu'il feuilleta.

— C... Casarès... Casarès... voilà. – Il décrocha le téléphone et composa le numéro les yeux baissés vers son bureau. – Répondeur, dit-il en reposant le combiné. Et il n'a pas de portable.

Le médecin semblait sincèrement ennuyé. Il marqua une courte pause et demanda :

— Vous êtes encore là demain ?

— Ce n'était pas dans mes plans, fit Nathan. Mais si c'est la seule solution...

— Appelez à 9 heures, il devrait être arrivé, sinon j'aurai probablement réussi à le joindre.

— Très bien.

— Je vous raccompagne.

Lorsqu'ils furent parvenus devant la porte principale, Nathan vit la main de Clavel se tendre vers les touches du digicode.

— Pourquoi prenez-vous de telles mesures de sécurité ? demanda-t-il.

— Certains de nos jeunes pensionnaires essayent régulièrement de s'enfuir...

Mais Nathan n'écoutait pas. Toute son attention était concentrée sur les touches luminescentes qu'effleuraient les doigts du psychiatre.

41.

La nuit. Le souffle du vent dans la garrigue.

7-8-6-2-5-6-3.

Plaqué le long du mur d'enceinte, Nathan frappait calmement la suite de chiffres qui déverrouillerait les portes de son passé. Ce bloc de béton recelait une des clés de l'énigme, il le sentait. Un instant plus tard, il perçut un déclic et la porte s'ouvrit sur l'obscurité.

Il se remémora rapidement la disposition des lieux. Le poste de garde situé à l'entrée du hall désert était le principal obstacle. Il approcha en silence, se figea et décocha un regard vers la baie vitrée. Une lampe brûlait, le poste de garde était vide. Aucun membre du personnel n'était visible. Cela signifiait soit que l'employée en charge de la surveillance dormait, soit qu'elle était ailleurs dans l'établissement.

Il bifurqua sur la droite et s'engagea dans le couloir éclairé par des veilleuses falotes en direction des rampes d'escalier qui menaient aux niveaux supérieurs et inférieurs. Le centre qui lui avait paru aseptisé l'après-midi semblait à présent lugubre.

Où gardaient-ils les archives ?

Le rez-de-chaussée était réservé aux pensionnaires, le premier étage aux bureaux et sans doute aux salles de soins et de consultations. Il se décida pour le sous-sol.

Au bout du couloir, l'escalier disparaissait dans l'ombre.

Nathan scruta le silence. Personne. Il progressa de quelques pas et descendit les lames de métal qui faisaient office de marches en prenant soin de ne pas les faire vibrer.

Une salle noire tout en longueur lui apparut alors. Maglite au poing, il balaya les murs carrelés. Des portes s'alignaient de chaque côté du corridor. Il inspecta en détail les petites plaques vissées sur chacune d'entre elles. La plupart portaient encore le nom de « salles d'examen » numérotées de un à six. Il en ouvrit une au hasard, puis une deuxième. Carrelage, contours d'instruments médicaux hors d'usage... Elles étaient vides, désaffectées. Il découvrit enfin celle qu'il cherchait. Il se glissa à l'intérieur et referma délicatement la porte derrière lui.

La salle des archives était immense. Un enfer de papier, de cartons, de paquets ficelés, empilés les uns sur les autres. Des rangées de casiers métalliques couleur bronze s'alignaient contre les parois. Sur chaque tiroir, on avait collé une petite étiquette cartonnée correspondant à une année. Nathan dégagea l'allée des piles de dossiers qui l'obstruaient et examina un à un les classeurs à la lueur de sa torche.

1977... 1978... 1979.

Il tenta de faire coulisser le dernier tiroir vers lui. Verrouillé. Il empoigna sa dague, la glissa dans l'interstice et fit sauter le pêne en fer-blanc.

De grands registres noirs, classés par mois.

Il avait été admis ici au début de 1979. Il caressa du doigt les reliures, prit le livre de janvier, le feuilleta. Ce n'étaient pas les dossiers médicaux comme il l'avait espéré mais le compte rendu des visites consigné manuellement par le psychiatre en chef. Chaque page correspondait à un patient et avait été divisée en trente jours. Les noms étaient classés par ordre alphabétique.

Il s'installa sur une caisse, coinça sa torche au creux de son cou et ouvrit le registre à la lettre M... Malet... Minard... Pas de Martel. Il s'empara des registres suivants. Février, mars... Rien. Le nom de Julien Martel n'apparaissait nulle part.

Il avait le sentiment de tourner cinglé.

— Qu'est-ce que c'est que ce bordel...

Jeanne Murneau s'était-elle trompée ?

Il s'apprêtait à remettre en place les documents lorsqu'une nouvelle idée lui traversa l'esprit. Il les reprit un à un et les examina à nouveau. Son nom devait y figurer. S'il n'y était pas c'était que... Il prit sa torche d'une main tremblante et l'approcha en même temps que son doigt glissait le long de la reliure intérieure entre Malet et Minard...

Cette fois, il vit.

Le long de la couture de fil blanc tendu entre les pages, un fragment... un minuscule fragment de papier...

La page avait été arrachée.

On avait fait disparaître les documents le concernant.

Quelqu'un avait maquillé les traces de son passage dans l'établissement. Il braqua le faisceau de sa torche vers le bas de la page et examina la signature du médecin, tracée à l'encre noire sur le papier jauni :

Pr Pierre Casarès

Le psychiatre officiait déjà à cette époque. Il allait avoir une petite conversation avec ce type et ça n'attendrait pas le lendemain. Il referma les tiroirs et sortit aussitôt de la salle des archives.

Il regagna le rez-de-chaussée. Les ombres des arbres balayés par un vent furieux dansaient sur les murs comme des silhouettes décharnées. Tout semblait calme. Il avançait sans bruit le long du mur en direction de la sortie lorsqu'il perçut un léger frémissement derrière lui. Dans un réflexe, il vit volte-face. Il mit un instant à distinguer les contours de l'ombre frêle qui était apparue dans l'entrebâillement d'une porte. Elle avançait à petits pas dans l'obscurité... Une onde glacée le submergea.

Un enfant...

Il esquissa quelques pas vers la sortie puis se retourna encore vers l'être diaphane qui s'approchait de lui.

Tétanisé, Nathan le laissa venir jusqu'à ce que ses traits se dessinent dans la nuit. C'était un petit garçon brun au visage délicat dont la peau livide paraissait presque transparente. Ses mains étaient enveloppées d'épais bandages blancs et son regard brillait, comme d'une flamme de lucidité aiguë. Nathan resta un instant à contempler les grands yeux humides, il aurait voulu le soulever, l'envelopper dans ses bras... Mais, lorsqu'il tendit une main vers lui, il vit le visage se tordre dans un horrible rictus, la petite bouche s'entrouvrir sur un hurlement grave, terrifiant, qui vibra comme une morsure au plus profond de sa chair.

Nathan tourna les talons et s'engouffra dans la nuit. Il était temps d'en finir avec les spectres de son passé.

42.

Nathan progressait le long d'un abîme de feuillages et d'obscurité. Bruissements, parfum d'humus mêlés aux vapeurs de mer lui arrivaient en rafales. Il avait dissimulé sa voiture aux abords de la route et s'acheminait à pied sur le sentier de rocaille qui menait à la propriété de Casarès.

Il allait prendre le psychiatre par surprise.

Qui avait fait disparaître les documents ? Pour quelles raisons avait-on voulu dissimuler la présence d'un gamin d'à peine dix ans dans une clinique psychiatrique ?

Il apercevait à présent la grande bâtisse qui se dressait sous la lune au sommet d'une colline.

Il approchait.

C'était une ancienne forteresse médiévale, un poste de sentinelles qui dominait la vallée et les flots noirs de la Méditerranée. Nathan s'arrêta à quelques mètres en contrebas, fit un rapide tour d'horizon et grimpa quatre à quatre la volée de marches qui le séparait de l'entrée principale. Dans un angle de la bâtisse, il repéra une caméra de surveillance.

Nathan sonna une première fois. Pas de réponse.

Il actionna la poignée. Elle n'était pas verrouillée.

Ça ne cadrait pas avec les lieux.

D'instinct, il recula puis contourna furtivement la demeure afin d'inspecter l'intérieur par les fenêtres étroites qui perçaient la façade.

Plusieurs pièces étaient allumées, tout était silencieux.

Il revint vers l'entrée, hésita, puis poussa la porte et se retrouva au cœur d'une grande salle aux murs d'albâtre et à la décoration épurée. Le premier détail qui l'interpella fut la collection d'œuvres d'artistes contemporains qui se déployaient sur les murs : une photographie en noir et blanc d'un doigt percé d'une épingle, un écran vidéo plasma diffusant en boucle l'image d'une femme à bout de forces assise sur un monticule de carcasses animales, curant chaque os avec frénésie. Les autres étaient des toiles figuratives et abstraites. Le tout formait un ensemble d'une étrange puissance. Un déferlement de matières fluides et organiques évoquant à la fois une mise à mort, un rejet de la vie même, et la renaissance, le retour vers une autre existence violente et palpitante tel un cœur tiède qu'on viendrait d'arracher à une poitrine... Au centre de la pièce, deux méridiennes tapissées de feutre pourpre se faisaient face, séparées par une table en béton sur laquelle était posée une photographie dans un cadre en verre. Un couple qui marchait dans la forêt... Casarès et son épouse ?

Cet endroit ne ressemblait en rien à l'image qu'il s'était faite du psychiatre. Quel genre d'homme était-ce ? Et surtout où était-il ?

Nathan arpenta le reste de la maison, le bureau, les chambres, une vaste salle de lecture où s'entassaient des centaines de livres. Personne.

Il fallait se rendre à l'évidence. Casarès avait filé.

Le vieux était mouillé jusqu'au cou dans l'affaire, il avait dû faire ses valises après le coup de fil de Nathan.

De quoi avait-il donc si peur ?

Nathan décida de visiter à nouveau chaque pièce, chaque meuble. Il dénicherait forcément quelque chose. Il s'attaqua au bureau, fouilla les tiroirs, vida les classeurs, inspecta les papiers. Rien dans la bibliothèque, il ouvrit chaque livre, éventra les matelas, les canapés... En vain. Une demi-heure plus tard, il était de retour dans le séjour.

Pas le moindre indice.

Il s'attarda à nouveau sur la collection d'art.

Des sculptures étranges en feutre ou en cire d'abeille fondue signées Joseph Beuys s'alignaient les unes à la suite des autres dans une vitrine. Les toiles... elles étaient au nombre de trois. Un diptyque représentait une sorte de poupée de porcelaine aux orbites énucléées et aux joues trop rouges dont les membres étaient reliés par des prothèses en cuir... Nathan songea que cet homme avait des goûts bien étranges pour quelqu'un qui avait consacré sa vie à soigner des enfants.

Il s'attarda sur la dernière œuvre. Au premier coup d'œil elle semblait abstraite. Des souillures, des giclées, des traits fins qui, lorsqu'on prenait du recul, revêtaient soudainement une forme animale.

Tout à coup le dessin lui apparut plus distinctement...

La finesse du cou, la courbure du bec. Un oiseau.

L'image avait été revisitée par l'artiste, mais c'était bien... un ibis... un ibis tenant un enfant en son sein.

Il n'y avait pas de doute. C'était le même dessin que sur le sac de Rhoda... le monogramme d'One Earth.

Nathan sentit l'adrénaline traverser son corps. Cette fois il détenait une preuve solide de l'implication de l'organisation humanitaire dans les crimes. Peut-être la clé qui lui permettrait de débusquer les monstres.

Il en avait assez vu et décida de ne pas s'attarder plus longtemps. Il se dirigeait vers la sortie lorsqu'il aperçut une porte entrebâillée par laquelle filtraient les rais d'une lumière discontinue. Des marches menaient vers les soubassements de l'édifice.

La cave. Il avait oublié la cave.

Il s'engagea dans l'escalier et accéda à un étroit couloir fermé par une nouvelle porte. Seule une rampe de néons grésillants éclairait les lieux, les plongeant par intermittence dans une parfaite obscurité. Il prit appui sur la paroi de pierre et s'enfonça dans l'ombre.

Un gouffre se creusait dans son ventre.

Un premier flash dévoila une boule de vêtements sur le sol... Il se baissa et ramassa le tissu froissé... Une robe de chambre de soie bleu nuit à fines rayures...

Le silence avait laissé la place aux battements sourds de son cœur qui résonnait dans la nuit. Il continua sa progression.

Un second flash embrasa le passage, dévoilant un amas laineux gris et poisseux qui traînait à quelques mètres de lui sur le ciment.

Il se rapprocha, s'accroupit :

Des cheveux.

C'était une masse de cheveux ensanglantés encore reliés à un large fragment de peau blanchâtre. Le morceau de cuir chevelu distillait une odeur de chair brûlée. Nathan serra les mâchoires, réprima un haut-le-cœur et se redressa. Des flaques de sang séché disparaissaient sous une porte verrouillée...

Il propulsa son pied en avant, pulvérisant la serrure et le chambranle.

Une vision d'épouvante le stoppa net. Sous l'éclairage cru d'un halogène, un corps nu et livide gisait sur le sol.

Nathan approcha, lentement.

Le cadavre, allongé face contre terre, révélait un dos et des fesses flasques, marbrés d'ecchymoses, des côtes saillantes sous une peau fripée. Le visage et les membres écartés reposaient dans une mare de sang luisante comme de la cire chaude.

Nathan s'interdit tout acte, toute émotion qui pourrait lui faire commettre une erreur.

Il dénicha une paire de gants en caoutchouc, s'accroupit auprès du corps et le retourna sur le dos.

L'homme avait été saigné comme un porc. Des entailles profondes, des traces de brûlures et d'autres sévices marquaient le thorax, les parties génitales. Machinalement, Nathan essuya le sang qui maculait le visage du vieillard de sa main gantée.

Les traits étaient vieillis, mais correspondaient en tous points à la photographie du salon. Ce corps était celui de Casarès.

Nathan s'efforça de rassembler ses pensées. Les tueurs l'avaient devancé. Ils savaient que d'une manière ou d'une autre il serait amené à interroger Casarès. Deux évidences s'imposaient. La première : ils avaient voulu réduire le psychiatre au silence. L'homme détenait donc des informations qui auraient risqué de mener Nathan jusqu'à la vérité. Était-il une victime innocente ? Sans doute pas. La seconde lui arracha un spasme d'angoisse : il savait à présent que tout était lié, que ce cauchemar prenait sa source dans son enfance.

Mais pourquoi cette orchestration macabre, ce déferlement de violence ? Pourquoi ne s'étaient-ils pas simplement contentés de l'abattre, de le faire disparaître ? Il inspecta à nouveau la scène du crime et c'est alors qu'il vit.

Le corps nu, les tortures, le sang répandu...

En prenant du recul il comprit que les fluides biologiques avaient été étalés, barbouillés à la main sur le sol selon une géométrie bien précise.

Le cadavre de Casarès reposait au centre d'un gigantesque... cercle de Sang.

43.

Un message...

Oui, c'était bien un message de terreur que les tueurs lui avaient laissé. Alors qu'il roulait à pleine vitesse depuis plusieurs heures, hagard, sans savoir ou aller, Nathan tentait de trouver une signification à ses dernières découvertes, qui en un sens lui apportaient autant de nouvelles ténèbres que de lumière. Ses pensées chancelaient. Il ne parvenait pas à se concentrer. D'autres éléments de son enquête revenaient en rafales.

Rhoda.

Le souvenir de la jeune femme martelait sa conscience. Était-elle mêlée à toute cette affaire ? Leurs rencontres au Zaïre, à Paris, tenaient-elle de la coïncidence ? La même question refaisait surface : sa réaction lorsqu'ils s'étaient enlacés avait-elle un quelconque lien avec son implication dans les crimes ?

Il y avait aussi l'ibis. L'image le harcelait. Il était convaincu d'avoir croisé cette représentation ailleurs depuis le début de son enquête... À moins que ce ne fût une résurgence de sa mémoire d'avant... Non. Il avait vu cet oiseau, il en était certain... mais où ?

Il n'y avait plus de temps à perdre. Il devait récupérer un maximum d'informations sur One Earth afin de débusquer les monstres au sein de l'organisation internationale. Les lumières irisées d'une station-service s'esquissèrent dans la nuit. Il enclencha son clignotant, ralentit, puis sortit de l'autoroute.

Le caissier, un type à la peau moite vêtu d'un uniforme crasseux, lui changea vingt euros en monnaie et lui indiqua la cabine téléphonique derrière les distributeurs à café.

Nathan hésita à s'adresser une nouvelle fois à Derenne. De par son passé sur les lieux de conflits ou de catastrophes naturelles, le virologue devait disposer de solides contacts au sein du milieu humanitaire. Non, il était plus prudent de multiplier ses sources de renseignements, de ne pas révéler au chercheur le nom de l'organisation, au cas où il lui prendrait l'envie de tout balancer aux flics. Il avait une autre idée. Il sortit une feuille de papier pliée en quatre de son sac à dos, glissa deux pièces dans l'appareil et composa un numéro à l'étranger.

Trois sonneries, puis une voix de femme se matérialisa dans le lointain.

— Allo ?

— Docteur Willemse ?

— Elle-même.

— Bonsoir, pardonnez-moi de vous appeler à cette heure. Nous nous sommes rencontrés à Goma il y a deux semaines, mon nom est Falh...

— Nathan Falh ! Oui, je me souviens. Où en êtes-vous de votre article ?

— J'avance. En fait je vous appelle à ce sujet, j'aurais à nouveau un service à vous demander.

— Si c'est dans le domaine de mes compétences. Dites-moi...

Le Dr Willemse était une femme intelligente et les questions que Nathan se posait étaient trop précises. Il ne pouvait se permettre de rester vague, elle sentirait immédiatement le coup fourré. Il ne restait qu'une solution : la convaincre de coopérer. Il lui était pourtant impossible de révéler les détails de sa véritable enquête. Il réfléchit à un subterfuge qui lui permettrait d'obtenir les éléments qui l'intéressaient. Après un instant de réflexion il se lança :

— J'aurais besoin de renseignements assez pointus...

Tout cela risque de vous paraître étrange... mais voilà, en enquêtant à Katalé, je suis tombé sur des crimes anciens qui auraient été commis au sein même du camp et avec la complicité des membres d'une ONG de renommée internationale...

— Laquelle ?

— One Earth.

— Rien que ça ! Qu'est-ce que c'est que cette histoire ?

— Laissez-moi vous expliquer...

Le silence de Phindi Willemse incita Nathan à poursuivre :

— J'ai pu visiter une galerie souterraine au sein même du camp de Katalé. Elle servait autrefois à faire passer la frontière zaïro-rwandaise aux Tutsis persécutés. J'ai la preuve qu'elle a été utilisée pour séquestrer et torturer des réfugiés hutus lors des événements de 1994.

— Des tortures ?

— Des expérimentations médicales d'un genre très spécial. Je pense que les responsables ont utilisé les chaos du massacre pour dissimuler leurs actes barbares.

— J'imagine que vous avez conscience de la portée de ces accusations. De quelle manière avez-vous établi le lien avec One Earth ?

— C'est un rapport dans les documents que vous m'avez fournis avant mon départ qui m'a mis sur cette piste.

— Mais encore ?

— Je suis désolé, il m'est impossible de vous révéler mes sources, mais je vous assure qu'aussi atroce que cela puisse paraître, cette affaire est bien réelle.

— Il me semble que vous vous éloignez de votre sujet de départ... – Elle se tut. – Et imaginons que j'accepte de vous aider, qu'attendriez-vous de moi ?

— J'aurais besoin d'un topo complet sur l'organisation : historique, organigramme, nature de leur financement, types de soins qu'ils assurent. J'aimerais aussi des informations plus précises sur leurs activités dans la région de Goma à l'époque du génocide : organisation des équipes et, si possible, nombre de personnels présents sur les lieux et leur identité.

— Bien... fit le Dr Willemse, mais Nathan perçut le doute qui s'était installé dans sa voix. Ça risque de ne pas être facile, ce sont des univers très fermés...

— Je comprends votre méfiance, docteur, mais vous devez me faire confiance. Je vous assure que tout cela est très sérieux.

— Vous faire confiance... Pourquoi n'effectuez-vous pas cette recherche par vous-même ?

Phindi Willemse hésitait et il y avait de quoi.

— Je ne dispose d'aucun contact et je crains que mes questions n'éveillent l'attention des criminels.

— Est-ce que je risque quelque chose ? demanda-t-elle.

— Je pense que la demande passera mieux si elle émane de l'OMS. Seuls quelques individus sont concernés et il y a peu de risques qu'ils soient mis au courant de vos recherches. Mais je vous recommande de faire preuve de prudence car ils occupent sans doute des postes stratégiques. Si vous avez un contact dans la place, je vous déconseille de l'utiliser à moins que ce soit une personne de grande confiance. Informez-vous de manière indirecte, prétextez une étude statistique. Et surtout ne demandez pas seulement des informations sur le Rwanda, renseignez-vous aussi sur la Tchétchénie, la Roumanie, les tremblements de terre en Turquie. Ils y étaient aussi. Ça noiera le poisson.

— Que ferez-vous ensuite ?

— J'ai un article tout chaud, quasiment prêt à être publié, mentit Nathan. Les renseignements que vous me donnerez me permettront de le boucler.

— J'ai besoin de plus d'informations, Falh. Je ne demande qu'à vous aider, mais j'ai besoin d'éléments pour comprendre. Ces accusations sont trop graves, je dois être sûre que vous ne faites pas fausse route.

— Je suis désolé mais c'est impossible.

— Je ne sais... je ne peux pas...

— Écoutez, la seule chose que je puisse vous révéler

est que ces monstres ne se sont pas cantonnés à cette expérience. Tout porte à croire que ces pratiques sont rodées et qu'à l'heure où je vous parle des victimes innocentes sont en train de mourir dans d'atroces souffrances. Je ne vous demande pas de témoigner, seulement quelques informations.

— C'est une décision qui ne se prend pas à la légère... Me donnez-vous un peu de temps pour réfléchir ?

— Non, docteur. J'ai besoin d'une réponse maintenant. Si vous refusez, je me débrouillerai autrement. Dans les deux cas, je vous demande de faire preuve de discrétion.

Silence.

— Bien, je vais voir ce que je peux faire. Rappelez-moi dans quarante-huit heures.

Nathan la remercia et composa le numéro de cellulaire de Woods. L'Anglais décrocha immédiatement :

— C'est Nathan.

— Alors, qu'est-ce que ça a donné ?

— Tout est lié, Ashley, mon enfance, les crimes de Katalé, la mission du *Pole Explorer*... Mais je suis dans une sacrée merde.

— Que s'est-il passé ?

Nathan lui confia ses dernières découvertes, le choc de la rencontre avec Jeanne Murneau, les visites à la clinique psychiatrique, la macabre découverte du corps de Casarès, le lien avec One Earth...

— C'est hallucinant ! À quand remonte la mort du psychiatre, selon vous ?

L'Anglais s'exprimait d'une voix incertaine, sonné par l'ampleur des révélations.

— Quelques heures tout au plus.

— Avez-vous donné votre nom au personnel de la clinique ?

— Oui, je ne pouvais pas me douter...

Woods le coupa :

— Vous devez quitter la France au plus vite. Sinon les vrais problèmes risquent de commencer. Il me paraît urgent qu'on se rencontre, nous devons mettre tout cela à plat et y voir plus clair.

— Vous voulez que je remonte jusqu'à Cesena ?

— Non. C'est inutile. Vous vous déplacez en voiture ?

— Oui.

— Où êtes-vous ?

— Pas loin de Perpignan.

— Bien. Vous allez rouler, calmement, jusqu'à Menton et passer en Italie. Après la frontière, vous vous rendrez à Santa Margherita di Ligura. C'est un petit village tranquille à deux pas de Porto Fino. Je vous y retrouverai.

— Quand ?

— Demain matin à 8 h 30 précises, sur le port.

44.

Italie. Côte ligure. Samedi 13 avril.

Nathan pénétra dans la ville par l'ouest. Il suivit une corniche qui surplombait une mer à la surface aussi veloutée que celle d'un lac. De gigantesques pics rocheux aux versants abrupts et couverts de végétation jaillissaient des flots. Côté terre, il découvrit des maisons jaunes ou parme, aux toits de tuiles ocre. Nathan roula jusqu'au centre-ville et gagna le petit port qui semblait avoir été littéralement creusé dans la falaise. Il gara sa voiture dans une ruelle adjacente puis revint sur ses pas, vers le rivage étincelant de lumière.

Il avait conduit toute la nuit jusqu'à la frontière qu'il avait franchie sans encombre. Une dizaine de kilomètres plus loin, il s'était arrêté sur une aire d'autoroute afin de reposer son corps et son esprit, d'évacuer la tension accumulée, les images de mort qui le poursuivaient. Sans grand succès.

Un vent marin, tiède et tumultueux, qui semblait souffler tout droit de l'Afrique, enveloppait la ville encore calme. Quelques pêcheurs, installés devant leurs barques colorées, vendaient des poissons aux éclats d'argent. Au loin, les immeubles anciens, les façades des hôtels se découpaient en blanc entre le ciel et les mâts des voiliers.

C'était là que Woods avait fixé le rendez-vous. Nathan consulta sa montre : 8 h 20. Ashley ne devrait plus tarder à se montrer.

Un instant plus tard, il reconnut la silhouette souple et élégante de l'Anglais qui marchait vers lui dans le soleil. Il était vêtu d'un complet gris de laine légère et tenait une sacoche de cuir clair.

Les deux hommes se dévisagèrent sans un mot, retenant toute l'émotion qu'ils éprouvaient de se retrouver.

Woods serra chaleureusement la main de Nathan.

— Heureux de vous revoir, mon ami ! Je commençais à me demander si vous n'étiez pas sorti tout droit de mon imagination.

— Un mauvais rêve ? sourit Nathan.

— Ce n'est pas ce que je voulais dire... Café ?

Ils traversèrent la rue et s'installèrent au hasard d'une terrasse qui se déployait devant les arcades d'un grand bâtiment.

— *Due espressi* ! lança Woods au garçon puis il se tourna vers Nathan. Son regard brillait d'une intense lueur.

— Bon, ne perdons pas de temps. J'ai eu Derenne. D'après lui, plusieurs épidémies peuvent être reliées aux événements de Katalé. Il m'a balancé une liste. C'est brûlant, Nathan.

Au moment où l'Anglais sortait la liasse de feuilles imprimées de sa sacoche, un coup de vent s'engouffra dans sa veste, dévoilant à Nathan la crosse du sig-sauer qui émergeait d'un étui fixé à la ceinture. Il reprenait du service.

Nathan s'empara du document et le feuilleta machinalement.

— Je vous écoute.

— Il a répertorié une vingtaine de cas de virus non identifiés, reprit Woods, répartis dans diverses zones du monde. Au premier coup d'œil, cela semble peu concluant, mais si l'on a une idée de l'horreur qui se cache entre les lignes, ça suffit à vous coller le frisson pour le restant de vos jours.

Nathan continua de parcourir les pages. Elles étaient composées d'une série de rapports brefs indiquant les dates, les lieux, le nombre de victimes et les symptômes relevés par les médecins :

14-2-1992 Stradsgrad, Russie

Virus pathogène isolé mais inconnu. Symptômes présentés par les victimes : lésions cutanées jaunâtres, fièvre. Mortalité élevée : 80%. Nombre total des victimes : 14. Épidémie circonscrite.

16-5-1999 Sahiwal, Pakistan.

Agent pathogène isolé mais inconnu. Symptômes présentés par les victimes : fièvre, hémorragies, hypotension, hématémèse, melaena, lésions cutanées, nécrose des parties génitales. Nombre total de victimes : 45. Épidémie circonscrite.

7-11-1999 Province de Zhenjiang, Chine.

Agent pathogène non identifié, symptômes présentés par les victimes : fièvre, hémorragies, hypotension, hématémèse, melaena, lésions cutanées, nécrose des parties génitales. Nombre de victimes : 27, disséminées dans plusieurs villages. Épidémie circonscrite.

La liste continuait ainsi sur plusieurs pages et mentionnait d'autres pays dont la Bosnie. Si les découvertes traitées par Nathan au Congo évoquaient des expérimentations sur des cobayes humains, les faits retranscrits par ces rapports montraient qu'il était cette fois question de véritables frappes d'une précision chirurgicale.

— Comment Derenne a-t-il relié ces virus à notre enquête ? demanda Nathan.

— Il a tout d'abord lancé une recherche sur une banque de données de référence, PubMed, laquelle regroupe un très grand nombre d'articles numérisés sur des épidémies plus ou moins anciennes. À partir d'une prospection par mots-clés, il a analysé une centaine d'articles pour n'en retenir qu'une trentaine qui présentaient de vagues similitudes avec le cas de Katalé. Chaque fois l'agent en cause était inconnu, surgi de nulle part, responsable d'une mortalité élevée et avait disparu aussi brutalement qu'il était arrivé. Ajouté à cela, les signes cliniques observés évoquaient plusieurs germes connus. Comme si les malades étaient victimes de co-infections.

— C'est un peu léger, vous ne trouvez pas ?

Woods tapa du doigt sur la liasse de documents que Nathan venait de reposer sur la table entre eux.

— Attendez... À plusieurs reprises, les agents incriminés avaient pu être isolés. Ç'a été le cas au Pakistan, en Russie et en Bosnie. Les échantillons ont été confiés à des scientifiques qui ont pu les étudier avec précision.

— C'étaient les mêmes virus ?

— Non, ils semblaient tous très différents, mais les résultats étaient singuliers. Si ces virus avaient montré un taux de létalité très élevé lors des épidémies, leur pouvoir infectieux semblait s'être totalement désactivé lors des expérimentations en laboratoire.

Nathan plissa les yeux.

— Comment ça ?

— Eh bien, une fois inoculé à des singes, le germe était devenu totalement inoffensif. Un manipulateur d'animaux s'est même piqué par accident avec une aiguille souillée et le virus n'a eu absolument aucun effet sur lui...

— Ça paraît incroyable... Y a-t-il une explication à cela ?

— Certains chercheurs ont émis l'hypothèse que les virus auraient commis des erreurs en se répliquant, devenant de moins en moins virulents. Mais de nouvelles études ont révélé que les agents étaient d'une grande stabilité et ne mutaient pas d'une génération sur l'autre. Cette théorie ne tenait donc pas la route.

— Derenne, qu'en pense-t-il ?

— Au départ pas grand-chose, car les publications scientifiques ne représentent pour les chercheurs qu'une mémoire morte. Elles sont une interprétation de l'époque et il est impossible de refaire l'analyse des données d'origine car elles ne restituent pas le dossier médical de base. Mais notre ami a eu l'idée d'exploiter une autre filière. Il a lancé une nouvelle recherche, cette fois au sein des banques de données du Center for Diseases Control.

L'avantage de ces banques est qu'elles répertorient les fiches des patients, les spécialistes peuvent donc à tout moment reprendre l'analyse des dossiers lorsque émergent des questions auxquelles les premiers auteurs n'avaient pas pensé.

— Il est reparti à la case départ.

— Oui. Et là... Bingo ! Il est parvenu à récupérer les résultats bruts des différentes études menées autour de ces trois épidémies en Bosnie, au Pakistan et en Chine, et, à la lumière des informations que vous lui avez livrées, il a évalué la situation d'un œil nouveau. En comparant les données, il a pu y déceler quelque chose d'incroyable.

— Quoi ?

— Une sorte de signature génétique commune... Selon lui, si les virus n'ont pas révélé leur nature infectieuse lors des études, c'est parce qu'ils auraient en fait été programmés pour cibler leurs victimes.

— Comment ça ?

— En reconnaissant chacune d'entre elles, grâce à un récepteur présent dans leur organisme. De fait, les individus possédant cette cellule ou molécule particulière ont alors constitué un groupe bien défini, pour lequel le virus devenait mortel. Cela expliquerait pourquoi après avoir frappé très vite et fort, les agents biologiques ont disparu aussi mystérieusement qu'ils étaient arrivés.

— C'est fou ! mais comment les tueurs pouvaient-ils savoir que tel ou tel groupe d'individus possédait ce fameux récepteur ? Certaines des frappes ont fait près de deux cents morts... C'est impossible !

— Détrompez-vous, Nathan. On peut créer artificiellement ces groupes en administrant aux personnes qu'on veut infecter ce qui constituera le récepteur ou contribuera à le faire apparaître. Cela peut être par le biais d'aliments, de médicaments, d'une campagne de vaccination. Quoi de plus simple pour une ONG comme One Earth ? Il leur suffit alors de laisser un peu de temps passer avant d'introduire une chimère hautement contagieuse qui tuera sélectivement. Personne ne pourra faire le rapprochement avec le passage des humanitaires.

Cette nouvelle théorie se tenait parfaitement. Ils n'avaient plus affaire à une menace biologique simple, mais à une véritable arme génétique...

— D'accord, d'accord... mais vous laissez entendre que plusieurs agents auraient été créés. Je ne vois pas l'intérêt pour les tueurs de se donner autant de mal... Un seul ferait largement l'affaire...

— J'en suis arrivé à la même conclusion que vous, mais selon Derenne, si l'on se fie à la thèse qu'ils cherchent à passer inaperçus, utiliser le même virus risquerait d'attirer l'attention sur eux. En changeant régulièrement de germe, ils réduisent le risque que les chercheurs établissent un lien entre eux. Ils se prémunissent ainsi contre d'éventuelles enquêtes de la part d'institutions comme le CDC ou Pasteur dont la politique n'est certainement pas de dépenser des millions pour étudier un virus qui a tué cent personnes et ne réapparaîtra peut-être jamais.

Nathan se replongea dans le rapport de Derenne. Les virus avaient été disséminés sur quatre continents au cœur d'États comme la Russie, le Salvador, le Nigeria, l'Indonésie, la Bosnie... Si ces informations étaient d'une importance capitale, il fallait pourtant se rendre à l'évidence : elles n'offraient pas la piste qu'il avait espérée.

— Je ne vois malheureusement ici aucun lien entre les victimes qui nous aiderait à comprendre le mobile des tueurs.

— Moi non plus, admit Woods.

— Il est pourtant certain que la solution se cache entre ces lignes... Derenne a-t-il une idée de la raison pour laquelle ils ont voulu récupérer la souche de la grippe espagnole ?

— Eh bien, selon lui, cet agent a plusieurs particularités : la première, sa grande virulence, la deuxième, sa capacité à se propager vite et à très grande échelle, la troisième et sans doute la plus terrifiante... il n'existe contre lui aucun traitement ni vaccin.

Une nouvelle réalité, plus inquiétante encore, s'esquissait.

— Cela signifierait qu'ils ont changé d'objectif... s'écria Nathan. Qu'ils ne veulent plus frapper sélectivement mais...

— Massivement... conclut Woods, et nous devons les démasquer avant qu'ils ne mettent leur plan à exécution.

Le silence s'imposa.

La cité prenait vie à mesure que le soleil montait dans le ciel. Des promeneurs arpentaient les quais du port, un joggeur passa devant eux, au loin sur sa barque un pêcheur lançait ses filets dans la baie.

— Quelque chose a dû nous échapper, un détail... je sens que nous sommes proches de la solution.

— Reprenons les éléments de l'enquête, suggéra Woods. Un à un. On finira bien par isoler quelque chose.

Nathan acquiesça.

Le garçon déposa les tasses de café. Alors qu'il s'éloignait, l'Anglais attaqua :

— OK. Nos tueurs disposent d'un arsenal biologique à faire pâlir Bush et sa clique. Qui, combien sont-ils ? Quelle cause défendent-ils ? Nous l'ignorons. Ce que nous savons en revanche c'est que cette organisation existe depuis plusieurs siècles et qu'elle se cache aujourd'hui au sein d'One Earth.

— Une couverture à l'épreuve du feu.

— La deuxième énigme : VOUS, continua Woods. Les liens inexpliqués qui vous unissent à eux : votre présence à bord du *Pole Explorer*, et à Goma en 1994. Sans oublier le manuscrit d'Elias dont vous êtes en possession...

— Vous oubliez mon enfance, intervint Nathan. Au regard des derniers éléments de l'enquête, on peut penser que tout a commencé lors de mon séjour à l'Institut Lucien-Weinberg, chez Casarès, en 1979.

— Ou peut-être même avant, Nathan. Que savez–vous de vos parents ? Qui vous dit qu'ils n'étaient pas liés à cette histoire ? Pourquoi les tueurs se seraient-ils intéressés à un gamin de dix ans au point de devoir faire disparaître les traces de son passage dans la clinique ?

— Je n'y comprends rien... soupira Nathan. Et qu'ai-je fait de 1979 à 1994 ?

— Je n'en ai pas la moindre idée, mais essayons d'analyser les éléments dont nous disposons, voulez-vous ? Ils vous connaissent et vous les connaissez... La tentative d'assassinat qu'ils ont commise contre vous implique que votre part d'ombre en sait assez sur leur compte pour les inquiéter très fort.

— Tout ça ne tient pas, Ashley ! Il doit y avoir autre chose.

Silence.

— Je vais vous dire ce que je pense, reprit Woods. Votre passé recèle une énigme, un terrible secret dans lequel ils sont mouillés jusqu'au cou. Pour moi vous poursuivez un dessein bien précis, une sorte de vengeance... Réfléchissez, bon sang, c'est limpide ! Tout, de la mort de vos parents à votre internement, mène vers cette piste. En éliminant Casarès, ils ont voulu brûler les origines du mal, effacer les indices qui permettaient de remonter jusqu'à eux...

Nathan plongea son visage dans ses mains. De nouveaux doutes l'assaillaient.

— Mais alors pourquoi avoir orchestré le meurtre de cette manière ? Pour quelles raisons m'ont-ils laissé ce... message ?

— Ils ont signé leur acte pour vous terrifier. Pour que vous abandonniez votre traque...

— Mais ils auraient pu m'abattre. J'ai parlé à Casarès quelques heures plus tôt, ils savaient que j'allais le rencontrer. Un tireur embusqué aurait pu me descendre sans même que je le voie venir.

— N'importe qui pouvait débouler, Nathan. Y compris les flics. Ce tireur aurait pu aussi se faire serrer, et là, ça devenait très compliqué pour eux.

— Vous avez sans doute raison.

— Bien. Si nous évoquions le cas de cette jeune femme ?

— Rhoda... Rhoda Katiei.

— Vous ne m'avez pas tout dit à son sujet, n'est-ce pas ?

Nathan but une gorgée de café et reposa sa tasse.

— Non... lorsque j'étais avec elle à Paris, elle a tenté de me soigner, ça s'est mal passé puis la séance a dérapé... Nous nous sommes enlacés... Bref, je vous passe les détails. Tout allait bien jusqu'à ce que je pète les plombs. J'ai vu rouge... je l'ai repoussée, très violemment. Je ne m'explique toujours pas ce qui m'a pris.

— Vous ne pensez pas qu'elle vous suivait, que cette rencontre ait pu faire partie du plan des tueurs ?

— J'ai longtemps cru le contraire. Elle m'a tout de même sauvé la vie. Elle m'a mis sur la piste des démons de Katalé. Elle a essayé de m'aider à retrouver la mémoire... Mais j'avoue que mes dernières découvertes ont bousculé mes certitudes. Je pense que... Oui, il y a une probabilité qu'elle soit impliquée dans cette affaire.

Pour la première fois Nathan formulait clairement ses doutes à l'égard de Rhoda. Le souvenir des heures passées à ses côtés à Paris, ses yeux, sa nuque, ses larmes, toute la tendresse qu'il avait senti couler en lui lorsqu'elle l'avait pris dans ses bras... Les soupçons de Woods étaient plus que fondés, mais Nathan ne parvenait pas à admettre que tout cela puisse n'avoir été que manipulation. Il ferma les yeux pour tenter d'échapper au sentiment de tristesse mêlée de rage qui le balayait.

Woods se remit à griffonner sur son carnet, feignant de ne pas remarquer le trouble de l'amnésique.

— Vous savez où la joindre ? fit-il en relevant la tête. Nathan, vous m'entendez ?

— Elle est en poste dans le camp de réfugiés palestiniens de Jénine, finit par répondre Nathan. J'ai un numéro de cellulaire.

— Parlez-lui. Vous en savez beaucoup plus aujourd'hui. Testez ses réactions... Mais n'en dites pas trop.

Comme unis face au sentiment d'impuissance qui les étreignait, ils se turent un instant puis Nathan demanda :

— Côté manuscrit, on en est où ?

Woods se cala dans son siège.

— Ce n'est pas brillant. J'ai dû faire mon deuil d'une partie trop abîmée pour être exploitable. Seules quelques phrases que j'ai pu déchiffrer avant de partir semblent indiquer que notre jeune médecin n'est plus à Saint-Malo mais dans une cité méditerranéenne. Le texte décrit les vestiges d'une église chrétienne, des paysages marins... Je ne parviens pas à identifier cet endroit... il pourrait aussi bien se trouver à Malte qu'à Constantinople. Toutefois, en relisant l'intégralité du journal, j'ai trouvé quelque chose d'intéressant. Elias parle, au tout début, d'un voyage de Roch dans cette même région. Il raconte que son ami s'y est fait enlever et a passé une longue durée en captivité avant d'être libéré...

— Elias a donc mené une enquête dans l'entourage de Roch. Et il a trouvé assez d'éléments pour décider d'accomplir ce voyage...

— Il devait avoir une sacrément bonne raison, car à cette époque un tel périple nécessitait plusieurs mois, avec le risque de ne jamais arriver. Je pense que le chirurgien a fait une rencontre, dans ce lieu mystérieux... Si seulement nous avions... ne serait-ce qu'un tout petit indice...

La dernière phrase de Woods fut comme un détonateur dans l'esprit de Nathan. Il cria presque :

— JE SAIS !

— Quoi ?

— Le manuscrit, il recèle autre chose... Hier soir, j'ai ressenti une sensation troublante devant cette nouvelle représentation de l'oiseau... l'ibis. J'étais convaincu d'avoir vu cette image quelque part sans parvenir à déterminer où. Maintenant je me souviens... c'était dans le récit d'Elias. Vous l'avez avec vous... vous avez une transcription imprimée ?

Woods fronça les sourcils. Il plongea de nouveau la main dans sa sacoche et en sortit un exemplaire relié.

— Tenez.

Nathan parcourut rapidement les premières lignes du texte.

— Voilà, c'est dans ce passage ! Lorsque Elias vient chercher Roch le soir de l'attaque de la machine infernale. Écoutez :

J'avançai dans le grand salon, aux murs plaqués de boiseries, où s'élevaient des meubles sombres et rares. Sur les parois de chêne se déployaient des panneaux du plus précieux des cuirs de Cordoue et de somptueuses tapisseries de laine au gré desquelles l'on pouvait admirer les disciples du Christ, sous la forme d'animaux étranges, un chien, un serpent et une sorte d'oiseau au bec fin et courbe.

Nathan referma brutalement le manuscrit, puis répéta :

— *Une sorte d'oiseau au bec fin et courbe...* Ces tapisseries étaient en bonne place chez le tueur...

Il leva le visage vers Woods. Son regard brûlait.

— Oui, Roch a dû le ramener de ce fameux voyage... C'est énorme, Nathan, cela signifie qu'Elias se trouve...

— Où ?

— Mais en Égypte, à Alexandrie !

— Alexandrie ? Comment ?...

— Ces icônes, ces icônes de saints bibliques sous forme animale sont uniques, Nathan. Elles sont une des caractéristiques de la liturgie copte... Seuls les chrétiens d'Égypte utilisent ces symboles polythéistes totalement réprouvés et considérés comme blasphématoires par Rome.

— Les Coptes ?

— Oui. S'ils représentent les disciples avec des têtes de chacal, de serpent ou d'oiseau, c'est parce qu'ils sont les descendants du peuple de la Grande Égypte. Ceux qui adoraient Thot, Anubis, Amon-Râ. Ils sont les héritiers... des pharaons.

Nathan resta sans voix. La terre semblait s'ouvrir sous lui, mais ce sentiment n'était rien comparé au séisme qui le secouait. Ces dernières révélations le plongeaient dans un nouvel univers insondable, mystérieux, sacré, qui le terrifiait. Pourtant le caractère magique et surnaturel des crimes prenait tout son sens...

— J'ai quelques exemplaires de traités coptes à la Malatestiana, mais c'est un domaine que je maîtrise mal. En revanche, j'ai un excellent contact, le docteur Darwish, il pourra sans doute nous éclairer...

— Qui est-ce ?

— Un chercheur de la Bibliotecca Alexandrina, la Grande Bibliothèque d'Alexandrie. Il est très...

À cet instant, un détail étrange capta l'attention de Nathan.

La barque de pêcheur. Elle repassait devant eux. Plus proche cette fois. Un éclat de lumière venait de jaillir du tas de filets entreposés à la proue. Un miroitement de soleil sur une surface de verre.

Dans un réflexe, Nathan inspecta les abords immédiats de la terrasse. Un couple assis main dans la main à plusieurs tables d'eux. Deux voitures et une vieille camionnette garées de l'autre côté de la rue. Il n'y avait là rien de véritablement suspect, pourtant un pressentiment le tenaillait. Quelque chose clochait. Les flots, le vent, le quartier tout entier semblaient s'être figés.

— Ashley.

Il dévisagea Woods, qui s'arrêta net de parler.

— Quoi ?

— On se tire !

— Qu'est ce qui se passe ?

Nathan se leva brusquement.

— On nous surveille. Le bateau au large... Quelqu'un est en train de nous tirer le portrait au téléobjectif. Venez... vite !

Mais, quand Nathan se tourna vers l'Anglais, il déchiffra dans les yeux de son allié une expression qu'il ne lui avait jamais vue auparavant.

Ce regard... ce regard était celui d'un traître.

45.

— QU'EST-CE QUE C'EST QUE CES CONNERIES ? feula Nathan, abasourdi. QUI NOUS SURVEILLE... QUI ?

L'adrénaline se répandait par décharges dans ses membres, ses yeux couraient, affolés, d'un point à un autre, comme ceux d'une bête prise au piège.

— Ce n'est pas ce que vous croyez, protesta l'Anglais, les paumes dressées en signe d'apaisement.

— CES TYPES, QUI SONT-ILS ?

— Calmez-vous !

— RÉPONDEZ !

— Des hommes du A Squadron. Une cellule particulière du SAS, le Special Air Service. Ils sont sous le commandement de Staël. Ne faites pas de bêtises et tout se passera bien.

— Les services secrets britanniques... Espèce d'ordure, vous m'avez balancé !

— Nous n'y arriverons pas seuls. Vous avez fait de l'excellent travail mais, compte tenu de la situation, il faut passer la main...

— Quelle situation ? Ça dure depuis quand, votre petit jeu ?

— Hier. Les choses se compliquent, Nathan. Un événement que vous ignorez est survenu, nous devons travailler avec eux...

— Quoi ? Qu'est-ce qui s'est passé ?

— La diffusion de ces informations est restreinte. Coopérez.

— Allez vous faire foutre.

L'Anglais perdait son sang-froid.

— ARRÊTEZ ET ÉCOUTEZ-MOI, BON SANG ! Il ne s'agit plus de votre cas personnel mais d'un risque de terrorisme international.

— Allez au diable... je me tire, fit Nathan en esquissant un mouvement.

— Vous n'irez nulle part, ils sont partout. Le quartier est bouclé, fit Woods en lui enserrant le bras dans une poigne de fer. C'est terminé.

Nathan jeta un regard circulaire. Le couple, le joggeur, deux autres types s'étaient figés et le fixaient du regard. D'autres devaient être planqués quelque part en couverture.

Il était coincé. Il sentit son corps frémir de haine. Il fallait prendre une décision. Coopérer... pour arrêter les tueurs ? Tenter de fuir ? Il n'avait plus le choix.

Il prit une inspiration et déclara :

— OK, je veux rencontrer Staël.

Woods fit un signe à l'un des hommes qui transmit l'information par radio.

— Il sera là dans un instant.

Des passants envahissaient petit à petit les abords du port. Une berline déboula en trombe. Les portières claquèrent. Un homme d'une soixantaine d'années, trapu, cheveux blancs coupés en brosse, marcha vers Nathan.

Les membres du commando se rapprochaient avec lui.

— Voici l'intrigant Nathan Falh... Il me tardait de faire votre connaissance. Jack Staël.

Il tendit la main à Nathan, qui ne bougea pas.

Silence.

— Vous êtes donc prêt à travailler avec nous ?

— On en reparlera quand vous aurez rentré les chiens.

Le flic se tourna vers son équipe.

— Bon, ça va, les gars ! On relâche la pression...

— HEY ! cria un des hommes en civil.

En un éclair, Nathan balança sa tasse de café au visage de Woods et, profitant de l'effet de surprise, s'empara du sig fixé à sa ceinture. L'instant d'après, il avait garrotté Staël.

En un même geste, les hommes du SAS dégainèrent leurs armes et les braquèrent dans sa direction. Des cris fusèrent au milieu des passants.

Nathan planta l'arme dans la gorge du haut fonctionnaire.

— Tenez-les court. Un faux mouvement et je vous fais sauter la cervelle...

— NE TIREZ PAS... NE TENTEZ RIEN ! hurla Staël.

Le traquenard avait été minutieusement planifié. L'Anglais avait délibérément choisi cette table sur la terrasse, qui faisait de lui une cible idéale pour les tireurs d'élite probablement positionnés dans son dos. Nathan recula jusqu'à la façade du bar afin de couvrir ses arrières.

— Lâchez-le ! cria Woods.

— Fermez-la ! À partir de maintenant c'est moi qui donne les ordres. Qu'est-ce qui s'est passé ?

— Lâchez Staël. Vous ne comprenez pas que j'essaie de vous protéger, Nathan ?

Pour toute réponse, Nathan enfonça un peu plus le canon dans la chair de son otage.

— Dites-lui... dites-lui... cracha l'officier.

— OK, on se détend... Derenne a reçu un message d'alerte en provenance des services de veille sanitaire italiens. Un type a débarqué hier à l'aéroport de Rome-Fiumicino d'un vol en provenance de Munich. Il a été pris d'un malaise dans l'avion. Il s'est mis à vomir du sang... Le zinc était bondé, les passagers ont tous été mis en quarantaine à leur débarquement... dix d'entre eux ont été hospitalisés avec les mêmes symptômes. À l'heure qu'il est, ils sont entre la vie et la mort, victimes d'un virus non identifié... Des spécialistes, dont Derenne, ont été dépêchés sur place.

— Qu'est-ce que c'est que cette histoire ?

— Derenne m'a contacté, continua Woods. Il est plus

qu'inquiet. Des prélèvements de sang ont été transférés au laboratoire de niveau 4 à l'Institut Mérieux à Lyon. Il a pu récupérer les données et les analyser. Le profil du virus correspond à ses recherches. Il craint d'avoir affaire à un genre de kamikaze envoyé par nos tueurs. Il était à deux doigts de prévenir les flics français. C'est un miracle si j'ai réussi à l'en dissuader. Vous auriez risqué de vous retrouver avec un mandat d'arrêt international sur le dos. En échange de son silence, je me suis engagé à prévenir Staël, à qui je pouvais expliquer clairement la situation en étant sûr qu'il ne ferait pas de vagues.

— Comment... comment peut-il être sûr qu'il s'agit bien de nos hommes ? Le malade... il a parlé ?

— Il est mort, Nathan, mais dans son délire il n'a pas cessé d'évoquer un mystérieux Cercle de Sang. Il voyageait probablement sous une fausse identité, les services de sécurité n'ont pas la moindre idée de qui il s'agit. Ils croient à une saloperie virale sortie dont ne sait où. Certainement pas à un acte terroriste. Personne n'y comprend rien, mais vous et moi nous savons... Nous savons quels monstres... L'offensive a commencé. Visiblement, ils ont commis une erreur. Selon Derenne, l'agent pathogène dont ils disposent n'est pas stable. Nous pouvons encore les arrêter...

— Je vais vous dire... L'erreur c'est VOUS qui l'avez commise en agissant ainsi. Je ne coopérerai pas parce que c'est le meilleur moyen de tout faire foirer.

— Nathan... implora Woods.

— Maintenant, écoutez-moi bien. Toute cette opération est clandestine et totalement illégale. Si vous voulez m'arrêter, il faudra me loger une balle dans la tête et vous ne le ferez pas, car vous savez que je suis le seul à pouvoir remonter jusqu'aux tueurs. Vous savez qu'ils me veulent, moi, parce que je représente une menace pour le Cercle. Je suis votre unique chance de les arrêter. Vous allez donc me laisser partir sans faire de bruit. Dites-le à vos clébards avant qu'ils ne commettent une bavure qu'ils pourraient regretter.

Nathan relâcha Staël puis recula, sig au poing, en

direction du port, braquant chacun des hommes à tour de rôle. Une fois dans la rue, il balança l'arme sur l'asphalte et marcha vers sa voiture sans se retourner.

Les sirènes de la police, prévenues par des passants, retentissaient déjà dans le lointain.

Il s'engouffra à bord de l'Audi et démarra en trombe, direction l'aéroport de Gênes.

Nathan y croyait à peine, mais il avait remporté la partie. Ses mains, tout son corps tremblaient du choc qu'il venait d'encaisser. Pourtant l'impact de la trahison de l'Anglais, la certitude qu'il serait dorénavant doublement traqué par le Cercle et par les hommes de Staël qui ne le lâcheraient pas aussi facilement s'évanouissaient à mesure que les secondes s'écoulaient.

Désormais il savait qu'il était seul, et ses pensées étaient concentrées vers son nouvel objectif.

Son regard se perdait au-delà de la mer, vers l'Orient, les brumes salées du delta du Nil. Vers les terres d'Égypte.

V

46.

Alexandrie, Égypte,
13 avril 2002

Nathan parvint à Alexandrie, via Milan, aux alentours de 23 heures. Il choisit un taxi au hasard de ceux qui attendaient sur le parvis de l'aéroport et, sur les conseils du chauffeur, se fit conduire au Cecil Hotel, le long de la corniche du port est de la ville, à deux pas de la Grande Bibliothèque.

Durant le trajet, il ne vit quasiment rien de ce qui l'entourait, des routes surpeuplées, des grues, des tours de béton inachevées, puis, à mesure qu'il approchait du centre, un enchevêtrement de rues mal éclairées par les ampoules blafardes des échoppes, la multitude d'une foule qui se pressait dans des nuages de poussière mauve et crayeuse. Des odeurs aussi lui parvenaient, celles des trottoirs encore tièdes de la chaleur de l'après-midi, celles des fumées âcres des narguilés et de la viande de mouton calcinée.

La voiture ralentit devant un haut bâtiment luxueux, bleu et blanc, aux fenêtres cerclées d'ogives. Nathan pénétra dans l'hôtel, s'enregistra à la réception, puis monta dans sa chambre où il s'effondra sur son lit avec un sentiment d'exultation profond.

Il émergea le lendemain à 9 heures. Son premier réflexe fut d'ouvrir la fenêtre. Chaude et bruyante, la ville s'étirait à perte de vue, minarets, immeubles victoriens délabrés, tramways, taxis jaune et noir qui serpentaient en klaxonnant le long de la corniche. Et puis le bleu, le bleu du ciel et de la mer qui se confondaient sans qu'on distinguât l'esquisse d'une ligne d'horizon.

Il revint dans la chambre, prit une douche rapide, puis s'installa près du téléphone et composa le numéro de Phindi Willemse. Après trois sonneries, elle décrocha.

— Dr Willemse, c'est Nathan.

— Bonjour, Nathan. Vous m'avez causé des sueurs froides, mais j'ai réussi à obtenir certaines des informations que vous m'avez demandées.

— Qu'est-ce que ça donne ?

— J'ai pris le temps de vous rédiger un topo. Vous avez un mail ?

Nathan réfléchit un instant. Ç'aurait été le moyen le plus simple, mais sa boîte aux lettres pouvait à tout moment être consultée par Woods et il ne le souhaitait pas.

— Non. Vous n'avez pas accès à un fax ?

— Si.

— Alors, faisons comme ça.

Nathan lui communiqua le numéro indiqué sur un dépliant de l'hôtel.

— Je vous envoie ça tout de suite, juste le temps de l'imprimer. Et par pitié faites attention à vous.

— C'est promis. Je vous remercie de la confiance que vous me témoignez.

— Bonne chance, Nathan.

Nathan raccrocha et composa le numéro de la réception afin qu'on le transfère au standard de la Grande Bibliothèque d'Alexandrie. Une jeune femme à l'anglais parfait décrocha.

— Le docteur Guirguis Darwish, s'il vous plaît.

— Ne quittez pas.

Une série de bip puis une voix grave et âgée résonna dans l'écouteur.

— *Aïwa* ?

— Docteur Darwish ? demanda Nathan.

— Lui-même, répondit l'homme en français.

— Mon nom est Falh, je vous appelle de la part d'Ashley Woods, de la Bibliotecca Malatestiana...

— Il m'a prévenu d'un éventuel appel de votre part.

— Woods ?

Stupéfait par cette nouvelle, Nathan s'efforça de dissimuler son trouble.

— Oui. Il m'a dit que vous aviez besoin d'informations « à titre personnel », c'est bien cela ?

— C'est exact... Auriez-vous un moment à m'accorder dans la journée ?

— Écoutez, je dois quitter la bibliothèque dans une demi-heure, pourquoi ne me rejoindriez-vous pas après la messe cet après-midi, à la cathédrale San-Marcos ? Disons vers treize heures ?

— Parfait. Comment vous reconnaîtrai-je ?

— Vous n'aurez pas de mal, c'est moi qui célèbre l'office.

Nathan le remercia et reposa le téléphone.

Un prêtre. Guirguis Darwish était un prêtre copte... C'était exactement ce qu'il lui fallait.

Nathan attrapa son sac et gagna le hall de l'hôtel. À la réception, il changea cent euros en livres égyptiennes puis s'installa au salon. C'était une vaste pièce blanche tout en longueur, percée de larges fenêtres qui s'ouvraient sur les eaux grasses du port.

Il commanda un café turc et alluma une cigarette.

Woods... malgré l'épisode de la veille, l'Anglais ne l'avait pas lâché, mieux encore, il lui facilitait la tâche, lui ouvrait les portes. À quoi jouait-il ? Était-ce là une nouvelle ruse pour permettre aux hommes de Staël de le pister ? Ou souhaitait-il vraiment le protéger ?

Un garçon en livrée blanche approcha. D'une main, il posa le petit pot métallique brûlant devant Nathan, tout en lui tendant de l'autre un document dactylographié.

Le fax de Phindi Willemse.

Une page de garde et quatre feuillets. Nathan versa le contenu brun et mousseux du pot dans sa tasse et attaqua la lecture.

L'organisation non gouvernementale One Earth a été fondée en 1976 par un consortium financier international et présidé par Abbas Morquos, riche industriel égyptien.

Dès la création de l'ONG, son porte-parole annonce qu'un nouveau type d'aide humanitaire est né : l'originalité à l'époque réside dans le fait que, outre l'assistance médicale, médicamenteuse et alimentaire, l'organisation veut prodiguer des soins psychiatriques à long terme aux victimes de catastrophes humanitaires, et notamment aux plus jeunes.

Par cette action novatrice, One Earth parvient à faire entendre sa voix aux quatre coins de la planète : l'opinion publique internationale, sensibilisée par ce discours, se mobilise, permettant à l'organisation de récolter, en plus des fonds propres apportés par ses soutiens financiers, une fortune colossale.

Certaines voix s'élèvent alors, n'hésitant pas à dénoncer dans cette alternative aux French Doctors une manœuvre des industriels de tout poil qui composent le consortium pour conquérir de nouveaux marchés dans les pays auxquels ils viennent en aide.

Mais les critiques ont peu d'écho et One Earth est déjà présente aux quatre coins du globe, en Éthiopie, au Biafra, au Brésil, etc., où rien n'est détecté qui permette de fonder ces accusations. L'organisation devient alors l'une des plus puissantes du business humanitaire. Son siège est implanté au Liechtenstein. Elle disposerait aujourd'hui d'une flotte aérienne de sept avions militaires et de cinq hélicoptères. L'ensemble de ses employés est évalué à 3 500 personnes (main-d'œuvre locale comprise) réparties à travers le monde.

Selon mon contact, la gestion semble transparente et le recrutement des équipes ne présente aucune irrégularité.

Il n'y avait là rien de véritablement suspect, seuls les liens d'One Earth avec l'univers psychiatrique étaient troublants. Nathan feuilleta la suite du document qui énumérait les catastrophes humanitaires majeures au cours desquelles l'organisation s'était engagée. Les dernières pages détaillaient la mise en place des effectifs lors de différentes actions. Il s'arrêta sur la section qui concernait les camps de la périphérie de Goma et du Sud Kivu.

Les équipes médicales en présence dans les zones Nord et Sud Kivu étaient organisées en cellules réparties également dans chaque camp :

Cellule médicale : cinq médecins dont un urgentiste, un spécialiste des maladies infectieuses, un anesthésiste réanimateur, deux chirurgiens et quatre infirmiers.

Cellule psychiatrique : cinq psychothérapeutes dont trois pédopsychiatres et deux infirmiers.

Jusque-là tout semblait irréprochable, mais le paragraphe suivant fit tiquer Nathan.

Il existait en outre une cellule volante dite de « surveillance », composée de quatre hommes qui se déplaçaient de camp en camp à bord d'un hélicoptère Puma. Cette équipe avait pour rôle de surveiller le personnel employé localement et de prévenir les dérives criminelles type viol, racket, etc., et accessoirement aidait à l'avitaillement et à l'évacuation des équipes en cas de grabuge.

NB : il m'a été impossible de récupérer l'identité de ces personnels. La mise en place de telles équipes, qui évoque les milices, semble pour le moins inhabituelle et décriée dans l'univers humanitaire.

Quatre individus, qui vont et viennent à leur guise à bord d'un hélicoptère assez vaste pour transporter une grande quantité de matériel... Quatre hommes qui semblent disposer de toute autorité au sein de l'organisation.

Ce profil pouvait correspondre avec l'idée qu'il se faisait des démons de Katalé.

Nathan quitta le salon et se dirigea vers la rangée d'anciennes cabines téléphoniques qui s'alignaient à droite de la réception. Il attrapa son portefeuille et en sortit une carte de visite. Un petit rectangle de bristol, orné du monogramme d'One Earth, qu'il faisait virevolter nerveusement entre ses doigts...

Le temps était venu d'avoir une conversation avec Rhoda.

47.

— A... Allô ?

— Rhoda ?

La ligne était saturée de parasites.

— Na... Nathan... c'est toi ?

Il prit un moment avant de répondre.

— Oui.

— Je suis heureuse de t'entendre... je ne croyais plus que tu me rappellerais. Je suis sincèrement désolée de ce qui s'est passé. J'y ai pensé, souvent... Je suis la seule responsable, tu n'as rien à te reprocher, ta réaction était naturelle après le choc que tu venais d'encaisser...

La voix de la jeune femme était légère, rayonnante, aussi innocente que celle d'une enfant.

— N'en parlons plus, dit Nathan. Je ne m'explique toujours pas ce qui m'a pris, et je crois que... Écoute, sache juste que je ne voulais certainement pas te blesser... Il marqua une pause puis déclara : je t'appelle pour une autre raison. J'ai besoin de ton aide.

Nouvelle tempête de crépitements.

— Dis-moi. Que se passe-t-il ?

— J'ai besoin de renseignements concernant le camp de Katalé... au sujet de la cellule volante d'One Earth, la cellule « surveillance », j'ai besoin de savoir qui sont ces hommes.

— Pourquoi ?

Silence.

— Tu crois qu'il y a un rapport avec ton enquête, c'est ça ? reprit-elle.

Nathan inspira profondément.

— Il y a un lien, Rhoda. Je suis navré mais c'est la stricte vérité.

— Arrête avec tes mystères, parle...

— Je ne peux rien te révéler. Il s'agit aussi de ta sécurité.

— Laisse-moi me charger de ça. Dis-moi plutôt ce que tu as en tête, et je te répondrai... peut-être.

Nathan sentit la colère l'embraser, il haussa le ton :

— Puisque tu y tiens... lorsque nous nous sommes quittés, je suis parti pour le Congo, je suis retourné à Katalé... l'horreur de ce que j'y ai découvert dépasse l'entendement.

— Quoi, qu'as-tu trouvé ?

— Une galerie souterraine, les vestiges d'un laboratoire d'expérimentations médicales effroyables, les restes misérables d'innocents qu'on a torturés... L'antre des démons.

— Tu n'es quand même pas en train de me dire que les hommes de la cellule « surveillance » sont impliqués dans ces crimes ?

— Chaque élément de mon enquête me ramène à One Earth.

— Ce que tu as découvert n'est probablement rien d'autre qu'un charnier, il y en a des centaines au Rwanda, au Congo...

— Il y avait du matériel médical de pointe, des seringues, des tables d'examen. Ceux qui ont fait ça manipulent des virus et les testent sur des cobayes humains, ils dissimulent leurs crimes derrière la confusion des catastrophes humanitaires. Souviens-toi, bordel ! La gamine, les démons...

— Des virus à présent ? Tu dé...

Nathan ne la laissa pas finir.

— Rhoda, je sais ce que j'ai vu... Maintenant, je te

demande de me répondre. Qui sont ces hommes ? J'ai besoin de connaître leur identité.

— Tu veux que je te dise... Tu es un grand malade... Tu...

— Rhoda... Es-tu d'une manière ou d'une autre liée à ces crimes ?

Silence.

— Réponds.

— Je crois qu'il est préférable qu'on ne se rappelle pas.

— RHODA, BON SANG...

Elle avait raccroché.

Nathan relâcha violemment le combiné et se leva. Il avait déconné. Incapable de se maîtriser, il lui avait tout balancé. Si elle était des leurs, dans moins d'une heure ils seraient au courant de ce qu'il avait découvert. Son visage et sa gorge le brûlaient. Il attrapa son sac et sortit dans la lumière.

Un vent puissant soufflait sur la ville. Nathan plongea dans la tourmente, se laissant porter par les bourrasques de poussière qui s'élevaient vers le ciel en pigments de lumière. Mais il n'y voyait que tristesse et trahison, les rues engorgées, les immeubles en ruine, les âmes qu'ils abritaient lui semblaient autant de stèles et de masques mortuaires emportés dans une danse violente et macabre.

Il remonta le long de la corniche jusqu'au fort de Quaït Bey, l'ancien palais mamelouk, qui se dressait, immaculé, face à la mer rugissante. Lui qui n'avait jamais pu s'y résoudre, il avait à présent le sentiment que depuis le départ Rhoda l'avait trompé. Pour quelles raisons ? Il l'ignorait, mais son attitude laissait désormais planer un sérieux doute sur son rôle au sein de l'affaire.

En songeant au cadavre de Casarès, placé comme un signe sur sa route, une nouvelle théorie germa dans son esprit. Si elle était impliquée, alors peut-être Rhoda l'avait-elle volontairement mis sur les traces des massacres... Était-ce là un autre message que les tueurs lui avaient adressé ?

Aux alentours de midi, Nathan repartit vers la ville. Il doubla la grande mosquée Abou-el-Abbas où la foule s'agglutinait, puis pénétra dans la ville turque. Une enclave façonnée de labyrinthes de ruelles étroites et nauséabondes qui s'ouvraient sur des souks colorés, des échoppes. Dans la rue El Nokrashi, il fit une rapide halte le long de la carriole d'un marchand ambulant et dévora une assiette de grosses fèves rouges et salées accompagnées de pain à côté d'autres hommes silencieux qui le dévisageaient tout en mastiquant leur pitance. Son rendez-vous avec Darwish approchait. Il emprunta pour s'y rendre la rue Salah Salem où se succédaient les vestiges de l'Alexandrie cosmopolite des années 1930, l'Alexandrie aux cinq nations. Bijoutiers arméniens, pâtisseries grecques, restaurants luxueux, boutiques d'antiquités aux enseignes encore écrites en français, un monde suranné, poussiéreux, au charme enivrant. Il ralentit au croisement des rues Nebi Danyal et Saad Zaghlul.

C'est alors qu'il vit le dôme, les clochers surmontés de croix fleuries, les bas-reliefs. La cathédrale copte de San-Marcos se dressait devant lui dans un ciel absolument pur.

Nathan franchit le parvis et gravit les marches qui menaient au portail. D'une main, il poussa la lourde porte de bois patiné puis s'engouffra dans le sanctuaire.

Les yeux encore aveugles de la lumière du dehors, il ne perçut d'abord que des mélopées gutturales qui montaient, puissantes, du chœur, une psalmodie rythmée par les coups d'un bâton qu'on frappait sur le sol. Puis, peu à peu, surgirent des ténèbres les ors, les colonnes, les boiseries incrustées d'ivoire, les icônes mordorées qui semblaient prendre vie sous les éclats vermeils des lustres. Nathan se fraya un passage parmi l'assemblée foisonnante des fidèles. Hommes et enfants d'un côté, femmes de l'autre, tous debout, paumes dressées vers le ciel, les yeux perdus dans la prière. Il laissa son regard courir jusqu'à l'autel et, soudain, le visage du père Darwish, creusé et flanqué d'une longue barbe, lui apparut dans les nappes de myrrhe et les flammèches des candélabres. Le vieux prêtre était vêtu d'une chasuble blanche ornée de larges croix et coiffé d'une mitre de soie, circulaire et gonflée, de même couleur. Autour de lui les diacres se prosternaient devant le pain et le vin consacrés. Quand il eut terminé sa bénédiction, les hommes et les enfants se déchaussèrent et vinrent former un cortège silencieux pour recevoir le Corps et le Sang du Christ. La bouche couverte d'un voile, ils se retirèrent dans la méditation, laissant la place aux femmes.

En retrait des colonnes, Nathan contemplait ce tableau d'une ferveur absolue qui lui évoquait celle des moines oubliés de la Malatestiana. Une foi pure, radicale, qui semblait signifier que les fondements de la vie, de l'existence humaine se trouvaient au cœur même de la religion.

Lorsque la cérémonie toucha à sa fin, les fidèles vinrent saluer le père Darwish, le front tendu vers ses mains brunes, avant de quitter la cathédrale le visage paisible. Peu à peu la rumeur s'évanouit, les lumières s'éteignirent une à une, laissant Nathan dans la pénombre.

Un murmure résonna derrière lui.

— Êtes-vous croyant, monsieur Falh ?

Nathan se retourna et découvrit le prêtre, les mains glissées dans les manches de sa chasuble. De sa barbe blanche émanait une lueur pâle presque surnaturelle.

— Je l'ignore, souffla Nathan.

— Qu'est-ce qui vous inquiète tant, jeune homme ?

— Je ne crois pas être inquiet...

— Alors que signifie cette détresse que je lis dans votre regard ?

Silence.

Nathan observa le prêtre. Un visage parcouru d'innombrables rides accentuées par l'obscurité, et ses yeux, deux perles noires comme fermées au monde, grands ouverts sur la vérité. Il renonça à mentir de nouveau :

— Je me pose certaines questions.

— Et vous pensez trouver les réponses auprès du Seigneur ?

— Non, auprès de vous, mon père.

— Je vous écoute.

Nathan attaqua sans ambages :

— Je m'intéresse aux croyances magiques coptes, au lien qui subsiste avec les anciens cultes religieux pharaoniques...

Le religieux posa un doigt sur ses lèvres.

— Il est des mondes, des territoires secrets dont on ne parle qu'à voix basse... – Il jeta un regard en coin aux diacres qui rangeaient les instruments de la divine liturgie et glissa dans un murmure – : Venez...

48.

Les deux hommes marchèrent jusqu'à la nef et s'engagèrent dans un étroit escalier de pierre qui disparaissait entre les travées de colonnes vers les soubassements de la cathédrale.

La crypte était fraîche et exiguë. Sur le sol, Nathan distinguait, entre les ombres des cierges, de larges dalles patinées sous lesquelles reposaient les ossements blanchis de religieux illustres.

— Pardonnez-moi si j'ai commis une faute...

— La magie est un sujet qu'on n'aborde pas ouvertement dans notre communauté. Si mon activité de chercheur me permet de désacraliser ces questions, ce n'est pas le cas de mes diacres. Venons-en à ce qui vous intéresse.

Le vieux prêtre ferma les yeux, sa voix sembla alors vibrer comme une corde.

— Il y a très longtemps, une délégation d'Alexandrie vint trouver Macaire l'Alexandrin au désert pour le supplier de venir à la ville où il ne pleuvait plus depuis longtemps, et où les vers et les insectes avaient envahi les champs. « Viens, lui dirent-ils, et prie Dieu pour qu'il y ait une eau de pluie qui tue les vers et les insectes. » Macaire se rendit donc à la ville d'Alexandrie, pria Dieu et la pluie se mit à tomber. Lorsqu'elle fut suffisante, il pria de nouveau et elle cessa de tomber. Alors les Grecs s'écrièrent : « Un magicien est entré par la porte du Soleil et le Juge ne le sait pas. »

La voix du prêtre résonnait dans la pénombre de la crypte.

— Je crois, reprit-il, que cette parabole, dans laquelle intervient l'un de nos saints les plus illustres, montre bien à quel point le merveilleux et le surnaturel sont présents dans le quotidien de notre peuple. Commander aux esprits et aux démons, aux anges et même à Dieu, est inné pour nous qui sommes les descendants des pharaons.

— Sur quelles croyances repose cette magie ?

— Elles sont proches de celles de nos lointains ancêtres qui invoquaient Thot, le dieu à tête d'ibis. Pour suivre les préceptes qui interdisaient le recours à ces pratiques, de simples substitutions ont eu lieu : les noms des anciens dieux ont été remplacés par ceux du Christ, de la Vierge et des saints. La Bible et ses personnages ont succédé aux mythes de l'Égypte ancienne.

— Ces pratiques sont-elles toujours vivantes ?

— Elles le sont.

— De quelle manière, dans quels desseins sont-elles utilisées ?

— Pour guérir des maladies, éloigner le mauvais œil, exorciser les possédés, lutter contre une personne qui vous veut du mal...

— Vous-même, y avez-vous recours ?

— Comme bien d'autres prêtres, il m'arrive de présider à des cérémonies...

Une question brûlait les lèvres de Nathan, il ignorait si elle le mènerait vers la vérité. Il dit à mi-voix :

— Le Cercle de Sang... – Il y eut un court silence, puis Nathan reprit – : Ces mots éveillent-ils quelque chose en vous ?

Mais déjà les yeux de Darwish s'étaient plissés comme si Nathan venait d'ouvrir en lui une ancienne blessure

— Où donc avez-vous entendu prononcer cela ?

Nathan perçut une certaine réticence dans l'inflexion que le prêtre donna à sa voix. Il décida de garder le silence.

— Des questions d'ordre personnel, c'est cela...

Nathan acquiesça d'un battement de paupières.

— De toute façon, je ne tiens pas vraiment à en parler. C'est une croyance toute particulière qui peut se révéler très néfaste pour notre peuple.

— Mon père, ne prenez pas mon silence pour une provocation. Il est très important que je sache de quoi il s'agit.

Darwish braqua sur Nathan un regard sévère :

— Vous semblez ne pas comprendre. Nul n'a le droit de prononcer ces mots sous peine de... Non, vraiment il m'est impossible de...

— Je vous en prie... Ces informations sont inestimables. Qu'alliez-vous dire...

— Qu'il est interdit de briser le silence sous peine de se voir châtier.

— Par qui ?

— Les esprits Rûhani, les servants des psaumes...

— Qu'est-ce que... ?

— Je parle des anges, c'est ainsi que nous les nommons.

Le vieil érudit sembla hésiter un instant ; il passa une main le long de sa barbe, puis souffla enfin :

— Les informations que je vais vous livrer doivent rester secrètes, si jamais vous venez à les évoquer, je vous demande de ne jamais citer mon nom ni celui de cette cathédrale...

— Je vous en fais le serment.

— Très bien... Cette histoire prend sa source dans des temps très reculés, au tout début de notre ère, lors des vagues de répression engagées par l'Empire romain contre les chrétiens d'Alexandrie. Pendant des siècles, les empereurs ont chassé, torturé, assassiné des milliers d'âmes qui n'avaient commis d'autre forfait que celui de croire en un Dieu unique. Pour échapper à ces massacres, nos ancêtres persécutés se sont réfugiés sous terre, dans les nécropoles où ils enterraient leurs morts, mais surtout hors de la ville... dans le désert. C'est sans doute ainsi que sont nés les premiers moines... La solitude de ces hommes, leur éloignement forcé d'Alexandrie et de l'enseignement théologique ont engendré une nébuleuse de croyances assez diverses. Certains d'entre eux ont effectué un retour aux sources en s'inspirant des traditions anténilotiques. Ainsi on raconte qu'au IIIe siècle une poignée d'hommes, sept précisément, tous issus du Didascalée, l'illustre école religieuse d'Alexandrie, et menés par un certain Antoine de Césarée, se seraient retirés dans le désert pour y fonder non pas un monastère mais une base de rébellion contre l'empereur Dioclétien qui venait de lancer une vague de persécutions sans précédent. Cette attitude agressive était pour le moins inhabituelle et très vite le bruit a couru qu'ils étaient en possession d'un talisman divin et secret, un *qalfatîr* : le Cercle de Sang.

— Quelle était la nature de ce talisman ?

— On parle d'un papyrus écrit de la main du Christ. Un texte dont l'encre serait le sang d'un ibis sacré et qui remettrait en cause l'histoire du Messie telle qu'elle nous est parvenue.

Nathan sentit une onde glacée le submerger.

— Que voulez-vous dire ?

— Il révélerait qu'en fait Jésus n'aurait pas été le messager de paix décrit par la Bible, mais un chef de guerre en lutte contre Caïphe et le pouvoir romain, à l'image des rebelles samaritains et des assassins zélotes. En langage contemporain, cela signifie qu'il aurait été un juif fondamentaliste, condamnant à mort ceux qui se soustrayaient à la loi de Moïse. Ce texte symboliserait un appel à la lutte armée. Ainsi, à la requête du Messie, Dieu aurait ordonné aux anges d'investir les enveloppes charnelles d'Antoine de Césarée et de ses moines pour poursuivre l'œuvre du Christ et mener à bien cette lutte contre l'oppresseur assimilé aux forces du Mal. On a peu de traces des actes de violence que ces hommes ont commis, mais on dit qu'ils signaient chacune de leurs actions d'un cercle de sang.

— Continuez, je vous en prie...

— Lorsque l'empereur Constantin a fini par décréter la liberté religieuse, les moines guerriers et leur talisman se sont évanouis dans la nature. Il semblerait pourtant que ce mouvement ait influencé les générations suivantes qui, lors des invasions musulmanes, ont mené de nombreuses et violentes insurrections. Mais ces révoltes furent toutes matées dans le sang et n'eurent pour effet que de réduire la population chrétienne, désormais appelée copte, au silence, à la soumission et à l'esclavage.

— Vous voulez dire que le Cercle de Sang a... disparu ? demanda Nathan.

— Pas exactement, il était présent, mais sous une forme différente... C'était devenu une sorte de malédiction, une prophétie. De la même manière que l'*Apocalypse* de Jean, elle promettait la mort à ceux qui menaçaient la vie des chrétiens d'Égypte. Le temps des persécutions a bientôt repris et la légende a refait surface. La trace la plus ancienne du Cercle sous sa forme prophétique remonte au règne du despote fatimide, le calife Al-Hâkim bi-amr Allah. Un des plus cruels souverains du Moyen Âge musulman, qui a déchaîné contre les Coptes des persécutions marquées du sceau de la folie. Assassinats, destruction des églises, confiscation des biens... il forçait aussi les chrétiens à se vêtir de noir et à porter autour du cou une croix de plusieurs livres. Mais voilà, peu de temps après, le calife et nombre de ceux qui avaient pris part aux violences ont péri d'un mal lent et mystérieux. Les Coptes étaient déjà connus pour être des magiciens et certains les ont accusés d'avoir invoqué les anges. Mais qui punir ? Il aurait fallu exterminer un peuple tout entier... et la crainte de représailles divines était déjà dans les esprits. Personne ne fut reconnu coupable, les chrétiens semblaient désormais protégés par leur légende...

— L'histoire rapporte t-elle des faits similaires à celui-ci ?

— Bien souvent, lorsque des Coptes ont été tués, immédiatement après des musulmans ont péri.

— Et aujourd'hui ? intervint Nathan

— Récemment encore, des morts étranges sont survenues à la suite d'affrontements entre chrétiens et musulmans, mais je vous rappelle que nous parlons d'une légende et je pense qu'il s'agit là de pures coïncidences.

— Une légende que vous semblez pourtant craindre...

Silence.

— Je ne crains pas tant la légende que ceux qui l'entretiennent.

— Pouvez-vous me parler de ces événements ?

— Tout a véritablement recommencé dans les années 1980 sous Sadate puis sous Moubarak, avec le réveil de l'intégrisme combatif des fondamentalistes musulmans. La paix avec Israël, la crise économique sans issue, qui selon les extrémistes nous sont imputables, ont donné lieu à de nouvelles flambées de violence. Depuis ces vingt dernières années, la malédiction aurait frappé plusieurs fois.

— À quelles occasions ?

— La dernière en date remonte à l'année 2000. Les massacres d'Al Kocher ont fait quarante morts et ont été suivis de deux vagues successives de fièvres qui ont fait près de trois cents morts au sein de la communauté musulmane locale. Tous ces décès ont été secrètement attribués à la malédiction.

— Ne trouvez-vous pas ces coïncidences... troublantes ?

— Bien d'autres affrontements n'ont été suivis d'aucune mort de ce genre, jeune homme.

— Celles-ci ont pourtant eu lieu...

— Alexandrie est une frontière, notre pensée est très éloignée de celle de l'Occident. Comme je vous l'ai dit, les superstitions sont toujours vivantes dans notre communauté et les musulmans y sont très perméables. Je pense que certains Coptes veulent croire ou plutôt faire croire à la réalité de la prophétie du Cercle afin d'effrayer les intégristes pour qu'ils cessent leurs crimes. Je ne suis pas partisan de cette solution qui ne fait qu'attiser la haine et la violence. À mon sens, seul un véritable dialogue, où la tolérance et l'ouverture auront leur place, sera salutaire.

Nathan changea brusquement de sujet :

— Mon père, encore une question... Que savez-vous d'Abbas Morquos ?

— Vous parlez de Morquos, le fondateur d'One Earth ?

— C'est ça.

— Il est une des personnalités majeures de notre communauté.

— Vous voulez dire qu'il est copte ?

— Oui. C'est un homme riche et influent, il a fait beaucoup pour nos églises et nos monastères, pour les plus démunis aussi, et je ne parle pas de son organisation humanitaire.

— Quels sont ses rapports avec le pouvoir du pays ?

— Morquos a toujours été proche des raïs. Nasser, Sadate, Moubarak ont toujours eu un grand respect pour lui. Il n'a jamais été mis à l'écart comme d'autres personnalités coptes. Certains membres de notre communauté l'accusent de collaboration avec les musulmans, mais je crois qu'il agit ainsi pour mieux combattre les inégalités.

— Savez-vous où il vit ?

— Non, ses apparitions se sont faites de plus en plus rares, jusqu'à ce qu'elles cessent. Il ne s'est plus montré depuis de nombreuses années...

— Que savez-vous de son parcours ? D'où lui vient sa fortune ?

— Il a fait une carrière remarquable dans le service de santé des armées égyptiennes, puis il a repris les rênes du groupe pharmaceutique Eastmed, créé par son père. Il fabrique soixante pour cent des médicaments consommés en Égypte...

— Un laboratoire pharmaceutique ?

— C'est cela...

Cette dernière révélation de Darwish tissait de nouveaux liens. Un ancien médecin militaire... Un laboratoire... Un effroyable réseau de mort aux rouages parfaitement ciselés s'imposait en filigrane dans les pensées de Nathan.

— Pour quelles raisons vous intéressez-vous à lui ?

— Simple curiosité.

— Bien. Il est temps pour moi de vous abandonner. Avez-vous eu les réponses que vous attendiez ?

— Plus que vous ne pouvez l'imaginer, mon père, merci infiniment de m'avoir accordé tout ce temps.

Nathan salua son hôte et s'engagea dans l'escalier lorsque la voix de corde l'interpella de nouveau.

— Jeune homme...

Il se figea sur une marche et tourna son visage vers la crypte. La lueur des cierges semblait ruisseler comme de l'or liquide sur les ornements et le visage profondément ridé du vieux prêtre.

— Je ne sais qui vous êtes, ni ce que vous cherchez, mais prenez garde aux ombres qui se dressent sur votre chemin...

— Pourquoi ?

— Parce que parmi elles se trouve celle de votre propre mort.

49.

Nathan brûlait.

Il brûlait de vérifier les éléments qu'il venait de recueillir. Il songea d'abord à rappeler Rhoda, ou à essayer de contacter des membres d'One Earth pour recouper ce qu'ils diraient peut-être avec les informations dont il disposait, mais cela ne le mènerait nulle part. Tout était trop cloisonné. Il se ravisa, héla un taxi et regagna directement le Cecil Hotel. Une fois dans sa chambre, il tira les rideaux, plongeant la pièce dans la pénombre.

Les révélations de Darwish étaient capitales, et Nathan avait un avantage sur l'érudit : lui savait que le Cercle de Sang n'avait jamais été une légende. Les dernières pièces du puzzle venaient de s'assembler dans sa conscience. Il était sur le point d'aboutir, il le sentait.

Restait à vérifier un détail.

Il alluma son ordinateur et se connecta à Internet via la prise téléphonique.

Si ses soupçons étaient fondés, alors ils confirmeraient ses convictions. Et il pourrait ainsi dévoiler le mobile des tueurs.

Lorsque son navigateur s'afficha à l'écran, Nathan lança son moteur de recherche et tapa à la suite plusieurs mots-clés :

Persécutions – Chrétiens – Pakistan – Bosnie – Égypte

Il cliqua sur RECHERCHE. L'ordinateur moulina un long moment, mais lorsque la page de résultats s'afficha, l'amnésique comprit qu'il avait vu juste. Plusieurs pages de liens le renvoyaient vers des articles de presse sur les persécutions de chrétiens aux quatre coins de la planète. Il fit dérouler machinalement la page puis cliqua sur l'un d'entre eux, un article de l'édition électronique du *Times*, daté du 26 février 2002.

Aggravation des persécutions contre les minorités chrétiennes dans le monde

Un rapport réalisé conjointement par plusieurs organisations de droits de l'homme dresse un bilan alarmant des persécutions antichrétiennes en aggravation constante à travers le monde.

Dans les pays incriminés – la Chine, l'Inde, le Pakistan, le Vietnam, l'Iran, le Nigeria, le Soudan – les chrétiens se voient quotidiennement infliger des châtiments qui vont de l'esclavage à la famine imposée, en passant par le meurtre, le pillage et la torture.

Malgré la désintégration du bloc communiste, frontière à laquelle se limitaient les discriminations de chrétiens au siècle dernier, celles-ci sont plus que jamais une réalité et résonnent tel l'écho effrayant d'une des périodes les plus noires de l'histoire contemporaine. S'il s'agit bien là de crimes contre l'humanité, le processus diffère pourtant de celui des génocides, car ces persécutions très disséminées sont aujourd'hui habilement masquées par les constitutions, les guerres ethniques, et très souvent ignorées par les sociétés et l'Église elle-même.

Mais les auteurs de ce rapport ne se contentent pas de révéler les faits, ils livrent ici une analyse de la diversité des processus de persécution qui s'inscrivent chaque fois dans un contexte historique, politique et religieux et distinguent la part de responsabilité des États de celles des groupes fondamentalistes comme le RSS (Corps national des volontaires hindous, Inde) ou le Jamaat-e-Islami (Pakistan).

Pour les nombreuses « Églises domestiques » (clandestines) protestantes du Henan et catholiques dans le Hebei, la menace est purement politique. Considérés comme « Culte maléfique » par Pékin, leurs lieux de réunion sont détruits et les membres du clergé emprisonnés.

Autre visage des persécutions : le nationalisme. L'Inde, pays laïque, semble avoir changé d'attitude depuis l'arrivée au pouvoir du parti nationaliste hindou BJP en 1998. Les chrétiens sont désormais les victimes régulières d'organisations extrémistes proches du gouvernement. Des églises sont plastiquées, des bibles brûlées, des prêtres assassinés par les nationalistes qui assimilent le christianisme à une menace sérieuse pour la culture hindoue et l'identité même du pays.

Dans certains pays d'Afrique, les tensions sont d'origine ethnique. C'est le cas au Soudan et dans la poudrière du Nigeria. Dans ce pays, dont la constitution garantit pourtant la liberté de culte et où toute religion officielle est proscrite, les affrontements interreligieux se multiplient. Depuis 1999, la loi islamique gagne du terrain dans les États du Nord avec pour conséquence des affrontements confessionnels – quinze cents morts chrétiens à Kaduna, en 2000 – parmi les plus graves depuis la guerre du Biafra et une insécurité générale qui s'installe dans tout le nord du Nigeria, où les populations chrétiennes du sud ont été attirées par l'exploitation pétrolière.

Si ce rapport ne recense pas tous les cas de persécutions – depuis des mois, les chrétiens de l'archipel des Moluques (Indonésie) sont attaqués par des commandos islamistes, les émeutes antichrétiennes en Égypte sont fréquentes ; les militants engagés dans les luttes contre la pauvreté en Amérique centrale ou latine (comme les sept jésuites tués au Salvador en 1989 ou le père Burin des Roziers, avocat menacé de mort au Brésil) ne sont pas non plus cités, ni les victimes chrétiennes des massacres en Algérie – il a l'avantage de dénoncer l'impunité des pays épinglés, dont certains entretiennent des relations diplomatiques et commerciales cordiales avec les dirigeants aux mains propres des grandes démocraties occidentales.

Le lien suivant le dirigea sur une revue de cas de persécutions survenues dans le monde au cours des cinq dernières années.

Pakistan : Une loi qui punit (jusqu'à la peine de mort) toute « allégation malveillante » contre le prophète Mahomet ou le Coran est à l'origine de plus de soixante-dix procès pour blasphème entre 1998 et 1999. Après la condamnation à la peine capitale d'un chrétien, en avril 1998, Mgr John Joseph, évêque de Faisalabad, s'est donné la mort devant le tribunal de Sahiwal pour attirer l'attention de la communauté internationale.

Chine : Dans des provinces qui ont durci leur législation religieuse (Zhejiang, Fujian), les chrétiens qui refusent de rejoindre l'Association patriotique (catholiques) ou le Mouvement des trois autonomies (protestants) sont menacés ou poursuivis. Les autorités officielles détruisent églises et temples, incarcèrent les évêques : Mgr Han Dingxiang en décembre 1999 ; Mgr Jacques Su Zhemin, emprisonné depuis 1997. Au total quatorze mouvements protestants ont été qualifiés de « cultes maléfiques » et leurs dirigeants arrêtés.

Vietnam : Accusées d'hostilité au pouvoir, des minorités ethniques comme les H'mongs sont régulièrement intimidées. Les forces de l'ordre forcent les fidèles à payer des amendes et à signer des formulaires par lesquels ils renoncent à la religion chrétienne. Des chrétiens H'mongs ont récemment été forcés d'avaler le sang de poulets sacrifiés, mêlé à l'alcool de riz, pour signifier qu'ils renonçaient à leur foi.

Égypte : Indignation de la diaspora copte à l'annonce du verdict rendu par la cour criminelle de Sohah en Haute-Égypte qui a acquitté quatre-vingt-douze des quatre-vingt-seize accusés dans le procès des émeutes d'Al Koche'h. En janvier 2000, vingt-deux personnes dont vingt et un coptes ont été tués dans ce village à majorité chrétienne.

Nathan se frotta les yeux et se recula dans son siège comme pour s'éloigner de toute l'horreur qui défilait sur l'écran.

Sahiwal, Pakistan, 1998 ; Al Koche'h, Égypte, 2000 ; province du Zhejiang, Chine... Les informations de Darwish et celles du document électronique recoupaient parfaitement le rapport d'Alain Derenne. Certaines des épidémies identifiées par le virologue correspondaient, elles avaient chaque fois suivi de peu les crimes commis contre les différentes communautés chrétiennes.

Le secret des tueurs était maintenant limpide et la dimension sacrée liée aux virus prenait tout son sens.

Les hommes du Cercle de Sang vengeaient les leurs. L'attitude indifférente des États occidentaux et l'impunité des régimes mis en cause ne faisaient qu'attiser leur haine et leur sentiment d'injustice. Cet article donnait une nouvelle dimension à l'enquête. Nathan pouvait maintenant s'expliquer les raisons qui avaient poussé ceux qu'il traquait à créer une nouvelle chimère où intervenaient les gènes de la grippe espagnole... L'indifférence... L'hypocrisie des pays riches devant les massacres des minorités chrétiennes. Que représentaient ces communautés face aux enjeux économiques et géopolitiques du monde moderne ? Voilà pourquoi les tueurs s'attaquaient aujourd'hui à l'Occident... En choisissant Rome pour première cible, ils frappaient un symbole, le cœur même de la chrétienté.

Nathan en avait assez lu. Il s'apprêtait à éteindre son powerbook mais se ravisa. D'instinct, il cliqua sur l'icône de sa messagerie électronique. Un nouveau message l'attendait.

From : Ashley Woods
To : Nathan Falh
Nathan, je n'ai pas cherché à vous nuire, simplement à vous aider. J'ai transcrit les derniers mots d'Elias. Je suis très inquiet. Appelez-moi de toute urgence. Je vous en prie.

Nathan relut une seconde fois le message. *Je suis très inquiet.* Que signifiait cet avertissement ? Qu'était-il arrivé ? Il coupa la connexion et fixa un instant le téléphone. L'idée de rappeler l'Anglais le répugnait, il ne pouvait pourtant pas se permettre de faire l'impasse sur de nouvelles révélations.

Il se décida à composer le numéro de portable de Woods.

Pas de réponse.

Il laissa un bref message ainsi que le numéro où le rappeler. Cinq minutes plus tard, la sonnerie du téléphone retentissait.

— Nathan ?

— Oui.

— Vous avez reçu mon mail ?

— Oui et j'ai vu Darwish aussi. À quoi jouez-vous ?

— Laissez tomber, nous réglerons nos comptes plus tard. Que vous a dit Darwish ?

Woods n'avait donc pas interrogé le prêtre, il lui avait laissé les coudées franches.

— Il a confirmé nos soupçons sur les Coptes et sur le *modus operandi* des tueurs.

— Vous voulez dire qu'il sait ce qu'est le Cercle de Sang ?

Nathan lui résuma l'histoire du papyrus, d'Antoine de Césarée et de ses moines guerriers, la légende des anges et leur combat contre l'oppresseur.

— Cette lutte, qui semble avoir été une forme de résistance armée pendant l'existence temporelle des moines, conclut-il, s'est au fil des siècles muée en une sorte de malédiction qui s'accomplirait chaque fois que la communauté chrétienne égyptienne se verrait menacée par les musulmans...

— Et cette malédiction est un mal mystérieux qui frappe les coupables...

— Précisément. Des musulmans sont morts lors d'épidémies qui se sont déclenchées à la suite d'affrontements et c'est encore arrivé récemment en 2000 lors des massacres d'Al Kocher, une petite ville du sud du pays... Selon Darwish, c'est une pure légende, mais j'ai mis en corrélation la liste de Derenne et les différents massacres chrétiens à travers le monde. Certains, au Pakistan, en Chine, correspondent point pour point. C'est trop gros pour n'être qu'une coïncidence.

— Mais pourquoi vouloir frapper à grande échelle ?

— Ils ont décidé de punir l'Occident de son indifférence.

— C'est dément...

— Qu'en est-il des victimes de Fiumicino ?

— Elles tombent comme des mouches. Il y a trois nouveaux morts. Cinq des passagers mis en quarantaine ont développé l'infection. Il semblerait qu'il n'y ait pas eu de fuites dans le dispositif de sécurité, l'épidémie serait circonscrite.

— Les autorités ne se doutent de rien ?

— Non. Tout le monde, même la presse, croit à un virus émergent.

— Et Derenne ?

— Il court pour vous. Il croit les Anglais toujours dans le coup. De toute façon il est coincé. Si quelqu'un apprend qu'il était au courant de quelque chose, il risque gros.

— Très bien.

Nathan changea de sujet.

— Parlez-moi du manuscrit. Qu'avez-vous découvert de si inquiétant ?

— Elias raconte qu'un gamin lui a apporté une cassette en fer contenant un mystérieux objet accompagné d'une petite clé. Il a essayé à plusieurs reprises de l'ouvrir sans y parvenir. Il confie ensuite que sa santé se dégrade. Je pense que la clé était empoisonnée. Les tueurs ont dû fausser la serrure de manière qu'en forçant sur le métal Elias fasse pénétrer le poison dans son organisme.

— Ils l'ont...

— Oui, Nathan, ils l'ont eu, comme ils vous auront aussi. Plus j'avance dans cette histoire, plus j'ai le sentiment que vos destins sont liés. Si les tueurs ont d'abord tenté de vous tuer, je pense qu'ils cherchent à présent à vous attirer dans un piège.

— Je comprends vos craintes mais vous vous trompez, Ashley, cette fois j'ai une longueur d'avance sur eux.

— Vous ne comprenez pas. Vous ne voyez pas que cette histoire colle singulièrement à la vôtre ? À partir d'un certain point de l'enquête, chaque indice qu'Elias a découvert a été placé délibérément sur son chemin. Comme vous il a échappé à la mort, comme vous il a remonté le chemin du Mal, mais ils ont fini par avoir sa peau. Ce sera bientôt votre tour.

Nathan ignora la sentence et demanda :

— C'est tout ce que vous avez sur le manuscrit ?

— Non, j'ai trouvé quelque chose de bien plus terrifiant encore. C'est précisément de cela que je voulais vous parler.

— Quoi ?

— En l'analysant sous une caméra numérique qui repère les différents spectres de couleurs... j'ai vu apparaître une écriture invisible, un palimpseste, un nouveau passage sous forme d'un dialogue mystique qui se dissimulait sous le texte des dernières pages. Un vrai truc de cinglé... Écoutez

Nathan entendit le froissement de pages qu'on tournait puis à nouveau la voix de Woods :

« Qui es-tu, ô maudit ! je n'ai jamais vu sur mon chemin plus étrange que toi en aspect, plus lumineux, viens-tu d'entre les djinns, d'entre les hommes, ou d'entre les morts ? »

« Moi je suis servant de mon Seigneur qui m'a donné pouvoir sur les Afrits. »

« Quel est ce pouvoir ? »

« Celui de vie et de mort sur les ennemis de Dieu Très Haut. »

« Est-ce toi qui m'as ôté d'entre les vivants, toi qui ronges la terre de tes canines, qui vis dans les entrailles du monde ? Toi qui peux donner la mort aux âmes endormies en suçant leur langue ? »

« Ô fils d'Adam, je tiens de Dieu ce pouvoir ! »

« Où est ta protection ? »

« Sur le Qalfatîr qui porte le nom de Jésus, fils de Dieu Très Haut, par ma qualité et par mon nom. »

« Quel est ton nom ? »

« Ô fils d'Adam ! j'ai vingt-quatre noms, pour toi je suis Gafhaîl. »

« Pourquoi viens-tu me trouver, alors que je vais mourir ? »

« Ne crains plus rien, je ne te tourmenterai pas de plus grands tourments, je suis venu te libérer, bois cette coupe. »

« Que veux-tu de moi ? »

« Par la Vérité de Dieu, qui connaît le mystère et le secret, je t'ai choisi, je vais glisser dans ta chair, Fils d'Adam, je serai ton âme, tu seras mon visage, tu seras le bras qui tient le glaive. Tu renaîtras de tes cendres, nous serons Un et ensemble nous arpenterons les ténèbres... »

— C'est délirant... C'est comme s'il revenait à la vie, souffla Nathan.

— Oui, comme si quelqu'un, un esprit supérieur investissait son corps...

— Gafhaîl...

— C'est sans doute la forme copte pour nommer l'archange Gabriel...

— Alors ça coïncide avec la légende de Darwish. Elias est devenu l'un des leurs... Il est devenu un ange...

— Ce qui signifierait que ce manuscrit leur appartient.

— Sans doute, mais tout cela s'est passé il y a plus de trois siècles. Nous perdons notre temps, je dois savoir où se cachent les tueurs, ce texte ne nous mènera plus nulle part.

— Vous vous trompez, Nathan.

— Que voulez-vous dire ?

— J'ai eu la même réaction que vous mais, en réfléchissant, j'ai compris qu'il ne nous avait peut-être pas livré tous ses secrets.

— Tous ses secrets ?

— Nous nous sommes fiés à l'écriture alors que d'autres réponses se cachaient ailleurs, sur l'objet lui-même.

— Je ne comprends pas, expliquez-vous !

— J'ai réalisé une série de prélèvements sur le vélin, que j'ai ensuite examinés au microscope à balayage. Il y avait pas mal de choses intéressantes, cristaux de sel, poussière, moisissures... En faisant le tri, je suis tombé sur un grand nombre de répliques d'un pollen, un pollen très rare.

— Lequel ?

— L'adenium. Une fleur... une fleur du désert. Pour porter cette graine, le manuscrit a dû séjourner dans une région où pousse cette espèce. La plupart étaient totalement déshydratés, craquelés, ce qui signifie qu'ils sont très anciens. D'autres en revanche étaient frais, comme s'ils y avaient été déposés il y a peu de temps.

— Ce qui implique ?

— Que le manuscrit est resté très longtemps au même endroit, des siècles peut-être, et qu'il n'en a bougé que récemment.

— Où ? demanda Nathan, avide.

— En théorie, l'adenium existe de l'Arabie saoudite à l'Afrique du Sud, mais nous avons ici affaire à une sous-espèce bien précise, l'*Adenium caillaudis,* qui ne pousse que dans une région très précise du globe... Elle est endémique des rives du Nil, celles qui baignent le sud du désert de Nubie.

— En Nubie...

— Oui, cette zone s'étend très précisément au nord de Khartoum, au Soudan... Allô ? Allô, Nathan ? Vous êtes là... ?

50.

Une route noire, rectiligne, bordée par le désert, les voiles colorés des femmes frémissant dans la nuit, les crépitements d'une radio aux résonances orientales... Nathan était à bord du bus lancé à pleine vitesse vers le sud, les terres brûlées de l'ancienne Nubie.

Alors que le jour tombait sur la ville, que les chants puissants des muezzins montaient à l'unisson dans l'or du couchant, Nathan avait bouclé son sac et pris la direction de la gare routière de Sidi Gaber d'où il avait embarqué pour Assouan via Le Caire. De là, il pourrait traverser le lac Nasser et gagner le port de Ouadi Halfa au Soudan. Dans le taxi, il avait contemplé une dernière fois les vagues se briser sur la corniche, laissant les embruns se mêler aux lambeaux de sa mémoire morte. Il n'avait pas d'idée précise du lieu où se terraient ceux qu'il cherchait, pourtant les dernières révélations de Woods avaient éveillé en lui de nouvelles certitudes et, d'une manière qu'il ne s'expliquait pas, il savait que c'était là-bas, quelque part au cœur du désert.

Plus que jamais il devait laisser son instinct guider ses pas pour découvrir l'ultime vérité.

L'employé de l'Upper Egypt avait tenté de le dissuader de réaliser un tel périple qui prenait plus de quinze heures, mais Nathan savait que c'était là le seul moyen de pénétrer dans le pays sans se faire repérer. Woods l'avait mis en garde, lui-même en était convaincu : les tueurs l'attendaient. L'aéroport de Khartoum serait le premier endroit où ils guetteraient sa venue. Et c'était la dernière erreur à commettre.

Le voyage dura deux heures. Deux longues heures, serré au coude à coude avec les autres passagers, au cours desquelles Nathan s'efforça de faire le vide dans son esprit, de ne pas bousculer ses pensées. Pourtant il sentait déjà des blocs de réminiscences affleurer à la surface tourmentée de sa conscience. Il fallait les laisser venir, laisser la métamorphose s'opérer d'elle-même.

Il se concentra sur son plan d'action : son visa, il l'obtiendrait à la frontière moyennant finances, il lui faudrait ensuite un contact afin de pouvoir louer un véhicule qui lui permettrait de se déplacer. Une arme aussi, légère, efficace, et des munitions. Puis il descendrait encore, le long du Nil, vers les frontières de l'Afrique noire. Il savait que sa mémoire ferait le reste, cette fois elle ne le trahirait plus, elle serait sans faille et le mènerait jusqu'à eux.

À 20 h 30, il distingua les lumières crépusculaires de la banlieue du Caire. Le bus prit la direction du centre-ville jusqu'à la gare routière de Turgoman. Une fois à terre, Nathan eut à peine le temps d'acheter une réserve d'eau minérale et de vivres, qu'il dut embarquer à bord d'un autre véhicule presque vide qui vrombissait déjà dans la nuit. Il leur fallut près de trois quarts d'heure pour s'extirper du trafic, enfin ils gagnèrent la route du désert vers Miniêh, Assiout, Al-Balyana, Quénèh... Épuisé, trempé de sueur, Nathan se cala contre la vitre crasseuse du bus et sombra dans un sommeil sans rêves.

Lorsque le soleil, blanc, énorme, embrasa de nouveau la terre, ils étaient parvenus au nord de Louqsor.

Nathan passa ses mains sur son visage endormi.

Les odeurs étaient plus violentes, la chaleur écrasante. Des fellahins, paysans misérables, marchaient, enveloppés dans leur manteau de laine, houe à la main, dans la poussière vers les langues de verdure qui s'étiraient le long du

Nil. Les visages avaient changé et Nathan déchiffrait dans ces faces brûlées les prémices d'une Afrique rare, antique, différente de celle qu'il avait découverte au Congo.

Ils parvinrent à Assouan peu avant seize heures. Nathan récupéra son sac dans la soute du car et attrapa un taxi qui le déposa dans la zone portuaire, dix-sept kilomètres plus au sud, après le grand barrage Saad-al-Ali. Il régla la course et plongea dans l'air chaud et sec, presque suffocant. Son sac calé sur l'épaule, il se dirigea vers le bâtiment principal, un immense hangar où se tenaient les comptoirs des compagnies de navigation.

Des grilles surmontées de barbelés marquaient la zone franche. De l'autre côté, il pouvait distinguer des barques, des cargos rouillés, flottant immobiles sur les eaux brûlantes du lac Nasser. Il régnait ici une activité intense : marchands de thé, de pain, chauffeurs de camion. Le long des quais, des dizaines de dockers chargeaient ou déchargeaient leurs marchandises en tout genre et partout des militaires, treillis sable, béret et fusil automatique au poing, contrôlaient les allées et venues de chacun.

Nathan trouva sans peine le comptoir de la Nile Valley Navigation que le taxi lui avait indiqué. Un panneau d'affichage annonçait un départ pour sa destination mais sans préciser d'heure ni de jour. Dans la clameur humaine, Nathan perçut un cri.

— YOU GO ABOU-SIMBEL ? RAMSÈS TEMPLE ?

Il se retourna et aperçut un géant longiligne à la peau de cuivre et vêtu d'une djellaba rouge de poussière. Il avançait dans sa direction, un épais carnet à souche à la main. Nathan répondit en anglais :

— *No*, Ouadi-Halfa.

— OK, Ouadi demain 14 heures. Passeport, certificat de vaccination.

Nathan tendit les documents. L'homme les feuilleta machinalement tout en griffonnant les informations nécessaires à l'établissement du billet. Sa réaction ne se fit pas attendre.

— Où est le visa ?

— Je pensais le prendre sur place.

— Impossible, il faut passer par l'ambassade soudanaise. Pas de visa, pas de billet !

— Il y a un consulat, ici, à Assouan ?

— Fermé depuis deux ans, il faut aller au Caire.

— Au Caire ! Mais j'en viens.

— Ça, ça te regarde !

Le colosse déchira le billet, lui rendit ses documents et repartit à la chasse aux clients.

Les emmerdes commençaient.

Nathan devait trouver un moyen de passer la frontière, et le plus rapidement possible. Il s'apprêtait à chercher d'autres vendeurs lorsqu'il remarqua le morceau de papier froissé qui dépassait de son passeport.

D'un geste discret, il l'extirpa du livret grenat et l'inspecta. Le géant lui avait rédigé un court message :

Trop de militaires.
Retrouve-moi dans une heure devant la gare ferroviaire.
Il y a une solution à chaque problème. Inch'Allah.

À 17 h 30, Nathan rejoignit la gare. Le géant l'attendait. Il le prit par le bras et l'entraîna à bord d'un gros Land Rover.

— Excuse pour le cinéma, je pouvais pas faire autrement. L'armée nous surveille, ils sont sur les dents avec les islamistes.

— Ne t'en fais pas.

— Je m'appelle Hicham. Toi, c'est Nathan ?

— C'est ça.

— Toi, tu n'es pas un touriste !

— Non.

— Tu es un militaire ?

— Non plus, tu as quelque chose à me proposer ?

— Oui, en fait, il y a plusieurs options, soit je te fais passer en voiture par le désert, c'est rapide mais risqué.

Autrement on peut traverser par le lac, ça prend vingt-quatre heures, mais c'est la route la plus sûre.

— Une fois là-bas, je n'aurai pas de problèmes pour me déplacer sans visa ?

— Tu en auras un. Je suis soudanais, je m'occuperai des formalités.

— Combien ?

— Quatre cents dollars

— De quelle manière se passe la transaction ?

— La moitié de la somme au départ, l'autre à l'arrivée.

— C'est exclu. Je paye quand je récupère mon passeport, tamponné.

— Je suis navré, mon frère, mais c'est impossible.

— Je ne suis pas ton frère. Nous avons perdu notre temps. Au revoir.

Nathan ouvrit la portière du 4 × 4.

— OK, OK, mon ami, tu payes à l'arrivée ! fit Hicham avec un sourire franc.

— Et qu'est-ce qui me garantit que tu ne vas pas essayer de me rouler ?

— Tu connais le salaire moyen d'un Soudanais ? Nous avons de l'honneur. Tu as toutes tes affaires avec toi ?

— Oui.

— Qu'est-ce que tu vas faire là-bas, mon frère ?

— Je serais toi, fit Nathan, j'éviterais ce genre de question.

— OK, c'est toi le patron. On y va !

Hicham démarra et ils s'engagèrent en douceur sur la piste qui longeait le lac. Lorsque la nuit fut tombée, ils bifurquèrent vers le désert afin d'éviter les barrages de police et gagnèrent la route d'Abou-Simbel.

Deux heures plus tard, le géant quitta brutalement la piste et roula jusqu'à un village de pêcheurs en bordure du lac. Il laissa sa voiture à l'entrée du hameau et ils franchirent à pied les derniers mètres qui les séparaient de la rive. Une felouque bleue et blanche à la grande voilure affalée les attendait dans la nuit, échouée à l'extrémité d'un banc de sable. Hicham se déchaussa, sauta à bord et invita Nathan à prendre place entre les filets aux remugles de poissons séchés.

D'un mouvement agile, il largua les amarres puis, de la plante de son pied nu, écarta l'embarcation de la rive. Sous la brise légère, la voile claqua puis se gonfla et ils s'éloignèrent silencieusement sur les eaux noires du lac.

Bientôt, Nathan put distinguer les contours fantomatiques d'autres felouques qui glissaient sur l'onde, leurs petits braseros rougeoyant dans la dernière ombre.

À ce moment, il songea au Nil qui prenait sa source plusieurs milliers de kilomètres plus au sud, dans les nuages lourds de l'équateur, aux milliards de gouttes de pluie qui ruisselaient sur la terre d'Afrique pour se mêler aux larmes et au sang des hommes. Il songea à ce fleuve titanesque dont il remonterait le cours jusqu'à anéantir les sources du Mal.

51.

Ils touchèrent les côtes soudanaises le lendemain aux alentours de 9 heures du soir. Ils avaient navigué une nuit et un jour, silencieux, portés à bonne allure par la brise tiède qui soufflait des contreforts du lac. L'œil rivé sur l'horizon, par crainte des patrouilles militaires, Hicham avait préparé du riz et des alevins séchés qu'ils avaient avalés avec appétit dans l'ombre de la grande voile usée.

Plus tard, lorsqu'il avait vu se dessiner la terre, Nathan avait pensé qu'ils débarqueraient pour rejoindre leur destination par la route, mais la felouque avait continué sa course vers le sud.

D'abord aussi vaste et bleu qu'un océan dont on ne distinguait pas le rivage, le lac s'était peu à peu rétréci à mesure que gagnait le crépuscule, et ils pénétraient maintenant dans les eaux boueuses et dormantes du Nil. Le vent mollissait, laissant l'embarcation comme engluée sur la surface. Nathan regardait Hicham qui, tout en manœuvrant en direction des frondaisons vertes de la rive, lui désignait quelque chose dans l'obscurité. Il tendit son regard, ne distinguant d'abord que quelques lueurs chancelantes, puis les contours d'une imposante citadelle aux remparts de terre ocre lui apparurent, dressés à une vingtaine de mètres au-dessus du fleuve.

Le passeur échoua sa felouque sur la berge bordée de grands arbres qui s'avançaient sur les eaux. Il sauta par-dessus bord et tira l'étrave sur le sable. Nathan saisit son sac et débarqua à son tour.

— C'est chez moi, dit Hicham. Tu vas rester ici jusqu'à ce que tes papiers soient en règle. Tu pourras te laver, manger et dormir.

— Quand aurai-je mon visa ?

— Ce soir. J'ai prévenu de notre arrivée, il y aura un officier de l'immigration de Ouadi, il est venu pour la fête, il s'occupera de ton passeport.

— La fête ?

— On célèbre un grand mariage. Suis-moi !

Alors qu'ils montaient en direction du mur d'enceinte, ils entendirent enfler le bruit rythmé de la musique. La ville était en effervescence. Des hommes s'étaient rassemblés devant la grande porte et Nathan pouvait entendre les claquements sourds des tambours, les sifflements des flûtes de roseau, les cris rauques des chanteurs. Au-dessus de lui le ciel nocturne s'étirait, immense, constellé d'étoiles, et la lumière froide de la lune se mêlait à la clarté d'ambre des lampes à huile disposées tout le long de la muraille.

Lorsqu'ils pénétrèrent dans la cité, des hommes assaillirent Hicham d'accolades chaleureuses. Il les salua à son tour puis entraîna Nathan dans un dédale de venelles au sol de terre battue. Étendues sur des nattes, des femmes à la peau noire et scintillante de cristaux bleutés buvaient du thé, se massaient tout en riant de leur voix de grelots. Elles ne lui prêtaient pas plus d'attention que s'il avait été un des leurs.

Hicham ouvrit une case où ils dissimulèrent leurs affaires puis ils repartirent vers le tumulte.

— Ça ne craint rien ? demanda Nathan.

— Non, ici c'est la charia, tu voles un fruit on te coupe la main.

— C'est radical !

— Mais efficace.

Tandis qu'ils s'enfonçaient dans le village, les tambours semblèrent s'amplifier, cognant cette fois à l'unisson comme un cœur qui palpite. La rumeur humaine grandissait, résonnant jusque dans les murs frêles des maisons. Ils débouchèrent sur une large place circulaire où une foule colorée et mouvante se détachait dans la lueur des flambeaux.

Ils prirent place sous une tonnelle de palmes tressées, où se tenaient des hommes âgés, à l'allure de dignitaires. Imitant son compagnon, Nathan les salua l'un après l'autre révérencieusement, puis ils s'installèrent à leurs côtés sur un vaste tapis de laine blanche et grise. Des jeunes femmes apportèrent des coupelles fumantes, de fines galettes de mil, des jarres de lait au miel ou d'eau fraîche infusée de fleurs d'hibiscus. Ils goûtèrent aux mets tandis qu'Hicham s'entretenait un moment avec les hommes, puis il se leva et glissa à Nathan :

— Je vais m'occuper de nos affaires. As-tu besoin d'autre chose ?

— D'une arme.

Le passeur ne montra aucune surprise à l'annonce de cette nouvelle requête.

— Quel genre, kalachnikov ?

— Non, un pistolet, quelque chose de fiable, précis : glock, walther, sig-sauer...

— Je ne te garantis pas que je trouverai des pièces aussi sophistiquées... C'est tout ?

— Ramène-moi aussi une chambre à air de vélo...

— Je vais voir ce que je peux faire. Surtout ne bouge pas d'ici.

Il s'éclipsa. Un instant plus tard, la cérémonie commença.

Il y eut un silence plein de murmures, puis l'assemblée se scinda en deux, dessinant un large cercle vide. Deux hommes jeunes, les mariés, apparurent, fiers, vêtus de tuniques blanches, le front ceint d'un ruban rouge vif sur lequel était cousue une amulette d'or jaune. De l'autre côté, les épouses silencieuses derrières leurs parures d'argent se tenaient assises sur des trônes en bois ciselé.

La musique reprit.

Les hommes se mirent à tourner autour du cercle. Les tambourinaires frappèrent leurs instruments de peau et de bois, lentement d'abord, puis augmentant la cadence à mesure que les époux accéléraient. Ils hululaient avec de secs claquements de doigts, haranguant les villageois qui s'excitaient en faisant tourner un panier dans lequel chacun déposa de l'argent. Puis, à mesure que le rythme s'intensifait, la foule se mêla lentement à la danse.

Les hommes, ivres du martèlement des tambours, frappèrent bientôt le sol dur de leurs pieds nus, tandis qu'à l'opposé les femmes, la tête renversée, les yeux révulsés, le corps tremblant à peine, tendaient leurs paumes vers la nuit comme pour laisser s'échapper les rythmes violents qui les traversaient. Parfois l'une d'entre elles laissait échapper un cri semblable au son des flûtes, mais le plus frappant était les halètements rauques qui sortaient des gorges, comme un déchirement inlassable, un puissant chant de souffrance qui montait vers le ciel. Le visage et les membres couverts de perles liquides et miroitantes, les musiciens semblaient peu à peu quitter ce monde. Comme emportés dans une transe, ils bondissaient sur place en levant haut leurs jambes puis retombaient comme des oiseaux blessés en soulevant des volutes de poussières qui venaient s'enrouler autour des danseurs.

L'air tout entier paraissait à présent vrombir des halètements de plus en plus puissants. Happé par le spectacle, Nathan partait à la dérive, vers le ciel et le vent, uni à eux. Les hommes qui l'entouraient, le décor s'estompèrent pour laisser la place à un gouffre de buée et de sable. Le souffle des danseurs se diffusait en lui, gonflant peu à peu le sentiment de sa propre existence. Une fièvre s'insinuait dans son âme... Son rêve... Les images de son rêve lui revenaient plus distinctement, mêlées de sensations, de bouffées angoissantes... Il ferma les paupières...

Une montagne rouge flamboyante glisse sous la lune... Elle s'élève, abrupte, vers la voûte étoilée, à son extrémité se dresse un pic rocheux au sommet couvert d'or... Des pyramides... petites...

ocre... anguleuses... Une voix surgie des ténèbres l'appelle par son nom... Nathan... Nathan... Le vent monte, soulève la poussière... Un souterrain, des murs clairs, aseptisés, des cris qui se perdent dans la nuit. Nathan... Nathan... Une douleur lancinante comprime son crâne, ses poumons, il étouffe...

— Nathan ! Nathan !

La voix l'appelait, des mains secouaient ses épaules, Hicham... c'était Hicham, il était revenu. En ouvrant les yeux, Nathan reprit instantanément contact avec la réalité. Les vieux le regardaient, médusés...

— Nathan, qu'est-ce qui se passe ? Tu te sens bien ?

— Oui... à présent je sais, je sais ce que je cherche...

Il parlait à haute voix, mais c'était à lui-même qu'il s'adressait.

— Quoi ? Qu'est-ce que tu cherches ?

Nathan se redressa, plantant son doigt dans la poussière, il esquissa quelques lignes, essayant de reproduire fidèlement les contours de la montagne, les petites pyramides qui lui étaient apparues...

— Est-ce que tu connais cet endroit ?

— Cela ressemble au...

— GEBEL BARKAL ! GEBEL BARKAL ! le coupa un des vieillards en effaçant d'un souffle les lignes tracées par Nathan. Puis il se lança dans une sévère diatribe en dialecte nubien, agitant devant lui ses mains longues et sèches comme des racines.

— Où est-ce ?... Que dit-il ? demanda Nathan.

— C'est la nécropole de Napata, près de Karima. Il dit qu'il ne faut pas y aller, que cet endroit est mauvais...

— Pourquoi ?

— Je crois qu'il ne veut pas en parler...

— Demande-le-lui, s'il te plaît !

Hicham s'exécuta. Retirant la petite calotte de coton blanc qui le coiffait, le vieil homme se renfrogna puis repartit dans une nouvelle explication plus violente encore que la première. Nathan se concentrait sur le visage noir, taillé à la serpe et sillonné de rides et de petites veines gonflées. Hicham traduisait simultanément :

— Il y a une malédiction ! C'est à cause de l'esprit des pharaons noirs et du dieu Amon, qui rôdent encore dans le ventre de la montagne.

— Les pharaons noirs ?

— Il dit que c'est fini, qu'il ne parlera plus.

— HICHAM, BON SANG ! Nathan se rendit compte qu'il avait haussé le ton, attirant l'attention des autres. Il inclina la tête en signe de respect puis reprit à voix basse : Je DOIS savoir.

— Tu ne peux pas parler comme ça, cet homme est un grand sage, sans son accord tu ne peux pas rester ici...

Mais, avant que le passeur eût achevé sa phrase, la voix gutturale et saccadée du vieux avait repris son monologue, plus doucement cette fois.

— Ces pyramides, traduisit encore Hicham, sont les tombes des rois koushites, les pharaons noirs. On les appelait ainsi parce qu'ils étaient africains et que leur face était « brûlée ». En grec, « éthiopien » signifie « au visage brûlé ». Les ruines de leur royaume s'étendent le long du Nil entre Kourou et Méroé. Là-bas sont les empreintes d'un monde étonnant, qui a grandi en même temps que celui des pharaons d'Égypte. Deux royaumes qui se ressemblaient et s'opposaient. Comme les souverains du nord, ils invoquaient le dieu Amon, mais aussi le terrible dieu Lion, Apedemek, qui leur était propre.

« Les rois d'Égypte voyaient ces hommes d'un mauvais œil, ils craignaient que cet embryon de civilisation ne finisse par devenir une menace. C'est ainsi que dans un temps très très lointain, bien avant la naissance de votre Christ, le pharaon Thoutmosis a lancé une vague de répressions sans précédent. Il dit que c'est à partir de ce moment que le Gebel Barkal, la « montagne pure », est devenu sacrée.

Nathan plongea son regard dans celui du vieil homme, l'incitant à continuer.

Le sage poursuivit, aussitôt repris par Hicham :

— Les Égyptiens y ont installé une colonie. Ils y ont bâti des monuments somptueux, une ville où transitaient de l'Afrique noire les marchandises les plus précieuses : l'or, les joyaux, les fourrures des grands fauves... Mais si la montagne rayonnait, dans l'ombre de son flanc couvait déjà un vent de rébellion.

« Près de quatre siècles plus tard, face à la faiblesse de la dynastie des Ramessides, les Koushites ont pris les armes, gagné leur indépendance et sont devenus au fil du temps si puissants qu'ils ont décidé de remonter vers le nord et d'envahir l'Égypte. Ce fut le début de la dynastie Peye, vinrent ensuite celle des Shabaka, puis d'autres successeurs jusqu'à Taharqa. Les pharaons noirs, souverains barbares et violents, ont ainsi régné en maîtres sur leur empire qui s'étendait de la Méditerranée jusqu'à la IVe cataracte, et s'ils vivaient en Égypte ils n'ont jamais oublié leurs racines et revenaient mourir sur leurs terres. C'est à ce moment qu'ils ont édifié leurs premières pyramides, renouant avec la tradition de l'ancienne Égypte.

— Mais pourquoi cette montagne était-elle sacrée ?

Le sage tendit un doigt vers le dessin à demi effacé de Nathan.

— Tu vois l'aiguille rocheuse que tu as ébauchée, là ? murmura Hicham. Une légende d'ici raconte que les pharaons s'élevaient dans les airs pour la parer d'or et y graver leurs noms... Lorsqu'on regarde ce pic de profil, on songe à une statue royale portant la couronne blanche, la grande couronne de la Haute-Égypte. Par ce phénomène, les pharaons pensaient que le Gebel Barkal abritait en son sein le dieu Amon. C'est pourquoi, à l'inverse des pharaons égyptiens qui portaient une couronne ornée d'un seul « uraie », le cobra, les rois napatéens arboraient deux serpents sur leur coiffe. Par la présence de cette montagne sur leurs terres, ils se croyaient prédestinés et présentaient leur règne au peuple d'Égypte comme un retour à la forme originelle de la royauté pharaonique, se posant comme les héritiers directs des anciens grands souverains. Ils sont devenus plus égyptiens que les Égyptiens eux-mêmes.

Nathan était sidéré par les connaissances du vieil homme.

— Comment sait-il tout cela ? demanda-t-il à Hicham.

— C'est un ancien pilleur de tombes. Il a exploré toutes les nécropoles de Kourou à Méroé. Pour trouver les chambres funéraires dont la plupart ont disparu sous les sables, il lui fallait connaître l'histoire de ces hommes. Il a fait vivre notre village pendant de nombreuses années...

Nathan ne pouvait s'empêcher de songer aux liens qui unissaient les Coptes aux Pharaons, à son propre périple qui l'entraînait contre le cours du temps, à son chemin qui remontait vers les sources du Nil. L'histoire qu'il venait d'entendre le replongeait dans une autre légende, celle du Cercle de Sang que lui avait racontée le vieux prêtre d'Alexandrie. Ces deux récits présentaient des similitudes qu'il était impossible d'ignorer. La manière dont Antoine de Césarée et ses moines guerriers avaient gagné le désert. La manière dont cet homme avait lui-même opéré un retour aux sources de sa propre religion en récrivant l'histoire du Christ pour se l'approprier, ce désir profond de puissance, d'union avec l'essence divine...

De nouvelles questions se posaient à lui.

— Demande-lui ce qui est arrivé, pourquoi affirme-t-il que cet endroit est maudit ?

Hicham se tourna vers le sage et posa la question de Nathan.

— Il dit que les sépultures regorgent de trésors mais que les pillards qui y ont pénétré n'en sont pas revenus. Il dit que, s'il est encore en vie aujourd'hui, c'est parce qu'il n'y a jamais été.

Nathan frissonna. Il y avait là de nouvelles similitudes. Cette fois ce n'était pas avec les Coptes mais avec les démons du camp de Katalé.

— Que sait-il d'autre au sujet de cette malédiction ?

Le cœur battant, Nathan regarda le passeur et le sage échanger quelques phrases.

— Rien, fit Hicham, c'est tout ce qu'il sait.

— Est-il sûr de n'y être jamais allé, de n'avoir rien vu ?

— Non, Nathan, même les habitants de Karima ne s'y risquent pas, seuls les moines sont autorisés à s'approcher des pyramides...

La dernière phrase d'Hicham le percuta de plein fouet.

— Quels moines ? De quoi parle-t-il ?

— Il parle des Coptes du Monastère noir, l'unique communauté du Soudan. Ils vivent au pied de la montagne pure... Le Gebel Barkal.

52.

Une nouvelle malédiction, les origines pharaoniques, un monastère perdu dans les contreforts du désert.

Tout se recoupait.

Les moines qu'évoquait le sage ne pouvaient être que ceux qu'il traquait.

Les anges des sables, du vent, de la lumière et de la nuit.

Les gardiens du Cercle de Sang.

Une telle situation géographique leur offrait à la fois la discrétion – nul ne pouvait soupçonner que ce sanctuaire oublié fût un lieu où se tramait une véritable apocalypse – et un pont direct vers l'Afrique noire, continent où ils pouvaient tester leurs chimères en toute impunité. Il n'y avait pas de doute : ces êtres de mort étaient à l'origine des disparitions des pilleurs de tombes. Tout au long de ce cauchemar qui traversait le temps, les tueurs avaient entretenu et continuaient d'entretenir une même atmosphère d'inquiétude teintée de surnaturel.

Nathan les tenait enfin, il le sentait.

— Le monastère... est-ce loin d'ici ? demanda-t-il à Hicham.

— Sept, huit heures de piste à travers le désert, peut-être plus si on s'enlise...

Il n'y avait plus de temps à perdre. Nathan prit le passeur par l'épaule et lui souffla à voix basse :

— Tu dois me conduire là-bas.
— Quand veux-tu partir ?
— Cette nuit !

Ils remercièrent le sage et s'éclipsèrent discrètement afin de préparer leur expédition au plus vite. Ils trouvèrent d'abord un 4 × 4 en état de marche, achetèrent des jerricanes d'essence, des gourdes d'eau potable, puis revinrent vers la casemate de branches et de boue dans laquelle ils avaient entreposé leurs affaires.

Deux lampes à huile éclairaient la pièce au sol de terre battue. Ils étaient installés face à face sur une natte de fibres. Hicham tendit son passeport à Nathan.

— Tout est réglé, il y a là ton visa et ton permis de circuler. Désormais, tu peux aller et venir librement.

Nathan plongea la main dans sa poche et en sortit une liasse de dollars. Il compta quatre billets de cent et les tendit à Hicham, qui les empocha sans broncher.

— Tu as le reste ? demanda Nathan

Ce fut au tour du passeur de fouiller dans sa besace en cuir. Il en sortit trois pistolets automatiques soigneusement enveloppés dans des chiffons et les déballa un à un.

— Cz 85, mauser M2, yarygin : tchèque, allemand, russe. C'est tout ce que j'ai pu trouver. J'ai un silencieux et deux chargeurs supplémentaires pour le mauser, si ça t'intéresse.

Nathan examina en détail chacune des armes, les démonta rapidement, vérifia les pièces : culasse, détente, canon, mécanisme... Le mauser était une arme très performante, c'était la version de base, mais il semblait en meilleur état et son calibre 357 sig permettait d'arrêter net un buffle en pleine course. Le réducteur, les deux chargeurs et le lot de munitions finirent de le convaincre.

— Combien ?
— Six cents.
— Je le prends à cinq.
— Il est à toi.

Nathan compta cinq nouveaux billets de cent et les tendit à Hicham.

— Combien pour la voiture et tes services jusqu'à Karima ?

— Rien. Je t'ai pris assez d'argent comme ça, dit le géant en souriant.

Nathan lui rendit son sourire.

Il enfila une à une les cartouches dans les chargeurs du mauser et enveloppa l'arme dans le chiffon.

— J'ai aussi besoin d'une tunique comme la tienne, d'un chèche et d'une besace. Je dois me fondre dans le paysage.

— Tu n'auras qu'à mettre les miens, ils doivent t'aller. Et n'oublie pas ta chambre à air.

— Merci. Tu trouveras un jean et des T-shirts dans mon sac, ils sont à toi.

Nathan se leva et consulta sa montre.

— Il est 2 heures du matin. Nous partons dans trois heures. D'ici là, je te conseille de dormir un peu.

— Je sais que tu n'aimes pas les questions, reprit le Soudanais en rangeant soigneusement son magot dans les replis de sa djellaba, mais que comptes-tu faire là-bas ?

— C'est une longue histoire. Tu m'as beaucoup aidé et je t'en remercie, mais si tu veux un conseil, reste en dehors de tout ça. Dès que nous en aurons fini, quand tu m'auras laissé au Gebel Barkal, remonte vers Assouan aussi rapidement que possible et ne parle à personne de toute cette affaire. Jamais.

— Je comprends, se contenta de répondre Hicham.

Ils s'éveillèrent peu avant le lever du jour. Nathan enfila les vêtements d'Hicham par-dessus les siens, et Hicham ceux de Nathan. Ils se dévisagèrent un instant et ne purent s'empêcher d'éclater de rire. Nathan organisa son nouveau sac, il y rangea son arme et le reste de ses affaires, jumelles, appareil photo et sa dague. Puis il passa la lanière de cuir autour de son torse et se leva.

Lorsqu'ils sortirent dans la fraîcheur du matin, les

ruelles leur parurent étrangement calmes après le tumulte de la veille. Le sommeil avait glissé sur la cité fortifiée. Seules quelques femmes, accroupies devant les flammes de leurs feux de brindilles, faisaient chauffer des pots de thé sucré qui distillaient des senteurs de cardamome et de gingembre, mêlées à l'âcreté de la fumée grise. Ils burent chacun un verre du liquide sucré, presque liquoreux. Puis ils chargèrent leurs affaires dans la voiture et quittèrent l'ombre des dattiers, les buissons, les pâturages vert tendre, pour rejoindre la piste du désert. Nathan découvrit bientôt un monde lunaire, différent de celui qu'il avait entrevu à l'approche d'Assouan. Les étendues de sable s'étaient muées en une surface minérale ocre rouge, ponctuée de dunes, parsemée de milliards de fragments de basalte noir, d'acacias faméliques, qui se déployait à perte de vue. Il resta silencieux, troublé par cette certitude qui se précisait : plus il descendait vers le sud, plus le paysage ressemblait à celui de son rêve.

Lorsque le soleil fut parvenu à la verticale du désert, Hicham ralentit, vérifia que personne ne venait à la ronde, puis s'arrêta au milieu de nulle part. Ils étaient à une dizaine de kilomètres en amont de Karima.

Le temps était venu de se séparer.

Nathan préférait accomplir le reste du voyage par ses propres moyens afin de ne pas se faire repérer. Il descendit seul dans l'air brûlant. Le vent s'était levé et la poussière fouettait son visage. D'une main, il déroula son chèche, en mordit une extrémité pour le maintenir, puis enroula le reste de la bande de tissu clair autour de sa tête, ne laissant émerger que ses yeux, qui avaient pris la teinte du sable et de la roche. Alors qu'il s'apprêtait à partir, Hicham lui tendit son poing fermé.

— Tiens !

Nathan glissa sa main sous celle du géant, qui l'ouvrit et y déposa ce qui ressemblait à des petits cailloux poussiéreux.

— Qu'est-ce que c'est ?

— Des figues séchées, mon frère, elles te donneront la force pour finir ton voyage.

Nathan referma son poing sur le présent qui l'accompagnerait comme un précieux trésor.

D'un geste, il salua Hicham puis continua son voyage en direction du sud.

Alors qu'il s'éloignait, il sentait le regard du passeur rivé sur son dos, sur les empreintes légères de ses pas que le vent balayait aussitôt, puis il disparut, comme un mirage.

Nathan marchait droit devant lui, sans fléchir, sans chercher une piste, ne se fiant qu'aux traces invisibles qui le menaient vers la vérité, vers sa propre délivrance.

La sueur coulait sur son front, son dos, son torse. Il ne pensait plus à rien, seulement à faire corps avec l'élément. Le vent qui gagnait en puissance semblait à présent glisser sur lui, le traverser comme il aurait traversé une ombre. Lorsqu'il scrutait l'horizon vibrant de chaleur, il lui paraissait parfois distinguer des huttes de branchages, des silhouettes d'enfants hirsutes aux yeux brillants tels des scarabées, caracolant derrière les troupeaux de chèvres, sans savoir s'ils existaient vraiment. La soif et la fatigue l'enveloppèrent bientôt, faisant saigner ses lèvres. Les griffes des bosquets déchiraient ses vêtements, écorchaient ses jambes, mais tout cela n'avait plus d'importance.

Il comprenait qu'ici était le vrai désert, il comprenait pourquoi les anges étaient venus s'y réfugier. Personne ne pouvait venir les inquiéter au cœur de ce néant qui repoussait les hommes, qui effaçait leurs traces, dissimulant leur secret, toute l'horreur de leurs crimes.

Soudain, les travées vertes, les jaillissements de végétation du Nil lui apparurent de nouveau dans un poudroiement de sable et de lumière. Le fleuve coulait, majestueux, au cœur de la vallée, ouvrant sur son autre rive un espace immense qui terminait sa course au pied de la montagne pure.

Tout était là. À l'image de son rêve.

La nécropole de Napata, qui égrenait ses pyramides

millénaires, petites, ocre, effilées... Le Gebel Barkal... Léviathan flamboyant aux versants sculptés par les vents, tout droit surgi des entrailles du désert.

Et dans l'obscurité des flancs de la montagne... le Monastère noir.

53.

Une forteresse des sables.

L'ensemble avait été imaginé, bâti comme un refuge, un véritable lieu de résistance.

Nathan s'accroupit et observa les abords directs du sanctuaire. Il était assez éloigné, mais il pouvait apercevoir les coupoles de chaux, l'église, les murs d'enceinte. S'il ne se souvenait pas d'avoir foulé cette terre, il lui semblait reconnaître les lieux.

Le lent cliquetis d'un engrenage venait de se déclencher en lui, signe que le passé affleurait...

Pas une ombre, pas une silhouette. Tout semblait désert.

Il savait pourtant que les prédateurs étaient bien là, tapis au cœur de leur ultime retraite. Et qu'ils guettaient sa venue.

Attendre. Il lui faudrait attendre le crépuscule pour approcher l'antre. Jusque-là, il allait repérer les lieux en détail. Établir un plan d'approche et d'évasion, au cas où les choses tourneraient mal.

Il lui fallait trouver un meilleur poste d'observation. Il inspecta les reliefs et repéra une crête rocheuse qui lui permettrait de surplomber le site. En se redressant, il vacilla... Ses mains cherchèrent une prise pour se rattraper, en vain. Son malaise s'intensifia... Il s'effondra dans la rocaille.

Un hurlement d'acier se déchaînait dans son crâne.

Il suffoquait... mais une pâle lumière s'ouvrait en lui comme une brèche vers un autre monde, une autre conscience, des images, balbutiantes, s'enchevêtraient les unes aux autres, tissant une toile de réminiscences indistinctes.

Les pales de l'hélicoptère tranchent l'air épais comme du fioul. Corps mutilés, visages amputés creusés par la peur, la haine... Suppliques, lamentations, des cortèges de réfugiés... Des centaines de mains aux veines saillantes se tendent vers le ciel dans un ultime sursaut d'existence...

Sa mémoire... sa mémoire reprenait lentement sa place... Un vrombissement sourd martelait son crâne, d'autres instants, d'autres lieux plus anciens déferlaient en lui telles des boules de feu.

Des coups de fusil qui claquent, sa mère qui s'effondre sur le sol. Ses petites jambes d'enfant qui se dérobent sous lui. La gueule noire d'un canon qui vise et fait feu. Le visage comme un masque de cire de son père... Le souffle du Tigre...

Les lambeaux de son passé se déployaient un à un de l'oubli sans qu'il parvienne à leur donner un sens...

Des mélopées montent vers le ciel... Un homme jeune, vêtu de noir. Sa tête est couverte d'une calotte. Sur sa nuque, un cordon de cuir, sur sa poitrine une lourde croix d'argent... Une lueur céleste illumine la nuit et descend vers lui.

Tout restait confus, imprécis, pourtant, il comprenait sa réaction, ce dégoût soudain face au corps nu de Rhoda... le désir qui monte et vole en éclats... la violence qui l'avait secoué.

Il n'avait pu rompre le serment, le vœu cousu dans sa chair.

Oui, à présent, il comprenait aussi la raison pour laquelle il était en possession du manuscrit de Saint-Malo.

Son propre destin se confondait avec celui du jeune médecin d'alors... Woods avait raison, il était comme lui... car ils ne faisaient qu'un.

Comme Elias, il était un moine élu.

Comme Elias, il était le réceptacle de l'ange Gafhaîl...

Comme Elias, il était... l'un des leurs.

54.

La nuit tombait sur le désert, abolissant la chaleur, les teintes du sable, les reliefs écorchés. Le temps était venu de passer de l'autre côté, d'accomplir l'ultime voyage vers le passé. Nathan ôta ses vêtements et les glissa dans son sac. Il plongea ensuite dans les eaux noires du fleuve des rois et des dieux morts puis, s'accrochant à un tronc flotté, il se laissa dériver dans le courant en direction de la rive opposée. Le ciel étoilé était une coupe de feu, et la fraîcheur de l'onde l'apaisait. Tel Orphée marchant droit vers ses propres ténèbres, il ignorait s'il survivrait, s'il connaîtrait encore la brûlure du soleil. Il se sentait pourtant délivré du sentiment de terreur qui l'avait si souvent étreint depuis son réveil. Il savait maintenant où il allait, ce qu'il devait détruire pour que son âme et celles de tous ceux qui avaient péri trouvent à jamais la paix.

À quelques mètres du rivage, il prit appui de ses pieds sur le limon et se hissa sur la berge boueuse. Frissonnant, il ouvrit son sac, remit ses chaussures et ses vêtements, puis il déballa ses armes. D'un geste précis, il vissa le silencieux sur le filetage du Mauser qu'il coinça dans sa ceinture, contre ses reins. D'un coup de dague, il trancha deux bandes dans la chambre à air, les enfila sur son mollet et y glissa la lame. La lune glissait derrière les nuages d'altitude. Nathan fourra une pierre dans sa besace, la coula dans le fleuve puis il s'enfonça dans la palmeraie.

Parvenu à la lisière du désert, il distingua de nouveau les contours du monastère et, plus loin derrière, la nécropole qui se découpait sur l'obscurité. Dès lors qu'il quitterait son abri de feuillages, il lui faudrait progresser à découvert. Il songea au cadavre de Casarès, au message que ses frères lui avaient laissé. À partir d'un certain point, comprenant l'inéluctable, les moines l'avaient en quelque sorte guidé jusqu'à eux. Cela signifiait qu'ils voulaient savoir... savoir ce qui s'était passé. Ils ne tenteraient donc pas de l'abattre, du moins pas pour le moment.

Il avançait, seul, au cœur du vide minéral. La brise légère soulevait la poussière en tourbillons. Le monastère se rapprochait. Une lueur pâle émanait des croix et des coupoles bleutées. Deux petites flammes d'or qui vacillaient dans la nuit lui signalèrent l'entrée de la forteresse. Il ralentit et suivit des yeux la ligne des murs d'enceinte.

Pas un bruit, personne...

Nathan poursuivit sa marche, accédant à une vaste cour en terre battue illuminée d'autres lumignons. Entre les corps des bâtiments anciens de terre et de chaux s'ouvrait un labyrinthe de venelles étroites. Il s'engagea dans une allée aux murs jalonnés de portes en bois : les cellules des moines. C'était là, au cœur de ce lieu d'un autre temps qu'il avait vécu, qu'on l'avait façonné à l'image du tueur qu'il était devenu aujourd'hui. Un peu plus loin, il remarqua une petite bâtisse qui émergeait du sol. La vision de la porte à demi enterrée le fit frémir. Le tombeau... Chaque fois qu'un frère mourait, on dégageait l'accès pour y jeter son corps qui rejoignait ainsi les ossements de ses prédécesseurs... Nathan hésita un instant sur la direction à prendre puis, levant les yeux vers le ciel, il vit la croix, les rais de lumière ambrée qui filtraient des percées, le dôme immaculé qui dominait les autres.

L'église... Ses pas l'avaient guidé.

C'était là qu'on l'attendait.

D'une pression de l'épaule, il fit pivoter la lourde porte sur ses gonds grinçants et pénétra dans l'édifice. Le premier détail qui le frappa fut les épaisses volutes d'encens d'Arabie qui flottaient encore dans la nef... Il s'engouffra dans la pénombre. À l'inverse de la cathédrale San- Marcos d'Alexandrie, le lieu affichait un dénuement complet, à l'image des hommes du désert. Les murs, les voûtes étaient bruts, corrodés, les fresques sacrées à demi rongées par les siècles... Il s'arrêta devant un lutrin où gisaient des missels usés jusqu'à la fibre, passa ses mains sur le bois lisse...

Un froissement de tissu le fit sursauter.

La main sur la crosse du mauser, il scruta l'ombre du chœur et, cette fois, il vit...

Une silhouette dans l'ombre.

Un homme massif, recroquevillé sur lui-meme, enveloppé dans une épaisse robe de crin noir pareille à un habit de deuil. Son poing puissant serrait un chapelet de bois qui oscillait au-dessus du sol. La tête penchée ne laissait apparaître que le haut d'un crâne couvert de la calotte de laine des moines. Nathan y reconnut les étoiles brodées, l'épaisse couture centrale, symboles de la lutte du Bien contre le Mal.

Au moment où il voulut parler, un souffle comme une plainte le figea. Alors, tout entier, le corps du moine se redressa et il vit apparaître le visage d'un colosse : une peau tannée, des yeux de souffrance, une large bouche déformée par un rictus de haine et de détresse. Tout doucement les lèvres s'entrouvrirent sur une voix rauque :

— Ainsi, tu es revenu...

55.

Cette voix... Ces traits... D'un coup, le sanctuaire ondula, se morcela autour de Nathan.

Son enfance... Ce même visage plus jeune qui venait le visiter à l'Institut Lucien-Weinberg.

Il se souvenait, cet homme...

Face à lui se tenait Abbas Morquos, le fondateur d'One Earth.

Les heures de corps à corps, l'aguerrissement, le maniement des armes, l'odeur de la cordite mêlée à la poussière du désert... ces mains puissantes couvertes de sang noir au-dessus des poitrines béantes...

Il était Mikhaîl, le premier des sept anges, celui qui avait terrassé le dragon.

Ces yeux petits, profondément cernés de noir... Les lames d'acier de l'océan en furie, un sourire dans la passerelle du brise-glace, la voix tonitruante dans les haut-parleurs... L'homme du Pole Explorer *porté disparu avec de Wilde...*

Jacques Malignon, le chef de la mission HCD02.

La silhouette massive qui le veillait aux soins intensifs, les étendues de vierge neige, l'étrange visiteur d'Hammerfest...

Strøem, le faux psychiatre.

Morquos, Mikhaîl, Malignon, Strøem ne faisaient qu'un seul et même homme...

Doucement, le colosse s'était levé. Il s'approchait pas à pas de Nathan.

— Qu'as-tu fait... Gafhaîl... pourquoi avoir trahi les tiens ? demanda-t-il d'une voix paisible.

Nathan essayait de lire dans les yeux du moine, mais il n'affrontait qu'un regard vide, des orbites froides qui ne laissaient transparaître aucune émotion.

— J'ai... perdu la mémoire, l'accident dans les glaces... Je ne me souviens pas. Des images me reviennent peu à peu...

— Je n'ai jamais cru à cette histoire absurde.

— Tu étais là, Mikhaîl. Tu sais dans quel état j'ai été remonté. Nous nous sommes parlé à Hammerfest.

— C'était une feinte... tu as joué ton personnage à merveille.

— J'étais sincère.

— Tu as pourtant trouvé ton chemin jusqu'ici.

— Tous les ponts étaient coupés, j'ai traqué les indices un à un, retrouvé les corps mutilés du Spitzberg, le laboratoire du camp de Katalé, la mort de mes parents, celle de Casarès... J'ai aussi le manuscrit d'Elias de Tanouarn... J'ai fait la vérité sur nos crimes monstrueux...

— Nos crimes... Sais-tu au moins de quoi tu parles ?

— Je...

— Pourquoi es-tu revenu ?

— Je dois savoir... Qui est Gafhaîl, pourquoi suis-je devenu un monstre ? Parle, tu feras de moi ce que tu veux... après.

Mikhaîl l'observait comme s'il tentait d'évaluer la sincérité de Nathan.

— Je veux savoir... Tout, depuis le commencement, implora Nathan.

— Le meurtre de tes parents, est-ce cela ?

— Quel meurtre... Que... que veux-tu dire ?

Le moine marqua un instant de surprise et reprit, esquissant une moue d'amusement.

— Tu ne te souviens pas de ce qui s'est passé ce soir-là ?

Silence.

— Je... C'est mon père qui...

— Mon pauvre...

Le cœur de Nathan se fissura comme une bille de verre jetée au sol.

— PARLE, PARLE...

— Mais c'est TOI, toi seul qui as commis ces crimes. Tu as donc oublié jusqu'à cela. Tu as oublié... le Tigre.

— Arrête... tu mens ! C'est mon père... mon père qui a tué ma mère et a retourné l'arme contre lui.

— L'Enfant Tigre, c'est comme cela que Casarès te surnommait, en référence au monstre imaginaire qui se glissait en toi lors des crises de ta mère, lorsque tu te battais avec tes camarades de classe. Tu avais dix ans, tu ne supportais pas la souffrance qu'elle t'infligeait depuis la mort de ta sœur, ton père qui se murait dans la lâcheté. Une nuit tu as entendu des gémissements, toujours ces gémissements, tu ne les supportais pas. Tu t'es levé, tu as été chercher le fusil de chasse que ton père cachait dans sa chambre, et tu es descendu au salon. Là, tu les as trouvés en train de se battre. Tu as appelé ta mère pour la prévenir, mais lorsqu'elle s'est retournée vers toi tu l'as froidement abattue d'une balle dans le crâne. Tu as alors voulu t'enfuir. Ton père a tenté de te rattraper, il a trébuché et tu as fait feu une deuxième fois. Le projectile l'a frappé en pleine gorge.

Des larmes de douleur ruisselaient sur le visage de Nathan, ses lèvres s'ouvrirent sur un cri brisé.

— Noooooon...

— Les flics de l'époque, des petits fonctionnaires de province, ont rapidement conclu que ton père était l'auteur de ce drame. Mais ce bon Casarès, à force de persévérance, a fini par découvrir ton terrible secret.

— Salaud... Salaud... Salaud...

— Voilà pourquoi nous t'avons choisi. Nous cherchions, nous cherchons toujours, des enfants présentant ce type de, comment dirais-je... « désordre psychologique », c'est pour cette seule raison que j'ai créé mes centres de pédopsychiatrie à travers le monde. Tu étais un cas rare, un jeune prédateur violent et remarquablement intelligent. La manière dont tu as maquillé ton crime en glissant le fusil dans les mains de ton père, ce Tigre qui te possédait... Tu avais le profil parfait pour devenir le calice qu'allait investir l'esprit d'un des sept anges.

— Mais Casarès...

— Il n'était qu'un infime rouage de l'organisation que j'avais déjà mise en place à l'époque. Il ne savait rien. Comme des dizaines d'autres psychiatres le font encore, il m'envoyait chaque mois des rapports, les résultats de tests de comportements anodins mais très ciblés qu'il te faisait subir. Je me suis très vite concentré sur toi, Gafhaïl. Tu étais un élu et la volonté du Seigneur t'a mené jusqu'à moi. Lorsque je t'ai jugé apte, je t'ai fait sortir du centre. Tu n'avais aucune famille, personne ne venait te rendre visite. Il était facile de te faire disparaître. Je n'ai eu aucune difficulté à convaincre Casarès de dissimuler les traces de ton passage.

— C'est pour cela que vous l'avez tué.

— Il n'était qu'un couard. Ton appel l'a fait paniquer. Il nous a mis au courant, mais la peur rend les hommes dangereux. Nous savions que tu le ferais parler, qu'il balancerait One Earth, nous avons donc réglé ce problème... Mais revenons à toi. Plus tard, je t'ai fait placer dans une pension, en Suisse. Tu y as reçu la meilleure éducation. Tu étais privilégié, tu étais comme... mon propre fils. Lors des vacances scolaires, tu me rejoignais, au sein d'un monastère proche d'Alexandrie, afin d'y suivre un enseignement religieux en compagnie d'autres enfants, comme toi. Tu y as appris le copte, l'arabe, les valeurs du Cercle de Sang.

— La mort, la violence, la haine...

— Tais-toi ! À l'âge de dix-huit ans, tu es venu à la base, ici même, au Monastère noir. Ta formation a duré quatre longues années : combat, maniement des armes, renseignement... l'école de la guerre. En 1990, tu étais opérationnel. Alors Gafhaïl t'a choisi, tu as reçu son essence, tu as rejoint les anges.

— Une horde de tueurs sanguinaires et endoctrinés...

Mikhaïl consentit un sourire à Nathan.

— Tu as toujours été différent des autres. Tu ne t'es jamais mêlé à eux, tu étais un chasseur solitaire, redoutablement efficace. Tes frères d'armes ne t'appréciaient pas, mais peu m'importait, ils te craignaient. J'ai toujours su que tu serais une source de problèmes, j'ai pourtant fait le choix de te garder, car si je parvenais à faire de toi ce que j'avais en tête, si le Seigneur t'acceptait, alors j'aurais trouvé mon successeur. Dès le départ, tu t'es montré un combattant hors norme. Tu accomplissais tes missions avec froideur et conviction. Venger les tiens – ceux qui t'avaient recueilli, qui avaient donné un sens à ton existence – contre le fanatisme musulman semblait être ta véritable nature. Tu as mené de multiples opérations clandestines en Égypte, à la suite des massacres des Coptes d'Al Koche'r notamment. Je t'ai envoyé réaliser une mission de renseignement sur les instigateurs. Tu y as passé plusieurs semaines, dissimulé dans la population. Tu as approché les assassins, recueilli un maximum d'informations à leur sujet : déplacements quotidiens, fréquentations, maîtresses. Le reste a été un jeu d'enfant... Une mission humanitaire...

— Pour injecter tes saloperies de récepteur à virus, et quelques mois plus tard, trois cents personnes meurent d'une fièvre hémorragique inconnue...

— Une de nos plus belles réussites. Le fruit de plusieurs décennies d'un travail clandestin et laborieux. Notre premier agent pathogène a été opérationnel à la fin des années 1970 : la variole. Je la faisais produire et la stockais dans une unité spéciale au sein de mes laboratoires d'Eastmed. Pour les opérations proprement dites, nous avons toujours opéré avec des kamikazes, des ermites et des moines issus de monastères coptes égyptiens recrutés pour leur fanatisme, leur perméabilité à la magie, au surnaturel. On leur inoculait un virus et, en parfaits vecteurs, ils se mêlaient à la foule d'un marché, aux fidèles d'une mosquée afin d'approcher les coupables, leurs proches, pour les frapper d'une manière parfaitement anonyme. Mais tout cela restait artisanal, imprécis, et nous avons essuyé de nombreux échecs. Nous n'avions ni les moyens ni les connaissances pour développer les chimères dont nous avions besoin. En 1989, lors de la désintégration du bloc soviétique tout a basculé... en notre faveur.

« Je savais que les Russes avaient travaillé à de nombreux programmes de guerre biologique, des milliers de chercheurs avaient vécu murés dans leur laboratoire, les fonds qui leur avaient été alloués étaient colossaux. Nous étions riches, mais pas assez pour leur offrir les ponts d'or et la nouvelle vie que leur proposaient les gouvernements britannique et américain, juste pour les débriefer. Travailler avec nous signifiait aussi passer dans la clandestinité alors que la plupart ne rêvaient que d'une vie tranquille. Je n'ai pourtant eu aucun mal à convaincre ceux qui m'intéressaient. Nos idées, nous avions...

— Une cause, une cause commune, n'est-ce pas ? comme avec Elias et Roch...

— Le Cercle a toujours entretenu des contacts avec l'Europe, des membres de la diaspora, des voyageurs, des aventuriers. À leur époque, l'Europe était profondément chrétienne. Ces hommes, répugnés par le sort que les Mamelouks nous réservaient, se sont facilement ralliés à notre cause. Certains nous apportaient des soutiens financiers, des poisons nouveaux, inconnus dans nos contrées, qui permettaient au Cercle de tuer, d'accomplir sa vengeance sans être identifié, sans déclencher de nouvelles vagues de répression contre les siens. Certains esprits brillants, en avance sur leur temps, comme Roch et Elias, ont ébauché les embryons des premières armes biologiques... Ils ont été récompensés, ils ont reçu la puissance des anges...

— C'est donc cela... à la chute du mur, tu as recruté des scientifiques chrétiens victimes du système totalitaire...

— De nombreux chercheurs étaient des orthodoxes opprimés, jusque-là forcés de pratiquer leur culte dans le plus grand secret. Ils avaient vu leurs églises abattues, s'étaient vu accusés de croire en un autre dieu que le régime, certains même avaient été déportés dans les camps sibériens. Par le biais d'Eastmed, j'ai pris contact avec des responsables du laboratoire Vektor, affilié au complexe Biopreparat qui servait de couverture civile au programme militaire biologique de l'ex-URSS. Cinq d'entre eux, biologistes, virologues, généticiens... ont rejoint nos rangs et servent encore le Cercle avec ferveur. Il était cependant impossible de les installer dans mes laboratoires, régulièrement visités par des inspecteurs égyptiens et américains. La puissance financière d'One Earth a permis la création d'un laboratoire de haute sécurité de niveau 4, là où personne ne viendrait le chercher, ici même, au cœur du désert. Nous avons utilisé les réseaux de galeries souterraines très anciennes qui relient le monastère à la nécropole pharaonique. Des générations de moines s'y sont terrées pour échapper au joug de leurs bourreaux musulmans. Des fondamentalistes soudanais sont un jour venus incendier le monastère. C'était une aubaine. Nous les avons laissés faire, et utilisé la reconstruction pour acheminer le matériel nécessaire à nos installations. Depuis, nous n'avons plus eu de problème car, en nous tolérant, en nous protégeant même, ce bon président Al-Bashir montre au reste du monde que les chrétiens peuvent vivre en paix dans son pays. Il fait ainsi passer les massacres du sud pour une répression légitime de rébellion.

— Mais tu les fais payer comme les autres...

— As-tu la moindre idée des crimes qu'ils commettent ? Les monts Nuba, christianisés depuis le VIe siècle, sont couverts de fosses communes, l'armée y crucifie les hommes, les femmes sont systématiquement violées par les soldats musulmans afin de produire des progénitures non Nuba, des dizaines de milliers d'êtres humains, adultes, enfants ont été vendus comme esclaves...

— Mais tu ne te contentes pas de tuer les coupables... Il y a aussi les expérimentations... comme à Goma, en 1994. Combien, dis-moi combien d'âmes innocentes ont été sacrifiées, combien d'hommes, de femmes, d'enfants, sont morts sur l'autel de ta folie meurtrière, sous prétexte de tester tes armes ?

Malgré l'empreinte de la chaleur, Nathan se sentait engourdi par des picotements glacés.

— Ta voix est chargée de mépris, Gafhaîl, mais tu as activement participé aux expérimentations de Katalé. Tu étais chargé de t'infiltrer dans le camp, de repérer des victimes isolées, de les droguer pour qu'elles soient enlevées pendant la nuit. Une fois encore tu as fait de l'excellent travail.

— NON ! NON ! NON !

La voix de Rhoda, refusant de lui livrer les noms des hommes en hélicoptère, le frappa en plein cœur.

— La mort de ces hommes n'a pas été vaine, elle nous a permis d'avancer, de perfectionner nos armes...

— Tu es un monstre...

— À la fin des années 1990, la puissance financière d'One Earth m'a permis de tourner mon attention vers d'autres communautés chrétiennes. Si j'ai été très affecté par les violences intolérables exercées contre les chrétiens par les États musulmans et totalitaires à travers le monde, l'indifférence, voire la complaisance des chiens du Vatican et de la communauté internationale m'ont profondément révulsé. Le Juge m'a inspiré d'agir, d'exercer sa vengeance en frappant plus largement. En Europe, aux États-Unis, afin que le monde occidental pleure à son tour la perte des siens, qu'il prenne conscience de la douleur, de son arrogance. Une mort divine, sans coupable, qui cette fois frappe aveuglément, comme une malédiction face à laquelle on reste impuissant. Il nous fallait une arme nouvelle, il ne s'agissait plus de frappe chirurgicale...

— Mais de destruction massive...

— Précisément. L'élaboration de la chimère parfaite est une œuvre de longue haleine, le virus Ebola-variole que nous avons testé au Kivu était efficace mais malheureusement trop caractéristique de l'Afrique, nous risquions d'être démasqués dès lors que nous l'utiliserions en Occident.

— C'est là que tu as eu l'idée de te procurer un échantillon de la grippe espagnole. Un virus oublié contre lequel il n'existe aucun vaccin.

— Je ne croyais pas que cela fût possible. Des militaires américains avaient déjà imaginé cette aventure, mais leurs tentatives s'étaient soldées par des échecs. Il était hors de question pour moi de brûler des sommes colossales pour rien. J'ai tout même pris la décision d'envoyer deux de mes hommes fouiller les archives portuaires et militaires de plusieurs États européens, du Canada et de Russie. Leur travail a consisté à passer les documents au peigne fin afin de découvrir si des victimes de ce virus avaient été inhumées dans le Grand Nord. Mes chercheurs ont travaillé trois ans, sans rien ramener d'intéressant, puis une équipe scientifique canadienne a localisé l'épave du *Dresden*... La date correspondait parfaitement à la pandémie de grippe, j'ai envoyé mes gars à Hambourg, où ils ont retrouvé les documents concernant le naufrage du navire.

— J'imagine sans mal la suite. Ils sont tombés sur les rapports de survivants indiquant qu'une partie de l'équipage avait été contaminée par le virus de la grippe lors de leur escale au Spitzberg. La possibilité que les corps aient été conservés dans la glace pure rendait possible ton rêve monstrueux. Ils ont volé les documents aux archives de la marine et fabriqué de faux manifestes afin de laisser croire à Hydra que le *Dresden* transportait une cargaison de cadmium... Ainsi tu pouvais t'assurer leur concours...

— Sans eux rien n'était possible. Je suis allé voir personnellement Roubaud à Anvers. Sa première réaction était réservée mais l'enveloppe que je lui ai garantie à balayé ses hésitations. Il a choisi de croire à l'histoire du cadmium. À bord, toi, moi, et Surial, ton frère d'armes, étions les seuls au courant du but réel de l'expédition. À la suite de ton accident, nous avons localisé et embarqué les corps à bord du navire. Une nuit, j'ai revêtu une combinaison de protection biologique et j'ai extrait les organes infectés, poumons et encéphale, des cadavres. Une fois ce travail terminé, j'ai procédé à des carottages dans les parties les mieux préservées des tissus. J'ai ensuite conditionné les échantillons dans un caisson à azote liquide, que j'ai dissimulé dans un endroit sûr, à bord du *Pole Explorer.* Lorsque nous sommes parvenus au Spitzberg, je me suis rendu à terre en compagnie du médecin, de Wilde, et d'un marin afin d'inhumer les cadavres selon la volonté de l'équipage. Tout allait bien, nous avions creusé les tombes sur la grève et puis de Wilde a remarqué des souillures organiques sur l'un des sacs mortuaires. Grave erreur de ma part, elles m'avaient sans doute échappé lorsque j'ai reconditionné les corps. Il l'a ouvert et a instantanément remarqué qu'il y avait eu un problème, que les soldats avaient été touchés lors de leur séjour à bord du brise-glace. Lorsqu'il s'est retourné vers moi, je lui ai fracassé le crâne d'un coup de pioche. Le marin, un Bulgare, a tenté de fuir, je l'ai rattrapé... À partir de là il fallait faire très vite, je ne pouvais plus retourner à bord et il me restait à peine une heure avant que le commandant du *Pole Explorer* envoie l'hélicoptère à notre recherche. Restait à ensevelir les dépouilles des marins, puis à faire disparaître les corps de Stoïchkov et de Wilde. Je les ai coulés au large, j'ai dissimulé le Zodiac et je suis revenu me planquer dans les anciens baraquements d'Horstland. L'hélico du *Pole Explorer* a patrouillé pendant près de deux heures. Lorsque la voie a été libre, j'ai regagné la côte, envoyé le Zodiac par le fond, et puis j'ai marché pendant deux jours jusqu'à Longyearbyen. De là, j'ai pu rejoindre l'Europe puis le Soudan sous une nouvelle identité.

— Comment avez-vous rapatrié le caisson qui contenait les tissus chargés de virus ?

— Tout était prévu. Resté à bord, Surial l'a sans aucun mal fait passer du *Pole Explorer* vers un conteneur One Earth stationné à Anvers et chargé à bloc de matériel médical. Deux jours plus tard, il s'envolait par avion-cargo pour Khartoum. Nous n'avons eu qu'à le récupérer à son arrivée et à le transférer jusqu'ici. Les biologistes ont immédiatement commencé le travail. Les chances de réussite étaient faibles car les virus à ARN sont fragiles. Le résultat s'est pourtant avéré inespéré. Ils ont pu isoler de nombreuses souches du virus dans les prélèvements réalisés sur les poumons. La glace avait provoqué une déshydratation proche de la lyophilisation, l'agent de la grippe espagnole était là, intact, prêt à être recombiné génétiquement. Nous ne voulions pas l'utiliser en tant que tel mais l'intégrer à une chimère qui sommeillait dans notre laboratoire. Nous savions grâce aux recherches d'un biologiste américain que le virus était proche de la grippe porcine avec lequel nous avions déjà travaillé, il ne restait qu'à le remplacer et à le stabiliser. Mais nous te savions sur nos traces, prêt à tout anéantir par ta trahison. Nous avons alors envoyé en catastrophe notre premier vecteur direction Rome, mais l'agent pathogène n'était pas stable et le vecteur est mort beaucoup plus tôt que prévu. Tout aurait parfaitement fonctionné... si nous avions eu un peu plus de temps... SI TU NE NOUS AVAIS PAS BALANCÉ AUX FLICS, À CETTE VERMINE DE WOODS !

Le cœur de Nathan se figea dans sa poitrine.

— Woods... comment... comment l'avez-vous identifié ?

— Le téléphone cellulaire que tu as perdu à Paris lorsque tes frères te poursuivaient. Nous l'avons récupéré, ça n'a pas été difficile de retrouver sa trace.

Un frisson d'épouvante traversa Nathan.

— Où est-il ? Que lui avez-vous fait ?

— Je savais que tôt ou tard tu finirais par revenir. Par précaution, j'avais fait surveiller les platesformes d'accès au pays. Il a été repéré par un de nos hommes à l'aéroport de Khartoum hier, nous ne l'avons pas touché. Cela aurait signifié prendre un risque énorme, celui de te perdre. Il restait notre seul lien avec toi après que tu nous as échappé à Paris...

Mikhaïl ferma les paupières, et son corps tout entier sembla secoué d'une colère de flammes.

— MAIS QU'EST-CE QUI T'A PRIS ? TU AS TOUT FOUTU EN L'AIR... TON ENQUÊTE, LA MORT DE SURIAL ET RUFAIL, TES FRÈRES, J'AI DÛ FAIRE ÉVACUER LE LABORATOIRE, LE MONASTÈRE, TOUT EST À RECOMMENCER...

Tout s'expliquait.

Au fil du récit de Mikhaïl, les images qui hantaient Nathan avaient pris un sens. Les détails de son passé étaient venus docilement s'imbriquer les uns dans les autres... À présent il comprenait sa rencontre avec Woods, l'ambiguïté de ses sentiments... Si des zones obscures subsistaient, s'il naviguait encore entre deux eaux, il détenait pourtant certaines réponses...

Il planta son regard dans celui du vieux moine.

— C'est terminé, Mikhaïl. Ta fin était programmée. Je suis revenu pour tout détruire. J'ai combattu à tes côtés par conviction. Mais dans mon esprit tout a basculé lorsque tu as changé les plans. Il était inconcevable de marcher pour cette nouvelle cause où des milliers d'innocents auraient péri. J'ai voulu te prévenir, mais tu as fermé les yeux, Mikhaïl. Convaincu de ma fidélité, tu n'as pas voulu comprendre que j'allais tout foutre en l'air. Depuis des années, je voulais mettre fin au massacre, dénoncer l'organisation. Si j'ai accepté la mission du Spitzberg, volé le manuscrit d'Elias, c'était dans le seul but de réunir des preuves contre toi, contre nous. Lorsque j'ai pris contact avec Woods, pour qu'il transcrive le texte, je n'avais pourtant aucune idée de ses liens avec les services de sécurité britanniques.

« Une fois décrypté, le manuscrit serait devenu la preuve ultime, celle qui aurait corroboré mes révélations, aurait condamné le Cercle, l'aurait anéanti à jamais... Tout n'est qu'un tissu de mensonges, l'œuvre d'un fou. Les virus, le papyrus, il me fallait mettre fin à cette folie... Le Christ était un prophète, un messager de paix, non un bourreau assoiffé de sang comme ce que les tiens prétendent depuis des siècles. La violence est la voie des faibles. Souviens-toi de ses paroles, Mikhaïl : "Tous ceux qui prennent l'épée périront par l'épée."

— "Ce n'est pas la paix que je suis venu apporter, mais le glaive."

— Ces mots ne sont qu'une parabole, le glaive désigne la rupture, la déchirure causée par l'avènement d'une nouvelle religion. Cesse de pervertir les paroles du Christ comme des générations de fanatiques l'ont fait avant toi.

— Reste du côté des lâches à regarder mourir les tiens, si tu le veux. Le Cercle est une vérité, un écrit secret réservé à l'élite. Les Évangiles eux-mêmes portent son message, le révèlent à celui qui ne se voile pas la face. Les disciples étaient armés lors de l'arrestation à Gethsémani, le Maître s'est fait un fouet de cordes pour chasser les marchands du Temple, comment crois-tu qu'il ait pu agir ainsi dans ce lieu gardé comme une forteresse ? C'est un siège que Jésus a tenu dans le Temple, rien d'autre. Il a dit : « Le Fils de l'homme enverra ses anges qui enlèveront de son royaume tous les scandales et ceux qui font le mal. Ils les jetteront dans la fournaise ardente, hantée de pleurs et de gémissements. » Nous avons été choisis, Gafhaîl, nous sommes les messagers des Saintes Écritures. « Il y aura alors une détresse telle qu'il n'y en a pas eu depuis le commencement du monde jusqu'à ce jour et comme il n'y en aura jamais plus. »

Le visage de Mikhaîl se ferma brusquement sur une expression de haine mêlée de démence. Trois hommes vêtus de combinaisons noires, le crâne encagoulé et orné d'un amplificateur de lumière, surgirent alors dans l'ombre du sanctuaire et braquèrent leurs armes de guerre, des HK-MP5 munis de silencieux, sur Nathan.

— Il fallait vraiment que tu aies perdu la mémoire pour croire que je te laisserais t'en tirer comme ça, feula le colosse. Tu vas mourir, payer ta trahison, et je vais m'occuper personnellement de ton cas.

56.

Déployés en arc de cercle, les anges progressaient vers Nathan. Les faisceaux scintillants de leurs désignateurs laser pointaient son visage, son torse... Il balaya l'église du regard à la recherche d'une issue.

Atteindre la porte semblait impossible.

L'esquisse d'une fuite, un geste vers son arme et ils l'exécuteraient.

— N'essaye pas de bouger, vociféra Mikhaîl comme s'il pouvait pénétrer ses pensées.

Il était mort...

Un détail pourtant l'intriguait. Que signifiait le moine en affirmant qu'il allait s'occuper de lui personnellement ? Les images de la tentative d'enlèvement d'Hammerfest, de l'attaque qu'il avait essuyée à Paris jaillirent dans sa mémoire... Les tueurs adoptaient la même stratégie. Pourquoi prendre le risque de l'approcher alors qu'ils pouvaient l'abattre à distance sans aucun problème ? Cette fois, Nathan en était certain, ils le voulaient vivant. Pourquoi ? Il l'ignorait.

Il recula en direction du mur latéral. Le vieux moine ne bougea pas, se contentant de le fixer d'un regard de pur mépris. Les tueurs approchèrent encore, resserrant leur étreinte. Cette fois, c'était la fin.

— Désarmez-le ! cria Mikhaîl.

Ils le voulaient vivant... cette pensée revenait sans cesse le harceler...

S'il ne se trompait pas, alors il y avait un espoir. Nathan scruta une dernière fois l'espace. Un coup d'œil à droite lui révéla un gigantesque vitrail en forme de croix, l'image du Seigneur crucifié, qui se dressait au-dessus du sanctuaire.

Sa seule chance de s'en sortir.

Il croisa une fraction de seconde le regard de Mikhaîl, qui comprit instantanément ce qui allait se produire :

— ATTENTION ! MAINTENANT IL VA... SE TIRER !

À cet instant Nathan bondit en avant, percutant de plein fouet un des hommes encagoulés, renversant les lutrins. Des rafales de MP5 cinglèrent, ricochant sur les murs, les dalles, les colonnes.

— ARRÊTEZ-LE... NE LE LAISSEZ PAS...

Mais déjà Nathan s'était hissé au sommet du sanctuaire et se tenait devant le vitrail où miroitaient les éclats d'or des candélabres. D'un geste de défiance, il fit volte-face et contempla le visage défait de Mikhaîl, les gueules noires des canons tendus vers lui.

L'instant se figea.

Puis, lorsque les faisceaux grenat convergèrent de nouveau vers sa poitrine, Nathan replia ses bras sur son visage et s'élança vers la croix de lumière...

Les facettes de verre explosèrent dans un immense fracas. Mille particules tranchantes volèrent, accompagnant Nathan dans sa chute.

Son dos heurta le sol. Un choc sourd, d'une violence folle, se répandit dans son corps en ondes de douleur.

Lorsqu'il ouvrit les yeux, il vit la terre battue, les bâtisses blanches. Il était dehors, du côté nord de l'église. Le souffle coupé, il parvint à se remettre à genoux entre les débris du vitrail. Il palpa ses membres, son visage... il n'avait rien de cassé. Seules ses mains étaient écorchées et il découvrit un éclat de verre planté dans son avant-bras, qu'il délogea d'un geste sec. Ses assaillants n'allaient pas tarder à resurgir. Il se redressa et s'engouffra dans la nuit, s'efforçant de rassembler ses pensées. Les tueurs avaient l'avantage du nombre. En restant ici, il serait une cible facile. Il lui fallait sortir de la forteresse, sa seule chance était de rejoindre les îlots de végétation. Les rives du Nil.

La lune voilée par les nuages lui permettait d'évoluer à découvert. Sans lumière astrale, les jumelles de vision nocturne de ses adversaires étaient quasiment impuissantes, mais il savait que cette trêve que le ciel lui offrait ne durerait pas. Dès qu'il eut rejoint les frondaisons, il se réfugia dans l'ombre et gagna la grève par laquelle il était arrivé. La mince strate nuageuse s'était peu à peu dispersée et il parvenait à deviner nettement les contours du paysage.

Il pénétra dans l'eau et longea la berge jusqu'à tomber sur une cuvette de boue. Il ôta son pull, plongea ses mains dans le limon gras et commença à s'en enduire le corps, le visage, les vêtements. De cette manière, il tromperait l'acuité des amplificateurs de lumière, ainsi que les systèmes de visée thermique, s'ils en utilisaient...

Un contre trois, seul contre tous. La chasse pouvait commencer.

Genoux fléchis, calibre à la main, Nathan progressait entre les feuillages. Des parfums sucrés de terre mêlés à des relents d'urine animale se répandaient par effluves dans l'atmosphère. Les trois anges avaient forcément prévu sa fuite vers le fleuve. Cela impliquait qu'ils étaient probablement déjà là, quelque part, tapis dans l'ombre végétale. Il le sentait.

Le prendre à revers... Le forcer à regagner le désert afin de reprendre l'avantage et de le neutraliser, c'était sans doute leur stratégie pour le coincer. Ils avaient dû se disperser à l'approche de la palmeraie. Deux avaient dû gagner la rive, le troisième était resté en appui quelque part sur le plateau désertique. Il s'occuperait de celui-là en dernier, pour l'heure il devait pister les autres avant que ce ne soit eux qui le trouvent.

Bouger le moins possible, se fondre dans le décor, à l'affût. Ainsi, il pourrait les voir venir.

Nathan sondait l'obscurité à la recherche d'un poste d'observation. Un champ d'herbes hautes s'ouvrait entre les buissons épineux. L'endroit était dégagé, une brise légère soufflait, créant un mouvement ondulatoire qui brouillerait son image. Il se posta au milieu du carré, un genou à terre, mauser au creux de sa main, et attendit.

La première silhouette lui apparut à une cinquantaine de mètres en direction du Nil. L'homme était seul et avançait aussi léger qu'une ombre, parallèlement au cours d'eau, jetant des coups d'œil furtifs de chaque côté. Nathan le mit en joue, suivit sa progression, prêt à faire feu... Trop loin. Il renonça. Un instant plus tard la silhouette s'était évaporée.

S'il avait le sentiment de les dominer tactiquement, les anges étaient suréquipés et utilisaient certainement un système de communication, ils étaient probablement en liaison permanente avec Mikhaïl. La moindre erreur lui serait fatale.

Il effectuait un nouveau tour d'horizon lorsqu'un bruissement végétal capta son attention.

Une présence évoluait près de lui dans les ténèbres. C'était exactement ce qu'il attendait.

Il s'allongea entre les herbes, son pistolet automatique posé sur la poitrine, et concentra son attention sur les pas qui se rapprochaient en cercles concentriques... De longues décharges d'adrénaline se ramifiaient dans les profondeurs de son corps.

Le cliquetis d'une arme, un souffle.

L'ange était juste au-dessus de lui... il ne semblait pas avoir décelé la présence de Nathan.

Des traînées de sueur se répandirent sur son front, le long de son corps. Un seul geste et il était mort.

Au moment même où le tueur se remit en mouvement, Nathan brandit son arme à deux mains, ajusta son tir et pressa une seule fois la détente, lui pulvérisant la rotule. Il le laissa s'effondrer en hurlant, puis se cabra et, d'un même élan, lui décocha deux nouveaux projectiles à bout portant.

Un dans la gorge et l'autre en pleine face.

Le corps était agité de soubresauts. Le visage n'était plus qu'une bouillie tiède de sang noir et de débris d'os. Nathan eut à peine le temps de lui arracher le fusil d'assaut qu'une pluie de métal déferla. Des volées de balles traçantes, comme des filaments de feu, s'écrasaient de toutes parts.

L'autre... le cri l'avait alerté. Nathan riposta de deux rafales et détala en direction de l'est, vers le désert.

S'il n'était pas parvenu à récupérer l'intégralité du matériel de guerre de son assaillant, ses adversaires croyaient le contraire, et dans le doute ils ne prendraient pas le risque de vérifier. Ils ne pouvaient plus se déplacer à découvert et leur système de communication était grillé.

Les règles avaient changé. À présent, c'était lui qui les traquait.

Il se posta à la lisière de la palmeraie. Si le troisième tueur avait bien pris position sur le plateau rocheux, alors il ne tarderait pas à le voir rappliquer. Les nuages s'étaient dissipés, la vue était maintenant dégagée sur l'étendue de sable et de roche qui remontait en pente douce vers le Gebel Barkal, et il y voyait comme en plein jour.

Un instant plus tard, il vit une forme humaine se découper sur le ciel nocturne. L'homme dévalait la colline. Nathan avança dans sa direction de manière à lui couper la route.

Il l'avait dans sa ligne de mire. Le type avait changé de cap et fonçait droit sur lui. Il le laissa approcher encore de quelques mètres... pressa légèrement la détente de son index...

Une brûlure de feu lui arracha l'épaule gauche.

On lui tirait dessus.

Deux nouvelles rafales déchirèrent la nuit.

Il se jeta au sol et se traîna jusqu'à un buisson.

La douleur était insoutenable. Il avait ramassé deux balles dans l'articulation de l'épaule. Il était à deux doigts de perdre connaissance. Pas maintenant, s'il sombrait il était foutu. Mais déjà il entendait les pas dans les buissons, les chuchotements des anges qui le pistaient.

Il abandonna le fusil d'assaut, se remit debout et s'enfonça dans l'obscurité, mauser à la main. Il se sentait incapable de les affronter, il devait se planquer, trouver un lieu sûr pour extraire les projectiles.

Il n'y avait qu'un moyen : regagner l'autre rive du Nil. Autour de lui tout n'était qu'obscurité, pourtant il sentait la fraîcheur de l'eau, il entendait les murmures du clapot tout proche... enfin, il aperçut les miroitements sombres...

Un coup de crosse au foie le fit valdinguer. Lâchant son arme, il s'écrasa sur son épaule blessée, la douleur l'irradia, son corps se tordit, lui arrachant un cri blanc, inhumain. Une semelle boueuse se plaqua sur son visage, lui faisant mordre le limon spongieux. Il comprit que cette fois il n'était plus question de le ramener vivant.

Il vit les canons se pointer en direction de son crâne, les iris s'ajuster dans les lignes de mire... Les eaux mauves du Nil coulaient sous ses yeux remplis de larmes.

Il allait crever.

Soudain le sol vibra, Nathan sentit la terre s'affaisser lentement sous lui, puis d'un coup ce fut toute une portion de la berge qui s'effondra avec fracas. D'un réflexe, il se cabra et saisit la jambe du tueur qui le surplombait, l'entraînant de tout son poids dans sa chute vers le fleuve. L'homme tenta de se retourner, bascula, ses ongles grattèrent la fange, mais Nathan tenait bon. Ils tombèrent sur plusieurs mètres. Dès qu'ils touchèrent l'eau, Nathan se précipita sur lui et le cogna de toutes ses forces à la gorge, au visage, au sternum... mais il était affaibli et ses coups manquaient de puissance. D'une ruade, le tueur se redressa et lui fracassa le nez d'un coup de tête.

Nathan eut le sentiment que son crâne éclatait sous la pression du choc, il vacilla et partit à la renverse dans le courant. Il n'avait plus la force de lutter. La vie le quittait... Il sentit ses poumons se vider, son corps peu à peu s'enfoncer dans les flots tièdes...

NON, pas maintenant. Il devait en finir...

Il se souvint... Lentement il fit glisser sa main le long de sa jambe et sentit le métal de sa dague à fleur de peau. Il saisit le manche et fit jouer la lame, sectionnant les bandes de caoutchouc qui la maintenaient. Puis il prit appui sur le fond et, puisant dans ses dernières forces, se propulsa rageusement vers la surface.

Lorsqu'il le vit jaillir dans une gerbe d'écume, l'ange marqua une seconde de surprise puis porta la main vers son revolver. Trop tard. La dague était lancée à pleine vitesse. Nathan perçut le crissement de l'acier pénétrant la cage thoracique.

Il l'avait frappé en plein cœur.

Le tueur s'écroula... Nathan devait à tout prix récupérer une arme. Il remonta à grand-peine le flux en direction du corps. Il touchait presque au but lorsque le cadavre fut subitement happé par les profondeurs.

Il coulait.

Le poids de son équipement l'entraînait vers le fond.

Nathan allait le perdre. Il prit une profonde inspiration et, dans un ultime effort, plongea vers le mort qu'il empoigna d'une main tandis que l'autre courait le long de la jambe sans vie. Le revolver se trouvait encore dans son étui. Nathan le dégaina et reconnut instantanément le modèle au toucher : un smith & wesson, calibre 357 magnum, six balles blindées. Un spasme le secoua, il manquait d'oxygène, il devait remonter de toute urgence...

Ce qu'il vit en perçant la surface le tétanisa.

Le dernier tueur se tenait à moins d'un mètre de lui, le mufle d'un fusil à pompe braqué sur son visage.

Nathan ferma les yeux.

Il y eut une première détonation, puis la nuit s'enflamma à travers ses paupières. La lame de lumière se propagea jusque dans son cœur, l'irradiant un peu plus à chaque déflagration. L'onde de choc le propulsa en arrière, anéantissant tous ses sens...

C'était fini...

... pour le tueur. Dans un ultime réflexe de survie,

Nathan avait fait feu le premier, déchargeant en une même sentence son barillet dans la tête de son adversaire qui avait pu répliquer, mais pas ajuster son tir.

Hagard, Nathan se redressa. Le cadavre gisait devant lui, son faciès n'était plus qu'un cratère brûlant, un magma indéfinissable d'éclats organiques et de tissus noircis par la fusion de la poudre. D'un geste, il fouilla le treillis souillé, récupéra une torche électrique et son mauser, puis poussa le cadavre dans le courant et le regarda disparaître dans les eaux visqueuses du Nil.

Il avait survécu. Il avait exterminé les anges... Tout restait pourtant à faire : abattre Mikhaîl.

Détruire le texte apocryphe par lequel tout avait commencé.

Il devait rompre le lien des siècles. Ainsi il anéantirait la légende.

57.

La main crispée sur son épaule blessée, Nathan remontait à travers les sables en direction de la nécropole.

En perdant le contact radio avec ses hommes, Mikhaïl avait certainement compris l'issue de la chasse. Son empire vacillait, mais il ne s'avouerait pas vaincu pour autant.

Et Nathan savait que des sept anges c'était lui le plus redoutable.

Les pyramides étaient sa seule chance de l'approcher sans être repéré. Il allait emprunter les réseaux souterrains qui les reliaient au monastère. Plusieurs avaient été murés pour être métamorphosés en laboratoire, mais d'autres restaient praticables et permettaient d'accéder dans la nef même de l'église.

Les tombeaux pharaoniques lui apparurent enfin, dressés pour l'éternité sur le dôme de roche qui s'étirait le long de la Montagne pure. La plupart avaient été en partie détruits ou abîmés par le temps. Devant chaque tombe, on pouvait encore distinguer de gros blocs de pierre ocre portant en inscriptions méroïtiques les incantations, les textes magiques qui accompagnaient les morts dans l'au-delà.

Nathan se faufila entre les éboulis et, d'instinct, gagna la dernière pyramide qui s'élevait à l'extrémité est de la nécropole.

Il contourna l'édifice jusqu'à un escalier étroit qui disparaissait dans l'obscurité, puis alluma sa torche avant de s'enfoncer à pas de chat vers le royaume des morts.

La porte de roche qui obstruait l'entrée du sépulcre avait été enfoncée par les pillards et offrait un mince passage vers l'intérieur. Malgré sa blessure, Nathan parvint à se glisser dans la brèche et pénétra dans la chambre funéraire.

L'éclat de sa torche profana la nuit millénaire.

C'était une salle exiguë, au sol envahi de sable et aux parois couvertes de chaux blanchâtre. Des trésors jadis enfermés dans ces lieux ne restaient que quelques urnes de terre et les fragments d'ossements d'un roi oublié. En déplaçant son pinceau de lumière, Nathan vit alors apparaître des hiéroglyphes étranges, tracés aux pigments bleus, pourpre, or, presque intacts... Les dieux planètes, Amon Râ, Osiris, dressés sur leur barque sacrée, accompagnaient le monarque défunt pour l'ultime voyage, vers sa propre résurrection.

En violant cette tombe, Nathan touchait du doigt la folie de Mikhaïl... Il comprenait que le souffle qui l'animait n'était pas seulement celui de la vengeance, que le Cercle de Sang était beaucoup plus qu'un simple papyrus : un secret passé entre les mains de dizaines de générations de mystiques, la clé d'un savoir qui avait traversé les âges. En être le gardien faisait de lui un être élu, l'égal des pharaons. Les réalités matérielles lui importaient peu, son œuvre entière était dirigée vers une seule quête, celle de l'absolu, sa propre divinisation, sa fusion dans l'énergie divine, d'où rayonnerait sa propre immortalité.

Il fallait l'arrêter.

La trappe. Il devait retrouver la trappe.

Nathan se dirigea vers un angle de la salle et commença à creuser furieusement le sable de son bras valide. Un instant plus tard, il mettait à nu une dalle de granit surmontée d'un anneau de métal. Il s'y agrippa et, dans un effort surhumain, parvint à la déplacer. Il prit alors une dernière inspiration et s'engouffra dans les entrailles du désert.

Il progressait à petites foulées le long des parois

rocheuses du souterrain. De chaque côté étaient creusées des niches dans lesquelles les chrétiens persécutés inhumaient leurs morts, mais déjà son attention était fixée ailleurs.

Le Cercle de Sang.

Si Mikhaîl avait toujours tenu secret le lieu où était gardé le papyrus, Nathan avait pourtant une idée précise de l'endroit où il le trouverait, et il l'avait déjà approché.

C'était au sein même de l'église, sous l'autel central qui se dressait dans le sanctuaire. Contrairement à la majorité des rites chrétiens orientaux qui y renfermaient les reliques de leurs saints, la tradition copte voulait que l'autel « soit » véritablement le Sépulcre du Christ. Seule une relique considérée comme divine pouvait y être enfermée.

Nathan aperçut un escalier escarpé, sculpté dans la paroi qui rejoignait la surface. Il touchait au but. S'il ne se trompait pas, il allait surgir dans les soubassements du monastère. Il gravit les marches jusqu'à une nouvelle trappe, se hissa sur le dernier palier, prit appui sur ses jambes et délogea la dalle d'un coup de son épaule valide.

Une lumière vive l'aveugla. Des parois blanches, carrelées, aseptisées... un sas de sécurité. Derrière une large baie vitrée, Nathan distingua alors les hottes, les incubateurs pour les cultures de cellules, les centrifugeuses, les scaphandres... Le laboratoire... Il se trouvait au cœur même du laboratoire où les virologues créaient leurs chimères. Mais il ne s'y attarda pas.

Un nouveau couloir, une échelle.

Nathan s'enfila dans la galerie, grimpa un à un les barreaux d'acier et fit jouer la poignée circulaire qui fermait une nouvelle trappe.

Celle-ci débouchait dans l'église, sous la nef...

La lueur des candélabres caressa son visage. Il marqua un bref arrêt. Pas un bruit. Tout était calme et paisible. Il s'extirpa du trou, dégaina et se dirigea vers le chœur les mains serrées sur son arme. Il vit d'abord les vestiges du vitrail pulvérisé lors de sa fuite, les lutrins renversés... rien n'avait bougé. Nathan continua tout droit vers le sanctuaire, l'Haykal. C'était une pièce rare, composée de trois autels protégés d'une clôture de bois précieux entièrement incrusté de nacre et d'ivoire ciselés, orné d'icônes et de grappes d'œufs d'autruche, symbole de vie et de protection.

Un épais rideau de laine sombre fermait la porte centrale. Nathan se déchaussa et pénétra à l'intérieur.

C'était une véritable salle au trésor.

L'autel couvert d'un drap de lin blanc était surmonté d'un immense baldaquin où étaient représentés le Christ et les anges.

Des instruments liturgiques aux reflets d'argent et de vermeil étaient soigneusement disposés devant lui : calice et patène, encensoir, coffret à évangiles sculpté dans l'ébène, éventails gravés, parés de somptueuses plumes de paon.

Mikhaîl pouvait surgir à tout moment, Nathan n'avait plus de temps à perdre. Il se mit à genoux et, soulevant le drap, découvrit la petite niche qui renfermait le papyrus.

Elle était entrouverte.

Son cœur s'accéléra, cognant sa poitrine comme un gong. Sans plus réfléchir il plongea la main dans l'ouverture... elle semblait avoir été creusée profondément. En se penchant plus en avant, il distingua une forme... sans parvenir à l'identifier. Il s'engagea dans la cavité... alluma sa torche...

Une tête... Une tête tranchée, un visage tuméfié par la torture... Des cheveux d'argent... C'était...

La tête d'Ashley Woods.

Nathan hurla de toute son âme.

Les orbites avaient été énucléées et la langue de l'Anglais saillait, noire entre des lambeaux de lèvres et des débris de dents fracassées.

Cette ordure de Mikhaîl avait menti. Les sentinelles l'avaient coincé à Khartoum, ils l'avaient torturé à mort pour savoir où se trouvait Nathan...

Il se figea. Le silence... c'était trop calme.

D'un coup, il se retourna et découvrit le moine, tel un roc inébranlable, qui se dressait au-dessus de lui.

— Cette saloperie de flic ne t'a pas trahi, il n'a rien craché.

Dans un dernier sursaut Nathan voulu se relever, mais ses forces l'avaient quitté. Il vit la main de Mikhaîl, telle une serre, fondre sur lui, se refermer comme un étau sur sa mâchoire jusqu'à la faire éclater...

Puis ce fut le néant.

58.

Une lumière pourpre s'insinuait à travers ses paupières scellées. Un goût métallique, poisseux, pénétrait ses lèvres, coulait dans sa gorge...

« Je te supplie, ô maître tout-puissant ! moi, ton serviteur entre les Anges. Je t'en conjure par ta Nativité Merveilleuse et les cinq clous qui ont percé ton Saint Corps... »

Des incantations coptes s'élevaient dans sa conscience naissante comme un chant funèbre. En ouvrant les yeux il perçut d'abord des images floues, des contours écorchés, puis il vit :

Le sang.

Le sang épais qui coulait à flots sur son visage, son torse nu, ruisselait en volutes d'horreur sur les bras du moine fou, qui se tenait au-dessus de lui.

Les yeux noirs, le visage pétri de haine de Mikhaîl.

L'ibis sacré qui se débattait furieusement alors que le monstre lui tranchait la gorge. Il sacrifiait l'animal.

« Je t'en conjure, ô astre du soir par ton grand nom Sûrdidial ! je t'en conjure, ô Second Ciel ! en vérité, Adûnai, Seigneur Sabaoth Jésus mon Maître bien-aimé, et je ne cesserai de te supplier jusqu'à ce que tu m'aies exaucé... »

Nathan voulut se redresser, il était solidement sanglé sur la pierre froide. Il vit distinctement les parois voûtées, les flammes des candélabres. Mikhaîl l'avait traîné jusqu'à la crypte pour... l'exorciser.

« Par les vingt-quatre vieillards célestes, Messie Adûnai, écoute la voix de ma plainte et porte-la vers la Puissance du Père. Que par la force de cette prière, il rappelle à lui la puissance de Gafhaîl... »

Il était fou à lier.

Il priait, il invoquait le Maître pour que l'ange quitte son enveloppe charnelle... C'était pour cette raison qu'il le voulait vivant, pour cette raison que ses frères ne l'avaient pas tué à Paris, qu'ils ne l'avaient pas abattu dans l'église. Sans cette cérémonie, il aurait risqué de perdre à jamais Gafhaîl, qui aurait accompagné la dépouille de Nathan dans les ténèbres.

« Je t'en conjure par le Signe de Croix et par les Quatre Animaux Incorporels : Gabrarâl, Sarâfitâl, Watatâl et Dûnial. Je continuerai d'accomplir ta Sainte Mission, je reconstruirai la Gloire du Cercle de Sang afin que la vengeance s'élève contre tous les démons, les ennemis et les esprits mauvais et qu'ils soient à jamais chassés de ton Royaume... »

Puis Mikhaîl se tut et plongea la main sous sa tunique souillée de sang. Un sentiment de froid intense et de terreur secoua Nathan. Il lut dans le regard apaisé du moine que la fin de la cérémonie approchait, l'ange quittait le corps du traître. Il pouvait enfin mourir. La main resurgit armée d'un long poignard ciselé.

Nathan fut secoué de spasmes, se tordit sur la table, cisaillant sa peau sous ses liens. Mais déjà la lame entaillait ses chairs...

Il rugit d'épouvante.

L'ange allait lui arracher le cœur à vif.

Soudain le visage de Mikhaîl se décomposa, sa bouche

s'arrondit en une expression de stupeur accompagnée d'un râle, une rose carmin s'esquissa sur son cou, s'épanouit... puis d'un coup une pointe noire jaillit de sa gorge dans une gerbe de sang et de fragments organiques. Il se débattit, voulut crier, mais sa voix s'étouffa dans un gargouillis sanglant. Ses bras se tendirent une ultime fois vers le ciel, puis il s'écroula en avant.

Nathan crut à un délire, une hallucination, mais, lorsqu'il releva la tête, il découvrit Rhoda, le corps tendu sur une lance d'acier plantée dans la nuque du moine.

59.

Lentement la main de la jeune femme se détacha de l'arme rédemptrice, puis son regard embué de larmes glissa dans celui de Nathan. D'un geste, elle sécha ses pommettes et défit une à une les sangles de cuir qui l'entravaient. Ses mains tremblaient par saccades.

— Qu'est-ce... mais qu'est-ce qu'ils t'ont fait...

Elle passa ses doigts sur le visage rougi du sang de l'ibis. Nathan tenta de se redresser. Son épaule était un brasier de souffrance.

— Je suis très inquiète, Nathan. Il faut que je te dise... Est-ce que tu as vu...

— Woods est... mort. Il...

De nouvelles larmes roulèrent sur le visage de Rhoda.

— Comment... ce n'est pas vrai...

— Ils l'ont... torturé. – Nathan ne parvenait pas à en dire plus. – C'est donc lui qui t'a conduite jusqu'ici ?

— Je... Je l'ai retrouvé à Khartoum hier. Nous sommes convenus d'un plan d'action. Mais plus tard, il est sorti... Et il n'est jamais revenu. Oh, mon Dieu, non ! Nathan...

Une vague de sanglots la submergea. Elle se retint à la pierre froide.

— Les tueurs l'avaient repéré dès son arrivée. Ils ont guetté le moment propice et l'ont enlevé. Ils voulaient le faire parler, savoir ce que je préparais.

— J'aurais dû le dissuader de repartir seul hier soir. Tout ce qui est arrivé est ma faute.

— Tu te serais condamnée. Ashley avait parfaitement conscience des risques qu'il encourait en venant ici, il connaissait la barbarie de ces hommes... Aide-moi... aide-moi à me lever... Le papyrus, le Cercle de Sang... gémit Nathan. Je dois le récupérer...

Rhoda passa un bras autour de son dos et l'aida à se remettre d'aplomb. Il se précipita sur la dépouille de Mikhaîl.

Couché sur le côté, face contre terre, le colosse gisait dans une nappe de fluides noirs.

Rhoda s'accroupit auprès de Nathan, agrippa les cheveux du bourreau et lui souleva la tête. Son visage s'était figé dans une expression de profonde stupeur.

— C'est Morquos, c'est Abbas Morquos ! s'écria-t-elle.

— En personne. Le grand bienfaiteur des pauvres et des opprimés.

Nathan arracha la lance de la gorge encore tiède et, avec l'aide de Rhoda, retourna le moine sur le dos, puis plongea ses mains dans les plis de la robe. Ses doigts effleurèrent bientôt le métal. Il extirpa le rouleau.

— Il l'avait récupéré, il le gardait sur lui...

Rhoda posa un genou au sol et approcha son visage de celui de Nathan. Il sentait son souffle sur sa nuque.

— Ouvre, ouvre-le...

Nathan ôta le bouchon avec précaution et sortit la mince feuille brunâtre à la texture striée et cassante qu'il déroula lentement. Ils virent alors apparaître les caractères inscrits en pigments de feu sur le cercle écarlate.

— On dit que c'est le sang d'un ibis sacré... murmura Nathan. Et l'écriture une forme primitive de copte... le bohaïrique, la langue du delta, directement issue de l'Égypte ancienne.

— Que dit-il ? Tu peux le déchiffrer ?

Nathan se recueillit un instant, puis reprit d'une voix grave :

— « *Ô Mon Père, Toi Seigneur Dieu, Grand et Saint Roi*

Puissant qui habites dans la Lumière, affermis le pouvoir de Ton fils Sabaoth Jésus, qui tant de fois a brandi le glaive de la justice pour combattre tous les scandales, ceux qui font le mal et se dénient de la loi du Dieu d'Abraham, du Dieu d'Isaac, du Dieu de Jacob.

« Je suis las et je sens que déjà le moment de retourner vers Toi est proche. J'ai suivi les pas de Judas, fils de Sariphée, de Matthias, fils de Margaloth, les rebelles. J'ai puni en Ton Nom Magnifique l'oppresseur injuste, celui qui par sa haine a frappé les fils d'Adam et les filles vierges d'Ève.

« Ne m'abandonne pas, ne les abandonne pas.

« Ô mon Père, que par l'invocation de ce Cercle de Sang, descende par Ta contrainte la Puissance des Anges et du feu empoisonné et qu'elle élève sa colère contre tous Tes ennemis, que par Ta Volonté le plomb fondu soit coulé dans leur bouche, que leur corps soit enserré dans une gaine de cuivre, que leur tête tranchée roule dans la poussière.

Je T'en conjure par Ton Trône Glorieux d'entendre, d'exaucer tout ce que je Te demande. »

— Qui a écrit ces mots ?

— Antoine de Césarée, un des premiers ermites, celui par qui tout a commencé... Il se croyait prophète, porteur d'un message divin, il n'a fait que blasphémer en mettant ces paroles dans la bouche du Christ. C'est un tissu de mensonges. En rédigeant cet apocryphe, en plaçant Jésus dans les traces de Judas le Gaulonite, l'auteur espérait justifier ses actes de violence. Il n'était qu'un hérétique parmi d'autres.

Ils restèrent un moment en silence à contempler le manuscrit. Un simple texte, issu de la conscience d'un assassin. Quelques mots qui avaient traversé les siècles et causé la mort de milliers d'innocents...

Rhoda raconta alors qu'après leur ultime conversation, lorsque Nathan l'avait appelée à Jénine, elle avait été troublée par ses révélations sur Katalé : le laboratoire souterrain, la cellule « surveillance »... Refusant d'abord de voir les choses en face, l'horreur de ce que tout cela impliquait, elle avait pourtant été forcée d'accepter cette vérité qui prenait corps. Elle avait cherché à retrouver la trace de Nathan. Le souvenir de leur conversation à Paris lui avait permis de remonter jusqu'à Woods, par la Malatestiana. Ils avaient passé un marché et, en échange d'informations sur One Earth, l'Anglais lui avait alors livré toute l'histoire, les manipulations de virus, l'enfance de Nathan, l'Institut Lucien-Weinberg, sa disparition soudaine, la légende du Cercle de Sang... Avec un sentiment de terreur grandissant, elle avait établi un lien entre ces faits et les dossiers des jeunes patients qu'elle-même transmettait chaque trimestre au siège de l'ONG. Si elle avait tout ignoré de ce trafic, elle se savait pourtant complice malgré elle des criminels. Elle avait décidé d'agir.

Woods s'était alors confié sur l'erreur qu'il avait commise en mêlant Staël à cette affaire. Car si les découvertes macabres de Nathan pouvaient sembler accablantes quant à l'implication d'One Earth dans ces crimes, elles s'étaient révélées faibles au regard de la loi. Un manuscrit du XVIIe siècle, des cadavres de soldats de la Première Guerre mondiale, ou un charnier en Afrique ne suffisaient pas à mettre sur pied une opération ni à lancer des mandats d'arrêt internationaux. Une organisation comme le MI 5 avait besoin de faits, de preuves techniquement irréfutables. Quant à l'attaque de Fiumicino, aucun élément n'avait permis d'établir une correspondance avec les découvertes de Nathan. Staël était cependant résolu à ouvrir une enquête, mais l'implication d'une ONG respectée, d'une communauté religieuse comme celle des Coptes, déjà persécutée, d'États en crise, comme le Soudan et la république démocratique du Congo, laissait prévoir des mois de tractations, cela aurait freiné considérablement les investigations. Si ces fameuses preuves existaient, alors les criminels les feraient disparaître et se mettraient en sommeil. Le risque de les perdre était total.

Woods avait repris le dossier et établi le lien entre les pollens trouvés sur le manuscrit d'Elias et le monastère du Gebel Barkal. Il se sentait profondément coupable de ce qu'il avait lui-même fini par considérer comme une trahison. Ne pouvant se résigner à laisser Nathan agir seul, il avait décidé de venir lui prêter main forte. Lorsque Rhoda avait insisté pour se joindre à lui, l'Anglais avait refusé net. Mais la jeune femme avait invoqué sa propre culpabilité à cause des rapports qu'elle avait rédigés, ses liens avec Nathan. Son expérience militaire et celle des théâtres de catastrophes humanitaires avait fini par le faire céder. Ils avaient alors décidé de se retrouver à Karthoum.

En débarquant dans la ville islamique, Rhoda avait trouvé un homme déterminé. Ashley s'était procuré un véhicule tout-terrain et avait déniché un contact pour acheter des armes qu'il devait récupérer le soir même. Il avait également réussi à entrer dans le pays un système d'écoute léger qui aurait permis de capter et de décrypter des transmissions radio. Woods savait qu'il était illusoire d'espérer établir un contact avec Nathan. Il avait alors exposé son plan, carte à l'appui : l'opération consistait à gagner la zone du monastère, s'y dissimuler, attendre et écouter. Ils ne devraient tenter une intervention que lorsque Nathan serait lui-même entré en action. Tout avait basculé lorsqu'il était parti récupérer les armes et n'était jamais réapparu.

Sans allié, sans équipement, la première réaction de Rhoda avait été la panique. Dans un sentiment d'impuissance, elle avait été tentée de renoncer. Mais les images des atrocités commises par les bourreaux, l'idée que Nathan puisse se retrouver seul face à ces monstres l'en avaient empêchée. Sans plus réfléchir, elle avait pris le 4 × 4 et roulé. Les permis de tourisme pour le secteur de Méroé, obtenus par Woods, lui avaient permis de franchir sans encombre les barrages du nord de la ville. Elle avait alors traversé le désert et gagné Karima au crépuscule. Une fois le véhicule caché, elle avait effectué le trajet à pied jusqu'à la nécropole et pris position en se dissimulant près du monastère. Elle n'avait rien vu jusqu'au moment où les coups de feu du smith & wesson tirés par Nathan avaient éclaté, se répercutant sur les flancs de la montagne. À ce moment, elle avait décidé de pénétrer dans la forteresse.

Une fois dans l'enceinte, ses pas l'avaient menée jusqu'à l'église. Elle avait découvert les traces de lutte, puis entendu les incantations de Mikhaïl. Elle avait immédiatement identifié leur provenance. Désarmée, elle avait arraché une lance d'acier sur une statue de saint Michel et s'était engagée dans le souterrain avant de surgir dans la crypte.

La suite, Nathan la connaissait. À son tour, il lui raconta les derniers détails de son histoire. Rhoda l'aida ensuite à se nettoyer et insista pour extraire les balles de son épaule, sans quoi la plaie risquait de s'infecter. Elle n'eut aucun mal à trouver les scalpels et les pinces nécessaires à l'opération dans le laboratoire.

Mikhaïl avait péri par le fer, il disparaîtrait dans les flammes.

Le feu.

Ils allaient tout brûler.

À eux deux ils organisèrent le bûcher, rassemblant tout le bois qu'ils pouvaient trouver et le répartirent dans le monastère, puis ils débusquèrent de gros jerricanes d'essence destinés à alimenter les groupes électrogènes du complexe qu'ils répandirent sur le sol, les parois, dans les souterrains. Ils laissèrent trois réservoirs pleins au centre du laboratoire.

Lorsque tout fut enfin prêt, Nathan se précipita dans le sanctuaire afin de récupérer ce qu'il restait d'Ashley Woods. Il plaça la tête mutilée dans un coffret d'ébène... Il ne pouvait lui réserver le même sort qu'au monstre.

Un instant plus tard tout s'embrasa.

Les flammes dansèrent d'abord en une couronne orange crépitante, la fumée noire s'échappant en panaches des ouvertures. Puis des langues de feu remontèrent vers le ciel, léchant les coupoles, les croix dans une lueur d'apocalypse.

Rhoda et Nathan restèrent, hagards, à contempler le spectacle. Des nappes d'air brûlant leur jaillissaient au visage, des flammèches dansaient dans leurs iris fixes, brûlés de fatigue et de lumière. Les images des dernières semaines revinrent en rafales dans l'esprit de Nathan. Mais déjà elles s'estompaient sous le pouvoir purificateur des flammes. Les seules qui resteraient à jamais gravées dans sa mémoire étaient celles de ses anges gardiens, des liens profonds qui les unissaient, celle du sacrifice ultime de Woods. L'issue de son enquête avait creusé une nouvelle certitude : à travers le bras armé de Rhoda, c'était une partie de l'Anglais qui l'avait sauvé, qui avait mis un point final aux siècles de crimes et de cauchemar.

Rhoda demanda alors à mi-voix :

— Que vas-tu faire du texte... du Cercle de Sang ?

Pour toute réponse, Nathan s'approcha du brasier et tendit la main qui serrait le papyrus. La chaleur toute proche fit jaillir une flamme écarlate. Il brûlait. Une à une les lettres se disloquèrent, les fibres crissèrent, se tordirent sous l'effet de la chaleur intense...

Puis il ne resta rien qu'une vapeur de cendres.

Épilogue

Désert du Wadi-Rayan, Égypte, septembre 2002.

À l'automne, la lumière devient plus douce. Elle passe du feu à l'ambre. Les contours cuivrés des cordillères se fondent dans le ciel pâle et le vent souffle plus fort, emportant dans sa course les sons, les parfums, les ombres...

Rhoda et Nathan avaient quitté Paris à midi, et atterri au Caire en fin de soirée. Ils avaient loué une voiture à l'aéroport puis gagné la route du Sud en direction de Bibah. Ils avaient roulé toute la nuit le long du Nil. Peu à peu, ils approchaient de ce monde hors de l'espace, hors du temps, loin de l'histoire des hommes.

À l'aube, le désert leur apparut comme dans un rêve. Immensité ocre, jaune, grise, roches coupantes, soleil blanc au bord des cieux vides. Lentement, ils s'engagèrent sur la piste invisible qui s'insinuait au cœur de la vallée. Devant les roues de la Jeep, le sable fuyait, léger, plein de lumière, entre les chardons échevelés. Leurs regards se perdaient loin devant.

Ils ne disaient rien.

Les jours qui avaient suivi l'incendie du monastère du Gebel Barkal, les feux des médias s'étaient braqués vers Khartoum. Plusieurs gouvernements occidentaux, le Vatican et le patriarcat de l'Église copte d'Alexandrie, avaient mis en cause le régime islamiste d'Omar Al-Bashir, l'accusant à travers ce crime de nouvelles persécutions antichrétiennes. Le président avait nié les allégations en bloc et condamné l'attentat. L'affaire s'était envenimée lorsque la direction générale d'One Earth avait révélé que le président fondateur de l'ONG, Abbas Morquos, se trouvait dans le monastère, dont il était le bienfaiteur, au moment du drame. Peu de temps après, le porte-parole du ministère de l'Intérieur soudanais avait fait une nouvelle annonce indiquant que les soupçons se portaient sur un obscur groupuscule fondamentaliste, la police recherchait activement les coupables. Une cérémonie à la mémoire de Morquos avait été organisée au siège de l'organisation humanitaire au Liechtenstein. Une nouvelle salve d'articles et de reportages avait été diffusée à grande échelle pour honorer l'œuvre d'un bienfaiteur de l'humanité.

De son côté, Nathan avait regagné la France sans être inquiété. En prenant contact avec Jack Staël à Londres, il avait appris que les policiers français en charge du dossier « Casarès » avaient lancé un mandat d'arrêt international à son encontre. Conscient du risque encouru s'il était arrêté, Staël avait immédiatement contacté ses homologues de la DST et couvert Nathan, désactivant les poursuites. Les enquêteurs penchaient désormais pour l'hypothèse d'un crime sadique, ils avaient fouillé du côté des anciens patients du psychiatre, mais les investigations n'avaient rien donné. Le dossier prenait lentement le chemin des « cas non élucidés ». Le bilan de l'attaque de Fiumicino avait fait vingt-sept morts sur la centaine de passagers présents à bord du vol en provenance de Munich. Aucun autre cas d'infection n'avait été signalé. Le virus avait disparu.

Nathan avait alors expliqué à Staël le dénouement de son enquête, ne dissimulant qu'un point : son propre rôle. À la lumière des dernières révélations, l'officier des services secrets avait décidé de classer le dossier.

Les restes d'Ashley Woods reposent pour l'éternité dans les sables rouges, quelque part entre Karima et Khartoum.

En terre des pharaons.

Un matin de juin, Rhoda était venue retrouver Nathan à Paris dans un appartement qu'il avait loué, à deux pas de la place des Vosges. La promesse d'une existence nouvelle s'était alors offerte à lui : dorée comme le miel, pleine de rires, de douceur, loin de tout ce qu'il avait toujours connu. Les semaines avaient passé, et sans plus de résistance il s'était donné à elle, corps et âme. Au fil des jours, il s'était laissé porter par ce sentiment qu'il avait toujours refusé. Les images douloureuses de son passé lointain étaient revenues une à une, dociles, s'imbriquer dans sa mémoire puis s'étaient peu à peu estompées.

Il aimait profondément cette femme lovée au creux de son cœur, mais, au moment où la nuit descendait, offrant à ses yeux la lueur de la Voie lactée, il sentait entrer en lui un vide immense et froid, pareil à celui qu'il avait ressenti lors de son réveil à Hammerfest. Un sentiment de solitude, une tristesse de cendres et de braises qu'un soupir suffisait à attiser. Alors il fermait les yeux et lorsqu'il ne ressentait plus rien que son sang battre dans ses veines, une force coulait en lui par les paumes de ses mains, ses yeux, son ventre, abolissant la souffrance, le désir, la haine...

Et il savait.

À mesure qu'ils roulaient, la lumière brillait plus fort. Le vent soulevait des tornades de poussière. La Jeep cahotait le long de la piste brûlée. Au loin ils pouvaient distinguer les lits asséchés des oueds où des boules d'herbes ébouriffées chevauchaient avec le vent.

Ici, il n'y avait rien qu'un Éden oublié avec le ciel pour seul miroir. Un acacia aux branches tortueuses se matérialisa dans la chaleur brûlante.

C'était là. C'était le moment.

Rhoda ralentit et s'arrêta près de l'arbre. Ils abandonnèrent la voiture et s'engagèrent à pied dans le passage étroit qui s'ouvrait au cœur d'une crevasse noire vertigineuse. La sueur ruisselait sur leur visage. Ils avançaient contre le soleil. L'air incandescent consumait leurs poumons. Ils grimpèrent en altitude. Lorsqu'ils eurent atteint le sommet de la colline, ils longèrent un col puis redescendirent le long d'une pente lunaire. Lentement le paysage changeait, s'ouvrant sur des dunes grises aux crêtes mouvantes. Ils avançaient sans fléchir entre les silex étincelants, les buissons aux épines tranchantes, cadençant leur marche au rythme du sable et des cailloux qui s'éboulaient sous leurs pas.

Puis ils s'arrêtèrent.

Le monastère de Saint Markalaûs était apparu entre deux arêtes minérales, blanc, taché d'ocre, illuminé d'un éclat pur. Ils n'entendaient plus que leur souffle qui vibrait dans la quiétude, le bruissement du sable qui s'échappait en fines coulées sur la courbe des dômes, le long des murailles. L'unique porte de bois et de clous formait une bouche d'ombre qui les attirait.

Leurs pas, plus lourds, recommencèrent à fouler la rocaille. Ils ne pouvaient plus détacher leur regard de la forteresse qui semblait s'élever vers le ciel immensément bleu et brûlant. Ici s'arrêtaient le vent, le grondement des océans, la rumeur des hommes. Ici commençait le règne étoilé de la nuit, le véritable combat, celui du cœur solitaire.

C'était là le vrai monde de Nathan.

Il appartenait à cette terre sans limites, cette terre de silence, de pierres, de sable et d'astres. Un lieu de vérité où le langage n'a plus cours, où les vivants ne sont que des ombres qui s'acheminent pas à pas vers leur propre mort.

La porte s'ouvrit sur la silhouette noire et silencieuse d'un moine. La peau de son visage était foncée et brillait comme du cuivre. Il esquissa un sourire, comme une invite à le rejoindre.

Mais cette fois Nathan avança seul.

La jeune femme tendit sa main pour le retenir, toucher encore celui qui la quittait mais, déjà, la peau fuyait entre ses doigts comme une poignée de sable.

Lorsqu'il eut rejoint l'ombre décharnée du moine, Nathan se retourna et, sans rien dire, mêla une dernière fois son âme aux yeux de Rhoda, larmes d'émeraude, comme pour graver en lui l'empreinte de la vie, du vent libre qui souffle, d'un temps à jamais révolu.

Remerciements

Je tiens à remercier celles et ceux qui m'ont aidé et soutenu dans l'écriture de ce livre : mes enfants Lila et Maé, Irina Karlukovska, Lidwine Boukié, Alain et Christiane Delafosse, Blaise Delafosse. Claude, Franklin et Tristan Azzi, Dominique Lattès, Domitille d'Orgeval, Jérôme et Agnès Samuel, Mathilde Guilbaud et Virgile Desurmont, Sébastien Schapira, Loïc J. Lamoureux, Hélène Darroze, Stéphanie et Stanislas Lequette, Virginie Luc et Jean-Christophe Grangé, Yifat Katiei, Éric Clogenson, Thierry Marro, Stéphane Rybojad, Christophe Merlin, Mariana Karlukovska, Dom, Marius et Greg, Patrick Hilbert, David Servan-Schreiber.

Didace Nzigorohiro et Didier Kakunze pour leur témoignage sur les génocides rwandais et burundais.

À l'Institut de médecine tropicale du service de santé des armées françaises : le professeur Jean-Paul Boutin, chef du département de santé publique, et le professeur Hugues Tolou, chef de l'unité de virologie tropicale, pour leurs précieuses informations sur les manipulations des virus et sur leur expérience de la médecine humanitaire d'urgence. Au service de communication du ministère de la Défense, le médecin-chef Christian Estripaud et le chef de bataillon Pascal Le Testu. Et les hommes du GIGN et du Commandement des Opérations Spéciales de l'armée française rencontrés à l'occasion de tournages de documentaires.

Enfin, je témoigne de ma plus sincère gratitude à mes éditeurs, Nicole Lattès, Françoise Delivet et Leonello Brandolini pour leur regard et la confiance qu'ils m'ont accordée.

La photocomposition de cet ouvrage
a été réalisée par
GRAPHIC HAINAUT
59163 Condé-sur-l'Escaut

Cet ouvrage a été imprimé par

FIRMIN DIDOT
GROUPE CPI

Mesnil-sur-l'Estrée

pour le compte des Éditions Robert Laffont
24, avenue Marceau, 75008 Paris
en janvier 2006

Dépôt légal : janvier 2006
N° d'édition : 46514 – N° d'impression : 77349

Imprimé en France